DROEMER

ANDERS DE LA MOTTE
& MÅNS NILSSON

IN SCHWEDEN STIRBT ES SICH AM SCHÖNSTEN

KRIMINALROMAN

Aus dem Schwedischen
von Marie-Sophie Kasten

DROEMER

Die schwedische Originalausgabe erschien 2022 unter dem Titel
»Ett fynd att dö för« bei Forum, Stockholm.

Besuchen Sie uns im Internet:
www.droemer.de

Aus Verantwortung für die Umwelt hat sich die Verlagsgruppe Droemer Knaur zu einer nachhaltigen Buchproduktion verpflichtet. Der bewusste Umgang mit unseren Ressourcen, der Schutz unseres Klimas und der Natur gehören zu unseren obersten Unternehmenszielen. Gemeinsam mit unseren Partnern und Lieferanten setzen wir uns für eine klimaneutrale Buchproduktion ein, die den Erwerb von Klimazertifikaten zur Kompensation des CO_2-Ausstoßes einschließt. Weitere Informationen finden Sie unter: www.klimaneutralerverlag.de

FSC
www.fsc.org
MIX
Papier | Fördert gute Waldnutzung
FSC® C083411

Deutsche Erstausgabe Mai 2023
Droemer Taschenbuch

Published by agreement with Salomonsson Agency.
Redaktion: Viola Eigenberz
Covergestaltung: Nicole Pfeiffer, Hamburg
Coverabbildung: Collage unter Verwendung von Motiven von Getty Images und Shutterstock
Satz: Adobe InDesign im Verlag
Druck und Bindung: CPI books GmbH, Leck
ISBN 978-3-426-30875-2

2 4 5 3

Wir lieben Österlen und haben uns bemüht, Geografie und Geschichte der Region so korrekt wie möglich zu beschreiben. In manchen Fällen haben wir uns allerdings zugunsten der Handlung gewisse Freiheiten erlaubt. Alle Charaktere sind fiktiv, eventuelle Ähnlichkeiten mit realen Personen rein zufällig.

PERSONENGALERIE

Peter Vinston, 49: Kriminalkommissar bei der Mordkommission Stockholm

Tove Esping, 28: Kriminalassistentin bei der Polizei von Simrishamn

Christina Löwenhjelm, 49: Psychologin und Peter Vinstons Ex-Frau

Poppe Löwenhjelm, 54: Herr auf Schloss Gärsnäs und Christinas neuer Ehemann

Amanda Vinston, 16: Peters und Christinas Tochter

Lars-Göran »L-G« Olofsson, 60: Bienenzüchter und Polizeichef von Simrishamn

Thyra Borén, 52: Chefkriminaltechnikerin

Jonna Osterman, 44: Reporterin und Chefredakteurin beim *Cimbrishamner Tagblatt*

Felicia Oduya, 33: Betreiberin von *Felicias Kaffeehaus* in Komstad

Lennart »Nalle« Persson, 61: Haushaltsauflöser und Mitinhaber von *Rasks Gebrauchtmöbelhandel* in Gladsax

Susanne »Sussi« Persson, 57: Nalles Frau, Mitinhaberin von *Rasks Gebrauchtmöbelhandel* in Gladsax

Jimmy Persson, 29: Nalles und Sussis Sohn

Gert »China-Gert« Zillén, 71: Sammler und Experte für chinesisches Porzellan

Mats Lindeman, 59: Inhaber von *Lindemans Auktionsunternehmen* in Tomelilla

Fabian »Fabbe« Anderklew, 52: Experte für Antiquitäten und Mitinhaber des *Auktionshauses Malmö*

Renata Jönsson-Kaminsky, 39: Staatsanwältin an der Anwaltskammer von Südschonen

Anna Tyche, 42: Antiquitätenhändlerin mit Geschäft in Malmö

Pia Larsson, 60: Ökonomin und Golferin mit Interesse für Gartenbau

Svensk und Öhlander: Polizisten bei der Polizei von Simrishamn

Hinze und Kuntz: Kriminalkommissare aus Ystad

Hund Bob: Felicias Collie, der im Kaffeehaus herumhängt

Katze Pluto: Hofkatze, die um die Bäckastuga herumschleicht

PROLOG

Es war erst vier Uhr morgens, bis zur Dämmerung würde es noch eine knappe Stunde dauern, aber zwischen den Marktständen und den parkenden Fahrzeugen leuchteten hier und da schon die Lichter von Taschenlampen auf. Unruhig flackernd, als wollten ihre Besitzer nicht unnötig Aufmerksamkeit erregen. Nebelschleier, die über dem taufrischen Gras schwebten, sowie leise, fast flüsternde Verhandlungen zwischen den Zeltwänden verstärkten den Eindruck, dass hier etwas Geheimes vor sich ging.

Es war der vierte Sonntag im Juli, der alljährliche Antik- und Sammlermarkt von Degeberga öffnete offiziell erst um acht Uhr, aber alle, die sich mit Antiquitäten auskannten, wussten, dass man die besten Geschäfte sehr viel früher machte, im Schein einer Taschenlampe, begleitet vom diskreten Rascheln von Bargeld.

Der Markt fand ein wenig außerhalb des Dorfes statt, im Tal des Flüsschens Mörkavad, an einer Stelle, die auf alten Karten als Trollelier bezeichnet wird. Ein hübscher Name, dessen Ursprung niemand so richtig kannte. Trolle und Kobolde waren Teil der lokalen Folklore, seit sich Menschen in der landschaftlich schönen Gegend angesiedelt hatten.

Nicht weit von hier, an den Hängen des Flusses Linderöd, halb versteckt in einem uralten Buchenwald, befanden sich die Forsakarfälle. Das Becken zwischen den beiden Wasserfällen war einer Legende zufolge entstanden, als sich eine Riesin in einen hübschen Menschenjungen verliebt und für ihre heimlichen Treffen eine Grotte gegraben hatte. Daraufhin leitete ein hinterhältiger Riese aus Eifersucht einen Bach um, sodass Wasser in die Grotte strömte und sie für die beiden Liebenden in eine Todesfalle verwandelte.

Eher wissenschaftlich veranlagte Menschen behaupteten allerdings, die Wasserfälle und das Tal seien gebildet worden, als sich das Inlandeis zurückgezogen habe. Diese Version ist vielleicht wahrscheinlicher, aber lange nicht so unterhaltsam.

Gert Zillén interessierten weder Trolle noch Wichtel. Er besuchte den Antikmarkt seit über dreißig Jahren und hielt dabei seine sorgfältig geplante Routine ein. Er stand um drei Uhr nachts auf, holte sich in der Küche der Pension eine Thermoskanne Kaffee und ein Lunchpaket und ließ die Bezahlung für das spartanisch eingerichtete kleine Zimmer auf dem Tisch im Eingangsbereich in einem Umschlag zurück. Auf die Krone genau abgezählt. Dann folgte, im Licht seiner Stirnlampe, ein kurzer Spaziergang durch das Dorf. Dabei zog er einen Rollwagen hinter sich her, den Gert mit steigendem Alter immer unverzichtbarer fand.

Er war ein kleiner, dünner Mann, der sich langsam und ruckartig bewegte, wodurch er an einen Spatzen erinnerte. Und genau wie bei einem Spatzen nahmen nur wenige Menschen von ihm Notiz. Sein ganzes Leben war er unbemerkt geblieben, hatte nie größeren Eindruck hinterlassen. In seiner Jugend war er zwar ein paar Jahre verlobt gewesen, aber das war im Sande verlaufen. Bei der Arbeit hatte er zu den Stillen, Fleißigen gehört, die tagein, tagaus pünktlich ihre Aufgaben erledigten, ohne Aufmerksamkeit auf sich zu ziehen, bis er in Rente ging.

Aber Gert Zillén hatte andere Interessen, die wichtiger als Frauen oder Karriere waren.

Obwohl er knapp über siebzig war und sich seit seiner Jugend mit Antiquitäten beschäftigte, schlug sein Herz in Erwartung der kommenden Jagd immer noch schneller. Vielleicht wäre ausgerechnet heute der Tag, an dem ihm der Große Fund gelänge.

Als er den Markt erreicht hatte, blieb Gert an einer Böschung stehen, von der aus er das gesamte Gelände überblicken konnte, schaltete seine Stirnlampe aus und gönnte sich eine kurze Pause. Während er aus seiner karogemusterten Thermoskanne Kaffee trank und ein Butterbrot aß, versuchte er zu erkennen, wo sich die anderen frühen Schnäppchenjäger befanden, um eine Strategie festzulegen.

Von einigen Jahren war ihm das Glück an einem solchen Morgen tatsächlich hold gewesen. Er hatte eine alte chinesische Teekanne mit Blattmuster aufgespürt, die ihm der ahnungslose Verkäufer für wenige Hundert Kronen verkauft hatte, die dann aber über zehntausend wert gewesen war. Der Irrtum des Verkäufers war nichts Ungewöhnliches. Wenn es um chinesisches Porzellan ging, war der Unterschied zwischen wertlos und wertvoll oft so minimal, dass es einen Experten brauchte, um ihn zu erkennen. Und nur wenige Menschen waren auf diesem Gebiet so kundig wie China-Gert Zillén, zumindest wenn man ihn selbst fragte.

Gert leerte seine Kaffeetasse und verschraubte die Thermoskanne ordentlich. Dann schaltete er die Stirnlampe wieder ein und steuerte auf den dunkelsten Teil des Marktes zu. Mit geübtem Blick lief er zwischen den Ständen umher. Ab und an tauchte ein Verkäufer auf und nickte ihm müde zu. Planen wurden gelüftet, Tücher weggezogen, Zeitungspapier raschelte beim Auspacken von Objekten.

Manchmal blieb Gert stehen, um einen Porzellangegenstand zu inspizieren, fand aber nichts von besonderem Interesse.

Am Ende eines Ganges stand ein großer Tisch mit einer bunten Mischung aus Werkzeug, alten Spielsachen, angeschlagenen Tassen und Bücherstapeln. Meistens verschwendete er keine Zeit auf solche Flohmarktstände. Sie gehörten Pfadfindergruppen oder dem Lions Club, die hofften, mit den gespendeten Gegenständen ein paar Kronen zu verdienen, aber in der Regel handelte es sich dabei nur um Müll.

Im Vorbeigehen ließ Gert trotzdem zur Sicherheit den Schein seiner Stirnlampe über den Tisch wandern. Gerade wollte er um die Ecke biegen, um im nächsten Gang weiterzusuchen, als ein Gegenstand am Rande seines Gesichtsfeldes seine Aufmerksamkeit erregte. Er blieb abrupt stehen und drehte den Kopf, um den Lichtkegel darauf zu werfen.

Zwischen zwei alten Buchstützen und einer Donald-Duck-Spardose aus Plastik stand eine kleine Schale. Sie war hellgrün mit eingeritztem Blumenmuster, und für das ungeübte Auge sah sie im Grunde aus wie eine armselige, übrig gebliebene Zuckerschale aus einem lange verschwundenen Kaffeeservice.

Gert ging näher heran. Sein Herz begann, heftiger zu schlagen. Er griff nach der Schale und leuchtete sie mit der Stirnlampe an, während er mit der anderen Hand eine Lupe aus seiner Tasche kramte. Dann schob er sich die Brille auf die Nasenspitze und hielt sich stattdessen das kleine Vergrößerungsglas vor das Auge.

Eingehend betrachtete er die zarte Krakelierung der Glasur, die sich als Spinnennetz auf der Oberfläche erahnen ließ. Danach untersuchte er das eingeritzte Muster, das mit solcher Meisterschaft ausgeführt war, dass man meinen könnte, es wäre maschinell erzeugt worden.

Aber dies war keine Massenproduktion, sondern etwas vollkommen anderes.

Etwas sehr viel Selteneres.

Ein Fund von solchem Kaliber, dass Gerts Knie beinahe zu zittern begannen.

Er schluckte. Einmal, zweimal.

Sein Herz hämmerte ihm in der Brust. Er musste diese Schale kaufen, jetzt sofort. Bevor aus der Dunkelheit irgendein Spekulant auftauchte.

Er sah sich um, suchte nach jemandem, der für den Stand zuständig war. Jemandem, den er nach dem Preis fragen und mit dem er verhandeln könnte. Aber es war niemand zu sehen.

Der Pfadfinderverein von Degeberga betrieb den Stand, wie auf einem Schild zu lesen war. Kein Pfadfinder konnte auch nur die geringste Ahnung haben, was Gert zwischen seinen zitternden Händen hielt.

Sollte er die Schale einfach nehmen? Ein paar Zwanzigkronenscheine oder sogar hundert Kronen unter die Spardose legen und gehen?

Es widerstrebte ihm aber, eine wahllose Summe zu hinterlassen. Er wollte einen Preis hören, sich anständig verhalten, wie er es immer tat.

Zu Gerts Erleichterung kam ein junger Mann in Pfadfinderhemd und zerzausten Haaren angeschlendert. Er sah wenig begeistert darüber aus, dass er offenbar das falsche Los gezogen hatte und die erste Schicht übernehmen musste.

»Entschuldigung.« Gerts Stimme überschlug sich. Er räusperte sich, holte tief Luft und versuchte es noch einmal. »Du da …«

Mitten im Satz brach er ab.

Trotz der Dunkelheit verspürte Gert plötzlich einen gewaltigen Schatten, der sich über ihn legte. Genau hinter ihm stand jemand. Jemand, der nach Branntwein und Aftershave roch, durch dessen bloße Anwesenheit sich Gerts Nackenhaare aufrichteten.

»Na, wenn das nicht der kleine China-Gert ist?«, sagte eine tiefe Stimme. »Was hast du denn da?«

Die Stimme gehörte zu einem Kerl um die sechzig. Er trug eine blaue Windjacke und darunter ein kariertes Hemd, das in einer hochgezogenen Jeans steckte. Ein Gürtel im letzten Loch hielt sie mühsam am Platz. Über seinen dichten Haarschopf hatte er sich eine Kappe mit der Aufschrift *Rasks Haushaltsauflösungen* gezogen.

Gert unterdrückte ein Schaudern. Lennart »Nalle« Persson war der berüchtigtste Antiquitätenhändler von Österlen. Der Aasgeier der Branche, der brutal und schamlos seine Beute ergriff.

Gert begann zu schwitzen. Wenn Nalle die geringste Witterung aufnahm, würde er sofort seine Klauen nach der Schale ausfahren.

»Nichts Besonderes«, murmelte Gert so gleichgültig wie möglich. »Bloß eine kleine Zuckerschale. Ich wollte sie für meine Nichte kaufen.«

Er wandte sich an den Pfadfinder hinter dem Tisch.

»Was willst du dafür haben?«

Er wedelte kurz mit der Schale, damit Nalle so wenig wie möglich davon zu sehen bekam.

»Tja, ich weiß nicht ...«, sagte der junge Mann und rieb sich schlaftrunken die Augen.

Gert fummelte mit einer Hand nach seinem Geldbeutel, während er mit der anderen die Schale festhielt. Er hatte gehofft, Nalle würde weitergehen und ihn in Ruhe lassen, aber stattdessen blieb der riesige Mann stehen, türmte sich hinter ihm auf und richtete seinen brennenden Blick auf Gerts Nacken.

»Gert Zillén«, sagte Nalle mit weicher Stimme. »Schonens größter Experte für chinesisches Porzellan.«

Er schnalzte mit der Zunge.

»So nennst du dich doch, wenn du vor den alten Weibern im Nähklub Vorträge hältst, oder nicht?«

Gert nickte stumm. Wegen Nalles Anwesenheit brach ihm kalter Schweiß aus, er musste dieses Geschäft schnellstmöglich abschließen.

»Für sechzig nehme ich sie«, sagte er und hielt dem Pfadfinder ein paar Scheine hin.

»Immer mit der Ruhe.«

Nalles Riesenpranke landete auf Gerts Schulter und schob ihn, bevor der Pfadfinder das Geld entgegennehmen konnte, einen halben Meter vom Tisch weg.

»Wenn Schonens größter Experte für chinesisches Porzellan an einer kleinen Zuckerschale interessiert ist, will ich doch auch einmal einen Blick darauf werfen.«

Er streckte Gert auffordernd die Hand hin.

»Nein, sie ist vergeben, ich habe sie gekauft«, quakte der kleine Mann.

»Das hast du nicht«, brummte Nalle. »Du hast das Geld doch noch in der Hand, und der Bursche hier hat noch nicht sein Okay gegeben. Darf ich sehen?«

Gert versuchte, sich zu wehren, aber es war hoffnungslos. Der andere war viel zu stark, er entwand ihm die Schale mühelos.

»Schauen wir doch mal …«, murmelte Nalle und betrachtete das Stück.

»I-Ich bekomme sie«, stammelte Gert. »Oder nicht?«

Er hielt dem Pfadfinder wieder seine Scheine hin und suchte seine Unterstützung.

»Der war zuerst da«, bestätigte der junge Mann.

Nalle hob eine Hand, um ihn zum Schweigen zu bringen, dann stellte er die Schale geräuschvoll auf den Tisch, gerade so, dass sie außerhalb von Gerts Reichweite war.

»Sagen wir so«, wandte sich Nalle an den Pfadfinder. »Du siehst aus wie einer, der was von guten Geschäften versteht. Ich kaufe alles, was du hier auf dem Tisch liegen hast, für fünftausend Kronen. Den ganzen Kram.«

Er holte eine dicke, blank gewetzte Geldbörse hervor.

»Fünftausend in bar, dann kannst du deinen kleinen Pfadfinderfreunden sagen, dass du das beste Geschäft deines Lebens gemacht hast, und ihr braucht hier nicht den ganzen Tag in der Sonne rumzustehen.«

Nalle nahm die Scheine aus der Börse und hielt dem Jungen das Bündel hin.

Gert schluckte. Er musste irgendetwas unternehmen.

Plötzlich bemerkte er eine Bewegung hinter Nalle. Dort in der

Dunkelheit stand jemand, ein unförmiger Schatten, der zu beobachten schien, was hier vor sich ging. Vielleicht war es ein weiterer Käufer, der gewittert hatte, dass etwas im Gange war, und der sich jeden Moment einmischen konnte.

»Sechs«, piepste Gert panisch. »Sechstausend.«

Das war alles, was er dabeihatte.

Nalle musterte ihn von oben bis unten, dann verzog sich sein Gesicht zu einem breiten Grinsen.

»Sieben«, sagte er und fischte noch ein paar Scheine aus der gut gefüllten Börse. »Siebentausend sind geboten. Willst du noch höher gehen, Gert? Ich kann ewig so weitermachen.«

»N-Nein …«, quetschte Gert hervor, der immer noch seine armseligen Zwanzigkronenscheine umklammert hielt. Er hätte nichts sagen sollen, hätte auf sein Recht als erster Käufer pochen müssen und das Ganze nicht in einen Bieterwettstreit verwandeln dürfen, den er nicht gewinnen konnte.

Er versuchte, den neuen Käufer zu erkennen, den er glaubte hinter Nalle gesehen zu haben, aber der Schatten war verschwunden. Vielleicht hatte es ihn auch gar nicht gegeben. Ein Hirngespinst, das ihn dazu gebracht hatte, einen fatalen Fehler zu begehen.

»Ich war aber zuerst da …«, wimmerte Gert, obwohl er wusste, dass es zu spät war.

Der Pfadfinder auf der anderen Seite des Tisches wirkte verlegen, aber sein Blick war auf das Geld geheftet.

»Also … ich weiß nicht …«

Nalle streckte die Scheine vor.

»Jetzt nimm das Geld, Junge. Und sag den anderen Pfadfindern, dass Nalle euch auf ein Eis einlädt. Sagt dem Mädel am Eisstand einfach einen Gruß, sie soll es auf meine Rechnung setzen.«

Auffordernd wedelte er mit dem Geldbündel. Das Eis schien das Zünglein an der Waage zu sein.

»Ja, na gut. Dann machen wir es so.«

Der Pfadfinder nahm das Geld.

»Gut!« Nalle griff lachend nach dem Schälchen. »Pack den Kram für mich zusammen und stell die Kartons hinter das Wohnmobil an Platz 214.«

Gert fiel das Atmen schwer. Der Boden schwankte unter seinen Füßen.

All die Flohmärkte, die er besucht hatte, alle frühen Morgenstunden, all der Müll, in dem er hatte wühlen müssen. All die Stunden, Tage, Monate und Jahre, die er damit zugebracht hatte, Referenzliteratur zu lesen, Auktionskataloge zu studieren, Bilder von chinesischem Porzellan in Museen zu memorieren, hatten endlich Frucht getragen. Er hatte den Großen Fund gemacht, den Gegenstand entdeckt, von dem er sein ganzes Leben geträumt hatte, nur um ihn von einem Geier wie Nalle Persson buchstäblich aus den Händen gerissen zu bekommen.

Den großen Kerl schien Gerts Verzweiflung zu amüsieren. Er ließ die Schale achtlos zwischen Daumen und Zeigefinger baumeln.

»Tja, Gert. Ich bin ja kein China-Experte wie du, aber ich glaube trotzdem, dass ich einen richtig guten Fang gemacht habe.«

Nalles Grinsen wurde breiter und entblößte eine Reihe gelblicher Zähne. Vielleicht lag es an der Dunkelheit und den Schatten oder daran, dass Gerts Herz nicht genug Sauerstoff bekam, aber einen kurzen Augenblick lang schien es ihm, als sei Nalle gar kein Mensch, auch kein habgieriger Geier, sondern ein Troll. Ein bösartiges Wesen, das aus dem Wald herangeschlichen war und ihm den Schatz vor der Nase weggeschnappt hatte.

Nalle stopfte die Schale in die Innentasche seiner Windjacke und klopfte Gert so hart auf die Schulter, dass dieser beinahe das Gleichgewicht verlor.

»Komm irgendwann mal vorbei, dann erzähle ich dir, für wie viel ich sie verkauft habe!«

Nalle zwinkerte ihm zu, dann drehte er sich um und schlurfte davon.

Gert blieb wie angefroren zurück, immer noch die Zwanzigkronenscheine in der Hand. Sein Griff war so fest, dass seine Knöchel weiß hervortraten.

In diesem Augenblick zerbrach etwas in ihm. Ein Damm stürzte ein und machte den Weg frei für jahrelang unterdrückte Gefühle, von denen er selbst nichts gewusst hatte.

Raserei, Wut, Hass.

Brennender, glühender Hass. Plötzlich erinnerte er sich an ein Märchen, das ihm sein Großvater oft erzählt hatte. Eine Geschichte darüber, dass das Einzige, womit man einen Troll besiegen konnte, eine blanke Waffe war.

»Die wirst du zu spüren bekommen«, zischte er leise, während er Nalles kräftigem Rücken nachschaute, bis dieser in der Dunkelheit verschwunden war. »Und wenn es das Letzte ist, was ich tue.«

1

Es war Sonntagvormittag halb neun, als Kriminalkommissar Peter Vinston sein maßgeschneidertes Jackett anzog und vor dem Spiegel seinen Krawattenknoten überprüfte. Wie immer musste er sich klein machen, um in den Spiegelrahmen zu passen.

Ein Monat Urlaub von der Mordkommission Stockholm hatte ihm gutgetan, stellte er fest. Das rotblonde Haar war heller geworden, sein Gesicht sonnengebräunt, und er hatte lange nicht mehr so frisch ausgesehen.

Im Frühling hatte er bei der Arbeit unter unerklärlichen Schwindelanfällen gelitten und war krankgeschrieben worden, weshalb er vor vier Wochen, zunächst widerwillig, hier in Österlen gelandet war.

Er hatte die Zeit mit seiner Tochter Amanda, seiner Ex-Frau Christina und ihrem neuen Mann Poppe verbracht, dem das Schloss Gärsnäs gehörte. Kaum angekommen, war er in eine Mordermittlung hineingezogen worden. Er hatte daraufhin der lokalen Polizei geholfen, den Fall der ermordeten Maklerin Jessie Anderson zu lösen.

Nach anfänglichem Unwillen hatte Vinston allmählich begonnen, Österlen zu schätzen, trotz seiner verschrobenen Bewohner und der vielen Tiere. Aber jetzt, nach dreiwöchiger Flaute, fühlte er sich so ausgeruht, dass ihm schon fast wieder langweilig war. Tatsächlich sehnte er sich danach, wieder zu arbeiten.

Er strich mit seiner treuen Reisekleiderrolle über sein Jackett und die Vorderseite seiner Hose. Nicht dass er irgendwelche Fussel oder unliebsamen Tierhaare sah, er machte das eher zur Sicherheit. Als er fertig war, klappte er die Rolle zusammen, steckte sie in die Jackentasche und richtete ein letztes Mal den Krawattenknoten, bevor er das Schlafzimmer verließ und in die Wohnküche hinüberging.

Das Ferienhäuschen, das er von Poppe und Christina mietete, war ein idyllisches, weiß gekalktes Fachwerkhaus mit Spitzdach und Sprossenfenstern. Die Türrahmen waren niedrig, aber inzwischen hatte Vinston gelernt, an den richtigen Stellen den Kopf einzuziehen.

Er nahm eine der schiefen handgetöpferten Tassen aus dem Küchenschrank, goss sich Kaffee ein und blätterte zerstreut im *Cimbrishamner Tagblatt,* während er auf Christina und Poppe wartete.

Sie hatten zwar neun Uhr verabredet, aber so wie er die beiden kannte, hieß das eher zehn nach neun.

Heutige Eröffnung des Degeberga Antik- und Sammlermarktes lautete eine Überschrift in der Zeitung. *Über dreihundert Aussteller, ein Kilometer Marktstände und mindestens zehntausend Besucher sind zu erwarten.*

Vinston überflog den Artikel. Es schadete nichts, sich vorzubereiten.

Er teilte zwar nicht Christinas und Poppes Interesse für Antiquitäten, aber ihm war furchtbar langweilig. Außerdem würde Amanda auf dem Markt Eis verkaufen, weshalb er sich selbst zu diesem Ausflug eingeladen hatte.

Er freute sich darauf, seine Tochter bei der Arbeit zu sehen. Sie war so erwachsen geworden. In den letzten Wochen waren sie einander wieder viel näher gekommen – es bestand ein großer Unterschied darin, sich über Facetime zu sprechen, wie sie es sonst taten, oder sich richtig zu treffen. Im Übrigen gefiel ihm Amandas Interesse an seinem Job als Polizist.

Vinston blätterte weiter durch die Zeitung, wobei sein Blick auf den Namen Jonna Osterman fiel. Während der Ermittlungen im Fall der getöteten Maklerin hatte er eine gewisse Sympathie für Jonna verspürt. Aber die Situation war dadurch verkompliziert worden, dass sie die Chefredakteurin des *Cimbrishamner Tagblatts* war und er selbst ermittelnder Polizist. Als die für den Mord verantwortliche Person schließlich gefasst war, hatten er und Jonna ein paarmal aneinander vorbeitelefoniert, dann war Jonna in den Urlaub gefahren, und das Ganze verlief im Sande. Und in Kürze würde er nach Stockholm zurückkehren, weshalb es sich kaum lohnte, weitere Versuche zu unternehmen.

Vinston faltete die Zeitung zusammen und legte sie zuoberst auf den ordentlichen Stapel neben der Tür.

Dann steckte er sein Handy, seinen Geldbeutel und sein ledergebundenes Notizbuch ein, griff schließlich noch nach einem schwarzen Regenschirm mit Mahagonigriff, der an einem Haken in der Diele hing, und trat durch die Haustür in einen strahlenden Hochsommertag hinaus.

Der charmante kleine Garten der Bäckastuga war wunderbar grün. Vinston, der immer nur in der Stadt gewohnt hatte, war überrascht darüber, wie schnell alles wuchs. Vor drei Tagen erst hatte er mit einem ächzenden alten Rasenmäher das Gras gekürzt, aber heute könnte man fast schon wieder mähen. Eine Kletterpflanze, die bei seiner Ankunft etwa hüfthoch gewesen war, reichte nun fast bis zur Regenrinne hinauf.

Er blieb auf der Außentreppe stehen und atmete tief ein. Es roch herrlich. Lag es am Stress, dass er in Stockholm nicht mehr auf Gerüche geachtet hatte?

Seine Gedanken wurden unterbrochen, als ein dunkler Jaguar auf die Auffahrt zum Häuschen rollte.

Poppe, ein rundlicher Mann knapp über fünfzig, in Leinenhemd, mit Sonnenbrille und einem Schal um den Hals, stieg auf der Beifahrerseite aus.

»Entschuldige die Verspätung!«, sagte er, während er Vinston die Hintertür aufhielt. »Ich würde gerne die Schuld auf mich nehmen, aber dafür müsste ich lügen.«

Christina, die am Steuer saß, verdrehte die Augen.

»Bist du dir sicher, dass du mitwillst, Peter?« Sie sah Vinston über den Rückspiegel an. »Es gibt dort nur Antiquitäten, und wir werden den halben Tag unterwegs sein.«

»Ja, auf jeden Fall«, erwiderte er mit gespielter Begeisterung. »Ich möchte außerdem Amanda sehen.«

Christina rollte rückwärts aus der Einfahrt und fuhr so schnell los, dass Vinston automatisch nach dem Handgriff fasste.

»Du kommst doch nächsten Donnerstag aufs Schloss, wenn wir die *Antikrunde* zu Besuch haben?«, fragte Poppe vom Vordersitz aus. »Fabbe ist in Hochform. Es wird das Event des Jahres!«

»Fabian Anderklew«, soufflierte Christina. »Er ist einer der Stars der Show. Poppe und er sind alte Studienfreunde.«

Vinston nickte, als wisse er genau, was gemeint sei. In dem Moment gab Poppes Handy einen Ton von sich. Poppe schob sich die

Sonnenbrille in die Stirn, um die eingegangene Nachricht zu lesen, und begann dann, laut zu lachen.

Christina sah neugierig zu ihrem Mann hinüber.

»Von Fabbe?«

Poppe nickte.

»Er ist schon auf dem Antiquitätenmarkt. Offenbar lässt man ihm dort keine Ruhe. Hört mal: *Sobald ich irgendeinen blöden Eierbecher anfasse, denken die Leute, es sei ein Fabergé-Ei. Denke über Verkleidung nach, eventuell Pappnase und Schnurrbart.*«

Poppe brach wieder in Gelächter aus.

»Typisch Fabbe!«

Christina begegnete Vinstons Blick im Rückspiegel und verdrehte die Augen.

»Wenn Fabbe wirklich nicht erkannt werden will, kann er sich doch einfach weniger auffallend anziehen und diese übertriebene Brille weglassen«, meinte sie.

Poppe tat, als würde er sie nicht hören, eine Taktik, die Vinston insgeheim bewunderte.

Sie fuhren auf kurvigen Landstraßen Richtung Norden, kamen durch kleine, idyllische Dörfer und an weiß gekalkten Kirchen vorbei. Die Landschaft mit all ihren Alleen und gelben Getreidefeldern, die sich sanft im Sommerwind wiegten, war unglaublich schön. Hier und da sah man Rauch und Staub von einem Mähdrescher aufsteigen.

Vor dem Festplatz von Degeberga parkten Hunderte Autos in ordentlichen Reihen auf einer frisch gemähten Wiese. Um dorthin zu gelangen, musste man auf einen schmalen Kiesweg einbiegen und an einem jungen Mann mit Bartflaum und Signalweste vorbeifahren, der mit mäßigem Erfolg versuchte, die Besucher auf die ihnen zugewiesenen Plätze zu lotsen.

Christina ließ das Fenster herunter.

»Hallo, wir sind Aussteller«, log sie. »Wir wollen nur ein paar Sachen abliefern.«

Ohne auf eine Antwort zu warten, schloss sie das Fenster wieder und rollte an dem Parkwächter vorbei.

Vinston bedeckte das Gesicht mit der Hand und rutschte tiefer in seinen Sitz. Es war überhaupt nicht sein Stil, sich vorzudrängen.

In unmittelbarer Nähe der Stände fuhr ein Lastwagen aus einer Parklücke, die Christina dreist übernahm.

»Ich finde ja hoffentlich Sachen für den Garten, und dann will ich sie nicht über den ganzen Acker schleppen müssen«, erklärte sie, um ihr Verhalten zu rechtfertigen.

»Christina hat ein neues Projekt, weißt du, Peter«, sagte Poppe in neckischem Ton. »Jetzt, wo wir nach vielen Sorgen und Ärgernissen endlich mit der Renovierung des Schlosses fertig sind … habe ich mich eigentlich nach einem faulen Sommer gesehnt. Mit Gin Tonic in der Laube sitzen … Aber was macht meine geliebte Frau? Sie bestimmt, dass wir uns direkt an die Arbeit machen, eine exakte Kopie der Gärten von Versailles anzulegen.«

»Unsinn!«, schnaubte Christina. »Ich will lediglich den Schlossgarten wieder so herrichten, wie er vor zweihundert Jahren aussah. Betrachte es als kulturelle Tat.«

Poppe schnaubte.

»Warum willst du dich damit begnügen? Das Schloss wurde doch schon im dreizehnten Jahrhundert erbaut, sollten wir da nicht einen Burggraben ausheben und eine Zugbrücke bauen?«

Vinston lachte höflich, löste den Gurt und öffnete die Wagentür. Es verlangte ihn danach, sich die Beine zu vertreten und Christinas und Poppes Geplänkel nicht mehr anhören zu müssen.

Der Markt, der sich in einer Senke befand, war riesig, etwa so groß wie drei oder vier Fußballfelder. Unzählige Reihen gleichartiger Holztische mit Überdachungen aus verschiedenfarbigen Plastikplanen reihten sich aneinander. Die Gänge mit den Ständen erstreckten sich parallel über das gesamte Gelände. Über den Marktlärm hinweg gab eine Sprecherstimme immer wieder unterschiedliche Informationen bekannt.

»Den Schirm kannst du im Auto lassen«, sagte Christina. »Heute regnet es ganz bestimmt nicht.«

»Sicher ist sicher«, erwiderte Vinston schlau.

Der erste Gang war eng und voller Menschen. Sonnenverbrannte Touristen in Shorts und Sandalen, Kinderwagen, Rucksäcke und viel zu viele Hotdogs und tropfende Eistüten, die Vinstons Anzug beunruhigend nahe kamen.

»Wir müssen strukturiert vorgehen, damit wir nichts verpassen«, erklärte Christina. »Zuerst laufen wir jeden Gang einzeln ab, und am Schluss machen wir noch einen Bogen drum herum.«

Sie zog Poppe mit sich in die erste Reihe der Stände, und Vinston folgte langsam, wobei er seinen Regenschirm wie einen Spazierstock benutzte.

Der Geruch war mit das Erste, was ihm auffiel. Ein interessanter Mix aus frisch gemähtem Gras, Staub, alten Abdeckplanen, Feuchtigkeit und gebratenem Hering, den er zum Glück nicht jeden Tag riechen musste.

Schon nach etwa zehn Metern stellte er fest, dass vieles, was hier verramscht wurde, kaum als Antiquität anzusehen war. Manche Stände verkauften Flohmarktkrimskrams, der scheinbar wahllos auf den Tischen ausgebreitet lag: Einzelteile von Kaffeeservices, LPs, alte Wochenzeitschriften und rostiges Werkzeug. Auf anderen Tischen fanden sich nur wenige, sorgfältig ausgewählte wertvolle Objekte.

»Hier sind alle vertreten, von Haushaltsauflösern bis zu Privatpersonen und Sammlern, die ihre Regale zu Hause ausgemistet haben«, klärte Christina ihn auf, als sie vor einem Stand stehen blieb, der Porzellan aus den Fünfziger- und Sechzigerjahren anbot. Teller und Tassen mit farbenfrohen Mustern in Form von Blumen, Strichen und Punkten. Vinston erkannte ein Service mit großen, grünen Blättern wieder.

»Das Muster Berså von Stig Lindberg, das ist eine Ikone«, erklärte Christina. Sie zeigte auf ein paar Teetassen mit schwarz-weißen Streifen. »Und das heißt Zebra, kostet tausend Kronen das Stück.«

Vinston vermutete, dass die Geschäfte für die meisten Aussteller hier gut liefen. Überall wechselten Scheine im Tausch gegen in Zeitung eingeschlagene Kostbarkeiten ihren Besitzer.

Aus der Ferne sah er die beiden Ordnungshüter Svensk und Öhlander von der Polizeistation in Simrishamn, die durch die Menschenmassen patrouillierten. Als sie ihn erblickten, grüßten sie. Gut, dass sie präsent sind und sich zeigen, dachte Vinston. Eine solche Veranstaltung mit Tausenden von Besuchern zog immer Taschendiebe an.

»Sammelst du etwas, Peter?«, erkundigte sich Poppe.

»Nur ungenutzte Urlaubstage, oder?«, kommentierte Christina, ohne den Blick von einem Tisch mit Blumenkrügen zu wenden.

Vinston räusperte sich, leicht missgestimmt wegen der spitzen Bemerkung.

»Nein, nichts.«

»Ich selbst sammle Zigarrenschneider«, sagte Poppe. »Du darfst mir gerne Bescheid geben, wenn du einen siehst.«

Christina war wieder an einem Tisch stehen geblieben, wodurch Vinston und Poppe gezwungen waren, ebenfalls anzuhalten. Die Verkäufer waren ein älteres Paar, das zur Feier des Tages Kleidung aus den Sechzigerjahren trug. Auf dem Tisch lagen zahlreiche bunte Plastikgegenstände aus dieser Epoche. Nicht gerade Gartengerätschaften, konstatierte Vinston, der den Blick zum nächsten Tisch schweifen ließ. Dort wurden ausschließlich kleine naive Keramikfiguren verkauft, die ihm bekannt vorkamen.

»Die sind von Lisa Larson«, wusste Christina. »Aber zu dem Preis werden nur japanische Händler sie kaufen.«

Vinston musterte die Kunden vor dem Tisch und entdeckte unter ihnen tatsächlich ein asiatisches Paar, das die Figuren hin und her drehte. Neben ihnen stand ein großer Reisetrolley.

»Hierher kommen Antiquitätenhändler aus der ganzen Welt«, fuhr Christina fort. »Wir treffen bestimmt auch irgendwo einen der Experten aus der *Antikrunde*.«

»Und hier haben wir schon den Bekanntesten von ihnen!«, rief Poppe aus und winkte freudig einem Mann in moosgrünem Blazer, knallblauem Schal und einem breiten Lächeln im Gesicht. »Fabbe, hier!«

Die Menschenmasse teilte sich, um den Mann durchzulassen. Dieser war in Poppes Alter, hatte kaum noch ein Haar auf dem Kopf und trug eine markante rote Brille, die eine so ungewöhnliche Form besaß, dass sie spezialangefertigt sein musste.

Den Blicken und dem Getuschel zufolge erkannten ihn die Leute.

»Poppe! Christina!«, rief er laut, bevor er beide umarmte. »Wie läuft es für euch? Habt ihr etwa noch leere Hände?«, fragte er mit gespieltem Entsetzen.

»Wir sind gerade erst gekommen«, erwiderte Poppe entschuldigend. »Das ist Peter Vinston, Christinas Ex-Mann und der beste Polizist von Schweden.« Er klopfte Vinston auf die Schulter. »Fabbe ist einer meiner ältesten Freunde …«

»Na ja, so alt bin ich nun auch wieder nicht!«, lachte dieser und streckte Vinston die Hand entgegen.

»Einer meiner *besten* Freunde«, korrigierte sich Poppe. »Du hast ihn sicher schon mal im Fernsehen gesehen, Peter.«

»Freut mich«, erwiderte Vinston, während er dem anderen die Hand gab. Tatsächlich erkannte er den Mann aus der Antiquitätenshow wieder, in die er mal hineingeschaut hatte. Fabian Anderklew war der bekannteste und unterhaltsamste Experte der Runde.

Anderklew wandte sich an Poppe.

»Wie gut, dass ich dich treffe, lieber Bruder«, sagte er. »Darf ich dich für ein paar Sekunden entführen? Ich würde gerne etwas mit dir besprechen.«

Ohne auf eine Antwort zu warten, zog er Poppe einige Meter beiseite.

»Here we go again …«, murmelte Christina mehr für sich als zu Vinston. »Das mit dem ›lieben Bruder‹ heißt garantiert, dass er sich Geld leihen will. Und jetzt, wo er dafür gesorgt hat, dass die *Antikrunde* auf dem Schloss stattfindet, kann Poppe nicht Nein sagen.«

Vinston hörte nur mit halbem Ohr zu. In den Gängen hatte das Gedränge zugenommen, und es war nur eine Frage der Zeit, bis jemand auf seine frisch geputzten Brogues treten würde.

Er beschloss, Amanda am Eisstand aufzusuchen, schließlich war er ihretwegen mitgekommen.

Plötzlich übertönte eine geschulte Stimme alle anderen Gespräche, sodass sich die Besucher im Umkreis von zwanzig Metern umschauten.

»Sieh an! Erspähe ich dort nicht den Sherlock Holmes von Österlen?«

Im Gewimmel tauchte eine wohlbekannte Gestalt mit erhobenem Gehstock auf. Der Mann trug einen knöchellangen Kaftan mit bestickter Brust, einen Panamahut und einen nonchalant über die Schulter geworfenen langen Seidenschal. Einen Schritt dahinter folgte ein kleiner, durchtrainierter Kerl mit südländischen Gesichtszügen in identischer Kleidung.

Es waren Jan-Erik Sjöholm und sein Mann Alfredo, deren Bekanntschaft Vinston vor einigen Wochen gemacht hatte.

»Peter Vinston, nur ein echter Gentleman wie Sie vermag es, sich bei dieser Hitze in einen dreiteiligen Anzug zu kleiden. Ich selbst schnaufe wie ein überhitztes Walross.«

Der Schauspieler nahm seinen Hut ab und fächelte sich damit Wind zu.

»Christina, ist es seine kühle Schönheit, die ihn nicht schwitzen lässt? Oder sein cooles Temperament?«

Vinston fühlte sich peinlich berührt.

»Sie sind unser Wohltäter, Peter«, sagte Jan-Erik, sich auf seinen Mann stützend. »Seit Sie den Mord an Jessie Anderson gelöst haben, habe ich Interview-Anfragen aus der ganzen Welt bekommen. *Wie fühlte es sich an, des Mordes verdächtigt zu werden? Wie haben Sie zur Lösung des Falles beigetragen?* Ich hoffe, Sie haben Verständnis dafür, dass ich meine Rolle ein klein wenig übertreibe. Schließlich will niemand Statist sein.«

»Das stört mich absolut nicht«, erwiderte Vinston lächelnd. »Und im Übrigen haben wir den Fall zu zweit gelöst. Tove Esping war auch beteiligt. Ohne sie …«

Jan-Erik wedelte abwehrend mit der Hand.

»Ja, ja, selbstverständlich. Ehre, wem Ehre gebührt et cetera. Aber dank Ihnen bin ich aus den ewigen Jagdgründen der Vergessenheit wieder auf den Parnass gestiegen.«

»Wir hoffen, dass die Aufmerksamkeit dafür sorgt, dass Jan-Erik nächstes Jahr zum Sommertalk eingeladen wird«, warf Alfredo ein.

»Jaja«, unterbrach ihn Jan-Erik und wedelte wieder ungeduldig mit der Hand. »Wir werden sehen, was daraus wird. Das mit dem Sommertalk kommt mir nicht so schwierig vor, allerdings scheint er lebensgefährlich zu sein. Man denke nur an die arme Jessie.«

Der Schauspieler machte ein betrübtes Gesicht, das er mit einer dramatischen Pause unterstrich.

Christina, die alles, was mit dem Mord an Jessie Anderson zu tun hatte, leid war, nutzte den Moment, das Thema zu wechseln.

»Was macht ihr eigentlich hier? Ich dachte, ihr hättet Kaufverbot?«

»Das haben wir auch«, rief Alfredo aus. »Ich habe Jan-Erik ein Ultimatum gesetzt: eine Sache rein, eine Sache raus. Sonst muss er auf dem Sofa schlafen.«

»Tja, das wird nicht leicht werden«, antwortete Christina. »Hier gibt es so viele schöne Dinge. Ich selbst suche nach Gartenmöbeln und gusseisernen Töpfen, und während wir hier herumstehen und plaudern, verschwinden alle schönen Sachen. Ich muss weiter. Und Peter ist auf dem Weg, um Amanda zu treffen.«

Sie nickte Vinston auffordernd zu, und Jan-Erik setzte sich wieder den Hut auf.

»Viel Glück bei der Suche. Au revoir, ihr schönen Menschen!«

Der Schauspieler zwinkerte Vinston zu, bevor er mit Alfredo im Schlepptau wieder im Gewühl verschwand.

2

Gegen elf Uhr schlenderte Nalle Persson zurück zu seinem Verkaufsstand. Mehrere Kaffees mit Schuss wärmten ihm die Brust, er summte zufrieden. Bisher war der Markttag außerordentlich gut verlaufen. Und er sollte, wie er glaubte, noch besser werden.

Er befühlte die Jackentasche, in der die Schale sicher verwahrt lag.

An sich wusste er kaum etwas über chinesisches Porzellan. Als Haushaltsauflöser geriet man an alle möglichen Gegenstände, es war also praktischer, Generalist zu sein und von allem ein bisschen Ahnung zu haben, als andersherum.

Und wenn man sich nicht sicher war, konnte man immer noch googeln.

Die Trends wechselten im Übrigen ständig. Große Bauernschränke, die er vor nicht allzu langer Zeit die Treppen hinuntergeschleppt und für Zehntausende von Kronen an internationale Händler verkauft hatte, waren heute im Prinzip unverkäuflich. Teakholzmöbel und Messinglampen, die man früher in den Container geschmissen hatte, wurden jetzt auf Auktionen in New York und Paris versteigert.

Nalle holte die Schale aus der Jackentasche. Wie klein und unansehnlich sie war. Knapp fünf Zentimeter hoch und zehn im Durchmesser.

Eines der wenigen Dinge, die er über chinesisches Porzellan wusste, war, dass die Preise für besterhaltene Objekte in den letzten zwanzig Jahren kräftig gestiegen waren, und zwar, seit die Chinesen angefangen hatten, ihr kulturelles Erbe zurückzukaufen. Sobald er China-Gert mit zitternden Knien und dieser Schale in der Hand gesehen hatte, war ihm klar gewesen, dass dies genau solch ein Gegenstand war.

Wenn er nach bald vierzig Jahren in der Antiquitätenbranche etwas gelernt hatte, dann war es, Menschen zu lesen. Und als Quittung für diese Fähigkeit hatte er bereits ein Angebot für das Schälchen bekommen, das fünfmal höher war als das, was er für den gesamten Pfadfinderstand gezahlt hatte.

Vergnügt stieß Nalle auf und verströmte dabei Branntweingeruch.

Rasks Gebrauchtmöbelhandel hatte seinen Verkaufsstand ganz am Rand der Wiese, an einer beliebten Stelle, die er erst in den letzten Jahren ergattert hatte. Von Vorteil war der viele Platz. Man konnte hier ein großes Zelt aufschlagen und darin gleich mehrere Tische unterbringen. Aber vor allem konnte Nalle das Wohnmobil ganz vorfahren und direkt hinter dem Stand parken, sodass er bequemen Zugang zu Essen, Kaffee und einer Toilette hatte. Und was noch wichtig war: Er hatte einen privaten Ort, um Geschäfte zu machen.

Als er zu seinem Zelt kam, entdeckte er etwas, das ihn laut fluchen ließ.

»Jedes Jahr dieselbe Scheiße!«

Grund für seine Wut war ein Tisch mit mehreren unausgepackten Kartons, der im Gang zwischen den Zelten stand. Mit einer schwungvollen Bewegung griff er nach der Tischplatte und warf den Tisch um. Es schepperte, als die Kartons zu Boden fielen.

Vom Lärm alarmiert, kam ein großer, bärtiger Mann aus dem Nachbarzelt gestürmt.

»Was zum Teufel machst du da?«

»Ich helfe dir mit deinem Krempel, Lindeman«, erwiderte Nalle. »Du solltest mir dankbar sein. Die Gänge müssen frei gehalten werden.«

»Verdammter Idiot!«, schrie Lindeman und stieß Nalle gegen die Brust. »Das sind teure Sachen.«

Nalle knuffte zurück.

»Was weißt du schon davon, du blöder Auktionsheini! Ich schlag dich tot!«

Die beiden Männer begannen, zwischen den Zelten miteinander zu ringen. Sie waren sich hinsichtlich Statur und Alter so ähnlich, dass man meinen konnte, zwei Braunbären stünden sich auf den Hinterbeinen gegenüber.

»Hört auf!«

Eine kräftige Frau mittleren Alters trat aus dem Schatten. Ihr dunkelbraunes Haar war zu einem Pferdeschwanz gebunden, und um die Hüfte trug sie eine Bauchtasche.

»Nalle! Lindeman!«, schrie sie. »Was soll denn das?«

Sussi, Nalles Frau, starrte die beiden böse an, und die Männer beendeten ihren Ringkampf.

»Er hat meine Sachen runtergeschmissen«, keuchte Lindeman auf den Boden zeigend.

»Weil du sie auf unseren Platz gestellt hast«, schnaubte Nalle. »Du weißt ganz genau, wo die Grenze verläuft, aber jedes Jahr übertrittst du sie, nur um Ärger zu machen. Weil du neidisch bist.«

Lindeman ging einen Schritt auf Nalle zu, blieb aber stehen, als er Sussis Blick begegnete.

»Neidisch? Worauf denn?«, zischte er und wischte sich den Schweiß von der Stirn. »Hä? Auf deine unzufriedenen Kunden? Die Witwen, die du mit deinen unverschämten Angeboten hinters Licht führst?«

Nalle wurde rot. Er hob die geballten Fäuste, woraufhin Lindeman es ihm nachtat.

»Hört jetzt auf, alle beide«, fauchte Sussi. »Erwachsene Männer, die sich wie Kinder benehmen. Ihr solltet euch schämen. Merkt ihr nicht, dass die Leute schon gucken?«

Sie machte eine Handbewegung in Richtung einer Ansammlung von neugierigen Marktbesuchern, die stehen geblieben waren und herüberstarrten. Die beiden Männer beruhigten sich.

»Ihr könnt hier nicht jedes Jahr das gleiche Theater machen, hört ihr?«, fuhr Sussi fort. »Die Leute lachen über uns. Ihr müsst lernen, miteinander auszukommen.«

Die Männer brummten irgendeine unverständliche Antwort. Ihre Streitlust schien verflogen zu sein.

Lindeman beugte sich vor, um den umgestürzten Tisch wieder aufzustellen.

»Wenn was kaputt ist, musst du dafür aufkommen«, murmelte er.

»Schick mir die Rechnung, du blöder Idiot!«

Nalle spuckte neben Lindemans Füßen ins Gras, dann drehte er sich um und ging in sein Zelt.

»Ich will nur eben pissen«, brummte er Sussi zu, als er an ihr vorbeikam. »Dann geh ich was essen. Jimmy und du haltet hier am Stand die Stellung.«

Er verschwand im Wohnmobil und schmiss die Tür hinter sich zu. Sussi und Lindeman sahen ihm nach.

»Eines Tages kriegt Nalle, was er verdient«, sagte Lindeman dumpf. »Genau das, was er verdient.«

Nalles Frau antwortete nichts. Aber kurz sah es aus, als würde sie nicken.

3

Als es auf zwölf Uhr zuging, steuerte Vinston den Teil des Marktes an, der Essensgeruch verströmte. Er gelangte zu einem offenen Bereich, wo mehrere Plastiktische standen. An einem Schuppen hing ein Schild mit der Aufschrift *Marktverwaltung.* Rechts davon gab es einen mobilen Imbiss und links einen Stand mit Süßigkeiten.

Vor dem Eisstand von *Frusen Glädje* wand sich eine lange Schlange. Vinston hätte sich bestimmt vordrängeln können, er wollte Amanda ja eigentlich nur Hallo sagen, aber er hatte es nicht eilig. Außerdem mochte er Eis inzwischen ziemlich gern.

Von seinem Platz am hinteren Ende der Schlange sah er seiner Tochter bei der Arbeit zu. Sie schien ihre Sache gut zu machen, lächelte die Kunden an und füllte gekonnt Eis in die Waffeln. Sie wirkte viel sicherer als ihr Kollege. Offensichtlich hatte Amanda die Arbeitsschritte gut durchdacht, was Vinston sehr gefiel.

Während die Schlange immer länger wurde, erregte ein älteres Paar direkt hinter Vinston seine Aufmerksamkeit. Er lauschte heimlich ihrer Unterhaltung, verstand aber nicht so ganz, worüber sie redeten. Die Worte klangen dänisch, hatten aber zugleich eine schwedische Satzmelodie. Vinston tat sich mit dem schonischen Dialekt immer noch schwer, obwohl er ihn zumindest leichter verstehen konnte als Dänisch, was für ihn nach einer Reihe von gutturalen Lauten klang.

Seine linguistischen Überlegungen wurden von einer wütenden Stimme unterbrochen. Etwas weiter entfernt entdeckte Vinston eine Frau, die, ihrer Körpersprache nach zu urteilen, extrem aufgebracht war. Wild mit den Armen gestikulierend, stand sie vor einer anderen Person.

Vinston reckte sich, um besser sehen zu können. Die Frau musste knapp vierzig sein, sie war mittelgroß und hatte kurzes schwarzes Haar. Sie trug einen Rock und eine weiße Bluse, und über ihre Schulter hing eine teuer aussehende Handtasche.

Ihr gegenüber stand ein großer, kräftiger Mann mittleren Alters in kariertem Hemd und Kappe. Er stand seelenruhig da, während die

Frau auf der Stelle herumhüpfte und mit den Händen vor seinem Gesicht herumfuchtelte. Vinston verstand nur einzelne Worte ihrer aufgeregten Tirade.

»Der Tisch ist weg … werde es bei der Polizei anzeigen … verdammte Diebe …«

Er überlegte, ob er eingreifen oder zumindest hingehen sollte, um zu erfahren, worum es ging, aber eigentlich wollte er seinen Platz in der Schlange nicht aufgeben. Bevor er sich entschieden hatte, stürmte die Frau davon. Noch immer wütend, wie es schien.

»Glauben Sie ja nicht, dass Sie damit davonkommen, Nalle Persson!«, rief sie dem Mann über die Schulter zu.

Nalle, wie dieser offenbar hieß, blieb einen Moment stehen. Die neugierigen Blicke schienen ihn keineswegs zu stören. Dann schlenderte er in die entgegengesetzte Richtung davon. Vinston sah ihm nach, bis er im Gewimmel verschwunden war.

Jetzt war er an der Reihe.

Amanda lächelte ihren Vater an und sagte ihren einstudierten Spruch auf:

»Willkommen bei *Frusen Glädje,* Waffel oder Becher?«

»Hallo, mein Schatz«, antwortete Vinston. »Cooler Ferienjob.«

Seine Tochter schnalzte mit der Zunge.

»An diesem Witz hast du den ganzen Tag gearbeitet, stimmt's?«

»Er ist mir heute Morgen eingefallen«, gab Vinston zu. »Ich hätte gern zwei Kugeln in der Waffel.«

»Hast du gerade den Streit mitgekriegt?«, fragte Amanda, während sie den Eislöffel aus einem Wasserbad fischte.

»Ja, ich frage mich, worum es ging«, antwortete Vinston. »Weißt du, wer das war?«

»Ich glaube, der Typ heißt Nalle. Er hat heute Morgen den halben Pfadfinderverein zum Eis eingeladen, ich hoffe also, er kommt bald zurück und bezahlt. Die Frau habe ich noch nie gesehen. Aber sie schien ganz schön sauer zu sein.«

Amanda schabte eine Kugel Rhabarbereis zusammen und drückte sie anschließend in eine Waffel.

»Ich weiß, dass du Rhabarber liebst, aber welchen Geschmack soll die zweite Kugel haben?«

Vinston zögerte. So weit hatte er nicht gedacht.

»Du hast eine halbe Stunde angestanden!«, amüsierte sich Amanda. »Soll ich eine Kugel für dich wählen?«

»Nein, warte.«

Vinston las sich die Geschmackssorten durch, sah aber schnell ein, dass es zu viele waren, um eine Wahl treffen zu können.

»Ich nehme noch mal Rhabarber.«

Amanda verdrehte die Augen.

»Fantasie ist nicht gerade deine starke Seite.«

Sie kratzte eine weitere Kugel Rhabarbereis zusammen und reichte ihrem Vater die Waffel. Vinston zahlte, während Amanda den Betrag in die Kasse eingab.

»Wie läuft es für Mama?«, wollte sie wissen. »Ist sie vollauf mit Poppes BFF beschäftigt?«

»Fabian Anderklew? Kennst du ihn?«

»Klar. Er ist doch Lussans Onkel. Außerdem ist Fabbe Großkunde, er war auch schon hier und hat Eis gekauft. Er wohnt bei uns auf dem Schloss. Bleibt ganze zwei Wochen. Mama ist nicht gerade superglücklich darüber.«

»Nicht.«

Vinston probierte das Eis. Lussan war Amandas beste Freundin. Das sowie viele andere Dinge hatte er in den letzten Wochen über seine Tochter erfahren.

»Mama sagt, dass Fabbe und Poppe zusammen total studentisch und anstrengend sind«, fuhr Amanda fort. »Aber Poppe freut sich, und sie erträgt es seinetwegen. Wie ist das Eis?«

»Sehr gut.«

Amanda deutete auf die lange Schlange.

»Ich muss weiterarbeiten. Aber wir können uns ja morgen treffen? Ins Kino gehen oder so?«

Vinston nickte und verabschiedete sich von seiner Tochter. Er war unglaublich stolz darüber, was für eine smarte und selbstständige junge Frau sie geworden war.

Bald fand er einen freien weißen Plastikstuhl, doch bevor er sich setzte, wischte er ihn gründlich mit einer Serviette ab. Nachdem er sein Eis gegessen hatte, blieb er sitzen, genoss das sommerliche Wetter und beobachtete die vorbeiziehenden Leute, wobei er feststellte, dass hier wirklich alle möglichen Menschen herkamen. Von Familien mit Kindern bis zu sonderbaren kleinen Männern und Frauen in beiger Kleidung, die Trolleys hinter sich herzogen.

Einmal huschte Fabian Anderklew im Getümmel vorbei. Er war an seinem grünen Blazer und der auffälligen Brille leicht zu erkennen, aber der Antiquitätenspezialist hatte es so eilig, dass er nicht in Vinstons Richtung sah. Offensichtlich hatte er sich eine Weile von Poppe getrennt.

Vinston fiel ein, was Amanda gerade über das Dreiecksdrama zwischen Christina, Poppe und Fabian erzählt hatte, und verzog etwas schadenfroh den Mund. Seine Ex-Frau hatte wahrscheinlich alle Hände voll zu tun.

Vinston nahm sich vor, sich so weit wie möglich von diesem Pulverfass fernzuhalten.

Alles, was er jetzt brauchte, waren noch ein, zwei ruhige Wochen, bevor es für ihn an der Zeit war, nach Stockholm zurückzukehren.

4

»Und, bist du jetzt satt und zufrieden?«, fragte Sussi kühl, als Nalle kurz nach zwölf zum Verkaufsstand zurückkam.

Einen Moment lang dachte er daran, ihr von der Schreckschraube zu erzählen, die mit ihm Streit angefangen hatte, ließ es dann aber bleiben. Sussi war so unglaublich auf das Ansehen des Familienunternehmens bedacht und wollte nichts über unzufriedene Kunden hören.

»Ja, danke«, erwiderte er deshalb nur.

»Der Tisch leert sich langsam, kannst du mir helfen, neue Sachen auszupacken?«

Sussi wickelte eine Glasvase in Zeitungspapier, legte sie in eine Tüte und reichte sie einem Kunden.

»Ist Jimmy nicht da? Ich habe gleich ein Treffen«, brummte Nalle, sich nach ihrem Sohn umblickend.

»Er ist dabei, den Scheiß, den du heute Morgen bei den Pfadfindern gekauft hast, in den Lkw zu packen«, erwiderte Sussi. »Was sollte das überhaupt?«

Auf Nalles Gesicht zeigte sich ein schiefes Grinsen.

»Ich wollte nur den Kindern helfen. Hatte Mitleid mit ihnen.«

Sussi schnaubte.

»Und das soll ich dir glauben? Dass du plötzlich ein Herz bekommen hast?«

Nalle schaute sich am Stand um und wechselte das Thema.

»Für wie viel haben wir bisher verkauft?«

»Fünfundzwanzig bis dreißig«, antwortete Sussi.

Nalle streckte auffordernd die Hand aus. Seine Frau zögerte einen Moment, öffnete dann aber ihre Bauchtasche und gab ihm ein Bündel Geldscheine.

»Ich habe jede Öre im Buch vermerkt«, zischte sie. »Bloß damit du es weißt.«

Missgelaunt grunzend steckte er die Scheine ein.

»Ich habe eine Besprechung und will nicht gestört werden. Sag das auch Jimmy, wenn er fertig ist.«

Mit diesen Worten ging er durch das Zelt zum Wohnmobil, nahm die Treppe in einem Satz und schlug die Tür hinter sich zu. Im Wagen stopfte er die Scheine in seine bereits gut gefüllte Geldbörse, bevor er sich aus einer Thermoskanne Kaffee einschenkte.

»Jede Öre vermerkt …«, brummte er vor sich hin. Als müsste er sich für sein selbst verdientes Geld rechtfertigen.

Rasks Gebrauchtmöbelhandel war der größte Haushaltsauflöser in Österlen. Allerdings war er auch nicht besonders wählerisch. *Man kann mit allem Geld verdienen, auch mit Müll,* war Nalles Credo. Aber das ließ er natürlich nicht die Kunden wissen.

Normalerweise führte ihn sein Arbeitstag zum Haus eines kürzlich Verstorbenen oder einer Person, die ins Altersheim gesteckt worden war. Dort schaute er sich um und machte anschließend ein Angebot.

Seine einstudierte Taktik bestand darin, dass er den Angehörigen vorwarf, seine Zeit zu verschwenden, weil das besagte Haus nur Müll enthalte. Dann, wenn er sie in der Defensive hatte, machte er ein miserables Angebot. Es war sogar vorgekommen, dass er bei dieser Gelegenheit kurzerhand das Auto oder das gesamte Haus mitgekauft hatte.

Die besten Sachen nahm Nalle direkt mit. Dann durften Sussi und Jimmy mit ein paar Mitarbeitern den Rest in Kartons packen und alles zu ihrem Laden fahren.

Wenn die Angehörigen nicht sofort anbissen oder er gute Laune hatte, bot er ihnen an, auch das Putzen und Leerräumen des Hauses zu übernehmen. Dieser Gefallen kostete ihn in Wirklichkeit nichts, weil er die wertlosesten Dinge einem Polen überließ, der einen Flohmarkt betrieb und im Gegenzug ein paar Putzleute vorbeischickte.

Nalle war mit seinem Geschäftsmodell sehr zufrieden. Dass dabei im Großen und Ganzen bar bezahlt wurde, machte die Sache nicht schlechter.

Er trank einen Schluck Kaffee und holte dann die Schale hervor, die er den halben Tag mit sich herumgetragen hatte.

Fünfunddreißigtausend bar auf die Hand würde er in Kürze für diesen wertvollen Fund bekommen.

Das ergab einen ordentlichen Gewinn. Seine Laune war so gut, dass weder diese kleine Vogelscheuche, die ihn mit einem Haufen Beschuldigungen konfrontiert hatte, noch seine eigene beleidigte Alte ihm den Tag vermiesen konnte. Fünfunddreißigtausend Kronen, die Sussi nicht in ihr verdammtes Buch schreiben konnte, weil sie von deren Existenz keine Ahnung hatte. Geld, das ihm gut zupasskam. Dies war nämlich sein letzter Antiquitätenmarkt.

Eine neue Zeit stand ihm bevor, eine ruhigere Zeit voller Entspannung, Reisen und angenehmer Gesellschaft. Ohne anstrengende Kunden, schwere Arbeit und alten Dreck.

Ein leises Klopfen unterbrach seine schönen Gedanken. Nalle versteckte die Schale in einem Schrank, bevor er die Tür öffnete.

Es war sein Sohn. Jimmy war knapp dreißig und fast so groß wie sein Vater, hatte aber deutlich weichere Gesichtszüge.

»Ich gehe zum Imbiss. Wollte nur hören, ob du was brauchst?«

Jimmy warf einen neugierigen Blick in das Wohnmobil, als wolle er sehen, was dort vor sich ging.

Nalle holte tief Luft. Sein erster Impuls war, seinen Sohn anzumeckern, weil er ihn störte. Dieser Apfel war wirklich weit vom Stamm gefallen, Jimmy hatte die unangenehme Eigenschaft, in den falschen Momenten aufzutauchen. Manchmal, vor allem in letzter Zeit, hatte Nalle den Eindruck, sein Sohn würde ihm hinterherspionieren. Aber heute konnte nicht einmal Jimmy Nalles gute Laune zunichtemachen.

»Nein danke, kleiner Jimmy«, sagte er so freundlich wie möglich. »Ich habe ein paar Termine und will nicht gestört werden. Aber danke der Nachfrage.«

Sobald die Wohnmobiltür geschlossen war, kramte Nalle eines seiner Handys hervor.

Treffen wir uns in einer halben Stunde am Eisstand?, schrieb er und drückte auf Senden.

Die Antwort kam prompt.

Ein Herz, gefolgt von zwei Worten.

Habe Sehnsucht.

Nalle holte die Schale aus dem Schrank, hielt sie gegen das Licht und bewunderte das schöne Muster.

Das Schälchen hatte was, fand er. Vielleicht würde es ihm Glück bringen, und das nicht nur geschäftlich. War es dumm, die Schale zu verkaufen? Er hatte versucht, den Wert zu googeln, aber kein Objekt gefunden, das diesem entsprach.

Fünfunddreißigtausend war nicht wenig Geld, aber was, wenn es in Wirklichkeit viel mehr wert war? Wollte er dieses Risiko wirklich eingehen?

Wenn er darüber nachdachte, kam es ihm so vor, als sei der potenzielle Käufer doch ein wenig zu enthusiastisch gewesen. Vielleicht sollte er also lieber einen kühlen Kopf bewahren.

Ein erneutes Klopfen, diesmal an der Hintertür, ließ ihn aufschauen.

Nach einem Blick aus dem kleinen Wohnmobilfenster öffnete er.

»Komm rein, Daniel«, sagte er zu dem Mann, der draußen wartete.

»Gut, dass du hintenrum kommst. Es hat dich doch keiner gesehen? Ich habe wie versprochen dein Geld für den letzten Job.«

5

Nachdem Vinston ein paar langweilige Stunden auf dem Markt verbracht hatte, ging er zur äußersten Standreihe, wo sich Christina und Poppe seiner Berechnung nach jetzt befinden müssten. Und tatsächlich entdeckte er Poppe in Betrachtung antiker Korkenzieher an einem großen, überdachten Stand, bei dem die Zeltwände teilweise aufgeschlagen waren. *Lindemans Auktionsunternehmen* stand auf einem Schild über dem Eingang.

Auf den Tischen drängten sich Keramikobjekte, alte Messinggegenstände, Medaillen und eine Sammlung grob gereinigter Apothekenflaschen verschiedener Größen mit von Hand beschrifteten Etiketten.

Ein junger Mann kümmerte sich um den Verkauf, während ein bärtiger Herr, den Vinston für den Antiquitätenhändler hielt, auf einem Klappstuhl saß und die Kunden beobachtete. Er war groß und kräftig, und abgesehen vom Bart ähnelte er dem Mann, den Vinston vorhin streitend neben der Eisbude gesehen hatte.

Der Antiquitätenhändler trank fleißig Bier aus einer Dose, seine Augen waren gerötet, und der Blick wirkte verschwommen. Seine Lippen bewegten sich abwesend wie bei einem leisen Selbstgespräch.

In der Ecke des Verkaufsstands gab es ein Holzgestell mit blanken Waffen: Degen, Säbeln, Bajonetten. Vinston erkannte einen langen Dolch mit Messingdetails auf der schwarzen Scheide sowie einer goldenen Quaste, die vom Griff herabbaumelte. *Ehrendolch, um 1950, Königliche Luftwaffe,* las er auf einem Schildchen. Vinston nickte zufrieden. Zu Hause in seiner Wohnung hatte er ein Foto seines Großvaters in der Paradeuniform der Luftwaffe mit solch einem Dolch im Gürtel.

Sein Großvater hatte während des Kalten Krieges heimliche Beobachtungsflüge an der Ostseeküste durchgeführt. Vinston selbst hatte auch davon geträumt, Pilot zu werden, aber leider war er zu groß für das Cockpit eines Kampfflugzeugs.

Er zog den Dolch aus der Scheide. Die schmale Klinge war beidseitig geschliffen und überraschend spitz.

»Bist du nicht zu alt, um mit Schwertern zu spielen?«, fragte Christina hinter seinem Rücken.

Vinston drehte sich um.

»Das ist kein Schwert, sondern ein Ehrendolch«, erklärte er. »Eine Zeremonienwaffe, die …«

Er brach mitten im Satz ab.

Seine Ex-Frau war in Gesellschaft einer schönen Frau in Sommerkleid und Sneakers, deren langes hellbraunes Haar zu einem Zopf geflochten war. Vinston steckte die Waffe verlegen zurück in die Scheide und hängte sie wieder ins Gestell.

»Das ist Peter, mein früherer Mann«, sagte Christina. »Und das ist Anna Tyche.«

Die Frau nahm die Sonnenbrille ab, bevor sie Vinston eine sonnengebräunte Hand entgegenstreckte. Sie war etwa vierzig, und ihre warmen braunen Augen lösten in Vinstons Brust ein weiches Flattern aus.

»Anna hat das schönste Antiquitätengeschäft in ganz Schonen«, fuhr Christina fort.

»Danke, wie nett, dass du das sagst«, erwiderte Anna mit gespielter Bescheidenheit. »Aber das stimmt nicht.«

Vinston schüttelte ihre Hand.

»Angenehm.«

Angenehm? Seufz. Warum benutzte er ein Wort aus dem letzten Jahrhundert? Warum hatte er nicht gesagt: *Schön, dich kennenzulernen,* oder einfach nur *Hallo?*

Christina raschelte mit ihren Tüten.

»Wie du siehst, bin ich fündig geworden. Wir müssen nur noch die äußerste Reihe ablaufen. Kommst du mit, oder bist du es langsam satt, Peter?«

»Überhaupt nicht, im Gegenteil«, log Peter. »Diese Antiquitäten sind sehr interessant.«

»Dann sieh mal hier.«

Christina wühlte in ihren Taschen und zeigte ihre vielen Käufe vor. Anna Tyche hatte hingegen leere Hände.

»Ich habe meine Sachen schon zum Auto gebracht«, erklärte sie. »Ich war heute Morgen sehr früh da, so wie die meisten professionellen Käufer. Da entdeckt man die besten Fundstücke.«

Während sie an den Ständen entlangspazierten, erzählte Anna eine Anekdote über die wilden Geschäfte, die manchmal gemacht wurden.

Vinston hörte interessiert zu. Anna war locker, spontan, und es war leicht, sich in ihrer Gesellschaft wohlzufühlen. Sie besaß einen Laden im Zentrum von Malmö, wo sie Designermöbel aus dem zwanzigsten Jahrhundert verkaufte. Offensichtlich war Christina eine gute Kundin.

»Von Anna habe ich das dänische Sideboard aus Palisander gekauft, das im Wohnzimmer steht.«

»Ah, das ist superschön«, behauptete Vinston, obwohl er keine Ahnung hatte, von welchem Möbelstück sie sprach.

Poppe, einen Gegenstand unter dem Arm tragend, schloss sich ihnen breit lächelnd an.

»Ich habe etwas Scharfes gefunden! Buchstäblich!«

Er zeigte ihnen ein vierundfünfzig Zentimeter großes Modell einer Guillotine, die mit einem scharf geschliffenen Beil versehen war, das man an einem dünnen Seil hochziehen konnte.

»Hier auf den Richtblock legt man die Zigarre«, erklärte er vergnügt. »Und da, in der kleinen Zinkwanne, landet der Stumpen. Zack!«

Christina sah weniger begeistert aus.

»Du und Fabbe dürft nicht mit diesem Apparat spielen, wenn ihr betrunken seid. Das kann dich einen Finger kosten.«

»Oder was anderes«, flüsterte Anna Vinston zu, der daraufhin verlegen hustete.

Plötzlich traf ein Regentropfen seine Hand, kurz darauf fiel ein weiterer auf seinen Nacken. Er sah hoch und entdeckte eine große, dunkle Wolke, die wie aus dem Nichts aufgetaucht war.

»Oh, nein«, jammerte Christina. »Regnet es etwa?«

Noch bevor jemand antworten konnte, dröhnte ein Donnergrollen durch das Tal, und im nächsten Augenblick öffnete sich der Himmel.

Regen ergoss sich auf die Marktstände, die Besucher suchten eilig Schutz. Christina, Poppe und Anna versuchten, sich unter ein vorstehendes Zeltdach zu drängen, aber da alle anderen Marktbesucher es genauso machten, wurde es schnell eng, feucht und stickig.

Vinston hingegen spannte triumphierend den Schirm auf, den er bei sich getragen hatte. Dabei schielte er auf seine Armbanduhr. 14:31 Uhr. Überraschende Ereignisse zu notieren war eine polizeiliche Unart, die er sich schon vor Jahren zugelegt hatte.

»Ist für mich auch noch Platz?«

Anna Tyche stellte sich direkt neben ihn.

»Selbstverständlich.«

Sie legte ihre Hand auf seine und zentrierte so den Regenschirm über ihnen beiden.

»Tut mir leid, dass ich mich so aufdränge.«

»Das macht gar nichts.«

Die Tropfen klatschten laut auf den Schirm, als der Regen an Stärke zunahm. Innerhalb weniger Minuten hatten sich Pfützen auf dem Boden gebildet. Die Verkäufer, die ihre Planen zu nachlässig aufgespannt hatten, sprangen vollkommen durchnässt umher und versuchten, den Fehler zu korrigieren. Wieder donnerte es.

Anna stellte sich noch näher an Vinston. Sie reichte ihm etwa bis zum Kinn, und er wusste nicht, wohin er schauen sollte. Also sah er weg. Ihr Parfum duftete wunderbar und kam ihm bekannt vor.

Vinston legte unauffällig den Kopf schief und sog den Geruch durch die Nase ein. Flieder? Jasmin? Jedenfalls nicht Rose.

»Hast du immer einen Schirm dabei?«, fragte Anna.

Vinston richtete sich ertappt auf.

»Auf jeden Fall bei solchen Gelegenheiten«, erwiderte er. »Sicher …«

»… ist sicher«, ergänzte Anna und sah Vinston einen Moment lang in die Augen.

Zu seiner Enttäuschung endete der Regen so schnell, wie er begonnen hatte. Vinston klappte widerwillig den Schirm zu, dann lösten sich er und Anna voneinander.

»Wie nett ihr beiden es hattet«, kommentierte Christina grinsend.

Vinston tat, als hätte er nichts gehört.

»Kommst du heute Abend auch, Peter?«, wollte Anna wissen.

Er hob fragend die Augenbrauen.

»Wir veranstalten ein kleines Abendessen auf dem Schloss«, erklärte Christina. »Du bist natürlich herzlich eingeladen, wenn du kommen willst.«

»Das tut mir leid«, sagte Anna verlegen. »Ich dachte …«

Vinston beeilte sich, sie aus der Situation zu retten.

»Ich will mich absolut nicht aufdrängen.«

»Redet nicht so einen Unsinn«, sagte Christina bestimmt. »Der Grund, warum ich dich bisher nicht eingeladen habe, ist, dass wir wahrscheinlich hauptsächlich über Antiquitäten und die bevorstehende Fernsehübertragung sprechen werden. Fabbe ist natürlich mit dabei. Aber je mehr ich darüber nachdenke, desto besser fände ich es, wenn du auch kommst. Ein paar mehr Erwachsene am Tisch können nicht schaden.«

Sie nickte in Richtung Poppe, der sich gerade vergewisserte, dass seine Zigarrenguillotine nicht nass geworden war.

»Was meint ihr? Sollen wir langsam nach Hause gehen?«, fragte Christina dann.

Um sie herum hatten die Aussteller alle Hände voll damit zu tun, die Zeltdächer vom Wasser zu befreien, damit der Verkauf weitergehen konnte, aber dem Markt war spürbar die Luft ausgegangen. Die meisten Besucher schienen sich Richtung Ausgang zu bewegen.

Vinston schüttelte ein letztes Mal seinen zusammengeklappten Regenschirm, bereit, Christina und den anderen zum Wagen zu folgen.

Aber bei einem der größeren Zelte ein Stück weiter schien etwas vor sich zu gehen. Zuerst war es kaum merklich, nur eine leichte Unruhe in der Körperhaltung der Besucher, die am nächsten standen. Als würden sie zwischen dem Impuls, schnell wegzulaufen oder dazubleiben, hin- und hergerissen.

Vinston hatte dieses Phänomen mehr als einmal beobachtet, öfter, als ihm lieb war. Eine Warnglocke klingelte in seinem Kopf, weshalb er beschloss, näher heranzugehen.

Jetzt entfernten sich einige Besucher rasch, während andere den Hals reckten. Er konnte einzelne Wörter aufschnappen: »bewusstlos« und »Krankenwagen«.

Die Warnglocke wurde lauter, Vinston beschleunigte seine Schritte.

Da übertönte ein plötzlicher Laut den Marktlärm.

Ein hoher, durchdringender Schrei zerschnitt die Luft, ließ jede Bewegung erstarren.

6

Nalle!«, hörte Vinston eine Frauenstimme rufen. »Lieber, Nalle, antworte mir!«

Vinston begann zu rennen.

Am Eingang zum Verkaufszelt hatte sich schon eine Menschentraube gebildet. Er drängte sich an ihr vorbei, zwischen den Tischen mit Tischlampen, Porzellan, Korkenziehern und allerlei Haushaltsgegenständen hindurch.

Ganz hinten, wo der Verkaufsstand in das Vorzelt eines Wohnmobils überging, standen einige Personen über eine Gestalt gebeugt. Ihre Stimmen verschmolzen zu einem einzigen aufgeregten Durcheinander, das sich zu der jetzt dröhnenden Warnglocke in Vinstons Kopf gesellte.

»Nalle!«, schrie die Frau wieder. »Antworte mir!«

»Polizei«, unterbrach Vinston. »Was ist passiert?«

Eine Frau in Leinenhemd und Shorts gab den Blick auf einen kräftigen Mann mit halb geöffnetem Mund und geschlossenen Augen frei, der nahe der Zeltwand auf einem Campingstuhl saß. Vinston erkannte ihn sofort wieder, es war derselbe, der vorhin an der Eisbude Streit gehabt hatte.

Neben dem Stuhl kniete eine große Frau auf dem lehmigen Boden. Vergeblich versuchte sie, den Mann wach zu rütteln.

»Polizei!«, wiederholte Vinston, woraufhin sie aufschaute. Ihr Gesicht war blass und verweint.

»Es ist sein Herz«, hauchte sie. »Er atmet nicht mehr. Ich weiß nicht, was wir tun sollen.«

Vinston hob das Kinn des Mannes an. Es bot keinen Widerstand, die Haut war grau uns eiskalt.

»Helfen Sie mir!«, wies er einen bleichen Mann an, der sich gerade an den Schaulustigen vorbei vorgedrängt hatte. »Wir müssen ihn aus dem Stuhl kippen.«

Er griff nach der Rückenlehne des Campingstuhls und zog sie zu sich. Durch die Bewegung fiel der schwere Körper langsam nach vorne und offenbarte dabei einen blutigen, glänzenden Gegenstand, der noch in der Stuhllehne steckte.

Es dauerte nur einen Moment, bis Vinston erkannte, was er war. Eine schmale Klinge, die allem Anschein nach von hinten in den Körper gestoßen worden war, durch den Zeltstoff und die Stuhllehne hindurch.

»Mein Gott!«, rief die Frau aus und schlug sich die Hände vors Gesicht.

Der Mann, der eben dazugekommen war, legte die Arme um sie. Offensichtlich ihr Sohn.

Vinston befühlte den Puls des am Boden Liegenden, was ihm das bereits Offensichtliche bestätigte. Der Mann war tot. Ermordet, am helllichten Tag, unter Hunderten von Zeugen.

Vinston stand auf und sah auf seine Uhr.

14:38 Uhr, notierte er im Stillen für sich. Die kräftige Frau und ihr Sohn waren neben dem Toten auf die Knie gefallen. Beide schluchzten laut.

Vinston musste an Amanda denken. Ein Mörder lief frei auf dem Markt herum – allerdings konnte sie in der Eisbude kaum in akuter Gefahr sein.

Vom Zelteingang her bahnten sich zwei bekannte Gestalten den Weg durch den Menschenauflauf.

Es waren Svensk und Öhlander.

»Was ist los?«

Vinston versuchte, seine Gedanken zu sammeln. Vielleicht sollte er sich einfach zurückziehen? Zu Christina und Amanda zurückkehren und alles der lokalen Polizei überlassen?

Er schaute zu den beiden patrouillierenden Polizisten hinüber und fragte sich, welcher von beiden den verwirrteren Eindruck machte. Sie strahlten kaum die Kompetenz aus, die jetzt erforderlich war.

Nachdem er tief Luft geholt hatte, richtete er sich groß auf.

»Alle, die nicht hierhergehören, verlassen bitte unverzüglich das Zelt«, sagte er, so amtlich er konnte. »Dies ist ein Tatort. Wer etwas gesehen oder gehört hat, wartet freundlicherweise draußen, dann kommen meine Kollegen gleich zu Ihnen und nehmen Ihre Personalien auf.«

Svensk und Öhlander, die immer noch am Eingang standen, machten fragende Gesichter.

»Worauf warten Sie?«, sagte Vinston verärgert. »Legen Sie los und sperren Sie ab!«

In Felicias Kaffeehaus in Komstad herrschte gewöhnlicher Sonntagsbetrieb. Eine bunte Mischung aus Touristen und Busreisenden saß bei Kaffee und Kuchen im schönen Garten. Und wie immer war der Collie Bob vollauf damit beschäftigt, zwischen den Tischen umherzugehen und diejenigen zu begrüßen, die er dessen für wert erachtete.

Felicia Oduya, der das Café gehörte, steckte ihren Kopf durch die Tür zum Spülraum.

»Liebling, wir haben überhaupt keine Kaffeetassen mehr«, rief sie ihrer Lebenspartnerin zu, bevor sie so schnell wieder verschwand, wie sie aufgetaucht war.

»Verdammt«, brummte Kriminalassistentin Tove Esping und wischte sich mit dem Handrücken den Schweiß von der Stirn. Sie trug T-Shirt, graue Trainingshosen und Crocs, und da sie gerade eine Spülmaschine gestartet hatte, wäre sie jetzt gezwungen, ein paar der benutzten Tassen, die sich auf der Arbeitsplatte stapelten, von Hand zu spülen.

Kurz schloss Esping die Augen und stellte sich vor, sie säße auf einem Pferderücken. Der Geruch nach Hafer, Hufe, die über den Sand galoppierten, Sonne im Gesicht, Wind in den Haaren – all das hätte sie jetzt im Moment erleben können, wenn sie sich nicht bereit erklärt hätte, Felicia im Café zu helfen.

Sie öffnete den Wasserhahn, verschloss den Ablauf des Spülbeckens und merkte erst, als sie die Hände schon ins Spülwasser getaucht hatte, dass das Handy in ihrer Hosentasche vibrierte.

Rasch trocknete sie sich die Hände an ihrer fleckigen Schürze und griff nach dem Telefon, aber sie war nicht schnell genug.

Verpasster Anruf Lars-Göran stand auf dem Display. Bevor Esping zurückrufen konnte, begann das Handy erneut zu vibrieren.

L-G war ihr Chef auf der Polizeiwache in Simrishamn, aber momentan war er im Urlaub. Um diese Jahreszeit, wenn sich die meisten Verbrechen in der Gegend auf Falschparken reduzierten, nahm er sich immer zwei Wochen frei. Da er aus dem Urlaub anrief, ging Esping davon aus, dass es wichtig sei.

»Hej, L-G. Ist was passiert?«

»Tove …!«

Wind rauschte im Lautsprecher und riss ganze Satzfetzen des Polizeichefs weg.

»… sofort nach Degeberga fahren.«

Esping drückte sich den Hörer ans Ohr.

»Ich verstehe kaum, was du sagst.«

»… Rad fahren. Margareta und ich … Radtour bei Möckeln. Bin jetzt auf dem Rückweg. In sieben Stunden auf der Wache. Fahr zum Markt in Degeberga …«

Esping versuchte, den Sinn des Gesprächs zu erfassen.

»Okay, ich kann natürlich sofort nach Degeberga fahren, aber worum geht es denn?«

»Mord«, rief L-G. »Am helllichten Tag.«

Esping brauchte exakt eine halbe Stunde, um die Strecke Komstad–Degeberga zurückzulegen. Auf der Fahrt dorthin ignorierte sie eine ganze Reihe von Blitzern, aber um die Strafzettel würde sich L-G später kümmern müssen. Auch wenn sie ihren eigenen alten Volvo fuhr, war sie Polizistin im Dienst. Und in dringendem Auftrag unterwegs.

Ein Mord.

Ihre erste eigene Ermittlung.

Esping ließ sich den Satz immer wieder auf der Zunge zergehen. Obwohl sie die einzige Ermittlerin der kleinen Polizeistation von Simrishamn war, war ihr Arbeitstag normalerweise vollkommen frei von solchen Herausforderungen.

Erst vor Kurzem hatte sie zwar in einem beziehungsweise sogar zwei Mordfällen ermittelt, aber dabei war ihr Peter Vinston vor die Nase gesetzt worden. Und selbst wenn sie nach und nach sowohl seine seltsame Art als auch seine Arbeitsmethoden zu schätzen gelernt hatte, freute sie sich darauf, endlich zeigen zu können, dass sie durchaus allein zurechtkam. Bei dem Gedanken daran schlich sich ein äußerst unprofessionelles Lächeln auf ihre Lippen.

Ihre erste eigene Mordermittlung.

Als Esping in den Schotterweg zum Festplatz einbog, hatte sie im Kopf schon alles durchgeplant. Als Erstes würde sie den Tatort sichern, dafür sorgen, dass niemand, der nicht unbedingt dort sein musste, herumstiefelte und mögliche Spuren vernichtete.

Die Absperrung musste ausreichend großflächig vorgenommen werden, lieber zu groß als zu klein, wie Peter Vinston einmal gesagt hatte. Danach würde sie die nächsten Angehörigen befragen und andere Polizisten beauftragen, die Zeugen zu hören. Svensk und Öhlander waren normalerweise immer auf dem Antik- und Sammlermarkt zugegen, es wären also schon mindestens zwei Kollegen vor Ort.

Das Letzte, was sie dem abgehackten Gespräch mit ihrem Chef entnommen hatte, war, dass Thyra Borén schon informiert worden war, aber bevor Esping fragen konnte, warum er zuerst die Kriminaltechnikerin und dann sie kontaktiert hatte, war die Verbindung abgebrochen und L-G nicht mehr zu erreichen gewesen.

Vielleicht hatte ihr gestresster Chef sein Telefon fallen gelassen? Rad zu fahren und gleichzeitig Anweisungen zu geben, lag ganz klar außerhalb von L-Gs Multitasking-Vermögen.

Aber das spielte auch keine entscheidende Rolle. Sie wusste genau, was getan werden musste, und war bereit, sich auf die Aufgabe zu stürzen.

Als Esping ihren Wagen abstellte, glaubte sie an der einen Seite des Marktes ein blau-weißes Absperrband zu erspähen.

Svensk und Öhlander hatten offenbar eigeninitiativ gehandelt, was sie überraschte. Die beiden waren sonst eher wenig unternehmungslustig.

Esping zog sich Schuhüberzieher und Plastikhandschuhe an, denn Vinston hatte ihr beigebracht, so etwas immer im Auto zu haben. Dann ging sie auf die Absperrung zu.

Ihr Herz klopfte vor Erwartung, sie beschleunigte ihre Schritte.

Vor der Absperrung stand eine Gruppe Schaulustiger mit erhobenen Handykameras, dahinter ein Kollege aus Kristianstad, der den Tatort bewachte. Svensk und Öhlander hatten sich wirklich selbst übertroffen, wenn sie bereits Verstärkung angefordert hatten.

Esping hob das Band hoch und wedelte cool mit ihrer Dienstmarke, so wie sie es sich seit ihrer Bewerbung an der Polizeischule erträumt hatte.

»Tove Esping, Simrishamn. Das ist mein Fall«, sagte sie zu dem Kollegen aus Kristianstad.

Dieser nickte und zeigte mit dem Daumen über seine Schulter auf einen großen Verkaufsstand, wo sich zwei Menschen in den weißen Overalls der Kriminaltechnik über den Boden beugten.

Thyra Borén war also schon dabei, den Tatort zu untersuchen. Ein glänzender Anfang.

Höchste Zeit, in den Fall einzusteigen.

Esping lief so schnell auf das Verkaufszelt zu, dass sie fast mit einem ihr wohlbekannten Mann im dreiteiligen Anzug zusammengeprallt wäre.

»Da sind Sie ja!«, sagte Peter Vinston munter. »Willkommen.«

Er hielt sein ledernes Notizbuch in der Hand und sah unverschämt vergnügt aus.

Espings Laune sackte in den Keller. Was zum Henker hatte der hier zu suchen? An ihrem Tatort?

»L-G hat mir gesagt, Sie hätten heute frei, dass er jedoch versuchen würde, Ihnen Bescheid zu geben. Es war ein bisschen schwierig, ihn am Telefon zu verstehen, und jetzt erreiche ich ihn nicht mehr«, informierte Vinston sie.

»Ich weiß«, brummte Esping.

Auf einmal war sie sich ihrer selbst ungeheuer bewusst. Sie schaute auf ihre Trainingshose und die Crocs hinunter.

»Was tun Sie hier?«, fragte sie so gefasst wie möglich.

Vinston hob die Augenbrauen.

»Hat L-G Ihnen das nicht gesagt? Ich war als erster Polizist vor Ort. Wir sind gerade schon bei der Tatortuntersuchung und der Zeugenbefragung. Das Opfer ist dort hinten.«

Er drehte sich um und zeigte auf einen Mann, der vor einem Campingstuhl auf dem Boden lag.

»Der Tote heißt Lennart Persson, genannt Nalle, einundsechzig Jahre alt. Inhaber von *Rasks Gebrauchtmöbelhandel*. Er ist wohl berühmt-berüchtigt in der Branche. Die Todesursache scheint auf den ersten Blick recht eindeutig.«

Erst jetzt bemerkte Esping die blanke, blutige Klinge, die aus der Rückenlehne des Klappstuhls schaute. Ihr Magen geriet in Bewegung, sie musste schlucken. Unwillkürlich dachte sie an die Maklerin, die erst vor wenigen Wochen von ihrer eigenen Angelhaken-Skulptur aufgespießt worden war. Aber das hier war etwas ganz anderes. Kein Stoß oder Fall, sondern …

»Eine kaltblütige Tat«, ergänzte Vinston ihre Gedanken. »Der Tod ist irgendwann zwischen 14:31 Uhr und 14:37 Uhr eingetreten.«

»Woher wissen Sie das?«, fragte Esping unnötig barsch.

Vinston blätterte in seinem Notizbuch.

»Laut Sussi, der Ehefrau, kam Nalle aus seinem Wohnmobil und ließ sich in den Campingstuhl fallen.« Er blätterte um. »Unmittelbar danach begann ein Sturzregen, und zwar genau um 14:31 Uhr, wie ich selbst notiert hatte, und das Zelt füllte sich innerhalb weniger Minuten mit Leuten, die Schutz vor dem Regen suchten. Der Gewitterschauer dauerte ungefähr fünf Minuten, und als die Leute das Zelt langsam wieder verließen, entdeckte Sussi, dass Nalle nicht ansprechbar war, und rief um Hilfe. Ich selbst war um 14:38 Uhr vor Ort, ungefähr zur gleichen Zeit wie der Sohn Jimmy, der von einer Besorgung zurückkam. Ich erkannte ziemlich schnell, dass es sich um einen Mord handelte.«

»Wo sind Jimmy und seine Mutter jetzt?«, erkundigte sich Esping, die wollte, dass Vinston aufhörte, über sich selbst zu reden.

»Ich habe sie nach Hause geschickt, nachdem Thyra Borén ihre Fingerabdrücke genommen hatte. Sie waren ziemlich durcheinander, und ich sah keinen Anlass, sie weiter hierzubehalten. Ich habe ihre vollständigen Aussagen.«

Vinston klopfte auf sein Notizbuch.

Esping biss sich auf die Unterlippe. *Er* war vor Ort gewesen, *er* sah keinen Grund, sie länger dazubehalten. *Er* hatte ihre Aussagen.

»Die Mordwaffe ist ein Ehrendolch. Eine zeremonielle Waffe, die bei der Luftwaffe zur Paradeuniform getragen wird.«

Vinston zeigte auf den Klappstuhl mit der Klinge.

»Kommen Sie mit, ich zeige es Ihnen.«

Er führte Esping um die Ecke, wo es zwischen den Ausstellungszelten einen schmalen Durchgang gab.

»Wie Sie sehen, konnte sich der Täter zwischen den Zelten fast unbemerkt bewegen«, sagte Vinston. »Besonders, da alle Besucher vollauf damit beschäftigt waren, dem Sturzregen zu entkommen. Das Opfer ist hier durch ein Fenster zu sehen.«

Er schob Esping ein Stück weiter zu einer Stelle, wo das Verkaufszelt in das Vorzelt des Wohnmobils überging. Ein Teil des Zeltstoffes war durchsichtig, und wie Vinston gesagt hatte, konnte man unmittelbar dahinter Nalles Stuhl erkennen.

Etwa in Hüfthöhe schaute der Griff des Dolches heraus. Die schwarze Scheide mit den Messingbeschlägen lag nur ein, zwei Meter entfernt, eines von Thyra Boréns kleinen Beweisschildchen stand schon daneben.

»Ein Hering ist herausgezogen«, erklärte Vinston weiter, mit dem Fuß auf die Unterkante des Vorzeltes deutend, wo sich eine leere Metallöse befand.

»Er liegt da drüben. Ich frage mich, warum?«

Bevor Esping antworten konnte, kam Thyra Borén vornübergebeugt um die Ecke des Wohnmobils.

Die Cheftechnikerin, die wie gewöhnlich einen weißen Schutzanzug und Gummihandschuhe trug, fotografierte mit einer großen Kamera Schritt für Schritt den weichen Boden.

Als sie Vinston und Esping sah, richtete sie sich auf und schüttelte demonstrativ den Kopf.

»Was für ein Albtraum«, sagte sie. »Ich glaube, ich war noch nie an einem schlimmeren Tatort. Schuhspuren von mehreren Tausend Besuchern, und sicher genauso viele Fingerabdrücke auf den Gegenständen im Zelt.«

Sie rubbelte sich mit dem Handrücken über die Stirn.

»Und ich dachte, ich würde heute Wein trinken und Barnaby schauen. Stattdessen werden wir jetzt die halbe Nacht hiermit zubringen. Wir nehmen das ganze Wohnmobil mit, das ist am einfachsten. Sie haben für heute Nacht Regen angekündigt. Die Obduktion wird irgendwann Anfang der Woche stattfinden. Aber vielleicht eilt es ja nicht so sehr? Die Todesursache scheint recht klar zu sein.«

Mit einem Nicken deutete sie auf den Dolchgriff, der aus der Zeltwand schaute.

»Gibt es Fingerabdrücke auf dem Messer?«, fragte Esping, hauptsächlich, um etwas zu sagen.

»Ehrendolch«, korrigierte Vinston. »Und ja, es gibt welche. Unter anderem meine, fürchte ich. Ich hatte ihn kurz vor dem Mord in der Hand.«

»Das war ja klar«, seufzte Esping.

Erst fingert er an der Mordwaffe herum, dann ist er dabei, als die Leiche gefunden wird, und übernimmt das Kommando. Würde sie Peter Vinston nie loswerden?

»Er hing dort in der Ecke.«

Vinston zeigte auf ein Holzgestell mit blanken Waffen, das im Nachbarzelt stand.

»Und wem gehört dieser Stand?«, erkundigte sich Esping.

»Einem Mats Lindeman.«

»Betreibt er nicht ein Auktionshaus in Tomelilla?«

»Richtig«, bestätigte Vinston. »*Lindemans Auktionsunternehmen.* Ein anderer Verkäufer sah ihn gegen elf mit Nalle streiten. Anscheinend hatte Nalle einen von Lindemans Tischen umgeworfen, weshalb es zu einer Schlägerei kam.«

Esping hob verärgert die Arme.

»Und das sagen Sie erst jetzt? Mats Lindeman hatte Zugang zur Mordwaffe und ein mögliches Motiv. Warum sitzt er dann noch nicht auf der Wache im Verhörraum?«

Vinston ließ das Gummiband seines Notizbuches schnalzen.

»Weil er verschwunden ist.«

7

»Verschwunden?«, stöhnte Esping.

Ihre erste eigene Mordermittlung begann wahrlich nicht so, wie sie es sich vorgestellt hatte.

»Die Aushilfe an Lindemans Stand hat ihn kurz vor dem Regenschauer zuletzt gesehen«, sagte Vinston. »Aber sein Wagen ist noch da. Wir haben Lindeman über die Lautsprecher ausrufen lassen, und alle Polizisten sind auf der Suche nach ihm.«

»Okay …«

Esping schloss die Augen, rieb sich die Nasenwurzel und versuchte, ihre Gedanken zu sortieren, was ihr fast unmöglich war.

»Können wir das Ganze von Anfang an durchgehen?«, fragte sie schließlich. »Wann ist das Opfer hierhergekommen?«

Vinston blätterte wieder in seinem Notizbuch.

»Sussi zufolge waren sie, Nalle und ihr Sohn Jimmy schon gestern Nachmittag hier und begannen auszupacken.«

»Aber der Markt hat doch wohl erst heute Morgen angefangen?«, unterbrach ihn Esping.

»Für die Öffentlichkeit, ja. Aber die Verkäufer und angereisten Antiquitätenhändler machen wohl schon am Samstagnachmittag miteinander Geschäfte, und dann wieder am Sonntag in aller Frühe. Frau und Sohn sind zurück auf den Hof bei Gladsax gefahren, während Nalle selbst hier im Wohnmobil übernachtet und den Stand bewacht hat.«

Vinston blätterte eine Seite um.

»Kurz vor fünf heute Morgen waren Sussi und Jimmy wieder hier, wo sie weiter Sachen auspackten. Nalle ging in der Zeit herum und machte mit anderen Händlern Geschäfte.«

Vinston unterstrich etwas in seinem Notizbuch.

»Als die ersten normalen Besucher gegen neun Uhr auftauchten, betrieben Sussi und Jimmy den Stand. Nalle ging derweil auf dem Markt herum oder traf sich mit Leuten in seinem Wohnmobil. Das machte er wohl immer so, genau wie mit Lindeman zu streiten, der gegen elf eintraf. Kurz vor dem Regenguss halb drei kam Nalle aus dem Wohnmobil. Den Rest kennen Sie. Regenschauer, Gedränge und zuletzt – ein Mord.«

Esping war furchtbar genervt, tat aber ihr Bestes, es nicht zu zeigen, hauptsächlich, weil Vinston im Grunde genommen alles richtig gemacht hatte.

Er blätterte noch eine Seite weiter.

»Da ist noch etwas. Außer dem Gerangel mit Lindeman habe ich selbst Nalle bei einem anderen Streit erlebt.«

Esping sah ihn skeptisch an.

»Er wurde drüben beim Eisstand gegen Mittag von einer ungefähr vierzigjährigen kurzhaarigen Frau beschimpft. Leider habe ich nur Bruchstücke des Streits mitbekommen. Die Frau sagte etwas von Dieben und dass Nalle nicht davonkommen würde. Er grinste sie nur an, woraufhin sie stinksauer davonrauschte.«

Vinston schlug sein Buch zu.

»Das wär's.«

Esping blieb stumm. Peter Vinston hatte wirklich das untrügliche Talent, im Zentrum des Geschehens zu landen. Und jetzt stand er hier in seinem Anzug und schaute zufrieden drein. Als wäre es sein Fall und nicht ihrer.

»Ich habe ihn«, ertönte plötzlich eine laute Stimme. »Ich habe Lindeman gefunden!«

Svensk kam durch einen der Gänge gelaufen und hielt dabei einen großen, bärtigen Mann fest am Arm.

Vinston blinzelte. Es war derselbe Mann, den er vorhin im Zelt hatte Bier trinken sehen.

Mats Lindeman wankte und schien sich nur schwer auf den Beinen halten zu können. Sein Gesicht war gerötet, die Augenlider schwer. Das mit Schnupftabak verschmutzte Hemd hing ihm aus der Hose, und schon aus mehreren Metern Entfernung roch man seine Alkoholfahne.

»Er saß auf einem der Dixiklos und hat geschlafen. Voll wie eine Haubitze«, erzählte Svensk zufrieden. »Wohin sollen wir ihn bringen?«

Vinston fühlte sich von der Frage angesprochen, aber Esping kam ihm zuvor.

»Fahrt ihn zur Wache, dann befrage ich ihn, sobald er wieder nüchtern ist.«

Svensk schleppte Lindeman mit sich zu den Fahrzeugen.

Vinston und Esping standen sich einen Moment lang schweigend gegenüber, als würde jeder darauf warten, dass der andere etwas sagte.

»Tja«, begann Esping schließlich. »Vielen Dank dafür, dass Sie sich um alles gekümmert haben. Ich übernehme jetzt, damit Sie weiter Urlaub machen können. Sie fahren doch auch bald zurück nach Stockholm, oder nicht? Übernächste Woche, richtig?«

Vinston zögerte. Am liebsten würde er natürlich mit zur Wache fahren und hören, was Lindeman zu sagen hatte. Aber bis der Mann wieder nüchtern genug war, um verhört zu werden, würde es mehrere Stunden dauern, und außerdem hatte L-G ihn nur darum gebeten, bei den ersten Maßnahmen zu helfen. Er war sich im Übrigen vollkommen bewusst, dass Esping seine Hilfe nicht wollte. Und es gab ja schließlich auch noch anderes im Leben als polizeiliche Ermittlungen.

Zum Beispiel das Essen heute Abend auf dem Schloss und die schöne Anna Tyche.

Er zwang sich zu lächeln.

»Kein Problem. Freut mich, dass ich helfen konnte. Viel Glück!«

Vinston nickte zum Abschied und ging auf das Absperrband zu. Nach einigen Metern drehte er sich noch einmal um.

»Melden Sie sich, wenn etwas ist …«, fing er an, bevor er begriff, dass Esping schon wieder im Zelt verschwunden war.

8

Es war kurz nach fünf, als Vinston wieder in der Bäckastuga, seinem Ferienhäuschen, war.

Er hatte sich zuvor vergewissert, dass es Amanda den Umständen entsprechend gut ging. Sie war ein bisschen aufgeregt gewesen, hatte aber ihre Schicht beendet und den Eisstand geschlossen.

Christina und Poppe hatten den Antikmarkt verlassen, sobald sie von dem Mord erfahren hatten. Aber das Essen sollte trotzdem stattfinden.

Normalerweise hatte Vinston nichts dagegen, den Abend allein zu verbringen, aber nach den dramatischen Ereignissen des Tages war er aufgewühlt. Er ermittelte seit bald zwanzig Jahren, verspürte aber immer noch einen Adrenalinschub, wenn er zu einem Tatort musste. Ein gutes Zeichen, fand er. Wenn man zu abgebrüht wurde, war es Zeit, in Rente zu gehen.

Er hängte sein Jackett auf und öffnete den Krawattenknoten. Dann holte er sich ein Bier aus dem Kühlschrank und setzte sich auf der Terrasse in den Schatten. Drüben am Bach zwitscherten Vögel, in den Rabatten summten Bienen, und die Luft war voller sommerlicher Gerüche. Sein Puls beruhigte sich langsam. Er hielt nach Pluto Ausschau, aber die große schwarze Katze war nicht zu sehen.

Sie hatten eine gewisse Routine entwickelt – eine Art Gentlemen's Agreement. Im Tausch gegen eine großzügige Portion Sardinen hielt Pluto gehörig Abstand. Die Katze strich nicht um Vinstons Beine herum oder sprang auf seinen Schoß. Und das Wichtigste: Sie versuchte nicht mehr, ins Haus zu gelangen, um auf Vinstons Bett zu schlafen.

In letzter Zeit war Pluto allerdings immer gieriger geworden. Manchmal tauchte sie, hungrig maunzend, mehrmals am Tag auf. Vinston hatte im Verdacht, dass sie wählerisch geworden war und ihre gewöhnliche Nahrung zu Hause auf dem Bauernhof gegen die Sardinen eingetauscht hatte. Aber dagegen ließ sich nicht viel machen. Widerwillig musste er sich eingestehen, dass die Gesellschaft der Katze ganz nett war. War er etwa schon zu lange allein?

Das Bild vom toten Nalle tauchte vor seinem inneren Auge auf. Ein Ehrendolch im Herzen, welch makabre Art zu sterben. Und welch ein Zufall, dass er selbst kurz vorher die Waffe in der Hand gehabt hatte.

Die Gedanken schweiften weiter zu Anna Tyche und dem gemeinsamen Moment unter dem Regenschirm. Ihr Haar, ihre braunen Augen, das ansteckende Lächeln.

Wie er heimlich ihren Duft eingesogen hatte, der ihm irgendwie bekannt vorgekommen war.

Er stand auf und begann, im Garten herumzuschnüffeln. Es war nicht die Rispenhortensie. Die Stockrosen dufteten fast nicht, die wilden Rosen und ein paar andere Blumen, deren Namen Vinston nicht kannte, dafür umso stärker. Aber keiner der Düfte entsprach dem von Anna Tyche.

Er ging zu einem großen Geißblatt. Bingo. Der Busch roch abends sehr viel stärker, aber dies war zweifellos der Duft, den er in Annas Haar wahrgenommen hatte. Vinston holte tief Luft und begrub seine Nase in den Blüten.

Ein Maunzen ließ ihn zusammenzucken. Ein paar Meter von ihm entfernt saß Pluto im Gras und beobachtete ihn erstaunt.

Etwa eine Stunde später startete Vinston seinen treuen Saab, um zu Poppe und Christina zu fahren.

Am Steuer musste er wieder an den Mord denken. Er war neugierig zu erfahren, ob Mats Lindeman inzwischen nüchtern war und Esping ihn bald befragen konnte. Aber er widerstand dem Impuls, sie anzurufen. Ihrer kurz angebundenen Art nach vermutete er, dass sie die Dinge allein in die Hand nehmen wollte.

Er bog in die Allee ein, die zu Schloss Gärsnäs führte, und erblickte das märchenhafte Gebäude mit seiner rosa Fassade, seinen hohen Türmen und dem spitzen Kupferdach. Es fehlten nur die Kürbiskutsche, eine Schar Mäuse und die gute Fee.

Vinston parkte in der Nähe des Haupteingangs und ging dann den Gartenweg entlang. Es war ein wunderbar windstiller Sommerabend, im Schlossgarten plätscherte eine Fontäne, und es roch nach frisch gemähtem Gras. Als er um das Schloss herumging, entdeckte er

Christina, Poppe, Fabian Anderklew und Anna Tyche auf der Steinterrasse.

»Ah, hier kommt der Held des Tages!«, rief Poppe aus, als Vinston die Treppe zu ihnen hinaufstieg. »Du bekommst gleich einen Drink, Peter. Wir haben schon ohne dich angefangen, mussten die Nerven ein wenig beruhigen.«

Poppe ging zu einem Tisch, wo er mit verschiedenen Flaschen hantierte. Vinston stellte sich neben Christina.

»Ist Amanda nach Hause gekommen?«

»Sie ist auf dem Weg. Ihr Chef bringt sie.«

»Gut«, erwiderte Vinston erleichtert.

Dann schaute er verstohlen zu Anna Tyche, was von ihr mit einem Lächeln belohnt wurde. Sie war noch schöner als am Nachmittag, was wahrscheinlich daran lag, dass sie das Kleid gewechselt, sich geschminkt und das Haar geöffnet hatte. Es fiel Vinston schwer, den Blick von ihr abzuwenden.

»Was für eine schreckliche Geschichte heute auf dem Markt«, sagte sie. »Wie wird man mit so etwas fertig, Peter?«

»Ich weiß es nicht«, erwiderte Vinston aufrichtig. Seine Gefühle auszudrücken, war nie eine Stärke von ihm gewesen. »Indem man alles dafür tut, den Mörder zu fassen, vermute ich.«

»Armer alter Nalle.« Anderklew schüttelte mitfühlend den Kopf. »Er war so etwas wie eine Legende in der Branche. Gerüchten zufolge habt ihr seinen alten Antagonisten Mats Lindeman geschnappt?«

Bevor Vinston etwas antworten konnte, schaltete sich Christina ein.

»Wollen wir Peter nicht erst einen Drink zu sich nehmen lassen, bevor wir mit dem Kreuzverhör beginnen? Er hatte bestimmt einen anstrengenden Nachmittag.«

Poppe reichte ihm ein Glas.

»Ein Skål auf Peter!«

Vinston nahm einen vorsichtigen Schluck. Das war ein ordentlicher Drink. Tatsächlich sahen Poppe und sein bester Freund auch schon ein bisschen angetrunken aus, wobei Fabian leicht in Führung lag.

»Wirst du die Polizei von Simrishamn bei diesem Fall auch wieder unterstützen?«, erkundigte sich Poppe.

»Nein, ich habe nur bei den ersten Schritten geholfen. Esping und L-G schaffen das auch allein. Ich hoffe, es wird eine rasche und einfache Ermittlung.«

Vinston bemühte sich, so zu klingen, als meinte er es auch.

»Dann hat also Mats Lindeman Nalle umgebracht?«, hakte Anderklew nach. »Ich habe gehört, dass sie sich heute Morgen geprügelt haben. Mats und Nalle sind bestimmt schon seit fünfundzwanzig Jahren verfeindet. Sie streiten sich um alles.«

Er beugte sich neugierig zu Vinston vor.

»Was hat das Fass zum Überlaufen gebracht? Ging es um Geschäfte? Etwas, das auf dem Markt passiert ist?«

»Leider kann ich keine laufende Ermittlung kommentieren.«

»Genau!«, rief Christina. »Lass Peter jetzt in Ruhe, Fabbe. Das sind seine letzten Ferienwochen.«

Anderklew sah aus, als hätte er noch weitere Fragen, aber stattdessen begann Christina, von ihren Plänen bezüglich der Restaurierung des Schlossgartens zu erzählen.

»Ich habe ein paar alte Skizzen gefunden. Da drüben an der Südseite hatte das Schloss einen eigenen Kräutergarten und ein Gemüsegärtchen.«

Poppe schien nicht ganz so begeistert.

»Wir sind von Bauernhöfen umgeben, warum können wir unser Gemüse nicht wie bisher kaufen?«

»Das ist nicht dasselbe!«, meinte Christina. »Um wie viel besser schmeckt nicht eine Tomate, die man selbst im eigenen Garten gezüchtet hat? Das ist genau wie mit Fleisch. Du sagst doch immer, dass das, was du selbst geschossen hast, am besten schmeckt.«

Poppe gab sich geschlagen.

»Vielleicht hast du recht. Ich sehe nur schon vor mir, wie du mich jeden Abend zwingst, selbst geernteten Sellerie zu essen.«

Er schüttelte sich übertrieben.

»Ich habe einen Kompromissvorschlag«, sagte Anderklew und wandte sich an Christina. »Lass Poppe den Sellerie erst schießen, bevor ihr ihn esst!«

Er und Poppe brachen in lautes Gelächter aus, während Christina nur mäßig belustigt schien.

Anna Tyche suchte Vinstons Blick, und ein warmer Schauer durchströmte ihn, als sie die Augen verdrehte.

Sie aßen im großen Saal, dessen Wände mit Gobelins und Ölgemälden längst verstorbener, grimmig dreinschauender Ahnen bedeckt waren. Die Esszimmermöbel waren im gustavianischen Stil gehalten, über ihnen hing ein großer Kristallleuchter, und auf dem Tisch standen zwei Silberkandelaber mit brennenden Kerzen.

Vinston hatte in den letzten Wochen viel Zeit im Schloss verbracht, aber an den Prunk hatte er sich nicht gewöhnt. Der Kontrast zu seiner eigenen Wohnung in Stockholm war enorm. Auch für Christina und Amanda musste der Umzug hierher eine große Umstellung bedeutet haben. Als Christina und er verheiratet gewesen waren, hatten sie in einer kleinen Dreizimmerwohnung mit Ikea-Möbeln gewohnt und sich jeden Morgen zu den anderen müden Pendlern in die U-Bahn gequetscht. Jetzt wohnten Christina und Amanda in einem Märchenschloss und hatten einen deutlich komfortableren Lebensstil.

Zu Vinstons Freude wurde Anna Tyche beim Essen neben ihm platziert. Aber bevor er überhaupt daran denken konnte, ihr den Stuhl herauszuziehen, stand Fabian bereit.

»Vielen Dank, wie nett von dir«, sagte Anna und setzte sich.

Anna und Fabian schienen miteinander vertraut, stellte Vinston enttäuscht fest. Vorhin im Garten hatte Anna sogar diskret eine Prise Snus aus Fabians antiker Tabakdose gemopst. Hatte Vinston die ganze Situation missverstanden?

Es gab nur eine Art, das herauszufinden.

Er beugte sich zu Anna vor und vergewisserte sich, dass niemand anderes mithörte. Dann hob er leicht die Augenbrauen.

»Du und Fabian, seid ihr …?«

»Gott, nein!«, lachte Anna, als sie seine Andeutung verstand. »Ich kenne Fabian, seit ich klein war. Er ist fast so was wie Familie.«

Vinston atmete aus, bemerkte aber aus den Augenwinkeln, dass Christina sie beobachtete.

»Außerdem ist er nicht mein Typ«, flüsterte Anna.

»Zu alt?«

Anna schüttelte den Kopf.

»Einfach zu sehr Fabbe.«

Vinston war erleichtert. Fabian und Poppe waren ein paar Jahre älter als er, Anna hingegen mindestens sieben oder acht Jahre jünger.

Sie rutschte näher zu ihm hin.

»Ich stehe auf große, rotblonde Männer im dreiteiligen Anzug«, sagte sie mit einem amüsierten Glitzern in den Augen. »Gern um die neunundvierzig.«

Vinston errötete und konnte ein Lächeln nicht zurückhalten.

Poppe hatte sich beim Kochen selbst übertroffen. Rehfilet gespickt mit Knoblauch, Gewürzen, Pilzen und Nüssen. Dazu Rotweinsoße und selbst gemachtes Vogelbeergelee.

Und der Wein … Vinston lachte im Systembolaget normalerweise über die ambitionierten Beschreibungen von Geschmack, Farbton und Vollmundigkeit. Für ihn war Wein einfach Wein. Aber was Poppe heute servierte, war das Beste, das Vinston jemals getrunken hatte. Und vermutlich auch das Teuerste.

Fabian Anderklew füllte die Gläser, als sei er der Gastgeber des Festmahls.

»Pinot noir Jahrgang 96 passt gut zu Reh, findet ihr nicht auch?«, meinte er zufrieden schmatzend. »Poppe hatte eigentlich an den Vierundneunziger gedacht. Aber zum Glück habe ich ihn in den Weinkeller begleitet und die richtigen Goldstücke rausgesucht.«

»Der vierundneunziger Jahrgang ist ein guter Wein«, protestierte Poppe.

»Absolut, lieber Bruder! Aber der Sechsundneunziger ist fantastisch, nicht wahr?«

Fabian schenkte sich wieder ein, woraufhin Christina ihren Mann vorwurfsvoll ansah, was dieser zu ignorieren versuchte.

»Der Sechsundneunziger ist außerdem mindestens tausend Kronen teurer«, flüsterte Anna. »Fabbe zu Besuch zu haben, ist ein teurer Spaß.«

Vinston hätte sich beinahe verschluckt. Tausend Kronen *teurer*. Mit seinem bescheidenen Polizistengehalt war es wohl besser, kein gesteigertes Interesse an Wein zu entwickeln.

Fabian drehte genießerisch sein Glas zwischen den Händen.

»Man stelle sich vor, dass so ein kleines Detail wie eine einzige Ziffer auf einer Flasche einen so großen Unterschied machen kann. Von außen betrachtet identisch, aber doch so verschieden. Was für ein Bukett!«

Er steckte die Nase ins Glas und schnüffelte übertrieben.

»So duftet es im Himmel, dessen bin ich mir ziemlich sicher. Bemerkt ihr den Unterton von Rosen, Trüffeln und Leder?«

Vinston hielt das Glas an die Nase, und zum ersten Mal überhaupt bemerkte er tatsächlich die genannten Düfte. Er prostete Anna zu und trank andächtig einen Schluck von Poppes Luxuswein.

Gutes Essen, gute Weine und zudem noch gute Gesellschaft. Es gab trotz allem ein Leben neben der Arbeit.

In der Polizeistation von Simrishamn ließ Esping heißes Wasser aus der Kaffeemaschine in ihre Tasse laufen und suchte dann im Schrank nach einem Teebeutel. Im Laufe des Nachmittags hatte sie ihre gute Laune weitgehend wiedergefunden. Peter Vinston hatte zwar viel von dem durchführen können, was sie selbst geplant hatte, aber jetzt war er weg und sie diejenige, die das Sagen hatte.

Als sie zum Schreibtisch zurückging, bekam sie eine SMS von Felicia. Es war das Foto einer Schale Chips, und im Hintergrund lag Bob vor dem Fernseher auf dem Boden.

Normalerweise hätte Esping jetzt sehnsuchtsvoll geseufzt. Als einzige Ermittlerin in Simrishamn war sie es gewohnt, abends und am Wochenende zu arbeiten. Aber heute würde sie einen Verdächtigen in ihrem ersten eigenen Mordfall verhören.

Sie sah auf die Uhr. Bald wäre es an der Zeit, Mats Lindeman zu wecken, der noch immer seinen Rausch ausschlief.

Sie schickte ihrer Freundin ein lächelndes Emoji und setzte sich an den Schreibtisch, um ihre Verhörstrategie ein letztes Mal durchzugehen. Am besten wäre es, Lindeman in Ruhe erzählen zu lassen, was passiert war. Sie würde nur offene Fragen stellen und langsam vorgehen. Je mehr Details sie bekam, desto besser. Sie brauchte Informationen, die sich untersuchen, kontrollieren oder widerlegen ließen.

Ihr war bewusst, dass das Verhör mehrere Stunden dauern könnte.

Jedenfalls wenn Lindeman nicht direkt gestand, was natürlich schön wäre, aber auch ein bisschen enttäuschend.

Esping stand auf, nahm ihr Handy und ihren Notizblock mit und ging in die kleine Abteilung mit den Arrestzellen. Svensk sah im Wachraum fern, anscheinend war er gar nicht so unglücklich darüber, Überstunden machen zu müssen.

Esping bedeutete ihm, ihr zu folgen, und öffnete dann die erste Stahltür.

Alkoholdünste schlugen ihr aus der Zelle entgegen.

»Zeit zum Aufwachen!«, sagte sie.

Ein verschlafener, rotäugiger Mats Lindeman blinzelte Esping von seiner Pritsche an der Wand her an. Nach wenigen Sekunden schob er seine Beine über den Pritschenrand und richtete seinen stattlichen Körper auf. Dann strich er sich ein paarmal über den Bart, während er verlegen zu ihr hinüberschielte.

»Tja«, seufzte er. »Das war wohl eine üble Geschichte.«

9

Nach dem Essen wechselte die Gesellschaft für Kaffee und Cognac in die Bibliothek. Vinston fand, dass der gemütliche Raum mit seinen dicken Teppichen und den vielen Büchern in maßgefertigten dunklen Eichenregalen einem Herrenklub in London ähnelte. In der Mitte stand eine große Sitzgruppe im Chesterfield-Stil, die von der jahrzehntelangen Benutzung eine schöne Patina besaß. Der Couchtisch war aus einem alten Koffer gefertigt, auf dem bunte Etiketten der Svenska-Amerika-Linie, der Transsibirischen Eisenbahn und von Hotels aus Sankt Moritz Luxor, Singapur, Wien und Istanbul klebten.

Bevor sie vom Tisch aufgestanden waren, hatte Amanda hereingeschaut. Vinston hatte erwartet, wegen des Mordfalls ins Kreuzverhör genommen zu werden, aber erstaunlicherweise war seine Tochter nur ein paar Minuten geblieben, bevor sie sich mit einem Teller Nachtisch in ihr Zimmer zurückgezogen hatte.

Dank Anna Tyche war seine Enttäuschung schnell verflogen. Sie war intelligent, gebildet und außerdem auf eine Weise schlagfertig, die er einerseits spannend fand, die ihm andererseits aber auch vertraut vorkam. Seit er auf dem Schloss war, hatte er den dramatischen Ereignissen des Tages kaum mehr als einen flüchtigen Gedanken gewidmet. Anna machte sogar das spielerische Geplänkel zwischen Poppe und Fabian erträglich, was keine schlechte Leistung war.

Die beiden Spaßvögel waren zum jetzigen Zeitpunkt schon ordentlich betrunken.

»Rauchst du Zigarre, Peter?«, fragte Fabian lallend.

»Nein danke.« Vinston schüttelte abwehrend den Kopf.

»Schade! Poppe wollte gerade seine besten Cohibas holen, nicht wahr, lieber Bruder?«

Fabian klopfte Poppe hart auf den Rücken und führte ihn in die Ecke der Bibliothek, wo der Humidor stand.

»Wie lange bleibt Fabbe?«, fragte Anna, als die beiden Freunde außer Hörweite waren.

»Die Aufnahmen für die *Antikrunde* finden am Donnerstag in einer Woche statt«, seufzte Christina. »Das heißt, mindestens zehn Tage.«

Anna lachte.

»Du kannst ein paar Tage bei mir in Malmö wohnen, wenn dir die Jungs zu viel werden.«

»Ja, vielleicht …« Christina richtete sich an Vinston. »Hat Anna eigentlich erzählt, dass sie auch an der *Antikrunde* teilnehmen wird?«

Anna wedelte abwehrend mit den Händen.

»Also, das ist keine große Sache. Fabbe hat in dem Teil, der hier auf Gärsnäs gedreht werden soll, eine kleine Sequenz mit mir geplant.«

»Natürlich ist das eine große Sache«, widersprach Christina. »Du wirst Gastexpertin in einer der beliebtesten Fernsehsendungen von Schweden sein. So hat Fabbe auch angefangen, und sieh nur, was aus ihm geworden ist. Er ist der bekannteste Antiquitätenexperte des Landes.«

Sie zeigte Richtung Raucherecke, wo Fabian und Poppe ihre Zigarren pafften, während sie ein vertrauliches Gespräch zu führen schienen.

»Was führen die beiden wohl gerade im Schilde?«, fragte Anna.

»Keine Ahnung«, seufzte Christina. »Wahrscheinlich geht es um Geld. Das tut es immer. Und nur damit ihr es wisst: Fabian hat eine Art Spiel vorbereitet.« Sie knuffte Vinston scherzhaft in die Seite. »Du liebst doch Spiele, stimmt's, Peter?«

Vinston merkte, dass Anna Tyche ihn musterte, aber bevor ihm eine einigermaßen diplomatische Antwort einfiel, begann sein Handy zu vibrieren.

Espings Nummer. Er war gerettet.

Er entschuldigte sich und schlich in die protzige Halle hinaus. Dort bog er in einen der Alkoven, um etwas für sich zu sein. Er war neugierig zu erfahren, wie das Verhör gelaufen war.

»Peter Vinston.«

»Hier ist Esping. Störe ich?«

»Überhaupt nicht.«

Sie sammelte sich einen Moment.

»Mats Lindeman hat ein Alibi. Er war sowohl vor als auch während des Regenschauers im Büro der Marktverwaltung. Ich habe mit zwei Personen gesprochen, die unabhängig voneinander seine Geschichte bestätigen. Sie erinnern sich an ihn, weil er betrunken und nervig war.«

Vinston hörte ein Geräusch vor dem Alkoven, als sei noch jemand anderes aus der Bibliothek gekommen. Er drückte den Hörer fester ans Ohr und stellte sich so dicht an die Wand, wie es ging.

»Aha«, sagte er. »Und was ist mit dem Streit am Vormittag?«

»Lindeman gibt zu, dass er gegen elf Uhr mit Nalle gestritten hat«, erklärte Esping. »Aber er sagt, sie seien später noch mal aneinandergeraten. Kurz nach Mittag sei Nalle an seinem Stand aufgetaucht, um mit einer kleinen antiken Schale anzugeben, die er gefunden habe. Lindeman zufolge nur, um ihn zu ärgern. Deshalb war er danach bei der Marktverwaltung. Er wollte für das nächste Jahr einen anderen Standort, so weit wie möglich weg von Nalle.«

Wieder war das Geräusch zu hören. Vinston schaute in die Halle, aber niemand war zu sehen.

»Haben Sie ihn freigelassen?«, erkundigte er sich.

»Das werde ich gleich«, erwiderte Esping dumpf.

Ein paar Sekunden lang war es still im Hörer.

»Ich habe übrigens mit L-G gesprochen«, sagte sie schließlich. »Sein Telefon war tot, deshalb rief er von einer Tankstelle aus an. Er ist auf dem Weg zurück nach Simrishamn und will uns beide morgen früh um neun auf der Wache treffen. Ich habe ihm gesagt, dass Sie vielleicht keine Zeit haben …«

»Ich habe Zeit«, versicherte Vinston etwas zu schnell.

Wieder Stille.

»Na, dann … bis morgen«, beendete Esping das Gespräch.

»Ja, wir sehen uns morgen«, antwortete Vinston, aber sie hatte schon aufgelegt. Daraufhin steckte er das Handy in die Tasche und ging langsam zur Bibliothek zurück.

Lindeman hatte also ein Alibi. Das hieß, dass der scheinbar einfache Fall nun doch komplizierter wurde. Und dass L-G nach ihm gefragt hatte, konnte nur eine Sache bedeuten.

Der Polizeichef wollte, dass er bei den Ermittlungen half. Vinston musste unwillkürlich lächeln. Sofort begann sein Polizistenhirn, die

Eindrücke vom Tatort zu sortieren. Aufgrund der zusätzlichen Informationen musste alles neu bewertet werden.

Ein plötzliches Geräusch ließ ihn stehen bleiben. Es klang wie ein Schluchzen.

Er sah sich um und entdeckte einen weiteren Alkoven, der zur Hälfte hinter einer Ritterrüstung versteckt lag. Auf der kleinen Steinbank darin saß ein in sich zusammengesunkener Fabian Anderklew. Er hielt seine große Brille in der einen Hand und ein weißes Taschentuch in der anderen, seine Schultern bebten sacht.

»Ähm«, räusperte sich Vinston.

Fabian zuckte zusammen und schaute erschrocken auf. Dann drückte er blitzschnell sein Taschentuch gegen die Augen.

»Entschuldigung, ich wollte dich nicht erschrecken«, sagte Vinston. »Wie geht es dir?«

»Alles in Ordnung«, erwiderte Fabbe mit belegter Stimme. »Ich bin nur etwas erschöpft.«

Er steckte das Taschentuch weg. Ohne die markante Brille wirkte sein Gesicht erstaunlich blass und konturlos.

»Es war ein langer, aufregender Tag, und meine Kräfte haben plötzlich nachgelassen. Sag Poppe nichts, er würde schön darüber lachen, mich fast unter den Tisch gesoffen zu haben.«

Er seufzte schwer.

»So gerne wir es auch glauben würden, wir sind keine jungen Leute mehr. Die Zeit läuft uns allmählich davon. Arm oder reich, der Tod trifft uns alle.«

Vinston war verlegen. Fabians plötzlicher Trübsinn kam für ihn äußerst überraschend, und er wusste weder, was er sagen, noch, was er tun sollte. Da wurde die unangenehme Stille vom lauten Klingeln eines Telefons gestört. Fabian griff nach seinem Handy und drückte es ans Ohr.

»Anderklew«, antwortete er etwas weniger sorgenvoll. »Wer ist da? Aha, ja …«

Vinston ergriff die Gelegenheit, in die Bibliothek zurückzukehren. Als er sich wieder in den Ledersessel gleiten ließ, hörte er, dass sich die Unterhaltung inzwischen um die dramatischen Ereignisse des Tages drehte.

»Ich war erst diese Woche in Nalle Perssons Antiquitätengeschäft«, erzählte Christina fast flüsternd. »Ich habe nach ein paar gusseisernen Töpfen für die Einfahrt gesucht. Nalle besitzt einen großen Hof bei Gladsax. Ziemlich unordentlich, er hat da einen Haufen Sachen, und es ist schwer, einen Überblick zu bekommen. Und nicht gerade billig.«

Sie schüttelte den Kopf.

»Frau und Sohn arbeiten ebenfalls dort. Und der Sohn singt im Kirchenchor, glaube ich. Du kanntest Nalle doch sicher auch, Anna?«

Vinston wusste, dass er nicht an den Fall denken, sondern seinen freien Abend mit Cognac und netter Gesellschaft genießen sollte. Aber jetzt war es zu spät, sein Kopf hatte angefangen zu arbeiten. Daher beugte er sich vor und hörte interessiert zu.

»Na ja, was heißt schon kannte …«, sagte Anna. »Die Antiquitätenbranche ist ziemlich klein. Natürlich wusste ich, wer er ist, das taten alle. Nalle verdiente sein Geld hauptsächlich mit Haushaltsauflösungen. Das heißt, er kaufte den Angehörigen die gesamte Einrichtung ab und handelte mehr mit Masse als mit Qualität. Aber ab und zu bekam er auch schöne Sachen rein, die er manchmal an richtige Antiquitätenhändler wie mich weiterverkaufte. Wir sind sozusagen der nächste Schritt auf der Treppe.«

»Und ganz oben thront der alte Fabbe und schaut auf euch runter«, rief Poppe laut aus, wofür er einen bösen Blick von Christina erntete.

»Du musst meinen lieben Gatten entschuldigen«, sagte sie. »Wein und Cognac haben offenbar sein Taktgefühl hinweggespült.«

»Kein Problem.« Anna schüttelte lachend den Kopf. »Poppe hat ja recht. Das *Auktionshaus Malmö,* an dem Fabbe beteiligt ist, ist einer der wichtigsten Player auf dem Markt. Dort finden die richtig großen Verkäufe statt.«

Vinston versuchte, das Gespräch zurück zum Mordopfer zu lenken.

»Du hast gesagt, dass alle Nalle kannten. Warum?«

Anna schien nach den richtigen Worten zu suchen.

»Nalle stand in dem Ruf, ein harter Geschäftsmann zu sein. Haushaltsauflösungen sind etwas speziell, weil man das gesamte Mobiliar kauft, manchmal sogar inklusive Haus und Auto. Es war von Schwarzgeld die Rede und dass er die Preise drücken würde. Die Kunden fühlten sich betrogen. Aber die meisten in der Branche machen trotzdem mit Nalle Geschäfte. Niemand will sich gute Sachen entgehen lassen, und man weiß nie, was bei so einer Haushaltsauflösung auftaucht.«

»Hast du Nalle heute auf dem Markt gesehen?«, hakte Vinston nach.

»Nein.« Anna ließ ihr Cognacglas zwischen den Fingern baumeln. »Oder doch. Ich bin heute früh an ihm vorbeigelaufen. Mehr nicht.«

Vinston schlug das eine Bein über das andere.

»Hat er was gesagt?«

Sie schüttelte den Kopf.

»Nicht mehr als Hallo. Wir kannten uns wie gesagt nur flüchtig.«

Vinston hätte am liebsten sein Notizbuch hervorgeholt, aber ihm war klar, dass das unpassend wäre. Er versuchte daher, sich die Informationen zu merken.

»Welchen Eindruck hat er gemacht?«

Anna überlegte.

»Er war gut drauf, würde ich sagen. Nalle war in der Regel schroff, das war wohl Teil seiner Geschäftsstrategie. Aber als ich ihn sah, lächelte er und begrüßte mich fröhlich. Und jetzt, wo ich daran denke, war er auch ungewöhnlich gut angezogen.«

Gut angezogen entsprach absolut nicht Vinstons eigenem Eindruck von Nalle, und offensichtlich konnte Anna seine Gedanken lesen.

»Also, nicht wie du, Peter. Aber er hatte ein Hemd an. Und er sah aus, als hätte er abgenommen.«

»Warum fragst du danach, Peter?«, mischte sich Christina ein. »Du sollst doch gar nicht an dem Fall arbeiten.«

Bevor Vinston antworten konnte, wurde die Bibliothekstür schwungvoll geöffnet.

Fabian Anderklew stand mit einem dicken Papierstapel unter dem Arm und einem Beutel in der Hand in der Tür. Er sah wieder deutlich munterer aus als vor ein paar Minuten.

»Liebe Freunde!«, rief er. »Die Trübsal ist verflogen, ich bin von den Toten auferstanden. Und es ist höchste Zeit für eine kleine Afterparty. Aber vorher haben Anna und ich ein Geschenk für unsere wunderbaren Gastgeber. Peter, kannst du dich bitte auf das Sofa setzen?«

Er bedeutete Peter, neben Anna Platz zu nehmen, ließ sich dann selbst in dem frei gewordenen Sessel nieder und legte die Blattsammlung auf den Couchtisch.

»Leider haben wir es nicht mehr geschafft, es einzupacken«, entschuldigte sich Anna.

Vinston schaute ihr neugierig über die Schulter. Die Blätter wurden von einem Umschlag zusammengehalten, der aus zwei blauen Pappdeckeln bestand, einem unter und einem über dem Stapel. Drum herum verliefen zwei blaue Bänder, die mit einer Rosette zusammengebunden waren.

»Was ist das denn Spannendes?«, fragte Christina.

»Da müsst ihr selbst nachschauen«, erklärte Fabian geheimnisvoll und schob ihr die Blattsammlung zu.

Christina zog den Knoten auf und öffnete die Mappe.

Auf der ersten Seite lag eine getrocknete und gepresste Pflanze. Ein daneben aufgeklebtes Schildchen nannte ihren lateinischen und ihren schwedischen Namen, die Kategorie, zu welcher Familie sie gehörte, wo, wann und von wem sie gepflückt worden war. Alles war in einer schnörkeligen Handschrift mit schwarzer Tinte geschrieben.

»Ein Herbarium«, rief Poppe aus. »Wie hübsch!«

»Ja, aber nicht irgendeins«, sagte Fabian. »Schau auf der Innenseite des Umschlags nach.«

Christina versuchte, die Schrift zu entziffern.

»Schloss Gärsnäs und Umgebung. Von Beata Rosencrantz, 1848«, las sie vor.

»Sie war Schlossfrau auf Gärsnäs!«, stellte Poppe überrascht fest.

»Genau!«, bestätigte Fabian. »Und diese Beata hat die Pflanzen gesammelt und ein Herbarium daraus gemacht.«

Anna beugte sich vor.

»Sieh mal, hier.«

Sie zog ein Kompendium aus dünnerem Papier heraus, das ganz unten im Stapel gelegen hatte, schlug die erste Seite auf und zeigte Christina eine schöne handgezeichnete Aquarell-Karte des Schlossgartens, die mit Nummern und einem Index versehen war.

»Auf dieser Zeichnung sieht man, wie die Umgebung des Schlosses 1848 ausgesehen hat. Und das Herbarium ist in verschiedene Sektionen aufgeteilt, entsprechend den unterschiedlichen Bereichen des Gartens.«

»Nein, wie toll!«, brach es aus Christina hervor, die mit dem Finger die Linien auf der Karte nachfuhr. »Sie hatten nicht nur Küchen- und Kräutergarten, sondern auch noch ein Lusthaus unten am Teich! Mit diesen Zeichnungen können wir alles wiedererschaffen.«

Sie strahlte ihren Mann an.

»Das klingt teuer«, kommentierte Poppe bekümmert.

»Wie gut, dass es keinen Armen trifft«, erwiderte Fabian grinsend. Sein Trübsinn schien wie weggeblasen, was Vinston verwunderte. Der Mann war jetzt wieder genauso energetisch wie zu Anfang des Abends. Ein, gelinde gesagt, erstaunliches Comeback.

»Wo habt ihr das gefunden?«, wollte Christina wissen.

Anna breitete die Arme aus.

»Ob du es glaubst oder nicht, aber wir haben es heute entdeckt.«

»Sei nicht so bescheiden«, unterbrach Fabian sie. »*Anna* hat es heute entdeckt, auf dem Markt.«

»Ha!«, stieß Poppe aus. »Das ist doch kaum zu glauben!«

Anna nickte lächelnd.

»Andererseits«, meinte sie bescheiden. »Wo in aller Welt sollte man so etwas finden, wenn nicht hier in der Gegend? In den Dreißigerjahren war es populär, solche Herbarien anzulegen, aber dieses ist also von 1848. Nur siebzig Jahre nach dem Tod von Carl von Linné.«

»Oh, was für ein fantastisches Geschenk«, sagte Christina glücklich. »Vielen Dank!«

»Wir sind es, die für eure wunderbare Gastfreundschaft danken«, sagte Fabian bewegt.

Vinston lehnte sich zurück und musterte die anderen. Das Herbarium war wirklich ein Volltreffer.

Der Antiquitätenexperte trank einen Schluck aus seinem Cognacglas, dann stellte er es ab und klatschte in die Hände.

»Zu unserem Absacker habe ich wie schon erwähnt ein kleines Spiel vorbereitet.«

Er holte ein paar Gegenstände aus seinem Beutel.

Der größte war eine circa fünfzig Zentimeter große Bronzestatuette, die einen nackten Jüngling darstellte, der auf einer sehr großen Hand stand. Der kleinste war eine Zuckerdose aus weißem Porzellan mit hübschen handgemalten Blumen und vergoldetem Dekor. Der dritte und letzte Gegenstand war eine grob gehauene Holzskulptur, die einen Stier darstellte, der eine Kuh bestieg.

»Wo hast du das denn gefunden?«, fragte Christina und zeigte auf die Holzfigur. »Hier im Schloss?«

»Ja, in der Tat. In einem der Schränke im Dienstbotengang«, berichtete Fabian. »Poppe gab mir die Erlaubnis, auf Schatzsuche zu gehen.«

Poppe kicherte vergnügt.

»Die wandert direkt in den Müll«, sagte Christina bestimmt. »Das ist das Hässlichste, was ich je gesehen habe.«

Vinston und Anna saßen auf dem Sofa jetzt näher zusammen. Da er sich nicht bewegt hatte, musste sie es gewesen sein. Ihr Knie berührte sein Bein, er spürte die Wärme durch das Hosenbein hindurch.

»Jetzt sollt ihr raten, wie viel diese Gegenstände wert sind«, forderte Fabian sie auf. »Macht eine Rangordnung von eins bis drei und schreibt dazu, wie viel der Gegenstand bei einer Auktion einbringen könnte.«

Er verteilte Papier und Stifte und verhalf sich selbst zu einer Prise Snus.

Vinston hielt in der Regel nicht viel von Gesellschaftsspielen. Vielleicht lag es am Cognac oder an den Beteiligten, aber dieses Spiel fand er erträglich, ja sogar nett.

Christina wandte sich an Anna.

»Willst du wirklich mitmachen? Für dich ist das doch ein Kinderspiel.«

Anna lachte.

»Im Gegenteil! Ich kenne mich nur mit dem zwanzigsten Jahrhundert aus.«

»Wenn du nicht gewinnst, wirst du aus der *Antikrunde* rausgeschmissen, bevor du überhaupt angefangen hast«, sagte Fabian gespielt streng.

»Du kannst ganz entspannt sein, Anna«, beruhigte Poppe sie. »Was auf Gärsnäs passiert, bleibt auf Gärsnäs.«

Die Teilnehmer drehten und wendeten die Objekte, versuchten, Stempel zu entziffern, und wogen die Sachen in der Hand. Vinston hatte keine Ahnung, wonach er eigentlich suchen sollte, also ging er nach dem Aussehen. Zum Schluss schätzte er die Statuette am wertvollsten ein, dann folgte die Zuckerdose und schließlich die anzügliche Holzskulptur.

Fabian vergewisserte sich, dass alle fertig geschrieben hatten, sammelte dann die Zettel ein und schaute kurz die Antworten durch, bevor er sich räusperte.

»Hier kommt die Auflösung«, sagte er. »Die Zuckerdose ist von Royal Copenhagen und gehört zu einem Service namens Flora Danica. Es gehört zum schönsten Porzellan, das hergestellt wird, handbemalt von flinken dänischen Fingern. Die Dose ist ungefähr zehntausend Kronen wert.«

»Dann sollte ich sie wohl nicht mehr in die Spülmaschine stellen«, scherzte Poppe.

»Die Bronzestatue trägt den Namen ›Hand Gottes‹ und stammt von Carl Milles. Das wussten alle außer Peter, aber beim Preis lagt ihr nicht so gut. Auf einer Auktion kostet sie rund fünfzigtausend Kronen.«

Er machte eine dramatische Pause.

»Dann kommen wir zum letzten Objekt. Die erotische Kuhskulptur. Hier habt ihr zwischen fünf und hundertfünfzig Kronen geschätzt.«

»Verkauft!«, rief Christina und schlug auf den Tisch.

»Ich fürchte, ihr wart ein bisschen geizig«, wand Fabian ein. »Die Skulptur heißt Kuhhochzeit und ist von einem sehr angesehenen Bildhauer aus Österlen, der sich Kiviks-Lasse nennt. Er ist vielleicht nicht so bekannt, aber es gibt Sammler auf der ganzen Welt, und deshalb ist das auch das teuerste Objekt auf dem Tisch. Rund zwanzigtausend *Euro* würde es auf einer internationalen Auktion einbringen.«

Poppe blieb der Cognac im Hals stecken.

»Was sagst du? Zwanzigtausend Euro für zwei kopulierende Kühe?«

Christina presste die Lippen aufeinander.

»Oh, davon hatte ich auch keine Ahnung«, lachte Anna und stupste Vinston mit dem Ellbogen diskret in die Seite.

Poppe nahm die Holzfigur in die Hand und bestaunte sie.

»Dass man mit einer Axt so genau arbeiten kann. Welch eine Geschicklichkeit, welch ein Handwerk! Ich kann verstehen, dass manche Leute diesen Künstler schätzen. Wie heißt er doch gleich? Kiviks-Lasse? Ab jetzt bekommt das einen Ehrenplatz beim Haupteingang, oder was sagst du, Liebling?«

»Nie im Leben«, widersprach Christina bestimmt. »Die Skulptur ist vielleicht teuer, aber trotzdem noch furchtbar hässlich. Verkauf sie, damit wir sie loswerden.«

Während sich Poppe und Christina weiter kabbelten, bemerkte Vinston, wie Fabian und Anna Blicke tauschten. Irgendetwas ging zwischen ihnen vor.

»Fabbe …«, sagte Anna und hob auffordernd die Augenbrauen.

Fabian hob die Hände.

»Freunde«, grinste er dann. »Ich habe euch reingelegt. Es gibt keinen Kiviks-Lasse, und die Skulptur ist leider nicht eine Krone wert.«

Poppe stellte die Figur mit einem enttäuschten Knall auf den Tisch. Die anderen fingen an zu lachen.

»Ich hoffe, ihr verzeiht mir.« Fabian machte eine entschuldigende Handbewegung. »Dieser kleine Scherz sollte nur demonstrieren, wie sehr wir uns von Geld beeinflussen lassen. Mir fällt das bei meinen Einschätzungen immer wieder auf. Wenn die Leute erfahren, dass ein Gegenstand wertvoll ist, betrachten sie ihn anders, finden eine Schönheit darin, die sie vorher nicht gesehen haben. Aber der Wert verändert sich ständig. Dinge, die vor ein paar Jahren unverkäuflich waren, zum Beispiel Messinglampen mit Fransen, tauchen auf internationalen Auktionen plötzlich zu Fantasiepreisen auf. Und dann finden auch die Schweden, dass sie schön sind. Man sieht ganz einfach, was man sehen will.«

Vinston gefiel Fabians Streich, er erkannte die Beobachtung außerdem von seiner Arbeit als Polizist wieder. Sobald jemand verdächtigt wurde, sah man die Person in einem anderen Licht. Danach passierte es schnell, dass man nur nach Beweisen suchte, die diese Hypothese bekräftigten.

Fabian legte zwei Finger auf die Bronzestatuette.

»Wenn wir dieses Spiel ehrlich beenden wollen, dann ist die Milles-Figur nicht fünfzigtausend Kronen wert, wie ich vorhin gesagt habe, sondern *einhundert*fünfzigtausend. In den letzten Jahren sind die Preise in die Höhe geschnellt.«

Poppes Gesicht erhellte sich.

»Dann darf die eben auf einem Ehrenplatz stehen. Zu meiner Verteidigung kann ich sagen, dass ich sie immer gemocht habe.«

»Und die kopulierenden Kühe werfen wir in den Ofen«, entschied Christina zufrieden. »Das war ein lustiges Spiel, Fabian. Und noch mal danke für das schöne Geschenk.«

Vinston stellte fest, dass ihre frühere Abneigung Fabian gegenüber offenbar nachgelassen hatte.

»Dann bleibt mir nur noch eines zu sagen«, bemerkte Fabbe zufrieden und hob sein Glas.

Vinston tat es ihm nach. Als sein und Annas Blick sich kreuzten, wurde er mit einem weiteren Lächeln von ihr belohnt. Dies war tatsächlich ein richtig netter Abend gewesen. Morgen würde er Esping und L-G treffen und wieder einmal in einem Mordfall ermitteln. Es gab ein Rätsel zu lösen. Ein neues Mysterium.

»Skål!«, rief Fabian aus. »Auf unsere Gastgeber, und danke für diesen Abend!«

10

Vinston schlürfte seinen Morgenkaffee. Der Land- und Seewetterbericht, der aus dem Küchenradio ertönte, versprach für den Montag Wolken und Nieselregen über Österlen, was zu dem hellgrauen Himmel über der Bäckastuga passte.

Vor ihm lag die Morgenzeitung aufgeschlagen. *Antiquitätenhändler auf dem Markt in Degeberga ermordet,* lautete die Überschrift im *Cimbrishamner Tagblatt.*

Er entdeckte keine groben Fehler im Artikel und auch keine unnötigen Spekulationen. Journalisten unterschätzten oft, wie sehr ihre Texte den polizeilichen Ermittlungen schaden konnten, aber das *Cimbrishamner Tagblatt* berichtete seriös. Glücklicherweise wurde im Artikel weder erwähnt, dass die Polizei einen Verdächtigen gehabt hatte, noch, dass er später freigelassen worden war. Der Text war von Jonna Ostermans Kollegen verfasst, was wahrscheinlich bedeutete, dass Jonna noch im Urlaub war.

Seltsamerweise fühlte Vinston einen Anflug von schlechtem Gewissen. Er hatte von Anna Tyche geträumt, und auch im wachen Zustand fiel es ihm schwer, nicht an sie zu denken. Am vergangenen Abend hatte sie ihn zum Abschied umarmt, aber er hatte idiotischerweise keine weitere Initiative ergriffen. Er hatte sie weder gefragt, ob sie mit ihm ausgehen wolle, noch um ihre Nummer gebeten. Tatsächlich war er nie sehr gut im Flirten gewesen. Er hatte Glück, dass er groß und gut aussehend war und sich immer darauf verlassen konnte, dass mutige Frauen den ersten Schritt machten. Es war höchste Zeit, daran etwas zu ändern.

Aber zuerst musste er zur Polizeiwache und dringendere Angelegenheiten in Angriff nehmen.

Esping war schon früh vor Ort und schrieb das Verhör mit Lindeman ins Reine. Die Wache befand sich im Urlaubsdämmerzustand. Die Arrestzellen standen leer, die Rezeption war geschlossen.

Sie hatte schlecht geschlafen, vor allem vor Wut. L-G vertraute immer noch nicht auf ihre Fähigkeiten und hatte wieder vor, Peter Vinston um Hilfe zu bitten. Welche andere Erklärung gäbe es dafür, dass er sie beide gebeten hatte, heute Morgen zu kommen?

Kurz darauf saßen Vinston und Esping mit je einer Tasse Kaffee in der Hand in L-Gs Büro.

Keiner von beiden sagte etwas. Esping blätterte zerstreut in einigen Papieren, und L-G war nicht zu sehen. Ein paar müde Fliegen summten am Fenster zwischen den vertrockneten Topfpflanzen herum.

»Jetzt kommt er«, bemerkte Vinston, als man eine Tür zuschlagen hörte.

Rasche, metallisch klickende Schritte näherten sich. Dann stand L-G in der Tür.

Der Polizeichef war von Kopf bis Fuß in Lycra gekleidet. Ein knallgelbes Fahrradtrikot schmiegte sich um seinen runden Bauch, und aus einer halblangen, im Schritt gefütterten Hose sahen seine dünnen, kreideweißen Waden hervor. Auf dem Kopf trug er einen schwarzen Helm und an den Füßen Fahrradschuhe, deren Klickstollen beim Gehen klapperten. Als Krönung des Ganzen hatte L-G eine futuristische Sonnenbrille auf, mit der er aussah wie ein sechzigjähriger untersetzter Terminator.

Esping unterdrückte ein Lachen und glaubte aus den Augenwinkeln zu sehen, dass es Vinston genauso ging.

»Ich bin gerade erst angekommen«, seufzte der Polizeichef. »Gestern Abend wurde ich von einem Unwetter überrascht und musste in einem Unterstand übernachten. Ich habe noch nie in meinem Leben so gefroren.«

Er legte Helm und Sonnenbrille auf den Schreibtisch, bevor er sich in den Bürostuhl fallen ließ, um Schuhe und Strümpfe auszuziehen. Dann steckte er seine nackten Füße in ein paar Crocs, die unter dem Schreibtisch warteten.

»Das ist doch ein furchtbarer Mist. Noch ein grobes Verbrechen in unserer Idylle. Das *Cimbrishamner Tagblatt* wird über nichts anderes berichten, und ich werde vor dem Supermarkt wieder von besorgten Rentnern angesprochen werden.«

L-Gs Blick fiel auf Vinstons Kaffee.

»Gibt es noch einen?«

Vinston holte eine Tasse und ein Stück Hefekranz für den Polizeichef.

Als er sich wieder neben Esping setzte, merkte sie, dass Vinstons Nasenflügel leicht bebten, als ob irgendetwas im Zimmer seinen Geruchssinn störte.

»Vielen Dank, Peter!«, seufzte L-G. »Margareta ist in Möckeln geblieben, und ich habe ihr versprochen, so schnell wie möglich zurückzukommen.«

Er lehnte sich mit der Tasse in der einen und dem Gebäck in der anderen Hand zurück.

»Also, wo stehen wir? Berichtet von Anfang an.«

»Natürlich«, erwiderte Esping schnell, bevor Vinston reagieren konnte. »Wie du schon weißt, wurde Lennart ›Nalle‹ Persson gestern, am Sonntag, tot auf dem Markt in Degeberga vorgefunden. Obwohl Tausende Menschen dort waren, hat niemand den Mord beobachtet, weil alle damit beschäftigt waren, sich vor dem heftigen Regenschauer in Sicherheit zu bringen. Vinston, der als einer der Ersten am Tatort war, schätzt aber, dass der Mord kurz nach 14:30 Uhr stattgefunden hat.«

Vinston machte den Mund auf, weshalb Esping schnell weitersprach.

»Anfangs verdächtigten wir seinen Standnachbarn und Erzfeind Mats Lindeman. Die beiden hatten am Vormittag Streit, und außerdem stammt das Messer …«

»Der Ehrendolch«, korrigierte Vinston sie. »Eine zeremonielle Waffe, die Angehörige der Luftwaffe zu ihrer Paradeuniform tragen.«

Esping atmete tief durch, bevor sie weitersprach. »Außerdem stammt die *Mordwaffe* aus Lindemans Verkaufszelt. Darüber hinaus war er betrunken und hielt sich nach dem Mord vom Tatort fern.«

L-G schluckte das Stück Hefekranz hinunter und spülte zufrieden mit einem ordentlichen Schluck Kaffee nach.

»Der Verdacht lag also nahe«, stimmte er mit besorgter Miene zu. »Aber Lindeman hat ein Alibi?«

»Ja«, bestätigte Esping. »Drei Personen haben unabhängig voneinander ausgesagt, dass er sich vor, während und nach dem Regenguss im Büro der Marktverwaltung befand. Ihn müssen wir also leider abschreiben.«

Vinston nickte nachdenklich.

»Nie kann mal was leicht sein«, jammerte L-G. »Und der technische Teil?«

»Wir haben einen vorläufigen Bericht. Thyra Borén hat die halbe Nacht gearbeitet, aber bisher hat sie nichts gefunden, was uns weiterbringt. Die Obduktion ist im Gang, aber da rechnen wir nicht mit irgendwelchen Überraschungen.«

L-G bürstete sich nachdenklich Hagelzucker vom Fahrradtrikot.

»Wie sieht es mit Zeugen aus?«

»Nalles Frau und sein erwachsener Sohn waren vor Ort, als der Leichnam gefunden wurde. Vinston hat gestern mit ihnen gesprochen, aber ich habe mich auch noch zur Befragung auf ihrem Hof angemeldet.«

»Gut.«

Dann wandte sich L-G an Vinston.

»Was hältst du von dem Fall, Peter? Geht es um einen persönlichen Konflikt, oder müssen wir mit weiteren Morden rechnen?«

Esping biss sich auf die Lippe.

»Soweit ich verstanden habe, war Nalle innerhalb der Branche ziemlich umstritten«, erwiderte Vinston. »Nicht nur Mats Lindeman konnte ihn nicht leiden. Ich habe gehört, dass Haushaltsauflösungen, mit denen Nalle ja hauptsächlich sein Geld verdiente, zu einigen Konflikten führen können. Preisdumping, Schwarzgeld und so weiter. Ich habe selbst erlebt, wie Nalle kurz nach Mittag in der Nähe des Eisstands mit einer Frau gestritten hat. Sie schien ihn wegen irgendetwas zu bezichtigen.«

»Interessant!«, brummte L-G.

Wider ihren Willen war Esping beeindruckt davon, dass Vinston schon über Nalles Geschäfte Bescheid wusste.

»Was sollten wir also als Nächstes tun, denkst du?«, erkundigte sich L-G, wobei er die Beine ausstreckte und mit den Zehen wackelte.

Bei der Bewegung fingen Vinstons Nasenflügel wieder zu beben an.

»Genau wie Esping sagt, sollten wir mit der Familie beginnen«, erklärte er. »Oft liegt die Antwort dort.«

»Ausgezeichnet!« L-G stellte seine Kaffeetasse ab. »Dann habe ich nur noch eine letzte Frage.«

Esping ahnte bereits, was kommen würde, und biss sich noch fester auf die Unterlippe.

»Könntest du dir vorstellen, in diesem Fall wieder mitzuarbeiten, Peter? Diesmal nicht heimlich, sondern ganz offiziell. Du bist ja wohl nicht mehr krankgeschrieben, also kann ich eine Anfrage nach Stockholm schicken, um dich auszuleihen.«

Esping starrte auf ihre Papiere. Das hier war das Letzte, was sie wollte. Ihre erste eigene Mordermittlung glitt ihr gerade aus den Händen.

»Selbstverständlich«, erwiderte Vinston fröhlich.

»Gut!« Der Polizeichef strahlte. »Ich rufe sofort in Stockholm an. Wir wissen es wirklich zu schätzen, dass du dich dazu bereit erklärst, nicht wahr, Tove?«

Esping zwang sich zu einem Lächeln.

»Natürlich.«

»Na, dann will ich euch nicht mehr aufhalten«, sagte L-G. »Meldet euch, sobald ihr etwas habt.«

Esping und Vinston standen auf.

»Tove, kannst du noch einen Augenblick hierbleiben?«, bat der Polizeichef und bedeutete ihr dann, die Tür zu schließen.

»Du bist enttäuscht, oder?«

Esping ließ sich zurück auf den Stuhl fallen und verschränkte die Arme.

»Natürlich bin ich enttäuscht«, antwortete sie wütend. »Ich sollte diese Ermittlung leiten. Ich denke, ich habe meine Kompetenz bewiesen, als wir am Fall Jessie Anderson gearbeitet haben.«

L-G nickte.

»Das hast du auch. Du bist eine ausgezeichnete Polizistin. Das Problem ist, dass hier nicht ich die Entscheidungen treffe.«

Er machte eine Pause, bevor er weitersprach.

»Der Polizeidirektor will uns Hinze und Kuntz schicken.«

Esping zuckte zusammen. Hinze und Kuntz waren zwei Ermittler aus Ystad, die sie ein paarmal getroffen hatte. Trotz ihrer albernen Namen waren sie zwei äußerst aufgeblasene Kerle, mit denen sie auf keinen Fall mehr als nötig zu tun haben wollte.

L-G beugte sich vor.

»Wenn Hinze und Kuntz kommen, weißt du, wie es laufen wird. Sie machen ihr eigenes Ding, und du wirst zum Kaffeekochen abgestellt und darfst Berichte schreiben. Vinston mit ins Boot zu holen, ist die einzige Möglichkeit, die Kontrolle zu behalten. Dir ist eine zentrale Rolle bei dem Fall garantiert, und hinterher gehen zwei Mordermittlungen auf dein Konto.«

Esping seufzte und beobachtete die Fliegen, die weiterhin am Fenster herumsurrten. Ihr Chef hatte recht. Sie wollte ganz gewiss ihre Zeit nicht damit verbringen, für diese beiden Wichtigtuer aus Ystad Kaffee zu kochen. Da war ihr ein pedantischer Großstadtfuzzi doch lieber.

»Werde ich die Ermittlungen leiten oder Vinston?«, fragte sie.

»Bis wir einen Verdächtigen haben, bleibe ich hier und bin Voruntersuchungsleiter«, erklärte L-G. »Du und Vinston arbeitet beide unter meiner Regie. Ihr seid gleichgestellt, einverstanden?«

»Okay«, nickte Esping.

Der Polizeichef zog das Telefon auf dem Schreibtisch zu sich heran.

»Gut! Jetzt rufe ich Stockholm an. Löst diesen Fall bitte schnell, damit ich zu Margareta zurückfahren kann.«

Erst jetzt registrierte Esping den überwältigenden Geruch nach verschwitztem Lycra und feuchten Socken, der Vinstons Nase gereizt haben musste. Nun ja. Ein bisschen Gestank würde er schon aushalten müssen, wenn er noch einmal mit ihr in Österlen ermitteln wollte. Entschlossen öffnete sie die Tür und ging Richtung Garage.

Der Dienstwagen war für ein Polizeifahrzeug relativ sauber und aufgeräumt. Trotzdem holte Vinston seine Fusselrolle hervor und strich damit sorgfältig über den Beifahrersitz, um sicherzugehen, dass sich keine mikroskopisch kleinen Härchen auf seinen Anzug verirren konnten.

Esping saß am Steuer, las E-Mails auf ihrem Handy und tat, als würde sie nichts bemerken.

»Fertig?«, fragte sie, als Vinston endlich einstieg.

Dieser antwortete nicht, sondern zupfte nur seine Hose zurecht, bevor er sich anschnallte.

»Wie kommt es eigentlich, dass Sie gestern auf dem Antiquitätenmarkt waren?«, erkundigte sich Esping, als sie aus der Garage rollten. »Und wie haben Sie schon so viel über Nalle und seine Geschäftsmethoden herausgefunden?«

»Das habe ich Christina und Poppe zu verdanken.«

Vinston berichtete vom Markt und dem gestrigen Abendessen. Er hatte sich schon darauf gefreut, Esping von dem Abend zu erzählen.

»Sie wollen also sagen, dass Sie mit Fabian Anderklew *Wie viel ist es wert* gespielt haben?«, fragte sie verblüfft.

»Äh, ja.«

»Felicia wird tot umfallen, wenn ich ihr das erzähle!« Esping schüttelte den Kopf. »Sie verpasst keine einzige Folge der *Antikrunde*. Tatsächlich hat sie hart gekämpft, um bei der Fernsehaufnahme nächste Woche das Catering machen zu dürfen. Aber ich glaube, sie will eigentlich nur die Chance auf ein Selfie mit Fabian Anderklew kriegen. Ich bin fast ein bisschen eifersüchtig.«

»Ach.« Felicias Interesse für Antiquitäten fand Vinston gar nicht so überraschend, denn ihr gesamtes Café war mit charmanten Fundstücken eingerichtet. Und Fabian Anderklew war in der Tat unterhaltsam. Einen Augenblick lang überlegte Vinston, ob er seiner Kollegin von Fabians Heulkrampf im Alkoven und seiner blitzschnellen Erholung erzählen sollte, aber beschloss, über dieser Art von kleingeistigem Geläster zu stehen.

Esping reichte ihm eine Plastikmappe.

»Susanne Persson, geborene Rask, ist siebenundfünfzig Jahre alt und stammt aus Österlen. Sie wird Sussi genannt und ist seit Anfang der Neunzigerjahre mit Nalle verheiratet. Ihr Großvater hat *Rasks Gebrauchtmöbelhandel* aufgebaut. Sie und Nalle besitzen die Firma jeweils zur Hälfte. Das einzige Kind, Jimmy, wohnt noch zu Hause, obwohl er schon neunundzwanzig ist.«

»Wie Sie wissen, habe ich gestern kurz mit ihm geredet«, sagte

Vinston. »Er war nicht besonders gesprächig, aber das kann natürlich an den tragischen Umständen gelegen haben.«

Esping bog nach links in eine kleinere Straße ein und fuhr mit ihrer Zusammenfassung fort.

»Die Familie wohnt auf einem Hof in Gladsax, wo sie auch ihr Geschäft haben. Wir sind in ein paar Minuten da.«

11

Wie vom Wetterbericht vorhergesagt, hatte es angefangen zu regnen. Der Asphalt der Landstraße färbte sich dunkel, und Esping schaltete die Scheibenwischer ein. Im Autoradio wurde das Parkplatzchaos an den Badestränden von Österlen diskutiert.

Vinston schlug die Ermittlungsakte auf. Abgesehen von den Informationen über Nalles Familie und ihr Geschäft enthielt sie das Verhör mit Mats Lindeman vom Vortag sowie Thyra Boréns Bericht zum Inhalt des Wohnmobils. Eine Notiz weckte seine Aufmerksamkeit, weshalb er in den Papieren zu blättern begann.

Als ein Traktor mit Anhänger vor ihnen auf der Straße auftauchte, musste Esping abbremsen.

»Erzählen Sie mir mehr über die Frau, die mit Nalle Streit hatte«, sagte sie.

Vinston schaute besorgt in den Seitenspiegel, während Esping Gas gab, um den Traktor auf der etwas zu schmalen Straße zu überholen.

»Sie war um die vierzig«, sagte er dann. »Etwa eins sechzig groß. Kurze, dunkle Haare. Gut gekleidet. Und sehr sauer. Aber das schien Nalle nicht besonders zu bekümmern.«

Esping sah Vinston an.

»Ein paar Stunden später war er allerdings tot.«

»Stimmt«, nickte er. »Unsere geheimnisvolle Frau ist auf jeden Fall von Interesse.«

Sie schwiegen eine Weile, Esping hielt den Blick auf die Landstraße gerichtet. Sie dachte über Nalles Streit mit dieser Frau nach. Wenn es um ein Geschäft gegangen war, wusste Sussi vielleicht, wer sie war?

In dem Moment, als sie sich gerade wieder einem Traktor näherten, klingelte ihr Handy. Die eine Hand am Steuer, fummelte sie das Telefon aus der Tasche. Unbekannte Nummer. Vermutlich ein Kollege.

»Tove Esping.«

Es war Gunilla vom Empfang der Polizeiwache.

»Worum geht es?«

»Ich habe hier jemanden, der mit dir sprechen will«, sagte Gunilla. »Sie will einen Einbruch melden.«

Da im Verkehr eine Lücke auftauchte, klemmte sich Esping das Handy zwischen Ohr und Schulter und überholte den Traktor. Aufgrund des plötzlichen Manövers suchte Vinston erschrocken nach dem Griff am Autodach.

»Ich bin gerade mit dem Wagen unterwegs«, sprach Esping in den Hörer. »So eine Anzeige kann jeder auf der Wache aufnehmen. Oder sie macht es online.«

»Aber sie will unbedingt mit dir sprechen«, wandte Gunilla ein.

»Ich habe leider keine Zeit. Bis später!«

Sie beendete das Gespräch, bevor Gunilla protestieren konnte.

Da Esping die einzige Ermittlerin auf der Wache war, würde die Anzeige früher oder später trotzdem auf ihrem Schreibtisch landen. Aber jetzt musste sie sich auf einen Mordfall konzentrieren, da musste alles andere warten.

Sie beugte sich nach rechts, streckte den Arm nach hinten aus und fischte einen durchsichtigen Beweismittelbeutel vom Rücksitz. Darin befanden sich eine stark abgenutzte lederne Geldbörse und ein kleines, rotes Notizbuch, das dem Moleskine, das Vinston immer benutzte, um sich während der Befragungen Notizen zu machen, nicht unähnlich war. Außer dass Vinstons Buch schwarz war. Esping reichte ihm den Beutel.

»Borén ist mit diesen Sachen fertig, Sie können sie sich also anschauen.«

Vinston legte die Mappe weg und stellte fest, dass sich in Nalles Geldbeutel eine große Summe Bargeld und einige Quittungen befanden.

»Das alles ist dokumentiert?«, fragte er.

Esping nickte.

»Ich habe vor, seiner Frau die Sachen zurückzugeben.«

»Besaß er kein Handy?«

»Doch, offensichtlich drei Stück«, erwiderte Esping. »Zwei hatte er bei sich, eines lag im Wohnmobil, aber Borén konnte sie noch nicht überprüfen.«

Während sich Esping auf das Fahren konzentrierte, nahm Vinston das rote Notizbuch aus der Tüte. Es war auf der Rückseite geknickt, als sei es in der Gesäßtasche aufbewahrt worden.

Er schlug es vorsichtig auf und blätterte ein paar Seiten durch. Es war voller Adressen, Namen und Telefonnummern, die kreuz und quer in verschiedenen Farben und einer sehr schwer zu lesenden Handschrift eingetragen waren. Manche Notizen waren durchgestrichen, andere eingekreist, es schien kein System zu geben. Ganz hinten fand Vinston allerdings eine Seite mit einigermaßen lesbaren Ziffern, die in Kolonnen standen. Manchmal waren Zahlen miteinander addiert worden, manchmal abgezogen, sodass der Saldo auf der Seite immer weiter nach unten rutschte. Wahrscheinlich war es eine Art Kassenbuch. Ganz oben auf der Seite stand eine Abkürzung, die Vinston mühsam als *Schulden ML* entzifferte.

»Hast du das gesehen?«, fragte er Esping. »Jemand namens ML scheint Nalle Geld zu schulden.«

»ML – kann das Mats Lindeman sein?«, meinte seine Kollegin.

»Noch etwas, das wir Sussi fragen müssen«, konstatierte Vinston.

Sie bogen auf einen Schotterplatz vor einem großen Hof ein. An der einen Seite stand ein langes, frei stehendes Wohnhaus. Es war weiß gekalkt und hatte einen Sockel aus Granit. Es war zwar einstöckig, aber die Fenster im Dachgeschoss zeigten, dass das Dach ausgebaut und eingerichtet war. Gegenüber, auf der anderen Seite des Hofes, befand sich ein Stallgebäude, das in L-Form an eine Scheune angebaut war.

Auf einem Schild über der Tür, die einmal der Eingang zum Stall gewesen sein musste, stand *Antiquitäten*.

Das letzte Gebäude, das zum Hof gehörte, war eine Maschinenhalle aus Wellblech. Durch das offene Tor sah man einen Lkw mit der Aufschrift *Rasks Gebrauchtmöbelhandel*.

Noch bevor sie aus dem Auto stiegen, hörte Vinston Hundegebell. Er seufzte. Mussten auf dem Land denn alle einen Hund haben? Er sah sich um, aber zum Glück kam kein kleiner Kläffer auf ihn zugerannt. Immerhin etwas.

Als sich Esping und Vinston dem Hauptgebäude näherten, tauchte Sussi auf der Außentreppe auf und empfing sie. Sie war eine große Frau, die das Haar streng zu einem Pferdeschwanz zurückgebunden hatte und verbissen dreinschaute.

»Entschuldigen Sie, dass ich Sie am Kücheneingang empfange«, sagte sie. »Aber ich habe die Hunde in die Diele gesperrt.«

Im Vorraum lagen haufenweise Schuhe durcheinander. Stiefel, Sportschuhe und Arbeitsschuhe mit Stahlkappe. An den Wänden hingen ebenso viele Jacken und Overalls. Es roch nach Hund und einem anderen strengen Geruch, den Vinston nicht zuordnen konnte.

Esping zog sich die Schuhe aus, während Vinston lieber auf der Schwelle zur geräumigen Küche stehen blieb. Der Boden war mit Hundehaaren und Wollmäusen bedeckt, und er hatte nicht die geringste Lust, strumpfsockig dort herumzulaufen. Genauso wenig wie im restlichen Haus.

»Lassen Sie die Schuhe ruhig an«, sagte Sussi, die offenbar sein Zögern bemerkt hatte.

Am Küchentisch saß Jimmy, der nicht aufstand, um sie zu begrüßen. Als Esping ihn grüßte, starrte er nur auf den Tisch und murmelte irgendetwas. Vinston fand, dass er vom Körperbau her seinem Vater ähnelte, während sein Gesicht weiche Züge hatte, die bei keinem der beiden Elternteile zu finden waren.

Sie setzten sich, und Sussi servierte Kaffee aus Tassen mit buntem Froschmotiv.

»Ich sammle Frösche«, erklärte sie. »Den ersten habe ich mit fünf von meinem Großvater bekommen. Inzwischen habe ich über achthundert.«

Erst jetzt bemerkte Vinston, dass es überall Frösche gab.

Auf Schürzen, Hausschuhen und Keksdosen. Sie schauten aus Blumentöpfen und von Kerzenhaltern. Sogar Salz- und Pfefferstreuer sahen aus wie Frösche. Tausende kleine Amphibienaugen, die ihn anstarrten.

»Jimmy hat sogar lebendige Frösche in seinem Zimmer«, sagte Sussi, als sie eine froschförmige Schale mit Süßigkeiten auf den Tisch stellte.

Esping probierte etwas davon, aber ihrer gequälten Miene nach zu urteilen, schmeckte es nicht besonders.

»Ich sage immer, dass ich Frösche sammle, aber mit einer Kröte verheiratet bin«, erzählte Sussi weiter. Dann schluchzte sie auf, starrte auf den Tisch und hielt sich eine Hand vor das Gesicht.

»Bitte entschuldigen Sie«, sagte sie, riss sich ein Stück Haushaltspapier von einem Halter, der einen Frosch im Butlerkostüm darstellte, und wischte sich eine Träne weg.

Die beiden Kriminalpolizisten schauten sich schweigend an. Nach einer Weile legte Esping ihr Mobiltelefon auf den Tisch.

»Wenn Sie bereit sind, starte ich die Aufnahmefunktion und wir beginnen mit der Befragung.«

»Werden wir verdächtigt?«, fragte Jimmy schroff.

Vinston räusperte sich.

»Nein. Wir hoffen im Gegenteil, dass Sie Informationen beitragen können, die uns bei der Aufklärung des Mordes helfen.«

»Sie meinen also nicht, dass es Mats Lindeman war?«

Sussi klang erleichtert.

»Nein, wir haben Lindeman freigelassen«, erklärte Esping. »Er hat ein Alibi für die Zeit, in der Lennart getötet wurde.«

»Das ist gut«, seufzte Sussi. »Ich kenne Mats seit vierzig Jahren und habe mir nicht vorstellen können, dass er zu so etwas fähig wäre. Das ist wenigstens etwas Gutes in dem ganzen Elend …«

Vinston griff nach seinem Notizbuch, und Esping startete die Aufnahme auf ihrem Handy.

»Wir wissen bereits, dass Nalle im Wohnmobil übernachtet hat und dass Sie und Ihr Sohn am nächsten Morgen gekommen sind«, sagte Vinston. »Wir wissen auch, dass Nalle und Lindeman gegen elf Streit hatten, aber können Sie erzählen, was Nalle danach gemacht hat?«

»Na ja, er hat jedenfalls nicht am Stand geholfen«, seufzte Sussi. »Er ist seine Runden gegangen, hat wahrscheinlich Blödsinn geredet und mit den anderen Händlern Kaffee mit Schuss getrunken.«

»Haben Sie ihn mit irgendjemandem sprechen sehen?«

»Nalle hat mit allen geredet. Natürlich mit Lindeman und unseren Standnachbarn auf der anderen Seite, außerdem kamen den ganzen Tag über Leute zum Wohnmobil.«

Vinston beobachtete Sussi, die wieder ihre Wangen mit dem Haushaltspapier abtupfte.

»Wissen Sie, wer das genau war?«

Sie schüttelte weinend den Kopf.

»Es gab so viele Leute am Stand. Ich stand mit dem Rücken zum Vorzelt, deshalb habe ich nicht alle gesehen. Aber der eine von der *Antikrunde,* Fabian Anderklew, kam kurz nach Mittag vorbei. Das weiß ich mit Sicherheit, denn er hat mich wie immer freundlich begrüßt, bevor er zu Nalle reinging.«

Vinston und Esping tauschten Blicke.

»Okay. Wer kam noch?«

Sussis Lippen zitterten.

»Wie gesagt, wir hatten die ganze Zeit über Kunden. Außerdem empfängt Nalle manche Gäste auf der anderen Seite des Wohnmobils, an der Hintertür. Leute, die diskret Geschäfte machen wollen.«

Vinston richtete sich an Jimmy.

»Haben Sie jemanden zu Ihrem Vater reingehen sehen?«

Jimmy schüttelte nur den Kopf.

»Gegen Mittag wurde er beobachtet, wie er beim Eisstand mit einer Frau gestritten hat. Sie hat kurzes, dunkles Haar«, fuhr Vinston fort. »Wissen Sie, wer das sein könnte?«

Sussi und Jimmy sahen sich überrascht an.

»Neein …«, antwortete Sussi zögernd. »Ich habe keine Ahnung.«

Esping schob ihr Handy näher zu Sussi.

»Können Sie berichten, was unmittelbar vor seinem Tod passiert ist?«

Sussi machte einen Moment die Augen zu, sie schien sich zu sammeln.

»Als er aus dem Wohnmobil kam, war er misslaunig und klagte über Magenschmerzen. Ich habe ihm gesagt, dass das nicht verwunderlich sei, nachdem er so viel Schnaps getrunken und nicht ordentlich gegessen hätte. Ich habe ihm eines der Brote angeboten, die ich für mich und Jimmy geschmiert hatte, aber er wollte keins. Mein Essen schmeckte ihm offensichtlich nicht mehr.« Sussi presste die Lippen aufeinander. »Dann bat er Jimmy, ihm etwas zu trinken zu besorgen.«

»Sprudel«, bestätigte Jimmy. »Ich fand das komisch, weil mein Vater sonst immer nur Cola trinkt.«

»Jedenfalls«, fuhr Sussi fort. »Als Jimmy gegangen war, blieb ich mit den Kunden allein am Stand. Ich habe Nalle gesagt, er solle mir helfen, aber er brummte nur, setzte sich im Vorzelt auf einen Campingstuhl und zog sich die Kappe ins Gesicht. Wenn er so eine Laune hat, lohnt es sich nicht, mit ihm zu reden. Und dann begannen das Gewitter und der plötzliche Starkregen. Das Ganze dauerte vielleicht fünf, sechs Minuten. Und als der Regen aufgehört hatte …«

Sie schniefte, drückte sich das Küchenpapier an die Augen.

»Als der Regen aufgehört hatte, habe ich Nalle gerufen. Ich habe ihm gesagt, er soll seinen Arsch bewegen und mir helfen, das Regenwasser runterzukippen, das sich auf dem Zeltdach gesammelt hatte. Aber er hat nicht geantwortet. Also bin ich zu ihm hingegangen. Da habe ich gesehen, dass er ganz grau im Gesicht war.«

Sie verstummte, nur noch das Brummen des Kühlschranks war zu hören. Egal, wohin Vinston sah, überall begegneten ihm Froschaugen.

»Die letzten Worte, die ich zu ihm gesagt habe, waren unfreundlich«, schluchzte Sussi. »Das geht mir wirklich nach.«

Wieder wischte sie sich Tränen aus dem Gesicht, während Jimmy weiterhin auf den Tisch starrte.

»Hatte Nalle Feinde?«, fragte Esping nach einer Weile. »Abgesehen von Mats Lindeman.«

Sussi schüttelte schniefend den Kopf.

»Nein, nicht dass ich wüsste. Aber Nalle hat mir auch nicht alles erzählt.«

Vinston machte sich Notizen.

»War jemand Nalle Geld schuldig?«, wollte er wissen.

»Keine Ahnung. Er hat die ganze Zeit haufenweise Geschäfte gemacht.«

Vinston zeigte ihr Nalles abgegriffenes Notizbuch.

»Kennen Sie das?«

Sussi nickte.

»Er ging nirgendwo ohne hin.«

»Die Aufzeichnungen sind ziemlich schwer zu entziffern«, sagte Vinston.

Die Witwe nahm das rote Büchlein entgegen und blätterte zerstreut darin.

»Mein Mann hatte Legasthenie«, sagte sie dann. »Wahrscheinlich konnte nur er selbst lesen, was hier steht. Ich war diejenige, die sich hauptsächlich um Buchführung, Behörden und Ähnliches gekümmert hat.«

»Das Buch enthält viele Zahlen, und sein Geldbeutel war voller Bargeld«, erklärte Vinston. »Handelte er auch schwarz?«

Sussi wand sich verlegen, suchte Jimmys Blick.

»Das ist eine Mordermittlung«, erinnerte Esping sie. »Schwarzgeld interessiert uns nicht.«

Sussi seufzte.

»Also, ja. In unserer Branche ist viel Bargeld im Umlauf. Ich versuche, alles ordentlich zu verbuchen, das Unternehmen trägt schließlich meinen Namen. Aber Nalle hat ziemlich viel schwarz gehandelt. Das tun alle, er war nicht schlimmer als die anderen.«

Vinston schlug im Notizbuch die Seite auf, wo die vielen Zahlen und die Abkürzung ML standen, und hielt sie Sussi hin.

»Könnten das Summen sein, die ihm jemand schuldig war?«

»Das ist möglich«, erwiderte Sussi. »Wobei Nalle nicht gerade großzügig war, daher würde es mich wundern, wenn jemand laufend Schulden bei ihm gehabt hätte. Ich habe auch keine Ahnung, wer das sein sollte. Aber in Nalles Büro gibt es noch mehr Papiere. Wir können rübergehen und nachsehen.«

Sie bedeutete ihnen aufzustehen, dann führte sie sie in den Vorraum und weiter auf den Hofplatz hinaus. An einem der Nebengebäude schloss Sussi eine Tür auf und bat sie in einen fensterlosen Raum mit fleckigem Teppichboden und nicht zusammenpassenden Regalen. Überall lag Zeug herum, und in der Mitte stand ein großer, überfüllter Schreibtisch.

Vinston und Esping gingen hinein, während Sussi und Jimmy in der Tür stehen blieben, als ob es ihnen unangenehm wäre, sich in Nalles Büro aufzuhalten.

»Es kommt schnell einiges zusammen, wenn man fünf Häuser pro Woche räumt«, entschuldigte Sussi das Durcheinander. »Alles, was Nalle erst noch nachschlagen wollte oder von dem er fand, dass er es nicht als Antiquität verkaufen konnte, landete hier. Und dann ist das meiste stehen geblieben, weil immer neue Sachen dazukamen.«

Vinston bemerkte eine neu aussehende Golftasche in einer Ecke.

Auf dem Boden stand ein Karton mit vielen Schnapsflaschen, von denen die meisten noch zu, aber staubig waren.

»Schnaps aus Hinterlassenschaften«, erklärte Sussi. »Wir nehmen alles, was in einem Haus steht, und manche Sachen lassen sich eben nicht verkaufen. Da weiß man nicht, was man damit machen soll, und das Zeug bleibt schnell mal hier stehen. Dasselbe gilt für tiefgefrorene Filets oder Süßigkeiten. Soll man sie wegschmeißen? Nein, dann verschenkt man sie lieber oder bietet sie jemandem an.«

Vinston sah zu Esping hinüber, die angeekelt das Gesicht verzog. Wahrscheinlich begriff sie gerade, dass die Süßigkeit, an der sie vorhin in der Küche gekaut hatte, aus einer Haushaltsauflösung stammte.

Der Gedanke, die alten Süßigkeiten eines Verstorbenen zu essen, verursachte Vinston leichte Übelkeit. Er inspizierte die Unordnung auf dem Schreibtisch. Papierstapel, Stifte, Batterien, Schrauben, Dosen und kleine Keramikfiguren. Er winkte Esping zu sich heran und zeigte auf ein Handy, das in dem ganzen Durcheinander lag.

Esping schüttelte seufzend den Kopf.

»Noch eins? Thyra Borén wird ausflippen.«

Sie drehte sich zu Sussi um.

»Wie viele Telefone hatte Nalle?«

»Drei oder vier. Mindestens. Durch die Haushaltsauflösungen bekommen wir zig Handys. Nalle hatte zwei Geschäftsnummern und noch ein paar Bezahlhandys ohne Vertrag.«

»Warum das?«

Sussi zuckte mit den Schultern.

»Er meinte, er würde sein Handy nie finden, wenn er es brauchte. Deshalb hatte er überall welche. Im Auto, im Wohnmobil, hier im Büro. Nalle hatte alle Nummern, die er brauchte, im Kopf oder in seinem Notizbuch. Ein chaotisches System, aber er kam damit zurecht.«

Vinston griff nach dem Telefon auf dem Schreibtisch.

»Das nehmen wir mit.«

An einer Anschlagtafel an der Wand hingen viele Zettel: ausgedruckte Auktionsergebnisse, kopierte Telefonlisten, vergilbte Zeitungsausschnitte, Fotos, ein zehn Jahre alter Kalender und wichtige Notizen, deren Botschaft schon lange ihre Bedeutung verloren hatte.

Anstatt Papiere abzunehmen, wenn sie nicht mehr aktuell waren, hatte Nalle immer wieder neue über die alten gehängt.

Esping schob ein Blatt nach dem anderen zur Seite und gelangte damit immer weiter in die Vergangenheit, wie eine Archäologin, die vorsichtig die Schichten einer Kultur wegschabte, bis sie an die eigentliche Pinnwand kam. Hier hing ein Zeitungsausschnitt aus den Neunzigerjahren. *Rekordbaby in Ystad zur Welt gekommen.*

»6,3 Kilo wog er«, sagte Sussi stolz und zeigte auf Jimmy. »Vierundsechzig Zentimeter groß. Vier Hebammen waren nötig, um ihn herausholen.«

»Haben Sie den Code hierfür?«, unterbrach Vinston sie, woraufhin Esping ihm einen dankbaren Blick zuwarf.

Er zeigte auf einen großen grauen Tresorschrank.

»Leider nein. Nur Nalle wusste ihn«, sagte Sussi.

»Dann müssen wir ihn wohl aufbohren. Wenn der Code nicht zufällig an irgendeiner schlauen Stelle aufgeschrieben steht.«

Esping ging zum Schreibtisch und hob die Schreibtischunterlage hoch, in der Hoffnung, einen Post-it-Zettel mit Zahlen zu finden. Nichts. Nur Staub und etwas alter Tabak.

»Ich weiß den Code«, sagte Jimmy plötzlich.

»Wirklich?« Sussi klang überrascht.

Auch Vinston war verwundert. Das stille Muttersöhnchen war also doch nicht auf den Kopf gefallen.

Jimmy ging zum Tresor, tippte einige Zahlen ein, dann drehte er am Griff und zog die Tür auf.

Vinston schaute hinein. In einem Fach lagen verschiedene Gegenstände aus Gold: Uhren, Ketten mit Anhängern, Manschettenknöpfe, Goldmünzen, alles durcheinander. In einem anderen Fach lag ein dickes Bündel Scheine. Esping stieß einen Pfiff aus.

»Das müssen mehrere Hunderttausend Kronen sein.« Sie knipste ein paar Fotos mit ihrem Handy. »Hatte er immer so viel Bargeld hier liegen?«

»Manchmal«, sagte Jimmy. »Vater machte viele Geschäfte.«

»Hat er Ihnen den Code zum Tresor gegeben?«, fragte Vinston. Der junge Mann zögerte einen Moment und schielte zu seiner Mutter hinüber.

»Na ja … Ich habe Vater den Code so oft eintippen sehen …«

Vinston hatte wieder sein Notizbuch herausgeholt.

»Sie wussten also gut über die Tätigkeiten Ihres Vaters Bescheid?«, fragte er.

»Ja … das heißt …« Wieder tauschten Jimmy und Sussi Blicke.

»Also, ich wusste natürlich nicht über *alles* Bescheid.«

»Nein, nein«, beschwichtigte Vinston freundlich. »Aber Sie können mir vielleicht mit einer Sache helfen. Als wir Mats Lindeman befragten, sagte er, dass Nalle nach dem Streit in sein Verkaufszelt gekommen sei und mit einem Fund geprahlt habe, den er auf dem Markt gemacht hätte. Eine kleine antike Schale. Sie fand sich aber nicht im technischen Protokoll der Wohnmobildurchsuchung, und Ihr Vater hatte sie auch nicht bei sich.« Esping hob die Augenbrauen, sagte aber nichts.

Jimmy dachte ein paar Sekunden lang nach, dann schüttelte er langsam den Kopf.

»Vater hat nichts über eine Schale gesagt. Aber vielleicht hat er sie irgendwo am Stand abgestellt. Das tat er jedenfalls mit einigen anderen Sachen, die er gekauft hat. In dem Fall müsste sie in einer der Kisten im Lastwagen sein. Ich hatte noch keine Zeit, sie auszuladen.«

»Können Sie uns den Lastwagen bitte zeigen?«, fragte Vinston.

»Natürlich.«

Jimmy sah jetzt ein bisschen weniger missmutig aus als vorher. Er führte sie aus dem Büro zu der offenen Tür der Maschinenhalle, wo der Lastwagen geparkt stand. Sussi kam nicht mit, sie entschuldigte sich und ging stattdessen ins Wohnhaus zurück.

Es regnete immer noch leicht, aber es war nicht der Regen, der Esping verärgerte. Es störte sie, dass Vinston nach der Schale gefragt hatte, und genauso störte es sie, dass er es gewesen war und nicht sie, der bemerkt hatte, dass sie fehlte. Jimmy öffnete die Klappe des Lastwagens. Die stickige Luft darin bestand aus einem interessanten Mix aus Staub und Feuchtigkeit, gepaart mit etwas Schimmelgeruch. Etwa zwanzig Kartons standen auf der Ladefläche sowie einige größere Gegenstände, die mit alten Decken bedeckt waren. Jimmy kletterte hinein und schob die Kartons herum, hielt aber plötzlich inne.

»Komisch.«

Er kratzte sich im Nacken.

»Was denn?«, erkundigte sich Esping.

»Es stehen schwere Kartons oben, aber so packen wir nicht. Das Schwere nach unten, das Leichte nach oben. Das hat Vater mir schon beigebracht, als ich noch ein Kind war. Und sehen Sie mal hier.«

Jimmy zeigte auf den Boden des Lastwagens, wo ein paar zerknüllte Zeitungen lagen, die ihrer Form nach in einem der Kartons als Verpackungsmaterial gedient hatten.

»Ich weiß nicht, aber es sieht fast so aus …«

Er kratzte sich wieder.

»Wonach sieht es aus?«, bohrte Vinston nach.

»Es sieht fast so aus, als hätte jemand hier herumgewühlt.«

»Wer könnte das gewesen sein?«

Jimmy zuckte mit den Schultern und schaute weg.

»Keine Ahnung«, entgegnete er dann ausweichend.

12

Der Flur der Polizeiwache lag verlassen da. L-G war wahrscheinlich nach Hause gefahren, um zu duschen und sich umzuziehen, aber der Geruch seiner feuchten Sportkleidung hing immer noch in der Luft, wie Esping feststellte.

»Jimmy ist nicht so dumm, wie er tut«, sagte Vinston, nachdem er sich in ihr Büro gesetzt hatte.

»Er hält Augen und Ohren offen, bemerkt, was um ihn herum vorgeht.«

»Und er hat einen Verdacht, wer den Lastwagen durchsucht haben könnte«, meinte Esping.

»Das hat er. Die Frage ist, warum er uns nicht davon erzählen will. Aber wir sollten ihm ein bisschen Zeit lassen, darüber nachzudenken, bevor wir Druck auf ihn ausüben.«

Esping begriff, was gerade passierte. Dieses zweifache ärgerliche *wir* in seinem letzten Satz bestätigte die Sache. Vinston war wieder dabei, die Ermittlungen zu übernehmen, genau wie in dem Fall Jessie Anderson.

»Ich habe einen anderen Vorschlag«, sagte sie. »Wir …« Sie ließ das Wort ein paar Sekunden in der Luft hängen, »müssen mit Ihrem neuen Freund, Fabian Anderklew, sprechen. Sussi hat erzählt, dass er Nalle in seinem Wohnmobil besucht hat. Vielleicht kann uns Anderklew auch mehr über diese Schale sagen.«

»Gute Idee«, bestätigte Vinston und faltete die Hände. »Fabian kann uns außerdem in die Geheimnisse der Antiquitätenwelt einweihen. Offenbar kann man leicht einem Betrüger aufsitzen, der dir selbst für einen wertlosen Frosch noch Kröten aus der Tasche zieht.«

Er lachte über seinen eigenen Witz, was Esping überraschte. Im Gegensatz zu ihr schien Vinston glänzende Laune zu haben.

»Ich habe heute genug von Fröschen«, brummte sie. »Ich denke, sogar für den Rest meines Lebens.«

»Und dabei haben wir nicht einmal Bekanntschaft mit Jimmys lebendigen Amphibien gemacht«, meinte Vinston. »Tatsächlich hat es im Haus nach Terrarium gerochen. Oder eher *Paludarium?*«

Er schien nachzudenken, aber Esping hatte keine Ahnung, wovon er sprach.

»Frösche leben ja sowohl an Land als auch im Wasser«, fuhr er sinnierend fort. »In einem Aquarium gibt es nur Wasser, im Terrarium nur Erde. Aber in einem Paludarium gibt es beides.«

Er nickte zufrieden, als hätte er soeben ein kniffliges Rätsel gelöst.

»Also hat Jimmy für seine Frösche ein Paludarium!«

Esping stöhnte. Diese Ermittlungen hatten gerade erst angefangen, aber sie kamen ihr schon lang vor.

Da klingelte ihr Handy. Sie schaute auf das Display, legte das Telefon dann auf den Tisch und schaltete die Lautsprecherfunktion ein.

»Thyra, ich habe dich laut gestellt, Vinston ist auch hier.«

Die Cheftechnikerin lachte auf.

»Ah, hab mir schon gedacht, dass ihr wieder zusammenfindet. Das Dream-Team, das den Maklerinnenmord aufgedeckt hat.«

»Hast du was gefunden?«, unterbrach Esping sie.

»Na ja …«, erwiderte Borén. »Die technische Untersuchung war so schwierig, wie ich erwartet hatte. Hunderte von Finger- und Schuhabdrücken, über den gesamten Tatort verteilt. Ich habe eine Auswertung des Mobilfunkmastes angefordert, aber mit mehreren Tausend Handys am gleichen Ort ist die Datenmenge vollkommen unübersichtlich.«

»Habt ihr euch die Fingerabdrücke auf der Mordwaffe angeschaut?«, wollte Esping wissen.

»Ja, aber auch da muss ich euch enttäuschen. Auf dem Griff findet sich nur der Abdruck von Mats Lindeman. Auf Klinge und Scheide sind es ein paar mehr, darunter Ihre, Vinston.«

Vinston räusperte sich verlegen.

»Für die anderen Abdrücke gibt es keine Übereinstimmung in unserem Register. Und mehr habe ich im Moment leider nicht«, fasste Borén zusammen. »Wir durchkämmen gerade das Wohnmobil und suchen dort nach Fingerabdrücken, und der Obduktionsbericht kommt wahrscheinlich erst Mitte der Woche. Es ist Urlaubszeit, auch in der Rechtsmedizin. Aber was das angeht, erwarten wir ohnehin keine großen Überraschungen, das heißt, ihr könnt momentan nur auf die Auswertung von Nalles Handys hoffen. Ich habe der IT-Abteilung Dampf gemacht, diese Daten müssten also bald da sein.«

»Leider haben wir noch ein Handy für dich«, informierte Esping sie.

»Ein viertes?«, fragte Borén ungläubig.

»Ja, sorry. Wir haben es erst vorhin im Büro des Opfers gefunden.«

Die Technikerin stöhnte laut auf.

»Die IT-Abteilung wird durchdrehen. Aber ich werde ihnen ordentlich einheizen.«

»Wir schicken es direkt rüber«, versprach Esping. »Vielen Dank, Thyra!«

Sie beendete das Gespräch.

»Keine Hilfe von dieser Seite also«, stellte sie frustriert fest. »Ein brutaler Mörder schlägt mitten im Marktgetümmel zu, aber wir haben nichts in der Hand.«

»So ist es manchmal«, sagte Vinston. »Polizeiarbeit bedeutet, methodisch zu arbeiten. Wir müssen die Befragungen der Reihe nach durchgehen, alle verfügbaren Informationen zusammentragen. Früher oder später stoßen wir auf eine Spur.«

Esping schüttelte den Kopf. Geduld war eines der vielen Dinge, die sie nicht gemeinsam hatten, sie selbst hielt es einfach nicht aus, hier herumzusitzen und Vinston anzustarren. Da fuhr sie lieber zum Café und rief unterwegs Mats Lindeman an, um noch einige Fragen zu ergänzen.

Auf den Straßen war viel los. Abgesehen von den üblichen Sommergästen waren jetzt auch alle, die einen Sonntagsausflug nach Österlen gemacht hatten, auf der Heimfahrt. Außerdem schienen ein paar Dänen, die von Bornholm zurückkamen, auf ihrem Weg in Simrishamn Station gemacht zu haben. Genau wie vor ein paar Wochen war es schwer vorstellbar, dass sich in dieser Sommeridylle ein Mörder versteckte.

Mats Lindeman ging nicht an sein Handy, und nach ein paar Versuchen landete Esping direkt auf seiner Mailbox. Wahrscheinlich hatte Lindeman keine Lust mehr, mit der Polizei zu sprechen. Sie überlegte, ob sie an seinem Geschäft vorbeifahren sollte, beschloss dann aber abzuwarten.

Felicias Kaffeehaus war wie meist gut besucht, aber die Mehrzahl der Gäste saß im Garten, um die Sonne zu genießen, die inzwischen wieder hervorgekommen war.

»Hej, wie geht es dir?«, fragte Felicia, als Esping durch die Tür trat.

Esping wich der Frage aus, indem sie Bob begrüßte, der von seinem Platz hinter der Spüle angeschlendert kam. Aber Felicia ließ nicht so schnell locker. Sie stemmte die Hände in die Seiten, hob das Kinn und zog die Augenbraue hoch.

»Jetzt erzähl. Wie lief es heute?«

Esping strich sich das Haar aus dem Gesicht und zuckte mit den Schultern.

»Schlecht.«

»Ah«, lächelte Felicia. »Also wie immer?«

»So in etwa.«

Esping ging in die Küche und band sich eine Schürze um. Felicia kam hinterher.

»Bedeutet die Mörderjagd, dass ich mir Sorgen um dich machen muss?«

Esping schüttelte den Kopf.

»Das glaube ich nicht. Außerdem sind wir momentan nicht einmal in die Nähe eines Mörders gekommen, du kannst also ruhig schlafen. Vinston findet, dass wir Geduld haben müssen.«

»Ah.« Felicia kam zu ihr. »Das gehört nicht gerade zu deinen Stärken. Dann verstehe ich, warum du schlechte Laune hast.«

Esping füllte das Spülbecken mit Wasser.

»Aber du findest doch sicher, dass die Sache irgendwie auch spannend ist, oder?«, hakte Felicia nach. »Zusammen mit Peter Vinston an einem Mordfall zu arbeiten.«

»Kein Kommentar«, brummte Esping und schepperte extra laut mit den Tellern.

Ihre Freundin legte den Kopf in den Nacken und brach in Gelächter aus. Wie immer fiel Esping dabei auf, wie schön sie war. Und egal, was bei der Arbeit los war, reichten zwei Minuten mit Felicia aus, um ihre Laune anzuheben.

»Na gut«, brummte sie widerwillig. »Ich gebe zu, dass es auch ein bisschen cool ist. Bist du jetzt zufrieden?«

Felicia stellte sich hinter Esping und schlang die Arme um sie.

»Zufrieden bin ich erst, wenn du hiermit fertig bist.« Sie zeigte auf die Unordnung in der Küche. »Wobei ich glaube, dass du mit dem Spülen nicht sehr weit kommen wirst. Aber ich weiß deine Bemühung wirklich zu schätzen.«

Felicia küsste sie auf die Wange und kehrte zu ihrer Kasse zurück. Esping schepperte weiter mit dem Geschirr, aber wie immer hatte ihre Partnerin recht. Sie konnte nicht aufhören, an den Fall zu denken.

Jimmy hielt etwas vor ihnen zurück. Vielleicht auch seine Mutter. Die Frage war: was? Und wer war in den Lastwagen eingebrochen?

Sie trocknete sich die Hände an der Schürze ab, holte ihr Handy heraus und versuchte noch einmal, Mats Lindeman zu erreichen. Diesmal ging er nach dem ersten Klingeln ran.

»Ich habe mir Gedanken zu dieser Schale gemacht, die Nalle gefunden hat«, erklärte sie nach ein paar Höflichkeitsfloskeln. »Haben Sie sie gesehen?«

»Ja«, erwiderte Lindeman. »Er lief rum und zeigte sie allen.«

»Können Sie sie beschreiben?«

Lindeman grunzte, schien nachzudenken.

»Chinesisch«, sagte er dann. »Einfarbig, hellgrün mit einem reliefartigen Blumenmuster.«

»War sie wertvoll?«

»Das behauptete Nalle zumindest. Sagte, ihm wären gerade fünfunddreißigtausend dafür geboten worden, während er selbst nur sieben gezahlt hätte. Aber er glaubte wohl, dass sie noch mehr wert sein könnte, deshalb erwog er, sie zu behalten.«

»Wissen Sie, wo er die Schale gekauft hatte?«

»Nein, das hat er nicht erzählt. Aber er sagte, er hätte sie China-Gert vor der Nase weggeschnappt.«

Esping nahm sich ein Stück Papier und einen stumpfen Bleistift von einem Regal.

»China-Gert?«, hakte sie nach.

»Ja, so wird er genannt. Eigentlich heißt er Gert Sandén oder so ähnlich. Er findet sich in meiner Kundendatei in der Firma, wenn Sie seinen Kontakt wollen. Gert kauft schon seit Jahren bei mir. Er ist ein bescheidener kleiner Herr, der vor allem mit asiatischen Gegenständen handelt, daher der Spitzname.«

Esping notierte sich »Gert Sandén« und unterstrich den Namen dreimal.

»Schicken Sie mir bitte seine Kontaktdaten«, bat sie dann.

»Natürlich.«

Die folgende Stille am anderen Ende dauerte einen Moment zu lange.

»Fällt Ihnen noch etwas anderes ein?«, fragte Esping.

Sie konnte förmlich hören, wie Lindeman mit sich rang.

»Nalle hat erzählt, dass der arme Gert nach dem Kauf den Tränen nahe war. Er selbst lachte nicht schlecht darüber und war sehr zufrieden mit sich. Aber mit solchen wie Gert muss man vorsichtig sein.«

Wieder wurde es still.

»Wie meinen Sie das?«, wollte Esping wissen.

Lindeman holte tief Luft.

»Wie ich schon zu Nalle sagte: Auch kleine, schüchterne Kerle haben ihre Grenze. Und wenn die überschritten ist, können unschöne Dinge passieren.«

13

Vinston befand sich im Garten der Bäckastuga und vergrub den Kopf in einem Busch. Der Duft machte vollkommen süchtig, mit jeder Einatmung breitete sich Ruhe im Körper aus. Um ihn herum zwitscherten die Vögel ihr Abendlied.

Würden ihm solche Momente zu Hause in Stockholm fehlen?

Wahrscheinlich. Der Gedanke gefiel ihm nicht.

Da hörte er das Gartentor zuschlagen und anschließend Amandas Stimme.

»Was machst du da, Papa?«

Vinston richtete sich hastig auf, drehte sich um und tat vollkommen unberührt.

»Ich versuche nur rauszukriegen, was das für eine Pflanze ist.«

Amanda kam skeptisch näher.

»Seit wann interessierst du dich für Pflanzen?«

»Ich, äh …« Vinston hob die Hände. »Seit jetzt.«

»Okay, du Spinner«, lachte Amanda. »Das ist Geißblatt. So viel, wie Mama über ihr Gartenprojekt redet, kenne ich bald jeden Strauch. Außerdem gibt es Apps für so was, weißt du?«

Vinston schaute verwirrt drein. Er hatte nur eine vage Ahnung, wovon seine Tochter sprach.

»Für das Handy«, verdeutlichte sie. »Man macht ein Foto der Pflanze, und dann sagt die App einem, wie sie heißt.«

Amanda warf ihre Stofftasche auf den Gartentisch und ließ sich auf einen Stuhl fallen.

»Wie läuft es mit dem Fall? Sie haben dich doch wieder um Hilfe gebeten, stimmt's?«

Vinston riss sich vom Geißblatt los und setzte sich ebenfalls.

»Stimmt«, bekräftigte er. »Aber wenn du willst, kann ich natürlich Nein sagen. Dann können wir stattdessen was zusammen unternehmen und …«

»Hör auf. Die Polizei von Simrishamn braucht dich, das wissen wir doch beide.«

Amanda legte die Füße auf den Tisch und kippelte mit ihrem Stuhl.

»Wir können uns ja abends sehen. Ich habe tagsüber sowieso keine Zeit, da arbeite ich doch.«

Vinston unterdrückte den Impuls, ihr über den Kopf zu streichen. Es war unfassbar, dass sie schon so groß war und einen Job hatte.

»Möchtest du Eis?«, fragte er stattdessen, ohne weiter über seinen Vorschlag nachgedacht zu haben.

»Ernsthaft?«, stöhnte Amanda. »Ich arbeite doch in der Eisdiele. Da kann ich Eis essen, so viel ich will. Hast du kein Brot da?«

Sie sprang auf und ging in die Küche.

»Wir haben nie Brot zu Hause. Poppe macht irgendeine Low-Carb-Diät, und Brot ist so was wie sein Trigger.«

Amanda deckte alles auf den Tisch, was sich im Kühlschrank befand, und schnitt vom Brotlaib dünne Scheiben ab. Vinston kochte Tee, holte Milch und L-Gs besten Honig.

»Also, wer hat Nalle umgebracht, denkt ihr?«, fragte Amanda, während sie mit dem Toaster hantierte. »Habt ihr die Frau im Verdacht, die mit ihm Streit hatte? Die, die wir gesehen haben?«

Vinston presste den Mund zu. Er wollte zwar gern mit Amanda über seine Arbeit sprechen, aber durfte zugleich nicht zu viel verraten.

»Wir wissen es noch nicht«, gab er schließlich wahrheitsgemäß zu. »Wir haben sie noch nicht gefunden.«

Amanda streckte das Buttermesser in die Luft.

»Dann braucht ihr einen internationalen Haftbefehl, worauf wartet ihr?«

Vinston hatte keine Lust, ihr im Detail zu erklären, warum ihr Vorschlag praktisch nicht umsetzbar war.

»So, wie es momentan aussieht, steht sie nicht einmal unter Verdacht«, erwiderte er daher kurz. Im selben Moment sprang das Brot mit einem lauten Knall aus dem Toaster.

Amanda strich dick Butter darauf und hobelte den Käse zu einem immer steiler werdenden Skihang, was Vinston tunlichst ignorierte.

»Denk daran, dass du niemandem erzählen darfst, worüber wir hier reden«, erinnerte er sie stattdessen.

»Natürlich nicht!« Amanda blinzelte ihm auf dieselbe Art zu, wie Christina es tat, während sie mit einem letzten Hobelmanöver den Käseberg in eine schwarze Piste verwandelte.

Mit den belegten Broten und dem Tee gingen sie zurück in den Garten.

»Mit ist eingefallen, dass ich Nalle nach dem Streit noch mal gesehen habe«, sagte Amanda, nachdem sie sich gesetzt hatten.

Vinston schaute interessiert von seiner schiefen Teetasse auf.

»Wirklich? Erzähl!«

Amanda biss von ihrem Brot ab und berichtete beim Kauen:

»Er kam mit einer Frau vorbei und kaufte Eis.«

»War es dieselbe, mit der er gestritten hat?«

»Nein.« Amanda schüttelte gereizt den Kopf. »Das hätte ich doch gesagt. Die Frau war blond, lange Haare. Bisschen älter als du und Mama. Sportlich. War so angezogen wie zum Golfspielen. Wahrscheinlich seine Frau, nehme ich an.«

Vinston griff nach seinem Notizbuch und schrieb sich den Hinweis auf.

Die Beschreibung passte definitiv nicht zu Sussi.

»Hast du noch was beobachtet?«, fragte er.

Amanda schluckte ihren Bissen hinunter, bevor sie antwortete:

»Bloß, dass sie peinlich waren.«

»Peinlich?«

Sie nickte.

»Sie haben sich gegenseitig mit Eis gefüttert. Das heißt, sie hat ihn gefüttert.«

»Aha.« Vinston machte sich erneut Notizen. »Noch etwas?«

»Nichts, was mir gerade einfällt.«

Plötzlich raschelte es in den trockenen Fliederbüschen hinter ihnen, woraufhin Amanda ihr halb gegessenes Brot beiseitelegte.

»Hej, Pluto!«

Wie immer war die Katze wie aus dem Nichts aufgetaucht. Amanda hob sie auf den Schoß und strich ihr über den Rücken, woraufhin sie zu schnurren anfing. Vinston überlegte, ob er Amanda mit der Fusselrolle bearbeiten konnte, bevor sie wieder ins Haus ging.

Sie hatte die Hände tief im Katzenfell vergraben und sah ihn an.

»Hast du eigentlich Jonna Osterman angerufen?«

Die Frage kam überraschend, und Vinston war nicht in der Stimmung, darüber zu reden. Er brummte irgendeine Antwort, steckte sein Notizbuch weg und begann, den Tisch abzudecken.

»Du musst jemanden kennenlernen, Papa, sonst wirst du noch verbittert und arbeitest dich zu Tode.«

Vinston tat, als würde er nichts hören. Stattdessen holte er Sardinen und legte sie in eine Schüssel. Wie gewöhnlich verschlang die Katze sie gierig und verschwand anschließend wieder hinter dem Haus.

Die Unterbrechung hatte Amanda wie erhofft auf andere Gedanken gebracht, und sie begann, an ihrem Handy zu spielen. Vinston hatte ein schlechtes Gewissen, weil er dem Thema ausgewichen war, und einen Moment lang überlegte er, ob er ihr von Anna Tyche erzählen sollte. Aber dann beschloss er, es bleiben zu lassen. Eigentlich gab es dazu nichts zu sagen. Zumindest nichts, was nicht peinlich gewesen wäre.

Als Amanda weg war, goss sich Vinston einen Cognac ein. Die Sonne ging langsam unter, und im Garten wurde es ein bisschen kühler. Er schloss das geöffnete Fenster, setzte sich in einen Lesesessel und drehte das Wasserglas, das er in Ermangelung eines Cognacschwenkers benutzte, zwischen den Händen. Der Alkohol roch gut, aber nicht annähernd so exquisit wie der, den Poppe gestern Abend ausgeschenkt hatte. Dann holte Vinston Nalles kleines rotes Notizbuch heraus und schlug die Seite mit den Zahlen und der Abkürzung ML auf.

Jemand schuldete Nalle Geld. Die Schulden würden mit seinem Tod verschwinden. Das war in jedem Fall ein gutes Mordmotiv. Aber wenn ML nicht für Mats Lindeman stand, für wen dann? Und was war aus der Schale geworden, die Nalle am Tag seines Todes ergattert hatte? War jemand in Jimmys Lastwagen eingebrochen, um sie zu stehlen?

Ein leises Maunzen auf der Terrasse unterbrach seine Gedanken.

Vinston begriff sofort, worum es ging, beschloss aber, sich taub zu stellen. Doch das Maunzen wurde lauter, und schließlich hörte man auch noch ein aufforderndes Kratzen.

Schwer seufzend hievte sich Vinston aus dem Sessel und öffnete die Terrassentür. Draußen saß wieder Pluto und starrte ihn an. Resigniert holte Vinston eine weitere Dose Sardinen.

»Na gut, du bekommst noch etwas, aber so langsam übertreibst du's damit, hörst du?«

14

Am Dienstagmorgen erwachte Esping früh. Felicia und Bob lagen noch im Bett, während sie sich leise in die Diele schlich. Über den Getreidefeldern hingen die Nebelschleier, und eine morgendliche Elster krächzte ihr verärgert zu, als sie die Zeitung hereinholte.

Die Jagd auf den Antiquitätenmörder lautete die Schlagzeile. Der Artikel war kurz gehalten und fasste eigentlich nur das zusammen, was am Vortag bereits geschrieben worden war.

Einige Leute aus der Stadt waren gefragt worden, ob sie besorgt seien, jetzt, wo in Österlen ein Mord nach dem anderen geschah. Ein älterer Herr erzählte, dass er inzwischen abends seine Tür abschloss, und ein Tourist aus Stockholm fragte sich, ob die lokale Polizei wirklich in der Lage sei, einen Mord aufzuklären.

Esping schnaubte wütend.

Der Journalist erwähnte zumindest nicht, dass man zur Lösung des Falls Peter Vinston hinzugezogen hatte, was immerhin etwas war.

Sie trank ihren Tee und griff nach der Mappe, in der sich die Informationen über China-Gert befanden, die sie gestern nach dem Gespräch mit Lindeman eingeholt hatte.

Draußen in der Diele fiel ihr Blick auf ihr eigenes Spiegelbild. T-Shirt und Jeans, genau wie immer. Sollte sie sich vielleicht ein wenig formeller kleiden? Immerhin war sie Kriminalpolizistin im Dienst. Sie überlegte einen Moment, dann schlich sie in die Kleiderkammer und tauschte das T-Shirt gegen ein helles Baumwollhemd, das sie in ihre Hose steckte.

China-Gert wohnte in Ystad, und Esping hatte keine Lust, den Umweg über Simrishamn zu fahren, um einen Dienstwagen zu holen. Ihr treuer alter Volvo musste für heute reichen. Sie stellte sich Vinstons Qual vor, wenn er gezwungen wäre, sich auf den mäßig sauberen Beifahrersitz zu setzen, und sein Anzug hinterher voller Hundehaare wäre. So wie Bob momentan haarte, würde es Vinston eine ganze Fusselrolle kosten, wieder sauber zu werden. Bei dem Gedanken musste sie grinsen.

Sie erreichte die Bäckastuga zehn Minuten vor der vereinbarten Zeit, aber wie erwartet stand Vinston schon am Gartentor bereit. Er hielt einen großen, flachen Gegenstand in der Hand, den Esping nicht sofort erkannte.

»Guten Morgen«, begrüßte er sie fröhlich.

Der Gegenstand erwies sich als Polster eines Sonnenstuhls, das Vinston sorgfältig auf dem Beifahrersitz platzierte, ehe er sich setzte. Er sah so zufrieden aus, dass Esping fast laut geflucht hätte. Vinston hatte offensichtlich damit gerechnet, dass sie ihren eigenen Wagen nehmen würde, und sich vorbereitet. 1:0 für ihn.

Sie zwang sich zu einem Lächeln und einem »guten Morgen«.

»Ich habe einiges zu erzählen«, sagte Vinston, nachdem er die Tür zugezogen hatte. »Amanda kam gestern Abend vorbei. Sie hat Nalle mit einer Frau auf dem Markt gesehen. Also nicht derselben Person, mit der er gestritten hat, sondern einer anderen.«

Er fasste kurz Amandas Beobachtungen zusammen.

»Sie hat ihn mit Eis gefüttert?« Esping hob die Augenbrauen. »So was machen nur Leute, die miteinander ins Bett gehen. Und auch nur am Anfang ihrer Beziehung.«

»Tatsächlich?«

Esping vermutete, dass Vinston nie auf diese Art verliebt gewesen war. Sie selbst und Felicia waren am Anfang zuckersüß zueinander gewesen.

»Yep«, nickte sie. »Der Wendepunkt kommt nach drei Monaten. Da legt sich die schlimmste Verliebtheit, und man beginnt, sich wieder normal zu benehmen. Ich würde heute *niemals* zulassen, dass Felicia mich füttert, weder mit Eis noch mit sonst was.«

Esping fuhr Richtung Ystad, schaltete das Autoradio ein und suchte nach einem Sender, der keine Werbung brachte.

Vinston schaute über die Äcker. Sonne und Sommerwind hatten das Land nach dem gestrigen Regen getrocknet, die Mähdrescher waren zurück. Seine Gedanken schweiften ab. Er konnte sich ohne Probleme vorstellen, von Anna Tyche mit Eis gefüttert zu werden.

Ihm fiel etwas ein, was sie erwähnt hatte, nämlich, dass Nalle gut angezogen gewesen sei und abgenommen habe. Dass er sogar gut gelaunt gewirkt habe. Und jetzt der Hinweis auf diese geheimnisvolle

Dame, die definitiv nicht seine Frau war. Wenn sie eine Geliebte war, warum haben sie sich dann zusammen in der Öffentlichkeit gezeigt? Nalle wusste doch, dass ihn viele auf dem Markt kannten.

»Sie haben wahrscheinlich recht«, sagte er schließlich zu Esping. »Nalle hatte in letzter Zeit abgenommen. Außerdem war er einer Zeugin nach am Sonntag ungewöhnlich gut gekleidet. Damit suchen wir also nach zwei unbekannten Frauen. Der streitsüchtigen und der mit dem Eis.«

Er zupfte ein Hundehaar weg, das trotz Sitzpolster den Weg auf seine Hose gefunden hatte.

»Glauben Sie, dass er mit beiden geschlafen hat?«, fragte Esping. »Vielleicht hatte er zwei Affären parallel, ein richtiger Freizeitcasanova?«

Sie fuhr an einer Kreuzung links, bevor sie weitersprach:

»Glauben Sie, seine Frau wusste davon? Hat Sussi das gemeint, als sie sagte, dass sie Frösche sammelt und mit einer Kröte verheiratet ist?«

»Schwer zu sagen, bevor wir die Damen nicht gefunden haben«, antwortete Vinston. »Vor allem die streitsüchtige ist interessant. Wir müssen irgendeinen Weg finden, sie aufzuspüren.«

Ein zum Pick-up umgebauter Epa-Traktor tauchte vor ihnen auf der Straße auf. Esping rauschte so schnell an ihm vorbei, dass Vinston die Zehen in den Boden krallte.

»Was wissen wir über diesen China-Gert, zu dem wir gerade fahren?«, fragte er, als sein Puls wieder im normalen Rhythmus klopfte.

»Gert Zillén, einundsiebzig Jahre alt. Wohnt in Ystad …«

Esping wurde vom Klingeln ihres Handys unterbrochen, das sie zwischen die Sitze gelegt hatte. Zu Vinstons Entsetzen wendete sie den Blick von der Straße ab und fummelte an dem Telefon herum. Endlich gelang es ihr, die Lautsprecherfunktion einzuschalten, sodass sie wieder beide Hände ans Steuer legen konnte.

»Spreche ich mit Tove Esping?«, fragte eine leicht nasale Frauenstimme.

»Ja, richtig.«

»Gut. Ich rufe wegen eines Einbruchs in mein Elternhaus an …«

Esping unterbrach sie.

»Ich habe gerade leider keine Zeit. Rufen Sie auf der Wache an und sprechen Sie mit einem meiner Kollegen, die können Ihnen helfen.«

Die Frau am anderen Ende wurde lauter.

»Ich habe den Einbruch schon angezeigt, aber ich warte darauf, dass jemand kommt und den Tatort untersucht. In der Wache hieß es, ich müsse mit Ihnen reden. Aber Sie haben offenbar Wichtigeres zu tun?«

»Ich komme so bald wie möglich, aber momentan haben wir einen Mordfall zu klären, das hat Priorität.«

Die Frau protestierte, aber Esping legte auf.

»Die Rezeption sollte nicht meine Nummer weitergeben«, brummte sie. »Jedenfalls besuchen wir jetzt Gert Zillén, genannt China-Gert. Pensionierter Archivar, alleinstehend, wohnt seit dreißig Jahren in derselben Mietwohnung. Besitzer eines abgemeldeten Citroën 2CV von 1977.«

»Ah, ein Deux Chevaux«, rief Vinston aus. »Ein französischer Klassiker. Aber unmöglich zu fahren.«

Esping warf ihm einen anerkennenden Blick zu.

»Das ist sicher richtig, denn China-Gert hat nicht einmal die kleinste Geschwindigkeitsüberschreitung in unserer Datei. Er scheint ein äußerst gesetzestreuer Bürger zu sein.«

Sie gelangten zu einer geraden Wegstrecke, wo Esping auf ein gutes Stück über dem erlaubten Tempolimit beschleunigte. Wie üblich klammerte sich Vinston am Handgriff über der Tür fest.

»Mats Lindeman zufolge sammelt Gert Zillén chinesisches Porzellan. Das Einzige, was man über ihn im Netz findet, ist, dass er bei verschiedenen Rentnerveranstaltungen Vorträge zu diesem Thema gehalten hat, er scheint also eine Art Experte zu sein. Lindeman behauptet, Nalle habe China-Gert durch den Kauf dieser Schale mehr oder weniger gedemütigt und dass Gert das nicht sehr gut aufgenommen hat.«

Vinston dachte nach.

»Meinen Sie, das ist ein ausreichendes Motiv für einen Mord?«, fragte er.

»Spontan nein, aber Lindeman klang in dieser Hinsicht etwas

kryptisch. Er meinte, mit solchen Leuten wie Gert müsse man vorsichtig sein.«

Sie bremste vor einem Blitzer ab, aber zur Sicherheit behielt Vinston die Hand am Haltegriff.

Punkt elf standen sie im zweiten Stock eines Mietshauses aus den Sechzigerjahren. Vinston drückte auf die Klingel. Daraufhin öffnete sich die Tür ein Stück weit, bevor sie von einer Sicherheitskette gestoppt wurde, und ein kleiner, dürrer Mann lugte durch den Spalt.

»Worum geht es?«

»Gert Zillén?« Esping hielt ihren Dienstausweis hoch. »Wir sind von der Polizei. Wir hätten ein paar Fragen zu Ihrem Besuch auf dem Antik- und Sammlermarkt in Degeberga am Sonntag. Dürfen wir reinkommen?«

»J-JJaa, natürlich …«

Der Mann schob die Tür zu, und es war zu hören, wie er mit der Kette hantierte, bevor er wieder öffnete. Aus der Wohnung drang ein spannender Duftcocktail aus Papier, Staub und Kaffee.

Gert Zillén hatte eine sogenannte Robin-Hood-Frisur. Oben auf dem Kopf war er vollkommen kahl, was er verbarg, indem er das Haar auf der einen Seite lang wachsen ließ und es dann von einem Ohr zum anderen kämmte, in dem Versuch, von den Reichen zu nehmen und den Armen zu geben. Er trug Hausschuhe und eine Anzughose zu einem Hemd und einer abgetragenen Strickjacke mit zu langen Ärmeln. Um den Hals baumelte eine Lesebrille.

»Kommen Sie rein.«

China-Gert ging ihnen voraus durch den Flur. Der Geruch nach altem Papier wurde stärker, was Vinston nicht überraschte. An den Wänden waren Bananenkisten bis fast zur Decke gestapelt, alle gefüllt mit Büchern und, soweit man erkennen konnte, in Zeitungspapier eingeschlagener chinesischer Keramik. Vinston musste im Seitwärtsschritt gehen, um durchzukommen. Aber es war nicht schmutzig, stellte er fest, für die engen Verhältnisse eher erstaunlich sauber.

Auf jedem Karton stand in Tusche eine Nummer geschrieben. Die höchste Zahl schien die hundertsechsunddreißig zu sein.

Im Wohnzimmer gab es zum Glück keine Kartonstapel, stattdessen gewöhnliche Bücherregale, die sich unter Referenzliteratur und Auktionskatalogen bogen. Zwischen den Regalen stand eine Vitrine voller asiatischer Objekte.

Die Luft im Raum war fast noch stickiger als im Flur und hatte eine beißende Note, was seine Erklärung fand, sobald man den Blick hob.

Auf den Bücherregalen standen dicht an dicht ausgestopfte Vögel. Die größten befanden sich in hinterster Reihe, die kleineren vorn. Raubvögel, Möwen, Krähen, Drosseln, Finken und Spatzen, die Vinston und Esping mit ihren toten Glasperlenaugen wütend anstarrten.

»Setzen Sie sich, bitte. Ich hole Kaffee!«

Bevor er in die Küche verschwand, zeigte China-Gert auf eine Sitzgruppe in dunklem Siebzigerjahre-Design, die um einen Kiefernholztisch und einen alten Fernseher stand. Esping ließ sich in einem Sessel nieder, während Vinston eine Runde durch den überfüllten Raum ging. Besonders die Vitrine interessierte ihn.

Sie enthielt ausschließlich chinesisches Porzellan, zumindest war das Vinstons Vermutung. Er ging auch davon aus, dass es sich um hochpreisige Vasen und Schalen handelte, obwohl er keinen Unterschied zwischen diesen Schälchen und denjenigen erkannte, in denen er in seinem lokalen China-Restaurant in Stockholm Reis serviert bekam. Anders als alles andere in der Wohnung standen die Gegenstände in der Vitrine nicht dicht nebeneinander. Es gab verschiedene Fächer, und in jedem von ihnen befanden sich maximal zwei Gegenstände, die von eingebauten Strahlern angeleuchtet wurden. Das Arrangement sah aus wie in einem Museum.

Vinston bemerkte, dass das Fach oben links leer war. Eine dünne Staubschicht lag auf dem Regalbrett, aber drei kleine Flecken verrieten, dass hier bis vor Kurzem etwas gestanden hatte. Es konnten drei kleine Gegenstände gewesen sein oder ein größerer auf drei Beinen.

»So, hier komme ich mit dem Kaffee.«

Gert balancierte ein Tablett mit einem altmodischen Kaffeeservice und einem Teller mit finnischen Keksen und Himbeergebäck. Vinston musste sofort an seine Großmutter und ihr feines Service mit der Goldkante denken, das nur benutzt wurde, wenn jemand einen runden Geburtstag feierte. Er setzte sich und erwartete, dass Esping nach Tee fragen würde, aber die saß still da und beobachtete nur, wie Gert aus der Porzellankanne Kaffee einschenkte.

Die Hände des Mannes zitterten so sehr, dass der Kaffee nur mit Mühe und Not in den Tassen landete. Esping schaltete die Aufnahmefunktion ihres Telefons ein und legte es auf den Couchtisch.

»Also, es geht wie gesagt um Ihren Besuch auf dem Markt in Degeberga am Sonntag. Vielleicht haben Sie in der Zeitung von dem Mord gelesen, der dort am Nachmittag passiert ist?«

»Das habe ich«, nickte Gert. »Eine furchtbare Geschichte. Stimmt es, dass es der arme Nalle ist, der sein Leben lassen musste?«

Esping nickte.

»Wie haben Sie davon gehört?«

Gert lachte nervös.

»Oh, die Antiquitätenwelt ist klein, und Gerüchte verbreiten sich schnell.«

»Kannten Sie einander?«

»Ja, wenn man so lange mit Antiquitäten zu tun hat wie ich, hat man schon mit den meisten Geschäfte betrieben. Der arme Nalle und ich kannten uns allerdings nur oberflächlich. Aber ich verstehe nicht richtig, wie ich hier ins Bild komme?«

»Erzählen Sie von Sonntag«, bat Vinston, während er sein Notizbuch herausholte. »Beginnen Sie damit, wann Sie auf dem Markt eingetroffen sind.«

Gert dachte nach.

»Ich besuche den Markt seit sechsundzwanzig Jahren und habe immer die gleiche Routine. Ich nehme am Abend vorher den Bus dorthin und übernachte in einer Pension. Früher bin ich selbst mit dem Wagen gefahren, aber das ist zu teuer geworden, und mit dem Bus kommt man fast überallhin. Kurz vor Sonnenaufgang bin ich zum Markt gegangen. Die besten Funde macht man früh am Morgen, verstehen Sie. Bevor die Amateure auftauchen.«

Vinston machte sich Notizen. Er erinnerte sich, dass Fabian Anderklew und Anna Tyche in etwa das Gleiche gesagt hatten.

Gert hob seine Kaffeetasse. Jetzt war seine Hand weniger zittrig.

»Ich habe jedenfalls meine übliche Runde gedreht, aber nichts Besonderes gefunden. Gegen zehn Uhr bin ich mit dem Bus nach Hause gefahren, als es anfing, mir zu voll zu werden.«

»Haben Sie Nalle getroffen?«, erkundigte sich Esping.

Der kleine Mann wand sich.

»Nur ganz kurz.«

»Und wann?«

»Relativ bald, nachdem ich angekommen bin.«

Die Hand mit der Kaffeetasse zitterte wieder, und Gert beeilte sich zu trinken.

»Wir haben gehört, dass er eine Schale gekauft hat, für die Sie sich auch interessierten.«

Sobald Esping das gesagt hatte, verschluckte sich Gert. Er stellte seine Tasse ab und hustete ein paarmal.

Die Polizisten sahen sich an.

»Die Schale«, erinnerte Vinston den Mann, als die Hustenattacke vorbei war.

»Ja.« Gert seufzte schwer. »Ja, es stimmt. Beim Pfadfinderstand hatte ich eine kleine chinesische Schale entdeckt. Ich hatte das Geschäft schon fast abgewickelt, als Nalle wie aus dem Nichts auftauchte und mich überbot.«

»Was für eine Schale war das?«

»Äh, ich weiß nicht genau. Es war dunkel, und ich hatte nur eine Stirnlampe. Aber es könnte eine Ding-Schale aus der Song-Dynastie gewesen sein.«

»Song?«

»Ja, Mitte des zehnten Jahrhunderts bis Ende des dreizehnten. Wobei es schwer ist, das genau zu sagen, bevor man den Gegenstand nicht gründlich untersucht hat. Auf so einem Markt Geschäfte zu machen, ist immer ein kleines Glücksspiel. Man muss auf seine Erfahrung und sein Bauchgefühl vertrauen.«

Vinston hob seine Tasse.

»Wie viel waren Sie bereit, dafür zu zahlen?«

»Ich habe sechstausend geboten. Das war alles, was ich dabeihatte.«

»Aber Nalle hat Sie überboten?«

Gert schien auf seinem Sofa zusammenzusinken.

»Er hat siebentausend bezahlt. Ich war wahnsinnig enttäuscht.«

Vinston trank einen Schluck Kaffee, der zwar wässrig, aber trinkbar war.

»Was war die Schale eigentlich wert?«, fragte er dann.

Der kleine Mann zuckte mit den Schultern.

»Wie gesagt, das ist schwer zu schätzen. Irgendwas zwischen fünfzehn- und zwanzigtausend. Natürlich nur, wenn sie echt war.«

Er presste ein nervöses Lachen hervor. Vinston stellte vorsichtig seine Tasse auf das Tablett und musterte ihn. Er konnte nicht ausmachen, ob der Mann die Wahrheit sagte.

»Kannte sich Nalle mit chinesischem Porzellan aus?«, wollte er wissen.

Gert schnaubte verärgert.

»Nicht die Spur. Aber er hatte ein Händchen für gute Geschäfte und sah, wie interessiert ich war. Und er hatte genug Geld dabei, um mich zu überbieten.«

Esping beugte sich über den Couchtisch.

»Das hat sich sicher nicht gut angefühlt«, sagte sie. »Dass Ihnen der Fund vor der Nase weggenommen wurde, noch dazu von jemandem wie Nalle, der nicht einmal wusste, was er da kaufte.«

»Nein.« Gert sah in seine Tasse. »Aber es war nicht das erste Mal, dass mir ein Fund entging.« Er schaute auf. »Und sicher auch nicht das letzte Mal. Ich war erst aufgebracht, aber das Leben geht weiter.«

»Was ist danach passiert?«, wollte Vinston wissen.

»Ich habe meine Runde fortgesetzt. Gegen zehn, als zu viele Familien und Touristen kamen, habe ich, wie gesagt, den Bus nach Hause genommen. Ich habe das Ticket noch, wenn Sie es sehen möchten?«

Ohne die Antwort abzuwarten, stand er auf, setzte sich eine Lesebrille auf die Nasenspitze und verließ das Zimmer. Nach einer Minute war er schon mit einem Mobiltelefon zurück, das er Esping entgegenhielt. Die App des lokalen öffentlichen Verkehrsverbunds zeigte sehr richtig ein benutztes Ticket für die Reise Degeberga–Ystad um 10:10 Uhr am Sonntag an. Esping fotografierte den Bildschirm ab.

»Und wo waren Sie am Nachmittag gegen 14:00 Uhr?«, fragte sie.

Gert nahm seine Lesebrille ab.

»Hier in der Wohnung. Wo sonst?«

»Hatten Sie Besuch, oder sind Sie auf dem Weg in die Wohnung einem Nachbarn begegnet? Gibt es jemanden, der bestätigen kann, dass Sie hier waren?«

»Gegen Mittag habe ich meinen Nachbarn von unten getroffen. Wir haben ein paar Worte gewechselt, bevor ich hochging. Aber danach niemanden mehr. Ich …« Gert wechselte die Stellung. »Ich bin nicht sehr gesellig. Ich mag lieber meine Bücher und Vögel.«

Er wies mit der Hand in den überfüllten Raum. Zum ersten Mal, seit sie da waren, wirkte er ein wenig entspannter.

»Haben Sie auf dem Markt irgendetwas anderes bemerkt?«, fragte Vinston.

»Wie meinen Sie das?«

»Tja, irgendetwas Ungewöhnliches oder woran Sie im Nachhinein denken mussten, nachdem in der Zeitung von dem Mord berichtet wurde.«

»Hm.« China-Gert strich sich mit den Händen über die Hosenbeine. »Jetzt, wo Sie es sagen, gab es tatsächlich etwas. Nachdem Nalle mit der Schale wegmarschiert war, blieb ich stehen und sah ihm nach.«

Er zögerte einen Moment.

»Ja?«, ermunterte Esping ihn.

»Da habe ich jemanden gesehen, der Nalle zu folgen schien. Mit ein bisschen Abstand.«

»Und wer war das?«

»Es war noch nicht hell, ich konnte ihn also nicht deutlich erkennen. Ich kann mich natürlich auch irren, vielleicht sah es nur so aus.«

»Wer ist Nalle nachgegangen?«, wiederholte Esping.

Gert holte tief Luft, bevor er antwortete.

»Es war Jimmy, sein Sohn.«

Vinston hielt mit dem Notieren inne und sah zu Esping, die ihm einen langen Blick zuwarf.

Erleichtert bemerkte China-Gert, dass die beiden Polizisten mit ihren Fragen am Ende zu sein schienen. Sie steckten Handy und Notizkalender ein, dankten für den Kaffee und standen auf. Obwohl Gert eigentlich mit ihrem Besuch gerechnet hatte, war er kurz vor einer Ohnmacht gewesen, als ihm an seiner Tür die Polizeimarke präsentiert wurde. Es hatte ihn all seine Energie gekostet, ruhig zu bleiben, und er wusste, dass ihm das nicht ganz geglückt war.

Aber jetzt war fast alles überstanden.

Auf dem Weg nach draußen blieb der Polizist vor der Vitrine stehen.

»Was hat hier gestanden?«, fragte er und zeigte auf das obere leere Fach.

Gert schluckte.

»Ach, nur ein paar Figurinen«, brachte er mit einem, wie er hoffte, entspannten Lächeln heraus. »Sie mussten gereinigt werden. Ich habe sie in der Küche stehen.«

Gert war überzeugt davon, dass sein Herzschlag im ganzen Raum zu hören war.

»Aha.«

Der Polizist musterte ihn einen Moment, dann wandte er sich um und ging mit seiner Kollegin zur Wohnungstür.

Gert begleitete sie.

»Hier ist meine Nummer.« Die junge Polizistin reichte ihm ihre Visitenkarte. »Rufen Sie mich an, falls Ihnen noch etwas einfällt.«

Gert nickte, nahm die Karte und steckte sie sich in die Tasche.

»Also, auf Wiedersehen«, sagte er, bevor er die Tür hinter ihnen abschloss und die Sicherheitskette wieder vorlegte. Dann bückte er sich und lugte vorsichtig durch den Briefkastenschlitz.

Er hörte die Schritte der Polizisten durch das Treppenhaus hallen, kurz darauf das Läuten, als sie bei den Nachbarn unten klingelten, das Geräusch der sich öffnenden Tür und leises Stimmengemurmel. Sie kontrollierten sein Alibi.

Bedeutete dies, dass er verdächtigt wurde?

Wahrscheinlich.

Gert verspürte plötzliche Übelkeit, seine Beine wurden schwach. Er sank zu Boden, lehnte den Rücken gegen die Tür und biss sich fest auf die Unterlippe, um nicht laut aufzuschluchzen.

15

Das Restaurant *Fritidsbaren* lag direkt am Strand von Ystad. Ein großes, rotes Holzhaus mit gemütlicher Einrichtung, freundlichem Personal und selbst gemachten Köttbullar.

Die Meeresluft und der wunderbare Duft nach frisch gebackenem Kuchen vertrieb die Erinnerung an Gert Zilléns muffige Wohnung, die Vinston noch in der empfindlichen Nase steckte.

»Was halten Sie von China-Gert?«, wollte Esping wissen, als sie anfingen zu essen.

»Er war sichtlich nervös«, sagte Vinston. »Andererseits wäre es fast seltsam, wenn ein gesetzestreuer alter Herr, der unerwartet Besuch von der Polizei bekommt, das nicht wäre. Und er hat ein Alibi. Sowohl durch das Busticket als auch durch den Nachbarn im Erdgeschoss. Außerdem …«

Vinston schaufelte sich eine ordentliche Portion Köttbullar in den Mund, bevor er weitersprach.

»Außerdem bezweifle ich, dass Gert Zillén in der Lage wäre, einen Ehrendolch durch eine Zeltwand und eine Stuhllehne in einen Menschen zu bohren. Er ist zu klein und zu schwächlich dafür.«

»Kann sein«, erwiderte Esping. »Aber was er über Jimmy gesagt hat, war in jedem Fall interessant. Vielleicht wusste der Sohn über die Seitensprünge seines Vaters Bescheid? Oder er ahnte es zumindest und wollte ihn in flagranti ertappen.«

Vinston nickte.

»Gut denkbar. Aber wir müssen diese beiden Frauen finden, mit denen Nalle auf dem Markt gesehen wurde, um mit der Untreuegeschichte weiterzukommen. Die Frage ist nur, wie?«

»Kann man einen Appell über die Presse starten und alle, die etwas gesehen haben, bitten, sich zu melden?«, fragte Esping.

»Das kann man machen«, stimmte Vinston zu. »Allerdings besteht die Gefahr, dass man mit belanglosen Hinweisen überhäuft wird, und all denen nachzugehen, wäre sehr zeitraubend. Wir müssen uns gut überlegen, ob wir so einen Zirkus wirklich in Gang setzen wollen.«

Esping biss mit einem lauten Krachen in ihr Knäckebrot.

»Schade, dass Sie die Organisatoren des Marktes nicht unmittelbar nach dem Leichenfund gebeten haben, die Frau, mit der Nalle Streit hatte, über die Lautsprecher auszurufen«, sagte sie kauend.

Vinston sah ein wenig bekümmert von seinen Köttbullar auf.

»Daran habe ich ehrlich gesagt nicht gedacht«, gestand er. »Wir waren viel zu sehr damit beschäftigt, den Tatort zu sichern und Lindeman zu suchen.«

»Ja, das kann passieren.« Esping klang leicht schadenfroh. »Aber wir sollten sie *wirklich* finden …«

Das laute Klingeln ihres Telefons unterbrach Esping mitten im Satz. Sie erkannte die Nummer.

»Sorry, das ist wieder die Tussi, die mich wegen eines Einbruchs nervt«, erklärte sie und drückte den Anruf weg. Aber wenige Sekunden später klingelte das Handy erneut.

»Und sie versteht auch nicht den Wink mit dem Zaunpfahl«, brummte sie und stellte das Telefon auf lautlos. »Also, sollen wir mit den Spuren weitermachen, die wir haben? Sussi hat doch erzählt, dass Fabian Anderklew Nalle am Vormittag in seinem Wohnmobil aufgesucht hat, es ist dann doch wohl höchste Zeit, ihn zu befragen und herauszufinden, was er gesehen und gehört hat, oder?«

»Ja.« Vinston wischte sich sorgfältig den Mund ab. Am Abend zuvor hatte er genau darüber nachgedacht, jetzt versuchte er, die richtigen Worte zu finden. »Ich habe mir überlegt, dass es vielleicht am besten wäre, wenn ich zuerst allein mit Fabian spreche. Dann wirkt es nicht gleich so formell.«

Esping hob den Kopf. Sie schien beleidigt, genau das, was Vinston hatte vermeiden wollen. Er holte tief Luft.

»Fabian redet gern«, erklärte er. »Er *liebt* es geradezu. Aber gleichzeitig hat er sicher Angst um seinen Ruf. Wenn zwei Polizisten in offizieller Angelegenheit bei ihm auftauchen, glaube ich, dass er sich sehr genau überlegen wird, was er sagt. Aber wenn nur ich komme …«

»… sein Trinkkumpan von Sonntagabend«, ergänzte Esping und legte ihr Knäckebrot auf den Teller. »Dann glaubt er, dass Sie ungefährlich sind, und plappert drauflos?«

»So in etwa«, meinte Vinston.

Natürlich gab es noch andere Gründe. Er wollte den Freund von Poppe und Christina ungern in einem Mordfall in die Mangel nehmen, wenn es keinen Anlass dafür gab. Außerdem begann ein leiser Verdacht in ihm Form anzunehmen. Ein Verdacht, der Fingerspitzengefühl erforderte, um zu einem Beweis zu werden, und dem er deshalb allein nachgehen musste.

Esping schien nachzudenken. Dann verzog sie den Mund zu einer Grimasse, die sowohl missbilligend als auch widerwillig zustimmend aussah.

»In Ordnung, das klingt nachvollziehbar. Vielleicht weiß Fabian Anderklew nicht einmal, dass er wichtige Informationen besitzt, das heißt, je mehr er erzählt, desto besser. Aber rufen Sie mich hinterher an. Ich gebe solange das Verhör mit China-Gert zu Protokoll und versuche, einen Weg zu finden, unsere beiden verschwundenen Damen aufzuspüren.«

»Sehr gut.« Vinston war erleichtert. »Und ich glaube zu wissen, wo Fabian sich gerade aufhält. Es liegt auf dem Weg zur Wache, Sie können mich also unterwegs rauslassen.«

Die Padel-Halle war ein viereckiges Blechgebäude am Stadtrand von Simrishamn und so neu, dass es noch nach Farbe und Spanplatten roch. Poppe war einer der Miteigentümer dieser sowie einiger weiterer Hallen, die sich über halb Schonen verteilten, er spielte hier dreimal die Woche in der Mittagszeit Padel-Tennis.

Genau, wie Vinston gehofft hatte, traf er ihn im Umkleideraum an, wo er gerade seine Schuhe zuband. Poppe trug Shorts, ein Tennishemd und Schweißbänder an den Handgelenken.

»Peter, wie nett. Willst du anfangen zu spielen? Ich kann dir was zum Anziehen und einen Schläger besorgen, wenn du möchtest.«

Vinston, der von Sport im Allgemeinen und Padel im Besonderen nicht viel hielt, schüttelte den Kopf.

»Ich möchte nur ein paar Worte mit dir wechseln. Gerne unter vier Augen.«

»Selbstverständlich, selbstverständlich …« Poppe stand auf und sah sich um. »Ich glaube, wir sind gerade allein, aber Fabbe kommt jeden Moment.«

»Tatsächlich möchte ich vor allem auch mit Fabian sprechen«, gestand Vinston.

»Ach?«

Poppe sah erstaunt aus.

»Hat er sich am Sonntag auf dem Markt Geld von dir geliehen?«

»Wieso? Wer hat das gesagt?«

Vinston merkte, dass Poppe deutlich auf der Hut war, er trat einen Schritt zurück.

»Christina«, sagte Vinston. »Sie hat angedeutet, dass es nicht das erste Mal wäre.«

Poppe lachte.

»Sie übertreibt. Das war vor allem früher. Fabbe hatte ein paar harte Jahre, und als guter Freund habe ich da natürlich geholfen. Aber das war, bevor er Fernsehstar wurde und inzwischen auch noch Teilhaber am *Auktionshaus Malmö*.«

Vinston sah sich in der Umkleide um. Ordentliche Reihen von Spinden bedeckten die Wände.

»Fabian hat also keine finanziellen Probleme?«

Poppe schüttelte den Kopf und griff nach seinem Schläger, der auf der Bank lag.

»Überhaupt nicht. Tatsächlich wird das *Auktionshaus* demnächst von einer großen dänischen Firma aufgekauft. Fabbe und die anderen Teilhaber werden stinkreich dabei. Aber das hast du natürlich nicht von mir gehört.«

Er legte den Zeigefinger an die Lippen. Es war offensichtlich, dass Poppe das Thema wechseln wollte, aber Vinston ließ noch nicht locker.

»Noch mal zu Sonntag«, hakte er nach. »Willst du sagen, Christina hat das mit dem Geld falsch verstanden?«

Poppe zuckte verlegen die Schultern.

»Nein, sie hat wie immer völlig recht. Aber das war diesmal etwas ganz anderes. Fabbe hatte etwas entdeckt und brauchte mehr Bargeld, um schnell handeln zu können.«

»Wie viel?«

Poppe war die Situation sichtlich unangenehm.

»Zwanzigtausend«, sagte er nach kurzem Zögern.

Vinston hob die Augenbrauen.

»Und das hattest du bei dir, einfach so?«

»Na ja, Fabbe hat mich schon früh am Vormittag angerufen. Ich habe im Safe immer einen Notgroschen, den habe ich mitgenommen. Aber warum fragst du danach?«

Vinston überhörte die Frage geflissentlich. Er wollte nicht zu hart sein, war aber gezwungen, Poppe ein bisschen unter Druck zu setzen.

»Hat er gesagt, worum es bei dem Fund ging?«

Eine Weile war es still, nur das Geräusch der aufspringenden Padelbälle draußen in der Trainingshalle war zu hören.

»Nein«, antwortete Poppe dann. »Nur, dass es eine große Sache war und sein eigenes Bargeld nicht ausreichte.«

»Dann hatte er also auch noch eigenes Geld dabei?«

Vinston hatte sein Notizbuch zur Hand genommen und notierte sich etwas.

»Selbstverständlich. Jemand wie Fabbe geht nie ohne eine ordentliche Summe Bargeld in der Tasche zu einem Antiquitätenmarkt, das heißt, was immer es auch war, kostete sicher über dreißigtausend.«

»Hat er dir das Objekt gezeigt?«

Poppe wollte gerade antworten, als die Tür aufging und Fabian Anderklew in den Umkleideraum kam. Über der einen Schulter hing eine Sporttasche, und er hatte einen Schläger in der Hand.

»Verzeih, lieber Bruder«, sagte er. »Die Telefonkonferenz mit den anderen Teilhabern hat länger gedauert. Aber jetzt bin ich bereit für …« In dem Moment entdeckte er Vinston. »Peter! Wie schön, dich wiederzusehen. Spielst du auch Padel-Tennis?«

»Nein«, antwortete Vinston. »Ich würde nur gerne ein paar Worte mit dir wechseln.«

»Ich wärme mich so lange auf.« Eilig lief Poppe zur Tür Richtung Spielhalle.

»So«, sagte Fabian, als Poppe verschwunden war. »Wie kann ich dir helfen?«

Er stellte seine Tasche ab und begann zu Vinstons Erstaunen, sich umzuziehen.

»Du hast am Sonntag Nalle in seinem Wohnmobil aufgesucht. Davon hast du nichts erzählt, als wir uns abends auf dem Schloss gesehen haben.«

Fabian nahm seine große Brille ab und steckte sie in ein Etui, das er neben seine antike Snus-Dose auf die Bank legte.

»Nicht? Habe ich nicht gesagt, dass ich ein paar Worte mit ihm gewechselt habe?« Er zog sein Hemd aus und entblößte seinen gebräunten Oberkörper. Ohne Hemd und Brille sah er jünger und sportlicher aus.

»Aber da du danach fragst, habe ich vielleicht nicht erwähnt, dass es in seinem Wohnmobil war. Das war jedenfalls nichts Ungewöhnliches.«

Er ließ die Hose herunter, und Vinston wusste nicht so recht, wohin er schauen sollte.

»Wann war das?«, fragte er.

»Direkt vor dem Mittagessen, glaube ich. Kurz nachdem wir uns zufällig getroffen hatten.«

»Und worüber habt ihr geredet?«

Fabian stand in Unterhose da.

»Warum willst du das wissen? Glaubst du, ich habe den armen alten Nalle erstochen?« Er warf den Kopf zurück und brach in schallendes Gelächter aus. »Dann habe ich schlechte Karten. Ich saß im Auto auf dem Weg nach Gärsnäs, als es anfing zu regnen, das heißt, ich habe kein Alibi.«

»Ging es bei deinem Gespräch mit Nalle um eine chinesische Schale?«

Das Lachen verstummte, und für einen kurzen Moment glaubte Vinston, eine kleine Verunsicherung in Fabians ansonsten so selbstsicherer Miene zu erblicken. Aber der Mann fasste sich schnell wieder.

»Poppe hatte recht, was dich angeht, Peter. Er meinte, du hättest eine außerordentliche Beobachtungsgabe.«

Fabian beugte sich vor und zog sich die Unterhose aus. Vinston versuchte, nicht hinzuschauen, aber es war unmöglich. Fabian war durchgehend sonnengebräunt, konstatierte er widerwillig.

»Stimmt«, gab der entblößte Mann zu. »Nalle bot mir an, eine chinesische Schale zu kaufen, die er selbst am gleichen Tag erworben hatte.«

»Deshalb brauchtest du Geld von Poppe?«

Fabian wedelte abwehrend mit der Hand.

»Er sollte es mir nur vorstrecken, bis ich wieder liquide war. Eine Kleinigkeit unter Freunden.«

»Was hast du für die Schale bezahlt?«

Fabian zuckte mit den Schultern, eine Bewegung, die sich bis zu seinen Kronjuwelen fortsetzte.

»Ich bot ihm fünfunddreißigtausend.«

»So viel? War sie das wirklich wert?«

»Ja, ich rechnete sogar damit, sie zu einem deutlich höheren Preis verkaufen zu können, es wäre also ein netter kleiner Tagesverdienst gewesen, sowohl für Nalle als auch für mich.«

Zu Vinstons Erleichterung zog sich Fabian ein Paar Shorts an.

»Aber als ich mit dem Bargeld wiederkam, hatte Nalle es sich anders überlegt«, seufzte er. »Das war sehr frustrierend. Die Branche ist manchmal hart, aber es gibt einen Ehrenkodex. Wenn man einen Preis genannt und sich die Hand darauf gegeben hat, dann steht er. Andererseits hat Nalle nicht zum ersten Mal sein Wort gebrochen.«

»Was hast du mit dem Geld gemacht, das du dir geliehen hattest?«

Anderklew sah ein bisschen gekränkt aus.

»Poppe hat es natürlich am selben Abend zurückbekommen. Ich brauchte es ja nicht mehr.«

Vinston rieb sich nachdenklich das Kinn.

»Da du dir von Poppe Geld geliehen hast, gehe ich davon aus, dass es sich um ein privates Geschäft handelte, keines für das *Auktionshaus Malmö?*«

»Stimmt«, bekannte Fabian, ohne zu zögern.

Vinston kam das seltsam vor.

»Darfst du denn neben deiner Arbeit private Geschäfte machen?«

»Das ist eine Grauzone«, gab der Experte zu. »Man darf natürlich nicht auf Kosten des Auktionshauses einen Hausbesuch bei einem Kunden machen und dann versuchen, die Sachen privat zu verkaufen.«

Er zog sich ein Sportshirt an. Es saß deutlich besser als bei Poppe.

»Aber wenn man alles ordnungsgemäß durchführt und es sich nicht um einen größeren Betrag handelt, kann man schon nebenher private Geschäfte machen«, fuhr er fort. »Das ist in der Branche üblich. In meinem Fall habe ich den Markt als Privatperson besucht, und selbst wenn ich gewollt hätte, hätte ich Nalle nicht dazu überreden können, die Schale unserem Auktionshaus zu überlassen.«

»Warum nicht?«

Fabian band sich die Schuhe.

»Dann hätte das Geld die Farbe gewechselt. Von schwarz zu weiß. Und Nalle hat sehr deutlich gemacht, dass dieses Geschäft nirgendwo offiziell vermerkt werden sollte.« Er zwinkerte Vinston zu. »Wenn du mich fragst, wollte er das Geld vor seiner Frau verheimlichen. Es ging das Gerücht, dass Nalle eine andere hatte, also wollte er vielleicht ein bisschen Bargeld, um es mit ihr ausgeben zu können.«

Er richtete sich auf und griff nach seinem Schläger.

»Aber jetzt wartet ein Spiel mit Poppe auf mich. Wir sind schon spät dran.«

»Nur ein paar letzte Fragen«, hielt Vinston ihn zurück. »Kennst du jemanden, der China-Gert genannt wird?«

Fabian schüttelte langsam den Kopf.

»Neeiin.«

»Er ist eine Art autodidaktischer Experte für chinesisches Porzellan. Er und Nalle haben sich am frühen Sonntagmorgen um die Schale gestritten. Gert behauptet, sie sei fünfzehntausend wert gewesen.«

Fabian lachte auf.

»Dann kann er kaum ein Experte sein. Die Schale ist mindestens fünfzigtausend wert, vielleicht mehr.«

»Wie sah sie aus?«

»Seladongrün mit eingeritztem Blumenmuster, so groß, dass sie gerade in Nalles Jackentasche passte.« Er formte einen Halbmond mit Daumen und Zeigefinger, um die Maße anzuzeigen. »Für jemanden, der sich nicht mit chinesischem Porzellan auskennt, ziemlich unansehnlich«, fügte er hinzu.

Vinston notierte sich die Beschreibung.

»Weißt du, was aus der Schale geworden ist?«, fragte er.

Fabian schüttelte den Kopf.

»Keine Ahnung. Nalle hat nur gesagt, dass er es sich anders überlegt hat und nicht verkaufen will. Vielleicht hatte er einen anderen Käufer gefunden, oder er wollte mein Angebot in die Höhe treiben. Aber ich habe nicht angebissen. Fünfunddreißig wäre für uns beide ein guter Preis gewesen, darüber hinaus hatte ich kein Interesse, und das habe ich ihm auch gesagt. Aber jetzt musst du mich wirklich entschuldigen, unsere Gegner warten.« Er zeigte mit dem Schläger Richtung Halle. »Willst du übrigens zuschauen? Wir treffen noch Christina und Anna. Sie hat nach dir gefragt, Peter.«

Vinston versuchte, unberührt zu wirken.

»Ich muss leider weiter.«

16

Esping saß an ihrem Computer und schrieb das Verhör mit Gert Zillén ins Reine, als ihr Telefon klingelte. Erst dachte sie, es wäre wieder die nervige Frau mit dem Einbruch, aber dann erkannte sie Thyra Boréns Nummer auf dem Display.

»Bitte sag mir, dass du gute Neuigkeiten hast.«

»Ob sie gut sind, weiß ich nicht, aber Neuigkeiten sind es in jedem Fall«, erwiderte die Cheftechnikerin. »Wir haben die ersten drei Handys analysiert. Du bekommst noch einen detaillierten Bericht, aber ich dachte, dass du vielleicht jetzt schon hören willst, dass eine Telefonnummer um den Todeszeitpunkt herum auffällt. Hast du was zu schreiben, dann gebe ich sie dir?«

Esping griff nach einem Stift und kritzelte die Nummer auf.

»Dreimal hatte das Mordopfer am Sonntag Kontakt zu dieser Nummer«, fuhr Borén fort. »Zweimal hat die andere Person angerufen, einmal Nalle. Alle Gespräche dauerten rund drei Minuten. Sie haben auch am Samstagabend mehrmals miteinander telefoniert und einige Nachrichten ausgetauscht, die ziemlich vertraulich klingen. *Sehne mich nach dir, wir sehen uns bald, Küsschen* und so weiter.«

»Weißt du, wessen Nummer es ist?«

Esping drückte die Daumen, dass es kein Wegwerfhandy war.

»Ja, Pia Larsson, sechzig Jahre alt, wohnhaft in Sankt Olof. Ist sie bei euren Ermittlungen schon aufgetaucht?«

»Wir haben nur eine Personenbeschreibung, aber dank dir jetzt auch einen Namen«, antwortete Esping, während sie die Informationen schnell aufschrieb. Mit der anderen Hand schmiss sie schon ihre Schlüssel, ihren Dienstausweis und ihren Geldbeutel in ihre Handtasche.

Kurz darauf bog Vinston mit seinem Saab auf den Parkplatz der Polizeiwache ein. Esping sprang in den Wagen und schnallte sich wortlos an.

»Verraten Sie mir, wohin wir fahren?«, fragte er.

»Natürlich, aber zuerst müssen Sie mir von Ihrem Treffen mit Felicias Lieblingspromi erzählen. Was hatte er über seinen Marktbesuch zu sagen?«

Vinston gab das Gespräch mit Fabian Anderklew wieder, erzählte, dass dieser versucht hatte, Nalle die chinesische Schale abzukaufen.

»Diese verdammte Schale«, stieß Esping aus. »Jedes Mal, wenn wir von ihr hören, wird sie teurer. Und wir haben immer noch keine Ahnung, wohin sie verschwunden ist.«

Vinston hatte schon den gleichen Gedanken gehabt. Die Schale begann eine immer größere Rolle in diesem Fall zu spielen.

»Und jetzt erzählen Sie, wohin wir fahren«, bat er, als er die erste Abzweigung erreichte.

»Nach Sankt Olof«, sagte Esping zufrieden lächelnd. »Wir besuchen die Eisdame. Nalles heimliche Flamme.«

Eine Viertelstunde später fuhren sie in den alten Wallfahrtsort Sankt Olof und bogen in eine Straße mit neu gebauten, identischen Einfamilienhäusern ein, die alle einen Garten zur Straße hin besaßen.

»Da ist es«, zeigte Esping.

Vinston fuhr an den Straßenrand und hielt. Sie schauten zu einem Haus hinüber, das etwa vierzig Meter entfernt stand. Eine blonde Frau um die sechzig war dabei, eine Ligusterhecke zu schneiden.

»Und da haben wir wohl Pia Larsson höchstpersönlich«, sagte Esping.

Vinston kniff die Augen zusammen, um besser sehen zu können. Der kleine Garten war sorgfältig gepflegt. Die Pflanzen wurden offenbar liebevoll gehegt, und der Rasen sah aus wie ein Golf Green. Pia trug ein sportliches rosa Polohemd, das zu den Blumen in den prachtvollen Rabatten passte, sowie weiße Shorts. Auf dem Kopf hatte sie die Art von Kappe, die nur aus einem Schirm bestand und die man oft auf Golfplätzen sah. Am rechten Handgelenk trug sie einen schwarzen Verband, in der linken Hand hielt sie eine Gartenschere. Sie sah traurig aus.

Als sich die beiden Polizisten vorgestellt und den Grund ihres Besuchs genannt hatten, holte sie ein Papiertaschentuch aus der Hosentasche und drückte es sich auf die Augen.

»Ja, das stimmt. Lennart und ich haben uns auf dem Antikmarkt getroffen. Er wollte, dass ich dorthin komme. Dass wir einen Moment gemeinsam verbringen. Hätte ich gewusst, dass es der letzte ist …«

Sie schluchzte auf, fasste sich aber schnell wieder. Esping schaltete die Aufnahmefunktion ihres Handys ein, wohingegen Vinston sein Notizbuch herausholte.

»Lennart und ich sind zusammen zur Schule gegangen«, erzählte Pia. »Er war einen Jahrgang über mir. Wir hatten ein paar Monate lang einen kleinen Flirt, ganz unschuldig. Aber ich war furchtbar verliebt in ihn. Er sah so gut aus und war so lustig. Aber wie so oft in der Jugend wurde aus der Sache nichts.«

Sie erzählte, dass sie sich vor einem halben Jahr zufällig wiedergetroffen hätten, als ihre Mutter gestorben war und sie Hilfe mit der Haushaltsauflösung brauchte.

»Ich hab den erstbesten Entrümpler angerufen, und mir war nicht klar, dass ich mit Lennart sprach, bevor er mit seinem Lastwagen bei mir auftauchte. Fünfundvierzig Jahre älter und deutlich kräftiger, aber mit demselben Funkeln in den Augen.«

Sie lächelte bei der Erinnerung.

Esping hatte Mühe, in der liebevollen Beschreibung den Mann wiederzuerkennen, den andere als aufdringlichen, unzuverlässigen Widerling charakterisierten.

»Drei Wochen später hat mich Lennart zum Essen ausgeführt«, fuhr Pia fort. »Wir haben den ganzen Abend ununterbrochen geredet und konnten uns kaum voneinander lösen. Das Personal musste uns aus dem Restaurant werfen. Danach ging alles sehr schnell, es war wunderbar …«

Sie wischte sich wieder über die Augen.

»Wir sind eine Beziehung eingegangen. Ich habe ihn dazu gebracht, abzunehmen und mit dem Golfspielen anzufangen. Er hat dafür gesorgt, dass ich aufhöre zu rauchen. Lennart hatte schon einmal einen Herzinfarkt gehabt, und meinen ersten Mann habe ich durch einen Herzinfarkt verloren, deshalb haben wir aufeinander achtgegeben.«

Pia schluchzte wieder.

»Wir haben für den Herbst eine Golfreise nach Florida gebucht. Er war nie in den USA gewesen, hatte aber immer mal hinfahren wollen.«

Aus den Augenwinkeln registrierte Esping, dass sich im Haus gegenüber eine Gardine bewegte. Schnell schaute sie dorthin, ging aber davon aus, dass es sich nur um neugierige Nachbarn handelte.

»Wusste Nalles Frau Sussi von Ihrer Beziehung?«, fragte sie. »Er hatte Ihnen doch sicher gesagt, dass er verheiratet war?«

Pia seufzte tief.

»Sie müssen wissen, dass mir Sussi sehr leidtat. Aber ihre Verbindung war schon seit vielen Jahren lieblos, ich bin nicht diejenige, die sie zerstört hat.«

»Wusste sie von Ihrer Beziehung?«, wiederholte Esping.

»Nein, wir haben das geheim gehalten. Lennart hat ihr erst am Samstag davon erzählt.«

Esping und Vinston sahen sich an.

»Sind Sie da ganz sicher?«, wollte Vinston wissen.

»Das hat er mir jedenfalls auf dem Antikmarkt gesagt. Er hatte Sussi endlich gebeichtet, dass er sich scheiden lassen will. Er wollte die Firma verkaufen und in Rente gehen, unser neues Leben sollte beginnen. Stattdessen …«

Pia brach in Tränen aus.

Vinston nickte nachdenklich und machte sich Notizen.

»Vielen Dank für Ihre Hilfe«, sagte er sanft. »Dürfte ich vielleicht schnell bei Ihnen ins Bad, bevor wir fahren?«

Pia weinte weiter, machte nur eine Geste Richtung Haus. Bei der Bewegung rutschte ihr Polohemd hoch und entblößte ein Nikotinpflaster.

Esping presste die Lippen aufeinander. Sie wusste, dass der Gang zur Toilette nur ein Vorwand war, sich ungestört im Haus umzuschauen. Ein Trick, auf den sie selbst gerne gekommen wäre. Stattdessen musste sie mit der untröstlichen Frau im Garten herumstehen.

»Schon gut, schon gut«, sagte sie, da ihr nichts Besseres einfiel. »Sollen wir uns irgendwo hinsetzen?«

Innen war das Haus ebenso gepflegt wie draußen der Garten. Der Boden war so klinisch sauber, dass Vinston es nicht über sich brachte, mit Schuhen reinzugehen, weshalb er sich in der kleinen Diele auf einen Holzhocker setzte und seine Brogues auszog. Vor ihm an der Wand hing eine Komposition aus Trockenblumen und einem Strohhut. In jedem Fall besser als Frösche, dachte er sich.

Er hatte ein leicht schlechtes Gewissen, weil er Esping einfach hatte stehen lassen, aber sie ermittelten in einem Mordfall, und weinend oder nicht: Pia stand auf ihrer Liste der möglichen Verdächtigen. Da war man befugt, alle möglichen Tricks anzuwenden.

Er schaute sich im Haus um. Wände und Regale waren voller Bilder und Deko-Objekte, aber alles war durchdacht und passte zusammen. Die Küche war in Weiß und Dunkelblau gehalten. Vinston war beeindruckt, wie sauber und ordentlich alles war. In einem Regal entdeckte er ein Foto von Pia mit einem lachenden Nalle, beide in Golfmontur. Hinter dem Paar war das Firmenlogo von Anticimex zu sehen. Wahrscheinlich der Sponsor irgendeines Turniers.

Im Badezimmer roch es stark aus einer Schale mit Potpourri, die über der Toilette auf einem Regalbrett stand. Vinston testete seinen Geruchssinn. Rose, Lavendel … und noch etwas. Er öffnete den Badezimmerschrank über dem Waschbecken, fand aber nichts Bemerkenswertes. Rezeptfreie Schmerztabletten und irgendwelche Naturheilmittel, die der Packungsbeilage nach Arthrose lindern sollten. Zwei Zahnbürsten und ein paar Einwegrasierer deuteten an, dass Nalle hier manchmal übernachtet hatte, was von einer Dose mit Nitroglyzerintabletten bekräftigt wurde, die auf Lennart Persson ausgestellt waren. Hatte Nalle seine Herztabletten hier vergessen, oder hatte er einfach eine Notreserve deponiert?

Von dem Potpourri bekam Vinston langsam Kopfschmerzen, und er war erleichtert, als er das Bad wieder verlassen konnte.

Draußen im Garten war es Esping geglückt, Pia auf einer Bank zu platzieren. Der schlimmste Weinkrampf war vorüber, jetzt schluchzte sie nur noch ab und zu auf.

»Stimmt es, dass Sie und Nalle auf dem Antikmarkt zusammen Eis gegessen haben?«, fragte Esping leise.

»Ja«, sagte Pia. »Woher wissen Sie das? Von Jimmy?«

»Jimmy?«, fragte Esping zurück.

»Ja, Lennart hatte bemerkt, dass er uns hinterherschlich. Das war ziemlich unangenehm, daher beschlossen wir, dass ich nach Hause fahre und wir am Abend telefonieren würden.«

Pia rieb sich das Handgelenk.

»Wenn ich nur geblieben wäre, dann …«

Ihre Stimme versagte. Esping räusperte sich und strich mit der Schuhsohle über den perfekten Rasen.

»Ich habe eine letzte Frage«, sagte sie dann. »Erwähnte Nalle … ich meine, *Lennart*, irgendeine Schale?«

»Pass auf dich auf!«, rief Pia und brach wieder in Tränen aus.

»Verzeihung, jetzt verstehe ich nicht …«

»Das …«, Pia versuchte, sich zusammenzureißen, »das waren Lennarts letzte Worte an mich. Jetzt erinnere ich mich. *Pass auf dich auf, Pia.* Als wüsste er, dass etwas Schreckliches passieren würde.«

Sie begrub das Gesicht in ihren Händen und weinte so sehr, dass ihre Schultern bebten.

Während Esping die Aufnahme beendete, sah sie sich nach Vinston um. Zu ihrer Erleichterung erschien er auf der Treppe zum Haus und signalisierte ihr, dass sie fahren konnten.

Es war bereits fünf Uhr nachmittags, als sie Sankt Olof verließen, aber es war noch warm, und Vinston öffnete im Auto alle Fenster, um die Hitze hinauszulassen.

»Entweder sagt Sussi uns im Hinblick auf ihre Ehe nicht die Wahrheit, oder Nalle hat Pia gegenüber gelogen, als er behauptete, die Scheidung zu wollen«, sagte er, nachdem sie ein paar Minuten unterwegs waren. »Wir sollten abklären, ob das Ehepaar Persson offiziell die Scheidung eingereicht hat.«

»Okay.«

Espings Blutzucker war niedrig, sie war gereizt. Es ärgerte sie, dass sie nicht selbst auf diese Idee gekommen war.

»Aber wenn Nalle erst am Samstag mit Sussi über die Scheidung geredet hat, wie Pia behauptet, ist es kaum wahrscheinlich, dass es irgendwas Offizielles gibt«, wandte sie deshalb ein.

»Stimmt«, gab Vinston zu. »Aber es ist einen Versuch wert.«

Nachdenklich schaute er durch die Windschutzscheibe, während er den Saab zurück nach Simrishamn lenkte. Wie immer fiel Esping auf, wie langsam er fuhr. Für sie war eine Autofahrt nur ein Mittel, um von einem Ort zum anderen zu kommen, etwas, was man so schnell wie möglich hinter sich bringen sollte. Aber Vinston hatte offensichtlich eine andere Einstellung dazu. Und wie üblich war sein Wagen klinisch rein und fleckenfrei.

»Pia sagt, sie hätte den Markt verlassen, kurz nachdem sie mit Nalle Eis gegessen hatte«, überlegte sie laut. »Sie war zu Hause, als der Mord passierte. Aber niemand kann das bestätigen, rein theoretisch hätte sie also die Gelegenheit gehabt. Und möglicherweise auch ein Motiv.«

»Mm«, brummte Vinston, ohne den Blick von der Straße zu wenden. »Wenn Nalle Pia bezüglich der Scheidung angelogen und sie es herausgefunden hat, meinen Sie wirklich, sie hätte es geschafft, einen Ehrendolch durch das Zelt und die Stuhllehne hindurch in Nalle zu bohren? Pia ist fast genauso schmächtig wie China-Gert, und wie Sie gesehen haben, hatte sie außerdem Probleme mit dem Handgelenk.«

»Und bringt man wirklich jemanden um, den man eine Stunde vorher noch mit Eis gefüttert hat?«, fügte Esping hinzu. »Was ist man dann für ein Mensch?«

»Gute Frage«, gestand Vinston. »Wir denken morgen weiter darüber nach.«

17

Der Mittwochmorgen zeigte sich von seiner besten Seite: Sonne und ein weiter, hellblauer Österlenhimmel, nur hier und da mit einigen fransigen Zirruswolken verziert. Das Hochdruckgebiet über Schonen sollte Verstärkung aus Süden bekommen, die Wettervorhersage versprach steigende Temperaturen.

Vinston und Felicia hatten sich in Felicias Kaffeehaus verabredet, und wie üblich war Vinston zehn Minuten zu früh da.

»Guten Morgen«, begrüßte Felicia ihn. »Setzen Sie sich, dann bringe ich Ihnen Ihren Kaffee. Tove kommt gleich!«

Vinston setzte sich an einen Tisch im Schatten.

Den gestrigen Abend hatte er mit Amanda verbracht. Sie waren in Ystad im Kino gewesen und hatten anschließend in einem Lokal, das Amanda kannte, Hamburger gegessen. Sie hatten über alles Mögliche geredet und kaum die Themen Arbeit und Liebesleben berührt. Zurück in der Bäckastuga, hatte er tatsächlich mit dem Gedanken gespielt, das Häuschen dauerhaft zu mieten. Damit hätte er eine feste Anlaufstelle in Österlen und könnte regelmäßiger herfahren.

Mit einem zufriedenen Lächeln auf den Lippen war er eingeschlafen.

Aber heute Morgen hatte er festgestellt, dass das Insektengitter an seinem Schlafzimmerfenster lose war und einen ganzen Schwarm ausgehungerter Blutsauger hereingelassen hatte. Mückenstiche wirkten sich definitiv negativ auf seine Sehnsucht nach dem Landleben aus.

Wie immer servierte Felicia ihm einen perfekten Cappuccino. Während er die ersten Schlucke trank und gegen den Impuls kämpfte, sich an mindestens drei Stellen gleichzeitig zu kratzen, tauchte Esping mit einer Tasse Tee auf.

Hinter ihr kam Bob, blieb einen Augenblick neben Vinston stehen und glotzte ihn abschätzig an, bevor er um das Haus herum verschwand.

Vinston war dankbar, seine Hosenbeine nicht von Hundehaaren befreien zu müssen, aber es nagte doch ein wenig an ihm, dass der Hund ihn nach wie vor nicht als Stammgast ansah und ihn keiner Begrüßung für wert erachtete.

»Ich habe Borén gebeten, uns heute Nachmittag bei einem kleinen Experiment zu helfen«, sagte Esping geheimnistuerisch. »Aber vorher sollten wir vielleicht unsere Verdächtigen noch einmal durchgehen.«

Sie breitete einige Fotografien auf dem Tisch aus, die alle aus einer Verkehrsdatei zu stammen schienen. Esping zeigte auf das erste Bild. Ein Mann mit buschigem Bart.

»Mats Lindeman hasste Nalle schon lange. Er besaß die Mordwaffe, und seine Fingerabdrücke sind die einzigen, die sich auf dem Griff des Messers befinden.«

»Des Ehrendolchs«, korrigierte Vinston. »Aber Lindeman hat ein starkes Alibi, da drei Personen bezeugen, dass er sich während des Platzregens, also zur Tatzeit, im Büro der Marktverwaltung befand.«

»China-Gert Zillén wirkte bei unserer Befragung sehr nervös«, fuhr Esping fort. »Außerdem scheint er zu lügen, was den Wert der chinesischen Schale betrifft. Zumindest, wenn man Fabian Anderklew Glauben schenken will.«

»Zillén kann sich auch einfach geirrt haben. Ohne Hintergedanken«, gab Vinston zu bedenken. »Antiquitäten sind manchmal sehr schwer zu schätzen, das habe ich neulich gelernt.«

»Das ist natürlich möglich«, stimmte ihm Esping zu. »Gert hat auf jeden Fall ein Motiv, aber er war zum Zeitpunkt des Mordes zu Hause in Ystad.«

Sie betrachteten die Fotos auf dem Tisch. Esping kaute nachdenklich an einem Fingernagel, während sich Vinston in einer Kniekehle kratzte.

»Und Pia?«, fragte sie und zeigte mit dem Finger auf ein anderes Bild. »Ich habe beim Familiengericht angefragt, aber es gibt kein Scheidungsgesuch auf den Namen Lennart Persson. Entweder hatte Nalle noch nicht geschafft, es einzureichen, oder er hat Pia angelogen. Sie fand es heraus, wurde wütend und …«

Esping machte eine stechende Handbewegung in die Luft.

»Denkbar.« Vinston nippte gedankenverloren an seinem Kaffee. »Sie ist vom Markt aus allein nach Hause gefahren und hat kein Alibi.«

»Sussi und Nalle besaßen die Firma gemeinsam«, sprach Esping weiter. »Wenn sie sich hätten scheiden lassen, hätte Sussi Nalle entweder auszahlen oder alles verkaufen müssen. Sie haben gehört, was sie gesagt hat. Die Firma trägt ihren Namen, ihr Großvater hat sie gegründet.«

»Ein starkes Motiv«, stimmt Vinston ihr zu. »Und was ist mit Jimmy?«

Er zeigte auf das Foto, auf dem Sussis und Nalles Sohn zu sehen war.

»Hat er seinen Vater ausspioniert und umgebracht, weil er Sussi betrog? Er scheint seiner Mutter sehr nahezustehen.«

»Ja, vielleicht ein bisschen zu nah«, meinte Esping. »Mamas kleiner Junge, wenn auch in der Schwergewichtsklasse. Muttersöhnchen wie er, die noch zu Hause wohnen, sind auf dem Land nicht ganz ungewöhnlich.«

»Zu guter Letzt haben wir noch unsere Unbekannte«, schloss Vinston ab. »Die kurzhaarige Frau, die mit Nalle Streit hatte, die ihn als Dieb und was weiß ich noch alles bezeichnete. Es wäre wirklich interessant zu wissen, worum es da ging.«

»Und wo zum Teufel ist die verdammte Schale?«, fügte Esping gereizt hinzu. »Hat sie etwas mit dem Mord zu tun, oder ist sie nur eine falsche Fährte?«

Felicia tauchte mit einem Tablett in den Händen auf.

»Sie möchten doch bestimmt noch einen Cappuccino, oder nicht?«, sagte sie zu Vinston. »Und Tove, du hast noch nicht gefrühstückt, und ich sehe dir an, dass du gerade miesepetrig wirst, deshalb habe ich ein paar Brote gemacht.«

Sie stellte eine Platte vor ihnen ab.

»Ich bin nicht miesepetrig«, widersprach Esping sauer.

In dem Moment klingelte ihr Handy.

»Schon wieder diese Tussi mit ihrem Einbruch«, brummte sie und drückte das Gespräch weg. »Die Alte gibt echt nicht auf …«

»Ich kümmere mich nächste Woche bei der Antikshow auf Schloss Gärsnäs um das Catering«, erzählte Felicia Vinston. »Das ist mein größter Auftrag bisher, deshalb geht hier alles ein bisschen durcheinander.«

Vinston biss in eines der Brote und fragte artig nach. Die Fernsehaufnahmen, über die Poppe und Christina gesprochen hatten, waren ihm so weit weg vorgekommen, aber jetzt realisierte er, dass sie bereits in einer Woche stattfanden. Felicia würde also auf dem Schloss sein. Wenn sie so gutes Essen servierte wie hier im Café, würde es ein voller Erfolg werden.

Esping lehnte sich kurz an Felicia.

»Ich bin sehr stolz auf dich, aber war es wirklich so klug, dieses Cateringangebot anzunehmen, mitten in der Hauptsaison?« Sie deutete auf das proppenvolle Café. »Und ich habe nicht einmal Zeit, dir zu helfen.«

Felicias Miene verfinsterte sich.

»Es wird bestimmt alles wunderbar klappen«, beschwichtigte Vinston. »Und der Cappuccino ist so gut wie eh und je. Vielen Dank!«

Esping verdrehte genervt die Augen.

»Jetzt weiß ich, wer der ›good cop‹ und wer der ›bad cop‹ ist«, erwiderte Felicia und ging.

»Danke fürs Frühstück«, rief Esping ihr hinterher.

Vinston kehrte zu ihrer Liste zurück. Nachdenklich schaute er sich die Fotos der Verdächtigen an.

»Ich würde gern ein paar Worte mit Mats Lindeman wechseln«, sagte er. »Ich bin ja nicht dazu gekommen, mit ihm zu sprechen, nachdem man ihn aufgestöbert hatte.«

Bevor Esping protestieren konnte, hob er die Hand.

»Ihr Verhör war absolut in Ordnung, aber jetzt, wo er nicht mehr unser Hauptverdächtiger ist, würde ich gern etwas über seine und Nalles Geschichte hören. Sussi deutete an, dass sie sich gut kannten. Vielleicht gibt es noch andere Todfeinde, die wir übersehen haben?«

Während Esping nach einem guten Gegenargument suchte, klingelte ihr Handy wieder.

»Ach, verdammt …«, stieß sie aus, bevor sie sah, dass dieser Anruf von der Wache kam.

»Esping.«

»Hallo, hier ist Gunilla. Ich habe eine Staatsanwältin aus Malmö hier stehen, die mit dir sprechen möchte. Am liebsten jetzt gleich.«

»Okay«, sagte Esping überrascht. »Hat sie gesagt, worum es geht?«

»Nein. Nur dass sie mit dir persönlich sprechen will. Unter vier Augen.«

Gunilla senkte die Stimme.

»Sie scheint ziemlich sauer zu sein, also beeil dich lieber, Tove.«

Die Autofahrt nach Simrishamn dauerte nur zehn Minuten. Esping hatte sich ein Brötchen mitgenommen und Vinston im Kaffeehaus zurückgelassen.

Der Parkplatz vor der Wache war aufgrund der Urlaubszeit fast leer. Bevor sie ausstieg, kontrollierte sie ihr Lächeln im Rückspiegel, um sicherzugehen, dass sie keine Essensreste zwischen den Zähnen hatte.

Was konnte die Staatsanwältin nur von ihr wollen? Und warum erschien sie auf der Wache, statt anzurufen? Ging es um ihren Mordfall?

Normalerweise wurde ein Staatsanwalt erst hinzugezogen, wenn gegen jemanden ein begründeter Verdacht bestand, aber vielleicht hatte L-G sie gerufen und nur vergessen, Esping und Vinston darüber zu informieren. Egal, worum es ging, wollte sie einen guten Eindruck machen.

Sie betrat den Empfangsbereich, wo eine kurzhaarige Frau um die vierzig in Bleistiftrock und Blazer auf sie wartete.

»Endlich erwische ich Sie«, sagte sie und streckte die Hand aus. »Ich heiße Renata Jönsson-Kaminsky, Staatsanwältin an der Anwaltskammer Südschonen.«

Esping nahm ihre Hand und drückte sie besonders fest, um vertrauenerweckend zu wirken. Die Stimme der Anwältin kam ihr bekannt vor, sie wusste jedoch nicht, woher.

»Ich habe Sie bereits mehrfach angerufen, weil in mein Elternhaus eingebrochen wurde. Aber Sie haben mich am Telefon jedes Mal abgewimmelt. Deshalb bin ich jetzt hier. Ich möchte ein paar Worte mit Ihnen wechseln.«

Espings Herz sank ihr in die Hose. Die Frau, die sie am Telefon mehrfach angeschnauzt hatte, war also Staatsanwältin, noch dazu in ihrem eigenen Polizeibezirk.

Sie führte Renata Jönsson-Kaminsky in die Wache und hielt nach L-G Ausschau, der aber nicht zu sehen war. Es wäre schön gewesen, jemanden an der Seite zu haben, wenn sie schon diese Suppe auslöffeln musste. Eine Sekunde lang vermisste sie Vinston.

»Wir können hier reingehen«, sagte sie freundlich und öffnete die Tür zum Konferenzraum. »Darf ich Ihnen etwas anbieten? Kaffee, Wasser?«

»Nein danke«, erwiderte Renata Jönsson-Kaminsky frostig.

Die Staatsanwältin zog einen Stuhl heran und setzte sich.

Esping tat es ihr gleich und redete sich dabei ein, sie habe richtig gehandelt, auch wenn sie ein bisschen freundlicher hätte sein können. Eigentlich handelte die Staatsanwältin unprofessionell, indem sie Privates und Berufliches vermischte.

»Ich verstehe, dass Sie den Einbruch so schnell wie möglich aufgeklärt hätten …«, begann sie diplomatisch. »Aber wir sind ein kleines Polizeirevier mit begrenzten Ressourcen, und Sie stimmen mir sicher zu, dass es vernünftig ist, einer Mordermittlung Priorität einzuräumen?«

Renata beugte sich über den Tisch.

»Ich bin mir sicher, dass der Einbruch ins Haus meiner Eltern Teil einer sehr viel größeren Sache ist«, zischte sie. »Wenn Sie anfangen würden, der Angelegenheit nachzugehen, würden Sie auf viele ähnliche Fälle stoßen. Es handelt sich um organisiertes Verbrechen!«

Die Staatsanwältin klopfte triumphierend auf die Tischplatte.

Esping versuchte, ein zustimmendes Lächeln aufzusetzen, während sie sich gleichzeitig ein erstes Bild von der Frau machte. Das war schnell geschehen.

Renata Jönsson-Kaminsky hatte nicht alle Tassen im Schrank.

»In Ordnung«, sagte Esping. »Ich verspreche, mir die Sache genauer anzuschauen, sobald ich …«

»Sie gehen nach Plan vor«, unterbrach Renata sie. »Ich habe ihren Modus Operandi schon herausgefunden.«

Esping gelang es im letzten Moment, einen tiefen Seufzer zurückzuhalten.

Sie hatte wirklich keine Zeit für Verschwörungstheorien, allerdings blieb ihr kaum eine andere Wahl, als zu lächeln und zu nicken.

»Jemand, der Haushaltsauflösungen macht, spioniert die Häuser aus«, erklärte Renata aufgebracht. »Wenn es wertvolle Gegenstände gibt, die er nicht kaufen darf, weil sie zum Beispiel versteigert werden sollen, schickt er einen Helfershelfer los, um sie schon in derselben Nacht zu stehlen. Genau so haben sie es in meinem Fall gemacht, und ich wette, das war nicht das erste Mal.«

Espings Stimmung wechselte blitzschnell von resigniert zu alarmiert.

»Haushaltsauflösungen, sagen Sie?« Sie zog Papier und Stift zu sich heran, die jemand auf dem Konferenztisch vergessen hatte. »Erinnern Sie sich an den Namen?«

»Selbstverständlich«, schnaubte die Anwältin. »Der Schurke heißt Nalle Persson und betreibt *Rasks Gebrauchtmöbelhandel* in Gladsax.«

Esping holte tief Luft.

»Hieß«, korrigierte sie dann.

»Bitte?«

»Er ist tot«, sagte Esping. »Das ist unser aktueller Mordfall. Lesen Sie keine Zeitung?«

Renata ließ sich gegen die Rückenlehne fallen. Für ein paar Sekunden sah sie mitgenommen aus, aber ihr Gesichtsausdruck änderte sich schnell wieder.

»Nein, ich war ein paar Tage verreist, in Dänemark. Wann ist der Mord passiert? Ich habe Nalle am Sonntag noch gesehen. Habe ihm direkt ins Gesicht gesagt, was ich von ihm halte.«

»Am Sonntag?« Esping musterte Renata Jönsson-Kaminsky. Kurze, dunkle Haare, um die vierzig, anstrengende Art. Das schien zu gut, um wahr zu sein.

»Das war nicht zufällig auf dem Antikmarkt in Degeberga?«, fragte sie.

»Doch, woher wissen Sie das?«

»Bingo«, murmelte Esping. »Einen Moment, bitte.«

Sie griff nach ihrem Handy und schrieb eine kurze SMS an Vinston.

Ich habe die Frau gefunden, mit der Nalle Streit hatte! Sie ist auf der Wache.

Bevor sie die Nachricht abschickte, bemerkte sie Renatas diensteifrigen Blick.

Dieser Fall wurde immer seltsamer.

18

Vinston hatte gerade vor Lindemans Firma geparkt, als er Espings Nachricht erhielt. Er überlegte, ob er sofort zurückrufen sollte, vermutete aber, dass sie das Verhör lieber allein in die Hand nähme. Das Gespräch mit ihr konnte also bis nach seinem Besuch warten.

Lindemans Auktionsunternehmen war ein rechteckiger Ziegelbau im Industriegebiet am Rand von Tomelilla.

Ein paar Autos standen davor, und ein Schild verkündete, dass das Büro für Lieferungen geöffnet hatte, aber einen größeren Verkaufsraum sah man nicht. In der sommerlichen Hitze flimmerte der Asphalt.

Vinston öffnete eine Stahltür und betrat einen großen Raum mit Betonboden.

Die Wände waren mit Regalen und Glasschränken bedeckt. An der hinteren Schmalseite standen Reihen von Klappstühlen vor einem Podium.

In der Mitte des Raums gab es verschiedenartige Möbel, die wahrscheinlich versteigert werden sollten, sowie einen Stapel halb ausgepackter Umzugskartons. Auf einigen stand zu Vinstons Verwunderung *Rasks Gebrauchtmöbelhandel.*

Durch eine Tür an der Längsseite des Raums kam Mats Lindeman. Er trug ein kariertes Hemd und Arbeitshosen. An der vorderen Hosentasche erkannte man den Umriss einer Snus-Dose, und er hielt eine Digitalkamera in der Hand.

»Hallo. Wie kann ich Ihnen helfen?«

Vinston mit seinen ein Meter fünfundneunzig stellte fest, dass er ausnahmsweise nicht der Größte im Raum war. Mats Lindeman maß sicher gut über zwei Meter, zudem war er breit wie ein Scheunentor. Der hünenhafte Eindruck wurde durch den buschigen Bart verstärkt.

Lindeman schien nicht mehr zu wissen, dass sie sich schon einmal gesehen hatten, was vielleicht nicht überraschte, wenn man bedachte, wie betrunken er zu dem Zeitpunkt gewesen war. Vinston stellte sich vor und erklärte sein Anliegen.

Lindeman seufzte schwer.

»Okay, aber das muss nebenher gehen. Ich bin gerade dabei, alle Objekte zu fotografieren. Wir haben am Sonntag Auktion, das heißt, der Katalog muss heute auf die Homepage. Der Laden wird ganz schön voll werden.«

»Aha«, sagte Vinston. »Ich dachte, die Leute kaufen hauptsächlich online.«

»Man findet uns natürlich auch im Internet, aber wenn die Sommertouristen da sind, führen wir traditionelle Auktionen durch. Die Leute wollen zu Hause erzählen, dass sie auf einer richtigen Möbelauktion waren. Das macht den Kauf besonders. Damit kann man vor den Freunden ein bisschen angeben.«

Vinston nickte. Er hatte Christina oft genug über ihre Auktionsschätze reden hören, um genau zu wissen, wovon der Mann sprach.

»Was Nalle zugestoßen ist, ist furchtbar«, sagte Lindeman ernst. »Aber ich habe Ihrer Kollegin schon alles gesagt, was ich weiß. Und außerdem habe ich ein Alibi.«

»Aber Sie beide waren alte Feinde, oder nicht?«, bemerkte Vinston.

»Ja, das ist wohl kaum ein Geheimnis«, brummte Lindeman. »Nalle und ich waren wie Hund und Katze.«

Vinston zeigte auf die Kartons.

»Da steht *Rasks Gebrauchtmöbelhandel.* Haben Sie trotzdem Geschäfte miteinander gemacht?«

Lindeman stieß ein Geräusch aus, das wie ein Lachen klang.

»Umzugskartons führen ein Eigenleben. Sie kommen und gehen. Landen in Abstellräumen, auf Dachböden und tauchen wieder auf, wenn es Zeit für den Frühjahrsputz ist, eine Wohnungsauflösung oder eine Erbteilung. Manchmal kommt es vor, dass wir Firmenkartons aus der Zeit meines Vaters verwenden.«

Vinston blickte auf die Kisten, manche sahen tatsächlich alt und schäbig aus.

»Die Firma gehörte also ursprünglich Ihrem Vater?«

»Ja, mein Vater begann damit, als ich ein kleiner Junge war. Damals war eine Auktionsfirma noch eine Goldgrube. Da drüben haben Nalle und ich übrigens mit Antiquitäten angefangen.«

Er zeigte in eine Ecke.

»Wir hatten einen langen Tisch, und nach den Auktionen standen wir dort und packten die Sachen der Käufer ein. Auf den Quittungen standen die Preise, so haben wir gelernt, was wie viel wert ist. Eine bessere Schule hätten wir nicht haben können.«

Vinston holte sein Notizbuch aus der Jackentasche. Das Gespräch hatte eine unerwartete Wendung genommen.

»Sie waren früher also mal befreundet?«

Lindeman nickte.

»Beste Freunde, ob Sie es glauben oder nicht. Wir sahen uns sogar ähnlich. Manchmal hielt man uns für Brüder. Bis vor Kurzem sogar noch, also bevor Nalle abnahm.«

Lindeman klopfte sich auf den Bauch.

»Das ist übrigens kein Fett, das sind pausierende Muskeln.«

Vinston lachte höflich über diesen Scherz.

»Erzählen Sie mehr über Ihre Freundschaft«, bat er.

Lindeman holte tief Luft.

»Ende der Siebzigerjahre begannen Nalle und ich gemeinsam, mit Antiquitäten zu handeln. Wir waren erst achtzehn, kaum trocken hinter den Ohren, fuhren aber trotzdem zu ländlichen Auktionen und Flohmärkten und kauften Bauernschränke, die wir auf dem Dach unseres klapprigen Wagens transportierten. Wir haben damals ganz schön geschuftet ...«

Er grinste bei der Erinnerung, und Vinston fand zum ersten Mal, dass Lindeman sympathisch aussah.

»Ich wusste, was die Sachen wert waren, und Nalle war begnadeter Händler. Wir fuhren zu jemandem nach Hause, um einen Couchtisch zu kaufen, und kamen mit der halben Einrichtung zurück. Ein Kumpel von uns arbeitete in der Druckerei, sodass wir das *Cimbrishamner Tagblatt* frisch aus der Druckerpresse bekamen und frühmorgens schon die Anzeigen abtelefonieren konnten, bevor irgendjemand anderes die Zeitung im Briefkasten hatte. Und an den Wochenenden rannten wir zu jeder noch so kleinen Versteigerung, die wir finden konnten.«

Lindeman lächelte wieder breit, und Vinston ließ seinen Stift sinken.

»Wir expandierten, machten eine Scheune zu unserem Lager, und bald kamen internationale Händler zu uns. Wir arbeiteten rund um die Uhr, schafften es aber kaum, das Lager zu füllen, bevor neue Käufer aus Deutschland oder Italien es wieder leer räumten. Also expandierten wir weiter. Fingen an, zu größeren Auktionen zu gehen, wertvollere Objekte zu kaufen. Mit fünfundzwanzig verdienten wir deutlich mehr als unsere Freunde. Wir kauften richtige Lkws, fuhren nach Kopenhagen, machten Party. Die Achtziger waren eine herrliche Zeit …«

Er brach ab, fuhr sich mit der Hand über den Bart. Vinston machte sich wieder Notizen.

»Aber dann passierte etwas?«, fragte er nach.

Lindeman klang jetzt dumpfer.

»Anfang der Neunziger schlug die Finanzkrise zu. Die Kunden verschwanden über Nacht, und da standen wir mit einem großen Lager und hohen Fixkosten. Angestellten. Aber ehrlich gesagt, hatte unsere Freundschaft schon davor deutliche Risse bekommen.«

»Wie das?« Vinston war überrascht darüber, wie offen Lindeman erzählte, und wollte nicht riskieren, dass der Mann den Faden verlor, indem er zu viel nachfragte.

Lindeman blickte einen Moment zur Seite, als suchte er nach den richtigen Worten.

»Man soll nicht schlecht über Tote sprechen, aber Nalle hatte eine zweifelhafte Geschäftsmoral. Er nahm gern eine Abkürzung, wenn es ihm in den Kram passte, und er nahm es mit der Wahrheit nicht gerade genau. Am Anfang war das nicht so wild, aber dann wollte er nicht damit aufhören. Selbst als es für uns gut lief, betrieb er noch zwielichtige Geschäfte. Wir hatten deshalb oft Streit. Als die Krise kam, tauchte in unserem Laden ganz offen Diebesgut auf, da habe ich mein Zeug genommen und ihn zum Teufel geschickt. Ich meldete Konkurs an und bekam einen Job bei meinem Vater.«

Lindeman dehnte mit gequälter Miene seinen Rücken, bevor er weitererzählte.

»Nalle war stinksauer. Er tauchte hier auf, nach Alkohol riechend, und drohte mir, aber mein Vater und ich warfen ihn raus. Kurze Zeit später heiratete er sich in *Rasks Gebrauchtmöbelhandel* ein, und wir wurden Konkurrenten. Nalle redete weiterhin schlecht über mich, und ich machte, ehrlich gesagt, das Gleiche. Wir lebten, um uns auf die Nerven zu gehen. Aber Tatsache ist …«

Lindeman räusperte sich, bekam feuchte Augen.

»… jetzt, wo Nalle weg ist, vermisse ich ihn.«

Auf der Simrishamner Polizeiwache versuchte Esping, sich darüber klar zu werden, wie die Staatsanwältin Renata Jönsson-Kaminsky in ihren Fall passte.

»Berichten Sie noch mal von Anfang an«, bat sie, während sie die Aufnahmefunktion ihres Handys aktivierte.

»Selbstverständlich.« Renata schürzte die Lippen. »Mein Vater ist verwitwet. Er wohnte einige Jahre allein auf seinem Hof, aber jetzt habe ich ihn endlich dazu gebracht, in ein Seniorenheim zu ziehen. Er konnte einige Möbel mitnehmen, aber der Hof ist groß, er wurde über vier Generationen vererbt, daher ist er voll mit mehr oder weniger wertvollen Dingen.«

Renata machte eine kurze Pause, bevor sie fortfuhr.

»Letzte Woche war ein Schätzer vom Auktionshaus in Kristianstad da und wählte die besten Gegenstände aus, um sie auf einer ordentlichen Auktion zu verkaufen. Darunter befand sich eine Esszimmergarnitur aus Kiefernholz, von einem Möbeldesigner, der in den letzten Jahren ziemlich populär geworden ist. Axel Einar Hjorth, wenn Ihnen das etwas sagt? Er war in den Dreißigerjahren Chefdesigner bei Nordiska Kompaniet.«

Esping schüttelte den Kopf. Renatas Grimasse nach zu urteilen, war das die von ihr erwartete Reaktion.

»Wie auch immer«, fuhr die Staatsanwältin fort. »Der Schätzer konnte die Esszimmergarnitur damals nicht mitnehmen, er versprach aber, bei Gelegenheit einen Lkw zu schicken, um sie abzuholen. Als die wertvollen Dinge somit weg waren, rief ich einen Entrümpler an, der sich um den Rest kümmern sollte.«

»Nalle Persson«, sagte Esping. »Und wann war das?«

»Am Donnerstag. Da kam er und lief durch das Wohnhaus und die Nebengebäude. Er jammerte, dass es nichts gäbe, was von Wert sei, und ich ihn unnötigerweise gerufen hätte. Aber als er die Esszimmermöbel entdeckte, wachte er auf. Er bot mir dreißigtausend für die gesamte Einrichtung, was ein unverschämtes Angebot war. Allein der Tisch mit den sechs Stühlen geht auf einer besseren Versteigerung für hundertfünfzigtausend weg.«

Esping zuckte zusammen.

»Sagten Sie hundertfünfzigtausend Kronen? Für ein paar Kiefernholzmöbel?«

»Ja, sehen Sie hier!«

Renata hielt ihr Handy hoch und zeigte das Bild einer grob gehauenen Sitzgruppe aus Kiefernholz.

»Als ich erklärte, die Möbel würden bei einer Qualitätsauktion verkauft werden, wurde Nalle sauer. Er behauptete, die restliche Einrichtung sei nur Müll, dass er daran nichts verdiene, aber dass ich zehntausend extra bar auf die Hand bekommen könne. Er versuchte, mir weiszumachen, das sei großzügig, und tat freundlich, indem er mir noch die Grundreinigung versprach.«

»Und wie haben Sie reagiert?«

Renata zuckte mit den Schultern.

»Was denken Sie? Ich habe ihn rausgeschmissen. Habe ihm klargemacht, dass ich mich nicht von selbstherrlichen alten Männern einschüchtern lasse und kein Interesse an seinen Diensten hätte. Daraufhin ist Nalle beleidigt gegangen, und ich habe stattdessen einen seiner Konkurrenten angerufen.«

Normalerweise schätzte Esping Menschen, die sich durchsetzen konnten. Besonders Frauen. Aber Renatas Wut wirkte auf sie grenzenlos und egozentrisch.

Sie überprüfte kurz, ob das Telefon noch aufnahm.

»Was geschah dann?«

Die Staatsanwältin schürzte wieder die Lippen.

»Am Sonntagmorgen war ich auf dem Hof, um die Männer zu treffen, die die Esszimmergarnitur abholen sollten. Aber als wir ins Haus kamen, waren die Möbel weg. Einfach verschwunden. Es gab keine Spuren eines Einbruchs, und auch sonst fehlte nichts. Nur der Tisch mit den sechs Stühlen. Da konnte ich mir denken, wer das gewesen war.«

»Also suchten Sie Nalle auf dem Markt auf«, konstatierte Esping.

»Zuerst rief ich ihn an, aber er legte einfach auf. Dann versuchte ich es mit einigen anderen Telefonnummern der Firma und erreichte schließlich seine Frau. Sie sagte mir, ihr Mann sei auf dem Markt in Degeberga. Das war nur eine halbe Stunde Autofahrt vom Haus meiner Eltern entfernt, also fuhr ich hin und konfrontierte ihn mit der Sache. Ich hatte Glück, ihn schnell zu finden. Nalle sticht in einer Menschenmenge ziemlich leicht raus.«

Esping stellte sich vor, wie die zierliche Frau dem doppelt so großen Mann gegenübertrat und ihn nach allen Regeln der Kunst ausschimpfte.

»Und was sagte er dazu?«

»Er leugnete es natürlich. Aber ich arbeite schon seit Jahren als Staatsanwältin, Nalle ist nicht der erste Verbrecher, der versucht, mir ins Gesicht zu lügen. Das habe ich ihm auch mit ein paar gewählten Worten erklärt.«

Esping strich sich eine Haarsträhne hinter das Ohr.

»Wie hat er reagiert?«

»Er hat mich ausgelacht. Sagte, ich solle mich zum Teufel scheren, und ging dann einfach fröhlich davon, als würde ihn das alles nichts angehen.«

Renatas Gesicht war weiß vor Zorn.

Esping zitterte innerlich vor der nächsten Frage.

»Und wo waren Sie gegen halb drei?«

Renatas Augen verengten sich, sie schien zu überlegen, worauf die Frage abzielte. Sie brauchte dafür nur wenige Sekunden.

»Machen Sie Scherze?«, stieß sie empört aus. »Werde ich etwa des Mordes verdächtigt?«

Esping riss sich zusammen.

»Sie waren wütend auf ihn«, sagte sie ruhig. »Sie geben selbst zu, dass Sie in der Öffentlichkeit gestritten haben, und ein Zeuge hat Sie als sehr aufgebracht beschrieben. Sie nicht zu fragen, was Sie zum Zeitpunkt des Mordes getan haben, wäre ein Dienstvergehen, das wissen Sie so gut wie ich.«

Renata sah immer noch böse aus, schien sich aber allmählich zu beruhigen.

»Gut«, erwiderte sie. »Unmittelbar nachdem ich mit Nalle gesprochen hatte, bin ich hierhergefahren, zu Ihrer Polizeiwache, und habe

Anzeige erstattet. Die Uhrzeit steht mit Sicherheit im Protokoll, da haben Sie mein Alibi. Ich habe außerdem die Person am Empfang gedrängt, dass jemand zum Tatort geschickt werden sollte.«

Sie beugte sich vor und klopfte mit dem Finger auf den Tisch.

»Darum habe ich im Übrigen auch die letzten Tage mehrfach gebeten, ohne dass irgendjemand auf mich gehört hätte. Aber jetzt hat sich die Lage vielleicht geändert? Fahren Sie als Erstes zu Nalles Lager, ich verspreche Ihnen, dass Sie meine Möbel dort finden werden. Und wenn Sie Glück haben, auch noch einiges andere!«

Esping seufzte innerlich.

»Wir werden die Sache natürlich näher untersuchen«, sagte sie so freundlich, wie sie nur konnte, bevor sie die Aufnahmefunktion an ihrem Handy ausschaltete.

Nach dem Besuch bei Lindeman setzte sich Vinston in seinen Saab und fuhr Richtung Polizeiwache. Er war neugierig zu erfahren, wie Esping die wütende Frau vom Markt gefunden hatte und was diese zu berichten wusste.

Während der Fahrt dachte er über Lindemans Behauptung nach, er und Nalle hätten sich wegen Nalles Geschäftspraktiken zerstritten. Nach dem, was Vinston inzwischen über Nalle wusste, klang das nicht ganz unwahrscheinlich, aber zugleich hatte die Geschichte irgendetwas an sich, was falsch wirkte. Etwas, das er nicht richtig benennen konnte, aber vermutlich wichtig war.

In Simrishamn angekommen, parkte er den Wagen im Schatten hinter dem Polizeigebäude.

Im Flur traf er auf L-G.

»Wie kommt ihr voran?«, erkundigte sich der Polizeichef eifrig. »Bitte sag mir, dass ihr kurz vor einem Durchbruch steht. Die Presse und die Öffentlichkeit bedrängen mich. Und Margareta wird langsam ungeduldig. Sie ruft mich ständig vom Zeltplatz in Möckeln an.«

Vinston nestelte verlegen an seiner Krawatte. Offenbar hatte Esping ihrem Chef noch nicht von ihrem letzten Verhör berichtet, und er wollte ihr nicht zuvorkommen.

»Leider gibt es mehrere Personen, die sowohl ein Motiv als auch die Gelegenheit gehabt hätten«, sagte er. »Aber wir arbeiten daran.

Wir hoffen, dass das Bild klarer wird, sobald wir den Obduktionsbericht haben.«

Vinston ließ L-G stehen, holte sich eine Tasse Kaffee und fand Esping in ihrem Büro.

»Hallo«, grüßte sie. »Ich habe was richtig Spannendes erfahren.« Sie berichtete von ihrem Gespräch mit Renata Jönsson-Kaminsky. »Renata vermutet, dass Nalle hinter dem Einbruch in ihr Elternhaus steht. Und sie scheint damit tatsächlich recht zu haben.«

Esping deutete auf ihren Computerbildschirm.

»Ich habe schon mit fünf weiteren Personen gesprochen, die im letzten Jahr einen Einbruch gemeldet haben, bei dem Antiquitäten gestohlen wurden. Vier von ihnen haben ausgesagt, in den Tagen vor dem Einbruch sei *Rasks Gebrauchtmöbelhandel* im Haus gewesen. Nalle scheint also mehr Dreck am Stecken gehabt zu haben, als wir bisher dachten.«

Vinston nickte beeindruckt.

»Gute Arbeit, wirklich! Und es stimmt mit dem überein, was ich von Mats Lindeman erfahren habe.«

Er holte sein Notizbuch hervor und fasste kurz zusammen, wie aus den ehemals besten Freunden Lindeman und Persson erbitterte Feinde geworden waren.

»Nalles zweifelhaftes Geschäftsgebaren scheint sich vom bloßen Verkauf von Diebesgut zu direktem Diebstahl weiterentwickelt zu haben«, stellte Vinston fest. »Vom Hehler zum Dieb.«

Dann zögerte er, runzelte die Stirn.

»Aber?«, fragte Esping, die ahnte, dass Vinston einen Haken sah.

Der legte die Stirn in noch tiefere Falten.

»Können Sie sich vorstellen, dass jemand mit Nalles Statur, der genau wie seine Fahrzeuge wahrscheinlich in halb Österlen wiedererkannt werden würde, auf Raubzug geht?«

Esping zuckte mit den Schultern.

»Er ist nicht gerade ein Arsène Lupin«, erwiderte sie. »Andererseits musste sich Nalle nirgends einschleichen, er brauchte nur mit seinem Lkw vorzufahren. Wenn jemand kam, konnte er immer behaupten, er sei geschäftlich da.«

»Richtig«, nickte Vinston. »Aber Nalle war schlau, glauben Sie wirklich, er wäre dieses Risiko eingegangen? Selbst die Drecksarbeit zu machen?«

»Gute Frage«, sagte Esping in dem Ton, den Vinston sonst anwendete. »Sie meinen also, dass jemand anderes die Einbrüche erledigte, während Nalle für den Verkauf der gestohlenen Waren zuständig war? Haben Sie irgendeinen Beweis für diese Theorie?«

»Nein«, gab Vinston zu. »Hier spricht meine Intuition. Ich würde mir den Tatort gern mal anschauen, und außerdem sollten wir unbedingt Nalles Lager nach den Esszimmermöbeln durchsuchen.«

»Way ahead of you«, sagte Esping zufrieden grinsend. »Ich habe Svensk und Öhlander schon hingeschickt, um ein paar Stunden zwischen staubigen Möbeln herumzusuchen. Nicht einmal diesen beiden Leuchten kann eine ganze Sitzgruppe aus massiver Kiefer entgehen.« Ihr Grinsen wurde breiter. »Wobei ich ihnen sicherheitshalber noch ein Foto zum Abgleich mitgegeben habe. Die Jungs rufen an, sobald sie etwas finden.«

Im selben Moment leuchtete ihr Handydisplay auf und zeigte eine Nachricht an. Esping las sie.

»Borén möchte, dass wir sie in der Garage treffen«, sagte sie und stand vom Schreibtisch auf. »Weil ich sie doch gebeten habe, ein Experiment vorzubereiten.«

Vinston fiel ein, dass sie das bereits am Morgen erwähnt hatte.

»Was für ein Experiment?«

»Sie werden gleich sehen«, erwiderte Esping und zwinkerte ihm zu. »Aber es wird auf jeden Fall saukomisch.«

19

In der Tiefgarage des Polizeireviers war es dunkel. Die warme Luft roch nach Benzin und Abgasen. Vinston trat ein paar Schritte nach vorn, um den Bewegungsmelder für das Licht zu aktivieren, da wurden er und Esping schon von einem starken Scheinwerfer geblendet.

Vor ihnen tauchte eine Silhouette auf, teilweise von einer Baustellenlampe angestrahlt, eine große Gestalt mit Kappe, die in einem Campingstuhl saß und ihnen den Rücken zuwandte.

Vinston machte einen erschrockenen Schritt zurück.

»Auf genau die Reaktion habe ich gewartet«, ertönte eine belustigte Stimme.

Cheftechnikerin Thyra Borén trat aus dem Schatten.

»Aber es ist nicht so, wie es scheint.«

Vinston ging auf den Campingstuhl zu und drehte ihn mit einiger Anstrengung halb herum. Dabei schabten die Stuhlbeine unheilvoll über den Betonboden.

Vinston blickte mit Abscheu auf die Gestalt vor sich.

Der Mann im Stuhl war in Wirklichkeit ein großes totes Schwein.

»Sagen Sie Hallo zu unserem Schweinchen!«, lachte Borén und hob die Kappe, die das Tier auf dem Kopf trug. Die Kappe trug die Aufschrift *Rasks Gebrauchtmöbelhandel,* was Vinston vollkommen unpassend fand, aber das behielt er für sich.

»Ihr habt offenbar überlegt, wie viel Kraft es benötigt, ein Messer in einen Menschen zu rammen?«

»Ehrendolch«, sagte Esping rasch. »Eine militärische Repräsentationswaffe, die zur Paradeuniform getragen wird.«

Triumphierend schielte sie zu Vinston hin, bevor sie fortfuhr. »Momentan haben wir vier Hauptverdächtige. Zwei von ihnen, Gert und Pia, sind zart und schwach. Die anderen beiden, Sussi und ihr Sohn Jimmy, sind deutlich kräftiger gebaut.«

Vinston ahnte bereits, worauf die Sache hinauslief, und schaute Esping beunruhigt an.

»Und was ist eure Theorie?«, fragte Borén.

»Man sollte meinen, dass es ziemlich viel Kraft braucht, um einem Menschen einen Ehrendolch ins Herz zu stoßen, vor allem, wenn man zuerst eine Zeltplane und dann die Rückenlehne eines Sonnenstuhls durchstechen muss«, erklärte Vinston. »Damit würde unsere Liste auf die Hälfte zusammenschrumpfen.«

»Aha«, nickte Borén und wandte sich an Esping. »Bist du der gleichen Meinung, Tove?«

Esping blickte erst auf das Schwein, dann auf den Ehrendolch, der auf dem Betonboden lag.

»Na ja«, sagte sie. »Ich glaube eigentlich nicht, dass die Stärke entscheidend ist.«

Trotzig hob sie das Kinn.

»Soso! Dann herrscht also Uneinigkeit«, stellte Borén zufrieden fest. »Wer hat recht und wer irrt sich? Es gibt nur eine Möglichkeit, das herauszufinden.«

Sie hob den Dolch vom Boden auf.

»Hier ist die Mordwaffe. Vinston, Sie haben als Erster eine Vermutung ausgesprochen. Also sollten Sie anfangen.«

Vinston starrte die Technikerin an. War sie von Sinnen? Erwartete sie wirklich, dass er ein als Mordopfer verkleidetes Schwein erstechen sollte?

»Seien Sie kein Spielverderber«, sagte Borén und wedelte auffordernd mit der Waffe. »Stoßen Sie zu, für König und Vaterland.«

Vinston bekam einen trockenen Mund. Das war kein Scherz, er sollte das tatsächlich tun. Er kratzte sich im Nacken und sah den Schweinekadaver voller Abscheu an.

Aber im Prinzip hatte Borén natürlich recht damit, dass das Experiment sie der Lösung des Falles näherbringen konnte. Außerdem wollte er kein Spielverderber sein.

Er seufzte und streifte sein Jackett ab.

»Das kann ich halten«, bot Esping belustigt an.

Vinston nahm den Dolch entgegen und zog ihn aus der Scheide. Das doppelt geschliffene Blatt war noch schmaler und spitzer, als er es in Erinnerung gehabt hatte.

Dann platzierte er sich hinter dem Campingstuhl. Plötzlich hatte er weiche Knie.

»Gut!«, lobte Borén. »Jetzt stellen Sie sich vor, Sie wären der Mörder, der von hinten angeschlichen kommt. Sie sehen Nalle durch das Zeltfenster, der Stuhlrücken ist so dicht an der Zeltwand, dass diese ausgebeult wird. Und dann stechen Sie mit aller Kraft zu!«

Borén war ganz ruhig.

Vinston holte tief Luft. Durch seinen Kopf schossen die Bilder des Tatorts. Er holte so weit aus wie möglich und hieb dann auf die Stuhllehne ein.

Die Dolchspitze glitt ein paar Zentimeter hinein, bevor sie zur Seite abrutschte. Vinston verlor das Gleichgewicht und war kurz davor, auf den schmutzigen Boden zu fallen.

»Genau auf eine Rippe«, konstatierte Borén. »Sie müssen härter zustoßen.«

Er richtete sich auf. Seine Schulter tat ihm weh, und seine Hand war schmerzhaft gegen den Dolchgriff geprallt. Aber er durfte jetzt nicht aufgeben.

Er trat etwas weiter zurück und hob wieder den Arm.

»Und zustoßen!«, kommandierte Borén.

Vinston gehorchte. Er machte einen Schritt vor und hieb mit aller Kraft.

Diesmal drang das Blatt direkt in den Schweinekörper ein, und er nahm den Widerstand und das Knacken wahr, als es auf eine Rippe traf. Durch den Stoß geriet das Schwein ins Wanken, und die Kappe fiel herunter.

Vinston ließ den Dolch los.

Einen Augenblick lang standen alle drei schweigend da und betrachteten die Mordwaffe.

Die Klinge war ganz eingedrungen, sodass der Griff die Stuhllehne berührte.

»So«, sagte Borén. »Das war besser.«

Das Hemd klebte Vinston am Rücken. Es hatte deutlich mehr Kraft verlangt als erwartet. Ihm wurde etwas übel, und er war froh, dass er mit seinem Teil des Experiments fertig war.

»Ich glaube, dass wir Gert und Pia ausschließen können«, stellte er fest, während er sein Jackett wieder anzog. Er wollte raus und frische Luft schnappen.

»Nun ja, erst müssen wir noch Tove in Aktion sehen.«

Borén stützte sich mit dem Fuß an der Stuhllehne ab und zog den Dolch heraus.

»Hier!«

Sie reichte Esping die Waffe. Vinston erwartete, dass Esping sich weigern würde, aber sie schien im Gegenteil vollkommen unberührt.

»Gleiches Szenario. Du bist der Täter und schleichst dich zwischen den Zelten an. Du siehst Nalle durch das Fenster, und …«

Borén gab Esping mit einer Geste zu verstehen, dass sie anfangen konnte. Aber statt Schwung zu holen, ging Esping auf den Stuhl zu und strich vorsichtig mit der linken Hand über den Kunststoff der Lehne.

»Der Stuhl berührte die Zeltwand, richtig? Sodass sich der Rücken nach außen beulte?«, fragte sie.

»Stimmt.«

»Das bedeutet, dass der Mörder es auch so gemacht haben kann.« Esping drückte die Finger auf der Rückseite der Lehne gegen den Schweinekadaver. Sie ließ die Hand an einem bestimmten Punkt ruhen und setzte die Dolchspitze zwischen Zeige- und Mittelfinger auf. Dabei hielt sie die Waffe so senkrecht wie möglich und drückte dann mit einer geschmeidigen Bewegung zu.

Die Klinge glitt mühelos in den Schweinekörper hinein.

Esping ließ los und machte einen Schritt zurück.

Das Ergebnis war mit Vinstons zweitem Versuch identisch, aber Esping hatte wesentlich weniger Kraft aufgewandt.

»Das gibt es doch nicht …«, murmelte Vinston verblüfft.

Wie zum Dank für ein Lob verneigte Esping sich leicht.

»Bravo, Tove«, kicherte Borén. »Du hast gerade bewiesen, dass Technik über rohe Gewalt triumphiert.«

»Und dass wir leider keinen der Verdächtigen ausschließen können«, fügte Vinston hinzu.

Vinston und Esping halfen Thyra Borén, das Schwein und den Campingstuhl in den Technikerbus zu hieven, bevor sie die Garage verließen.

»Das war in der Tat lehrreich«, gestand Vinston auf dem Weg zurück zu den Büroräumen. »Ich wusste nicht, dass Sie so gut mit Schweinen umgehen können. Oder Stichwaffen.«

Esping grinste.

»Meine Mutter hat mir beigebracht, Tiere zu zerlegen. Knochen ist hart, Fleisch weich. Ich habe also lediglich darauf geachtet, dass die Spitze zwischen den Rippen landete, der Rest war einfach.«

Im Pausenraum der Polizeiwache gab es eine große, exklusive Kaffeemaschine mit digitalem Display und einer Vielzahl von Wahlmöglichkeiten. Cappuccino, heiße Schokolade, Wiener Melange, Chocoffee. Aber seit einiger Zeit zeigte das Display eine Fehlermeldung an, die niemand deuten konnte, also hatte jemand stattdessen seine normale Kaffeemaschine von zu Hause mitgebracht und sie danebengestellt. Vinston blickte sehnsüchtig auf die teure Maschine, während er sich einen Schluck Filterkaffee einschenkte. Esping trank wie immer Tee.

»Ich glaube, es war Gert«, sagte sie, sobald sie sich an den kleinen Küchentisch gesetzt hatten. »Nalle hat ihn um einen großen Fund gebracht, das verschafft ihm ein Motiv. Außerdem fand ich ihn sehr nervös, als wir bei ihm waren. Und ich traue Fabian Anderklews Einschätzung, was den Wert der Schale betrifft, wesentlich mehr, was bedeutet, dass Gert Zillén lügt.«

Sie lehnte sich zurück und verschränkte die Arme.

»Jetzt wissen wir außerdem, dass nicht sehr viel Kraft nötig war, um Nalle zu erstechen. Gert tötete ihn, dann zog er einen Hering heraus, um eine Hand in das Zelt zu stecken, Nalle zu durchsuchen und die Schale an sich zu nehmen.«

Vinston trank einen Schluck. Der Kaffee schmeckte nach Gerbsäure, er stand also bereits seit einigen Stunden auf der Warmhalteplatte.

Er hatte ebenfalls über diesen losen Zeltpflock nachgedacht, und an Espings Schlussfolgerung war absolut nichts auszusetzen. Aber irgendetwas gefiel ihm daran nicht.

»Sie könnten recht haben«, sagte er. »Aber es ist zu früh, um sich auf einen einzigen Verdächtigen zu konzentrieren. Es gibt noch einige andere mit Motiv und Gelegenheit, die wir nicht ausschließen können.«

Esping drehte ihre Teetasse zwischen den Händen.

»Sie reden doch immer von Polizeiinstinkt«, bemerkte sie. »Und das sagt meiner: Gert Zillén ist eine kleine graue Maus, er wurde sein Leben lang ignoriert, unterschätzt und schlecht behandelt. Ein schwelender Vulkan aus unterdrückter Wut und Erniedrigung. Und dann eines Tages, genau wie Lindeman angedeutet hat … BUMM!«

Die letzten Worte untermalte sie mit einer dramatischen Handbewegung.

»… der Druck wird zu hoch, der Vulkan explodiert. Jahrelang aufgestaute Aggression bricht hervor. Gert tötet Nalle und holt sich die Schale und seine Würde zurück.«

Vinston nahm noch einen Schluck Kaffee.

»Gert hat ein Alibi«, erinnerte er sie. »Das Busticket und der Nachbar von unten, der ihn gesehen hat.«

»Stimmt schon«, gab Esping zu und klopfte mit den Fingerknöcheln auf den Tisch. »Aber meine Intuition sagt mir, dass wir ihn noch mal unter die Lupe nehmen sollten. Ein ungeplanter Wutausbruch hinterlässt Spuren. Man muss nur wissen, wo man danach suchen muss.«

20

Es war bereits früher Abend, als Vinston in sein Ferienhaus zurückkam.

Auf der Fahrt hatte er noch einmal über das Verhör bei China-Gert nachgedacht sowie über das leere Regalfach in der Vitrine mit den staubfreien Stellen. Konnte die chinesische Schale dort gestanden haben? Hatte Gert sie demnach schnell entfernt, als sie an der Tür klingelten? Allerdings waren drei kleinere Ringe im Staub zu sehen gewesen, und die Schale würde wohl nur einen Abdruck hinterlassen.

Der Fall nahm immer größere Ausmaße an. Lindeman und Renata zufolge war Nalle nicht nur ein lustiger Typ gewesen, sondern auch ein Hehler und Dieb, was weitere Motive lieferte, ihn töten zu wollen. Wenn Nalle andere Kriminelle auf die gleiche Art getäuscht hatte wie seine Kunden und Händler, dann wäre es nur eine Frage der Zeit gewesen, bis jemand ihm die Rechnung dafür präsentierte …

Vinston merkte, dass es an der Zeit war, sich ein wenig auszuruhen und an etwas anderes zu denken.

Auf dem Weg durch den Garten blieb er beim Geißblatt stehen und füllte seine Nase mit dem Blütenduft, der wesentlich angenehmer war als die Dämpfe in der Tiefgarage der Polizei. Er löste seine Krawatte, machte sich ein belegtes Brot und setzte sich auf die Terrasse. Es dauerte nicht lange, bis Pluto auftauchte und hungrig maunzte. Vinston seufzte. Aber die Katze und er hatten ein Abkommen, es blieb ihm also nichts anderes übrig, als in die Küche zu schlurfen und eine Büchse Sardinen zu öffnen.

Kaum zu glauben, dass er nach nur wenigen Wochen in Österlen nicht nur an Blumen roch, sondern auch mit Tieren interagierte.

Er kam gerade ins Haus zurück, als er ein Auto hörte.

Durch das Fenster sah er einen ihm unbekannten kleinen roten Sportwagen neben seinem Saab parken.

Die Fahrertür öffnete sich, und Anna Tyche stieg aus.

Vinston eilte ins Schlafzimmer, wobei er instinktiv den Kopf einzog, und betrachtete sich im Spiegel. Rasch fuhr er mit der Hand durchs Haar und rückte die Krawatte zurecht. Dabei verfluchte er sich, weil er sein Jackett draußen auf der Terrasse vergessen hatte und gezwungen wäre, die Tür in Hemdsärmeln zu öffnen.

Als er auf dem Weg zur Tür war, klopfte sie bereits. Er holte tief Luft, wartete fünf Sekunden und öffnete.

»Anna«, sagte er bemüht locker. »Welche Überraschung!«

Anna Tyche lächelte ihn breit an. Sie war noch schöner, als Vinston sie in Erinnerung hatte.

»Ich hoffe, ich störe nicht?«, fragte sie.

»Überhaupt nicht«, versicherte er. »Komm rein.«

»Danke! Ich war kurz auf Gärsnäs, habe ein bisschen Referenzliteratur für die Fernsehaufnahme hingebracht. Manche Sachen lassen sich nicht googeln, und man will ja nicht wie ein Trottel dastehen, der nicht weiß, wovon er spricht.«

Vinston führte sie ins Haus.

»Ich habe nicht viel anzubieten«, entschuldigte er sich. »Kaffee oder Tee? Und möchtest du vielleicht ein Glas Wein? Poppe hat ein paar Flaschen dagelassen, die sicher gut sind.«

»Ein Glas Wein wäre fantastisch«, lachte Anna. »Aber ich muss noch nach Malmö zurückfahren, also lieber Tee.«

Vinston füllte den Wasserkocher und stellte zwei schiefe Österlenbecher auf den Tisch. Im selben Moment war draußen vor dem Küchenfenster ein Maunzen zu hören. Pluto saß auf dem Sims und starrte ihn vorwurfsvoll an. Vinston hatte die Sardinen völlig vergessen.

»Hast du eine Katze?«, fragte Anna.

»Na ja.« Vinston öffnete den Kühlschrank. »Sie gehört mir nicht, frisst mir aber die Haare vom Kopf.«

Er drehte sich um. Anna hatte sich so nah zu ihm gestellt, dass Vinston fast mit ihr zusammengestoßen wäre. Jetzt standen sie dicht voreinander, nur eine Dose Sardinen zwischen sich.

»Ääh …«, sagte Vinston verlegen. »Ich weiß ehrlich gesagt nicht so genau, in welcher Beziehung wir zueinander stehen.«

»Tatsächlich?«

Annas Augen funkelten, sie machte einen Schritt zur Seite, und Vinston wurde rot.

»Ich meine, die Katze und ich«, verdeutlichte er, während er auf die Terrasse hinaustrat.

Pluto war schon um das Haus herumgekommen und miaute wieder, diesmal fordernd, als würde das Essen viel zu lange auf sich warten lassen.

»Wir haben einen Deal. Sie bekommt Sardinen, dafür muss sie draußen bleiben.«

Vinston legte ein paar Sardinen auf einen Kuchenteller, die die Katze rasch verspeiste.

»Was für ein Luxus, mit Sardinen aus der Dose gefüttert zu werden«, sagte Anna.

»Eigentlich bekommt sie ihr Fressen auf dem Hof nebenan«, erklärte Vinston und betrachtete Pluto. »Das hier ist nur als kleiner Nachtimbiss gedacht. Aber inzwischen kommt sie mehrmals am Tag.«

Anna brach in ein bezauberndes, perlendes Lachen aus.

»Ja, warum sollte man zu Hause Trockenfutter fressen, wenn man auch ins Fischrestaurant gehen und sich von einem gut aussehenden Kellner in Krawatte bedienen lassen kann?«

Sie saßen mit Tee und belegten Broten auf der Terrasse, während der Sonnenuntergang den Himmel über Österlen rosa färbte. Vinston bemerkte zufrieden, dass Anna den Käse auf zivilisierte Art hobelte, nämlich von einem Rand zum anderen, sodass kein Steilhang entstand.

»Bist du wegen der Aufnahme nächste Woche nervös?«, fragte er, nachdem er seine erste Scheibe Brot gegessen hatte.

»Ja, natürlich«, sagte Anna. »Ich fühle mich zwar sicher, was meine Kenntnisse über moderne Antiquitäten angeht, aber im Fernsehen muss man ja auch einen guten Eindruck machen.«

»Du wirst das bestimmt sehr galant hinbekommen«, versicherte Vinston.

Anna rührte einen Löffel von L-Gs Sommerhonig in ihren Tee.

»Es steht viel auf dem Spiel. Fabbe hat dafür gesorgt, dass ich als Gastexpertin auftreten kann, aber wenn ich einen festen Platz bekommen könnte, wäre das für mein Geschäft fantastisch. Momentan verbringe ich sehr viel mehr Zeit damit, gute Objekte zu vernünftigen Preisen zu finden, als sie zu verkaufen. Wenn ich bekannter wäre, müsste ich den Sachen nicht mehr hinterherjagen, sondern die Verkäufer würden mich von sich aus anrufen.«

Sie trank einen Schluck Tee.

»Dann meldet sich eventuell auch das *Auktionsverk* und bietet einem an, Kurse abzuhalten und das Gesicht nach außen zu sein«, fuhr sie fort. »Vielleicht wird dir sogar eine Teilhabe angeboten. Das heißt, auch wenn man für das Mitwirken in der Fernsehsendung kaum bezahlt wird, kann man hinterher auf lange Sicht viel Geld verdienen.«

Vinston ertappte sich dabei, dass er Anna kaum zugehört, sondern stattdessen ihr Gesicht betrachtet hatte. Die Konturen ihrer Lippen, die Bewegung ihrer Nasenflügel beim Sprechen, das Funkeln ihrer Augen.

Er nahm sich vor, sich zusammenzureißen, und füllte noch einmal ihre Teetasse.

»Sieh dir nur Fabbe an«, sagte sie währenddessen. »Er hat diese Reise hinter sich. Jetzt steht er ganz oben.«

»Und demnächst wird das *Auktionshaus Malmö* an die Dänen verkauft«, erwiderte Vinston, um zu zeigen, dass er sich auskannte. »Fabbe und die anderen Teilhaber werden damit stinkreich.«

In Annas Mundwinkel zuckte es. Ein überraschter Mikroausdruck, der so schnell verschwand, dass er nur einem aufmerksamen Beobachter wie Vinston nicht entging.

»Genau«, sagte sie, jetzt wieder lächelnd. »Das ist echt toll für Fabbe!«

Sie saßen eine Weile schweigend da und blickten auf den schönen Garten. Vinston nahm einen leichten Duft nach dem wunderbaren Geißblatt wahr, wusste aber nicht, ob Anna ihn verströmte oder es von den Pflanzen kam. Vinston hatte gedacht, Anna und Anderklew seien vertraut miteinander, aber obwohl sie gerade das Gegenteil behauptet hatte, war ihm klar, dass Anna von dem Geschäft mit den Dänen nichts gewusst hatte.

Ohne Vorwarnung öffnete sich die Terrassentür, und Amanda trat heraus. Vinston war von dem Gespräch mit Anna Tyche so abgelenkt gewesen, dass er sie nicht hatte kommen hören.

»Entschuldige, ich wusste nicht, dass du Besuch hast«, sagte Amanda. »Dann komme ich ein andermal wieder.«

Vinston sprang auf und zog ihr einen Stuhl heran.

»Blödsinn, komm und setz dich.«

Wenn seine Tochter ihn besuchte, bekam er immer gute Laune, auch wenn das Timing diesmal nicht perfekt war.

Anna legte ihr Käsebrot auf den Teller und winkte fröhlich.

»Hallo, Amanda.«

Amanda nickte nur kurz und ließ sich dann neben ihr auf den Stuhl fallen.

Es wurde still, das einzige Geräusch war das eines brummenden Traktors auf einem angrenzenden Feld. Vinston überlegte, was er sagen könnte, aber auf einmal war die Stimmung angespannt. Anna schien das auch zu merken.

»Na, dann gehe ich mal«, sagte sie. »Ich sollte fahren, bevor es ganz dunkel ist.«

Sie leerte ihre Teetasse und stand auf. Vinston folgte ihr zum Gartentor.

»Schön, dass du da warst«, sagte er. »Du darfst jederzeit wiederkommen.«

Sie blieben neben ihrem Wagen stehen.

»Ja«, entgegnete sie. »Ich wollte dich fragen, ob ich dich mal abends zum Essen einladen darf. Vielleicht jetzt am Wochenende? In Malmö?«

»Gern«, lächelte Vinston. »Das wäre sehr nett.«

Er hatte sie dasselbe fragen wollen, war aber froh und erleichtert, dass sie zuerst den Mut gefunden hatte.

Anna stellte sich auf die Zehenspitzen und küsste ihn auf die Wange.

»Dann gute Nacht. Bis bald!«

Als sie sich verabschiedet hatten und Vinston die Tür schloss, war Amanda in der Küche dabei, sich ein Brot zu belegen.

»Soso, du hast also ein Date?«, fragte sie geradeheraus.

Vinston bemühte sich, nicht zu grinsen.

»Spionierst du mir etwa hinterher?«

Amanda sah ihn über die Schulter hinweg an.

»Natürlich nicht!«

»Nicht? Du musst Annas Auto in der Einfahrt gesehen haben, hast aber so getan, als hättest du *gaaar keine Aaahnung,* dass ich Besuch habe.«

Seine Tochter antwortete mit einem Kichern, das Vinstons Einschätzung bestätigte.

»Du sagst mir doch, seit ich hier bin, dass ich jemanden treffen soll.«

»Ja, aber nicht irgendjemanden«, erwiderte Amanda.

Wieder gab sie ihr Bestes, um den armen Käse zu misshandeln, aber diesmal kümmerte Vinston sich nicht darum.

»Irgendjemanden?«, fragte er ein bisschen zu verärgert. »Du kennst Anna doch gar nicht.«

Amanda kicherte wieder, diesmal lauter. Er begann zu ahnen, worum es hier ging, wollte aber auf keinen Fall, dass sie ungeschoren davonkam, deshalb versuchte er es in einem sanfteren Ton.

»Was stimmt denn mit ihr nicht?«

»Zunächst mal ist sie eine Schleimerin.« Amanda unterbrach ihren Angriff auf den Käse und dachte nach.

»Ich meine, sie versucht, sich einzuschmeicheln.«

Sie wedelte mit dem Käsehobel.

»Sie hat Mama erst vor Kurzem kennengelernt und tut schon so, als ob sie beste Freundinnen wären. Und jetzt will sie auch noch mit dir ins Bett.«

Vinston machte einen Schritt zurück und räusperte sich laut. Amanda war schon immer sehr direkt gewesen, eine Eigenschaft, die sie von Christina geerbt hatte. Aber ihm war das peinlich. Er griff nach einem Küchentuch und faltete es zu einem perfekten Quadrat, bevor er antwortete.

»Hast du mal darüber nachgedacht, dass Anna vielleicht einfach eine liebenswerte Person ist, mit der man gern Zeit verbringt?«, fragte er in dem Versuch, seine Tochter milde zu stimmen.

Sie biss in ihr Käsebrot, ohne die geringste Notiz von seinem Einwand zu nehmen.

»Am schlimmsten finde ich, dass sie eine Kopie von Mama ist«, sagte sie dann kauend.

Das war Vinston überhaupt nicht aufgefallen.

»Wie meinst du das?«

»Sie sind gleich groß«, begann Amanda, an den Fingern aufzuzählen. »Haben die gleiche Frisur und fast die gleiche Haarfarbe. Sie haben den gleichen Kleidungsstil, Typ Kleid plus Sneakers. Und dann sind sie beide charmant und frotzeln gern. Sie wickeln dich um den kleinen Finger.«

Sie wischte ein paar Krümel von der Arbeitsplatte und wechselte abrupt das Thema, genau wie ihre Mutter es gern tat.

»Sollen wir ein bisschen zusammen fernsehen?«

Vinston legte das Küchentuch weg und folgte Amanda ins Wohnzimmer.

Seine Tochter hatte nicht unrecht, das musste er widerwillig zugeben.

Esping saß mit Bob neben sich vor dem Fernseher und aß allein zu Abend. Sie hatte Nudeln mit Tomatensoße gemacht und wie immer die Spaghetti verkocht, sie waren eindeutig nicht mehr al dente. Normalerweise beschwerte sich Felicia darüber, aber heute war sie im Café geblieben, um ihr Catering für die nächste Woche vorzubereiten.

Esping selbst hatte den Großteil des Abends damit verbracht, China-Gerts Alibi zu widerlegen. Sie hatte Busfahrzeiten studiert, das digitale Ticket unter die Lupe genommen und noch einmal mit dem Nachbarn gesprochen, der wieder bestätigt hatte, dass er Gert Zillén am Sonntagmittag kurz im Treppenhaus getroffen hatte, ungefähr zwei Stunden vor dem Mord an Nalle.

Google zufolge reichte diese Zeit nicht, um mit dem Bus zurück nach Degeberga zu fahren, zum Markt zu laufen und seinen Plagegeist zu erstechen.

Es wäre aber möglich gewesen, wenn er mit dem Auto gefahren wäre. China-Gert müsste also ein Taxi genommen haben oder aber seinen alten abgemeldeten Citroën, um den Mord zu begehen und das Schälchen zu stehlen.

Die Frage war, wie Esping das beweisen sollte.

Sie stopfte die verkochten Nudeln in sich hinein, stellte den Teller aber ab, ohne auch nur die Hälfte gegessen zu haben.

Warum war sie sich überhaupt so sicher, dass China-Gert der Täter war? Hatte das wirklich mit Intuition zu tun, oder wollte sie einfach nur um jeden Preis beweisen, dass Peter Vinston falschlag?

Gute Frage, hätte er jetzt gesagt.

Sie kicherte bei dem Gedanken, wie blass er bei Boréns Schweineexperiment geworden war. Er war beinahe umgefallen, als ihm der erste Hieb nicht gelang. Eigentlich wäre es ganz lustig gewesen, ihn der Länge nach auf dem Boden liegen zu sehen.

Esping versuchte, eine Weile nicht mehr an Vinston und den Mordfall zu denken.

Planlos zappte sie von einem Fernsehsender zum anderen, ohne etwas Interessantes zu finden. Aber dann blieb sie an der Wiederholung einer Folge von *Antiques Roadshow* hängen, der britischen Vorlage für die schwedische Antiquitätenshow.

Plötzlich tauchte eine bekannte Gestalt im Bild auf, leicht zu erkennen an der farbenfrohen Kleidung und der übertriebenen Brille. Esping drehte den Ton lauter.

Der Moderator präsentierte seinen »esteemed Swedish colleague, Fabian Anderklew«, woraufhin dieser in perfektem Englisch ein Jugendstilservice von Rörstrand beschrieb, das eigens für ihn in die Sendung aufgenommen worden sein musste.

Espings Gedanken wanderten automatisch zurück zu den Ermittlungen. Anderklew hatte die chinesische Schale auf etwa fünfzigtausend geschätzt, China-Gert hingegen nur auf fünfzehntausend. Aber Anderklew, offenbar ein international angesehener Experte für Porzellan, war bereit gewesen, fünfunddreißigtausend Kronen in bar dafür zu bezahlen, in dem Glauben, einen ordentlichen Batzen Geld daran verdienen zu können. Für sie bedeutete das, dass China-Gert derjenige war, der nicht die Wahrheit sagte.

Und warum sollte Gert lügen, wenn er nichts zu verbergen hätte?

Espings Instinkt sagte ihr, dass sie auf der richtigen Spur war. Wenn sie außerdem zeigen konnte, dass Vinston sich irrte, war das natürlich ein Bonuspunkt.

Zufrieden schaltete sie den Fernseher aus und ging ins Schlafzimmer. Sobald sie morgen früh wach war, wollte sie die Taxiunternehmen von Ystad anrufen, um zu erfahren, ob jemand am Sonntag eine Fahrt nach Degeberga übernommen hatte.

Sie schlief beinahe sofort ein und hatte einen seltsamen Traum, in dem China-Gert zwischen den Zelten herumschlich. In der Hand hielt er einen langen Dolch, und hinter ihm gingen drei Engel mit ausgebreiteten Flügeln und ernsten Mienen. Aus den Lautsprechern auf dem Markt ertönte dramatische Musik, und durch das Fenster in der Zeltwand war eine sitzende Gestalt zu sehen, die halb Mensch, halb Schwein war.

»Du bist ein böser Mensch, Nalle«, rief Gert, aber in dem Moment, als er den Ehrendolch durch die Zeltwand stieß, wurde Esping aus dem Schlaf gerissen.

Am Fußende des Bettes war eine dunkle Figur zu sehen. Esping schrie auf und strampelte die Decke weg.

»Ganz ruhig, Tove«, sagte eine wohlbekannte Stimme. »Ich bin es doch nur!«

Felicia schaltete die Nachttischlampe an.

»Tut mir leid, dass ich dich geweckt habe. Ich war so leise, wie ich konnte.«

Esping war erleichtert.

»Schon okay.«

Aber der Traum hing ihr noch nach, sie fühlte Unbehagen.

»Ich bin geblitzt worden«, seufzte ihre Freundin. »Ich wollte schnell nach Hause und habe nicht aufgepasst.«

Esping setzte sich auf und rieb sich die Augen.

»Das kann teuer werden«, sagte sie. »Warst du so schnell, dass du deinen Führerschein los bist?«

Felicia setzte sich schwer auf die Bettkante.

»Ich weiß es nicht. So ein Mist.«

Esping legte die Arme um sie.

»Wir klären das. Ich bin am Sonntag auch ein paarmal geblitzt worden. Ich rufe morgen die Verkehrsabteilung an und schaue, wie es aussieht. Jetzt komm schlafen.«

Sie küsste ihrer Freundin den Nacken und zog sie ins Bett, doch dann erstarrte sie.

»Was ist denn?«, fragte Felicia.

Esping antwortete nicht. Sie sprang auf, suchte nach ihrem Handy und rief die Polizei in Ystad an.

»Esping, Simrishamn«, stellte sie sich dem diensthabenden Kollegen vor. »Ich weiß, es ist spät, aber ich brauche Ihre Hilfe. Sitzen Sie gerade am Computer?«

Schnell erklärte sie, worum es ging.

»Kann das nicht bis morgen warten«, brummte ihr Kollege am anderen Ende.

»Nein, sonst hätte ich ja nicht angerufen«, erwiderte Esping irritiert. »Hier geht es um eine Mordermittlung, es eilt also.«

»Okay, aber es kann eine Weile dauern.«

Der Kollege begann widerwillig, auf der Tastatur herumzuhämmern.

»Yes!«, zischte Esping, als sie die Antwort auf ihre Frage erhielt.

Sie hatte recht gehabt.

Es war höchste Zeit, einen Mörder zu fassen.

21

Die Sonne war gerade aufgegangen, und im Grasstreifen vor Gert Zilléns Mietshaus glitzerte der Tau, aber der kleine Mann war bereits seit Stunden wach.

Die letzten Tage waren ein Albtraum gewesen. Nach dem Besuch der Polizei hatte er weder geschlafen noch gegessen. Die meiste Zeit hatte er damit zugebracht, ängstlich durch die Jalousien zu spähen und nach geheimnisvollen Autos oder Fußgängern, die auffallend lange vor dem Haus standen, Ausschau zu halten. Ständig glaubte er, schleichende Schritte im Treppenhaus zu hören.

Inzwischen hielt er es nicht länger in der Wohnung aus. Ein Cousin zweiten Grades, mit dem er in Briefkontakt stand, wohnte im Schwarzwald, in der Nähe der französischen Grenze. In einer Berghütte würde Gert Zillén ein abgeschiedenes, ruhiges Dasein führen können. Wandern, fischen, sparsam leben, und wenn er wirklich Geld brauchte, konnte er ein paar Antiquitäten verkaufen.

Seit er sich an den Gedanken gewöhnt hatte, freute er sich sogar auf das naturnahe Leben. Gestern Abend hatte er sich entschieden. Er hatte seinen Wagen geholt und die wichtigsten Sachen eingeladen. Es war nicht leicht gewesen, sich von allem anderen zu trennen, aber er hatte keine Wahl. In wenigen Stunden würde er über die Öresund-Brücke fahren und auf dem Weg nach Deutschland sein.

Er warf einen letzten traurigen Blick in seine Wohnung, bevor er sich seinen beigen Mantel anzog, den Hut und die Autohandschuhe. Dann schloss er die Wohnungstür mit allen drei Schlössern ab, bevor er die Treppe hinunterlief. Die Finger seiner linken Hand umklammerten den Griff einer Stofftasche, in der sich seine kostbarsten Besitztümer befanden.

Er ging zur Haustür hinaus und rasch auf seinen gelben Citroën 2CV zu, der direkt vor dem Haus parkte. Der Rücksitz und der Kofferraum waren voller Kartons, und auf dem Dach waren zwei Reisetaschen mit Spanngurten festgezurrt. Gerade als Gert den Schlüssel ins Türschloss steckte, wurde er mit gewaltiger Kraft an den Armen gepackt und hochgehoben, sodass seine Füße über dem Boden schwebten.

»Hiilfe!«, quakte er wild strampelnd, während er gleichzeitig bemüht war, den Stoffbeutel nicht fallen zu lassen. Aber Widerstand war zwecklos.

Gert wurde herumgedreht, und er erkannte, dass die unbekannte Gewalt, die ihn kontrollierte, von zwei groß gewachsenen Polizisten ausging.

Direkt vor ihm stand außerdem die Kommissarin, die kürzlich bei ihm gewesen war.

Gert hörte auf zu zappeln.

»Hallo, China-Gert!«, rief Esping fröhlich. »Wollen Sie verreisen? Und was haben Sie da Spannendes in Ihrem Beutel? Sie dürfen uns auf die Wache begleiten und uns mehr darüber erzählen.«

Etwa eine Stunde später setzten sich Esping und Vinston im Verhörraum der Polizei Gert gegenüber. Esping legte einen Hefter auf den Tisch und startete das Aufnahmegerät. Dann nannte sie schnell das Datum und die anwesenden Personen.

Der kleine Mann sah sehr mitgenommen aus. Seine sonst so ordentlich gekämmten Haare standen in alle Richtungen ab, und seine Augen waren gerötet.

»Ich habe nichts getan«, piepste er, sobald Esping fertig war. »Sie haben die falsche Person festgenommen!«

Esping lächelte, so freundlich sie nur konnte.

»So? Wohin wollten Sie dann so eilig? Und so früh, an einem ganz gewöhnlichen Donnerstagmorgen?«

»Z-Zu einem Verwandten in Deutschland.«

Esping lehnte sich im Stuhl zurück und verschränkte die Arme.

»Mit Ihrem alten Wagen voller Wertsachen? Sagten Sie nicht, Sie würden nicht mehr Auto fahren, weil es so teuer sei? Dass Sie immer den Bus nehmen?«

Sie blickte Vinston vielsagend an. Dieser nickte und klickte mit seinem Kugelschreiber, den er in der Hand hielt.

»Ja, normalerweise mache ich das auch«, sagte Gert. »Aber jetzt wollte ich in den Urlaub.«

»Lassen Sie uns zum Sonntag zurückkehren«, unterbrach Vinston. »Sie sagten uns, Sie seien schon vor dem Mittagessen zurück nach Ystad gefahren.«

»Das ist richtig. Ich habe Ihnen doch das Busticket auf meinem Handy gezeigt.«

Gert verschränkte die Arme und hob das Kinn, als wollte er Mut fassen.

Vinston ließ wieder den Stift klicken. Das Geräusch schien Gert Zillén nervös zu machen.

»Sie begegneten Ihrem Nachbarn und blieben den ganzen Nachmittag über zu Hause?«

»Genau!«, bestätigte Gert eifrig.

Die beiden Polizisten sahen sich schweigend an.

»Sie fuhren also nicht mit Ihrem alten Citroën zum Markt zurück, erstachen Nalle und nahmen die chinesische Schale an sich, auf die Sie so versessen waren?«, fragte Esping freundlich lächelnd.

Gert schluckte.

»N-Nein …«

»Nicht?«

Gert rutschte auf dem Stuhl herum.

Esping schlug den Hefter auf, den sie vorhin auf den Tisch gelegt hatte. Sie bemühte sich um langsame Bewegungen, damit man ihr ihre Aufregung nicht so deutlich anmerkte.

»Dieses Foto wurde an der Anschlussstelle Piraten von einer Radarfalle aufgenommen, nördlich von Brosarp, um 14:48 Uhr am letzten Sonntag, also etwa eine Viertelstunde nach dem Mord an Nalle Persson.«

Sie schob eine Fotografie über den Tisch, auf der Gerts gelber Wagen und er selbst am Steuer zu sehen waren. Er wirkte verbissen, und die Hände, die das Lenkrad umklammerten, steckten in Autohandschuhen. Der linke Seitenspiegel war kaputt und hing herunter.

»Hundertvierzig Stundenkilometer auf einer Straße mit einer Höchstgeschwindigkeit von neunzig, das muss für einen 2CV ein Geschwindigkeitsrekord sein.«

Esping wollte weiterreden, aber aus den Augenwinkeln sah sie, dass Vinston fast unmerklich den Kopf schüttelte, also verstummte sie.

China-Gert starrte auf das Foto, sein Gesicht war aschfahl geworden, und seine Unterlippe zitterte.

»E-Es … es ist nicht so, wie Sie denken …«, flüsterte er.

»Es ist richtig, dass Sie mit dem Bus nach Hause gefahren sind«, sagte Esping sachlich. »Aber dann nahmen Sie Ihren alten Wagen und fuhren zurück zum Antikmarkt in Degeberga. Sind wir uns so weit einig?«

»Das stimmt«, quetschte Gert hervor. »Aber nicht, um Nalle zu töten, überhaupt nicht! Ich wollte diese Schale haben, und als ich nach Hause in meine Wohnung kam, beschloss ich, dass ich versuchen würde, sie ihm abzukaufen. Oder wenn das nicht möglich wäre, ein Tauschgeschäft zu machen.«

Vinston schaute von seinem Notizbuch auf.

»Neulich fehlten drei kleine Objekte in Ihrer Vitrine«, sagte er. »Und in der Stofftasche, die Sie heute Morgen bei sich hatten, fanden wir drei kleine in Plastikfolie eingewickelte Figurinen. Wollten Sie die Schale dagegen eintauschen?«

Gert schloss die Augen, er schien sich zu sammeln.

»Drei Figurinen aus Elfenbein auf Holzpodesten«, sagte er und öffnete die Augen. »Fantastische Handwerkskunst, die Juwelen meiner Sammlung …«

»Bis Sie diese Schale entdeckten«, stellte Vinston fest. »Da zählte nur noch sie.«

Gert blickte auf den Tisch, nickte langsam.

Esping war von Vinston beeindruckt. Wie um alles in der Welt hatte er es geschafft, dieses Puzzle zusammenzusetzen? Ausgehend von drei kleinen Ringen im Staub? Sie musste wieder die Oberhand gewinnen.

»Neulich sagten Sie, die Schale wäre nur etwa fünfzehntausend Kronen wert.«

»Ich habe gelogen«, gab Gert zu. »Es gibt nur noch ein ähnliches Exemplar, und das steht im Ostasiatischen Museum in Stockholm. Es wurde nie auf einer Auktion versteigert, aber wenn man es täte, würde die Schale mehrere Millionen einbringen.«

»Am Sonntag zeigte Nalle Fabian Anderklew die Schale, und dieser schätzte sie auf fünfzigtausend Kronen«, sagte Esping.

Der kleine Mann verzog verächtlich das Gesicht.

»Was weiß der schon? Ein Fernsehpromi, der allen möglichen Krimskrams bewertet und aussieht wie ein Kasper.«

Gert beugte sich über den Tisch.

»Im schwedischen Auktionswerk ist keinerlei Kompetenz mehr vorhanden, müssen Sie wissen. Es gibt nur noch einen Haufen Stümper, die ihr Wissen von Google haben. Vor allem, was chinesisches Kunsthandwerk angeht. Niemand weiß so viel wie ich! *Niemand!*«

Vinston und Esping sahen sich an, der plötzliche Gefühlsausbruch zeigte eine bisher unbekannte Seite von Gert Zillén.

»Und haben Sie die Schale kaufen können?«, fragte Esping. »Oder sie gegen Ihre Kleinode eingetauscht?«

Gert begrub sein Gesicht zwischen den Händen.

»Ich habe Nalle noch einmal aufgesucht, aber er wollte nicht verkaufen. Als ich ihm einen Tauschhandel vorschlug, lachte er mir mitten ins Gesicht und behauptete, die Figuren seien neu und dass ich sie wohl in einem Geschenkeladen gekauft hätte. Er hat mich im Prinzip rausgeschmissen!«

»Und da haben Sie den Dolch von Lindemans Verkaufsstand genommen«, sagte Esping, die sich nicht länger beherrschen konnte.

»Nein!«, sagte Gert verärgert. »Ich ging zu meinem Wagen auf dem Parkplatz zurück und stellte fest, dass jemand meinen Seitenspiegel abgebrochen hatte. Genau in dem Moment fing es an zu schütten.«

Gert machte eine Pause, holte tief Luft.

»Und was geschah dann?«, fragte Vinston. »Als Sie durchnässt und abgewiesen dastanden, Ihre kostbarsten Besitztümer in einer Stofftasche und mit einem beschädigten Oldtimer?«

Der kleine Mann schloss die Augen, atmete langsam aus und schien im Stuhl zu versinken.

»Da …«, begann er.

Vinston gab Esping ein Zeichen, aber sie hatte schon begriffen, dass sie Gert Zillén nicht unterbrechen sollte.

»Da wurde es mir schwarz vor Augen«, seufzte der Mann. »Und anstatt mich ins Auto zu setzen, ging ich zurück. Es war mir egal, dass ich klatschnass wurde. Überall drängten sich die Leute in die Verkaufszelte, daher sah mich niemand. Ich klopfte erst an der Hintertür des Wohnmobils wie kurz zuvor schon einmal, aber niemand machte auf. Also ging ich um den Wagen herum, in den Gang zwischen den Zelten.«

Esping musste an ihren Traum denken und spürte ein leichtes Schaudern.

»Durch das Zeltfenster sah ich Nalle in einem Campingstuhl sitzen. Wie er sich breitmachte, dieser schlechte Mensch, der andere nur schikanierte. Auf anderen herumtrampelte, sodass sie sich klein und unbedeutend fühlten. Und da sah ich den Dolch ...«

Gert schniefte, und sein Körper bebte.

»Ich hatte nicht vor, ihn zu töten«, schluchzte er. »Es ist einfach passiert.«

»Aber Sie sind immerhin im Sturzregen zurück zum Wohnmobil gegangen. Was hatten Sie denn geplant?«

»Nichts«, weinte Gert. »Oder ... ich hatte jedenfalls keinen Plan. Ich wollte Nalle einfach nur zeigen, dass man nicht so mit anderen Menschen umspringen kann. Aber dann brach alles aus mir heraus. Ich weiß nicht, was mich gepackt hat.«

»Sie gestehen also, Nalle Persson getötet zu haben?«

Gert Zillén starrte auf den Tisch.

»Ja«, murmelte er. »Ich gestehe.«

Esping schwoll die Brust vor Stolz. Vinston hatte sich geirrt, sie hatte recht gehabt.

»Sie erstachen Nalle durch die Zeltplane hindurch, und dann rissen Sie einen Zeltpflock heraus und stahlen die Schale«, fasste Vinston zusammen, der offenbar kein schlechter Verlierer war.

Gert hob den Blick. Dann schüttelte er den Kopf.

»Nicht direkt. Ich hatte gesehen, dass Nalle die Schale am Vormittag in der Jackentasche mit sich herumgetragen hatte, und genau wie Sie sagen, zog ich einen Hering heraus, um die Hände unter die Plane zu schieben. Aber seine Taschen waren leer, die Schale war weg.«

Gerts Gesicht verzog sich schmerzlich, als würde er die Enttäuschung noch einmal erleben.

»Ich wollte mich anschleichen und das Wohnmobil durchsuchen, aber die Wut hatte mich verlassen, und mir wurde klar, was ich getan hatte. Außerdem schien der Regen nachzulassen. Deshalb rannte ich stattdessen zurück zu meinem Wagen.«

»Mit leeren Händen?«, fragte Vinston.

»Ja.«

Gert wurde von einem heftigen Weinkrampf geschüttelt.

»Wenn ich nur diese verdammte Schale nicht entdeckt hätte«, schluchzte er. »Dann wäre nichts davon passiert.«

Esping hörte kaum zu.

Sie wusste, dass L-G im Nebenzimmer saß und das Verhör verfolgte. Ab jetzt könnte er ihr nie mehr die Leitung einer Mordermittlung verweigern.

Sie hatte den Fall gelöst. Mehr oder weniger auf eigene Faust.

22

Als sie aus dem Verhörraum kamen, stand L-G da und erwartete sie mit einem zufriedenen Lächeln auf den Lippen. »Bravo, Tove!«, sagte er gut gelaunt. »Ich habe schon die Staatsanwaltschaft informiert und darum gebeten, dass ein Anwalt die Vorermittlungen übernimmt. Sobald das erledigt ist, fahre ich zurück nach Möckeln. Aber zuerst müssen wir ein bisschen feiern. Ich habe Kanapees zur Belohnung für euren unglaublichen Einsatz bestellt.«

Esping reckte sich stolz. Vinston gönnte ihr diesen Moment, sie hatte den Fall gelöst. Aber irgendetwas gefiel ihm an der Sache nicht, und er konnte ein mulmiges Gefühl nicht abschütteln.

»Ich gehe kurz runter in die Garage und schaue, was Svensk und Öhlander machen«, murmelte er und verschwand den Flur entlang.

Kurz vor der Treppe nach unten klingelte sein Telefon. Es war Jonna Osterman.

»Peter Vinston«, sagte er seiner Gewohnheit treu.

»Hej«, sagte Jonna. »Wie geht's?«

»Danke, gut!«

Vinston fand nicht den richtigen Ton, einen Moment lang herrschte peinliches Schweigen.

»Aha«, sprach Jonna schließlich weiter. »Tja, wie du hörst, bin ich aus dem Urlaub zurück.«

Wieder Schweigen. Eigentlich war es albern. Er und Jonna hatten nur einen unschuldigen kleinen Flirt gehabt, zwischen ihnen gab es wirklich nichts Verbindliches. Aber er wusste einfach nicht, wie es weitergehen sollte, jetzt, wo er begann, Gefühle für Anna zu hegen.

»Also, der Grund, warum ich anrufe«, Jonna klang jetzt deutlich formeller, »… ein kleiner Vogel hat mir gezwitschert, dass ihr einen Verdächtigen im Fall des getöteten Antiquitätenhändlers gefasst habt.«

Reflexmäßig fuhr sich Vinston mit der Hand über das Jackett, um ein unsichtbares Haar loszuwerden.

»Das kann ich leider nicht kommentieren.«

»Aber du musst mir doch irgendetwas geben können? Wie kannten sich Täter und Opfer? Was scheint das Motiv zu sein?«

Er hörte, dass Jonna versuchte, sich einzuschmeicheln, und erinnerte sich an die komplizierte Situation beim letzten Fall. Da hatte ihre Veröffentlichung zur Ergreifung des Mörders beigetragen, aber das war ein Spezialfall gewesen. Vinston kannte die Risiken, wenn ein Polizist und eine Journalistin mehr als nötig miteinander zu tun hatten. Egal, wie charmant sie war.

»Ich habe nichts zu sagen«, wiederholte er. »Da musst du L-G anrufen.«

»Das habe ich schon. Er hat sich auch wortkarg gegeben, ist aber nicht so gut darin wie du. Ich habe ihn zumindest dazu gebracht, die Festnahme zu bestätigen. Wir werden die Neuigkeit in Kürze online veröffentlichen, nur damit du Bescheid weißt. Willst du dem etwas hinzufügen?«

»Kein Kommentar«, sagte Vinston zum dritten Mal.

Er hatte fast vergessen, wie clever Jonna Osterman war, und wurde ein bisschen sanfter.

»Es war schön, deine Stimme zu hören, Jonna. Aber jetzt muss ich mich leider verabschieden. Die Arbeit ruft.«

»Na dann«, lachte Jonna, als hätte auch sie bemerkt, dass die Stimmung zwischen ihnen wieder etwas aufgetaut war. »Dann danke ich dem Herrn Kommissar für das Gespräch.«

Sie legte auf, bevor Vinston eine passende Abschiedsfloskel eingefallen war.

Svensk und Öhlander hatten Gert Zilléns Wagen in die Garage der Polizeiwache gefahren und eine Persenning auf dem Beton ausgebreitet. Die beiden Männer standen mit hochgekrempelten Ärmeln da und waren dabei, alle Taschen und Kisten auszupacken.

»Haben Sie eine Schale gefunden?«, fragte Vinston.

»Machen Sie Witze?« Svensk zeigte auf die Kartons. »Wir haben hier Schalen, Vasen, Tassen, Krüge. Alles Mögliche. Das meiste sieht aus, als sei es schon lange verpackt gewesen, die Zeitungen, in die sie eingeschlagen waren, sind uralt.«

Vinston schaute kurz in die Kartons, erkannte aber ziemlich schnell, dass keine der Schalen hellgrün mit einem eingeritzten Blumenmotiv war, so wie Anderklew sie beschrieben hatte.

»Er könnte sie in seiner Wohnung versteckt haben«, sagte Öhlander.

Svensk seufzte übertrieben.

»Zum tausendsten Mal, Erik. Wer bringt jemanden um, klaut ihm eine Schale und versucht dann, außer Landes zu fliehen, ohne sie mitzunehmen?«

»Woher soll ich das wissen! Dieser China-Gert scheint doch sowieso nicht ganz richtig im Kopf zu sein.« Öhlander fuhr mit der Hand durch die Luft. »Ich meine, warum sammelt man denn so viele teure Sachen und packt sie dann in Kartons? Warum stellt man sie nicht auf, damit man sie anschauen kann?«

Vinston stellte überrascht fest, dass Öhlander durchaus recht hatte.

»Haben Sie seinen Wohnungsschlüssel?«, fragte er.

Mit dem Schlüsselbund in der Hand ging Vinston zu den Büroräumen zurück. Als er in Espings Zimmer trat, stand L-G schräg hinter ihr und las mit bekümmerter Miene etwas auf ihrem Computerbildschirm.

»Komm rein, Peter!« L-G winkte ihn zu sich. »Das *Cimbrishamner Tagblatt* hat unsere Festnahme schon im Internet veröffentlicht.«

Vinston trat einen Schritt näher und prüfte den Gesichtsausdruck seiner Kollegen.

»Jonna Osterman hat mich vorhin angerufen und wollte einen Kommentar«, sagte er. »Sie hat gemeint, ein kleiner Vogel habe ihr die Festnahme gezwitschert. Ich frage mich, um welchen Piepmatz es sich dabei handelte.«

»Um einen geschwätzigen Papagei«, bemerkte Esping.

»Äh … ja.« L-G wirkte verlegen. »Lena, die die Konditorei betreibt, ist Waldes Schwester. Ihr wisst schon, der Walde, der beim *Cimbrishamner Tagblatt* arbeitet? Kann sein, dass ich mich verplappert habe, als ich die Häppchen bestellt habe.«

Vinston seufzte insgeheim. Er vermisste die Stockholmer Professionalität.

»Aber eine Bäckerin, die ein Gerücht gehört hat, ist wohl kaum eine sichere Quelle«, protestierte Esping.

»Nein, aber dann hat Jonna angerufen und mich direkt danach gefragt«, erklärte L-G. »Da wollte ich nicht lügen.«

Vinston sah den Mann, der Polizeichef sein wollte, verärgert an. Polizisten *logen* die Presse nicht an, sondern man wog seine Antworten ab, um die Ermittlungen nicht zu gefährden. Das konnte doch nicht so schwer sein.

»Wir haben im Übrigen keinen Grund mehr, Details zurückzuhalten«, fuhr L-G fort. »Unser Verdächtiger hat schließlich gestanden, nicht wahr?«

Er nickte zufrieden, als würde er sein eigenes Fazit gutheißen.

»Außerdem wurde uns eine Staatsanwältin für den Fall zugeteilt«, sagte er dann.

Er setzte sich seine Brille auf und las von seinem Smartphone vor.

»Zur neuen Vorermittlungsleiterin hat die Anwaltskammer Südschonen Renata Jönsson-Kaminsky erklärt.«

Esping hätte sich beinahe an ihrem Tee verschluckt.

»Jönsson-Kaminsky, dieser Drache!«, schimpfte sie und wischte mit ihrem Ärmel den Tee vom Schreibtisch, den sie verschüttet hatte. »Sie kann nicht die Verantwortung übernehmen, sie ist befangen, weil sie ein persönliches Interesse an diesem Fall hat.«

L-G zuckte mit den Schultern.

»Es ist Urlaubszeit, und es fehlt an Personal. Die Anwaltskammer sieht das offenbar nicht als Problem an.« Er stand auf. »Renata hat schon geschrieben und möchte in zehn Minuten über Videokonferenz eine Zusammenfassung von euch, damit sie über die Festnahme von Gert Zillén entscheiden kann. In Ordnung? Ich selbst rufe inzwischen Margareta an und berichte ihr, dass ich bald auf dem Weg zu ihr bin.«

Mit diesen Worten verließ er fröhlich pfeifend den Raum.

Espings Herz klopfte so heftig, dass sie Schmerzen in der Brust hatte, als sie und Vinston einen Moment später die Videokonferenz starteten.

Sie war sich sicher, dass Renata Jönsson-Kaminsky Gert Zilléns

Verhaftung anordnen würde, aber sie wollte auch als geschickte Ermittlerin dastehen. Jemand, der auf alle Fragen eine Antwort wusste. Besonders nach ihrer letzten, eher unangenehmen Begegnung.

»Ich führe das Gespräch«, sagte sie zu Vinston und erwartete Protest.

»Natürlich«, erwiderte er stattdessen. »Ich mische mich nur ein, wenn Sie mich darum bitten.«

Sie atmete hörbar aus.

Der Bildschirm an der Wand blinkte auf, und plötzlich saß Renata Jönsson-Kaminsky vor ihnen. Sie schien keine Zeit mit Höflichkeitsfloskeln vergeuden zu wollen.

»Gut, fangen Sie an«, sagte sie und starrte sie vom Bildschirm aus an.

Esping räusperte sich nervös, bevor sie die grundlegenden Informationen weitergab. Die Staatsanwältin hörte ihr zu und machte sich Notizen. Vinston schien sich eher auf einen Mückenstich am Handgelenk zu konzentrieren.

Mit der Zeit redete sich Esping warm. Sie erzählte, wie sie Gerts Blitzerfoto gefunden hatte, von der Festnahme und schließlich von seinem Geständnis.

Weder Renata noch Vinston unterbrachen sie mit Anmerkungen oder Fragen.

»Ja, das war es wohl im Großen und Ganzen«, endete sie.

Die Staatsanwältin saß einen Moment schweigend da und schaute auf ihre Aufzeichnungen.

»Gut, dann beschließe ich, Gert Zillén jetzt sofort verhaften zu lassen.«

Vinston und Esping sahen sich an. Das war ja problemlos gegangen.

»Übrigens.« Renata sah auf. »Wie läuft es mit der Ermittlung des Einbruchs?«

Esping hatte die Frage erwartet.

»Es scheint eine Verbindung zwischen den Einbrüchen zu geben, genau wie Sie vermutet haben«, antwortete sie. »Wir glauben, dass Nalle Persson sie in Auftrag gegeben hat, sie aber von jemand anderem ausgeführt wurden.«

Sie begegnete dem Blick der Staatsanwältin.

»Leider werden die Ermittlungen dadurch erschwert, dass Persson tot ist«, fuhr sie fort, wobei sie versuchte, so professionell wie möglich zu klingen. »Wir halten die Augen offen auf der Suche nach dem Dieb und den Möbeln, aber da es zwischen den Einbrüchen und dem Mord keine Verbindung zu geben scheint, arbeiten wir gerade noch nicht aktiv daran.«

Renata machte ein unzufriedenes Gesicht.

»Und Sie, Vinston, haben Sie dem etwas hinzuzufügen?«, fragte sie. »Oder finden Sie auch, dass der Fall erledigt ist, so wie Esping?«

Vinston zögerte so lange, dass Esping ihm einen fragenden Blick zuwarf. Schließlich räusperte er sich und verschränkte die Arme.

»Ich habe das starke Gefühl, dass uns etwas entgeht«, erklärte er. »Dass hier irgendetwas nicht stimmt.«

Esping verspürte einen Stich im Magen.

»Können wir das vielleicht nach der Besprechung klären?«, zischte sie.

»Nein, ich möchte das hören«, sagte die Staatsanwältin. »Was stimmt nicht, Vinston?«

Er sah bekümmert aus, und Esping begriff, dass das, was er jetzt sagen wollte, ihre perfekte Präsentation sabotieren würde.

»Ich kann es nicht richtig in Worte fassen«, fuhr Vinston fort. »Aber vor allem haben wir immer noch nicht diese Schale gefunden, um die sich alles dreht.«

Esping seufzte schwer. Schon wieder diese verdammte Schale.

Renata nickte interessiert. Sie hantierte mit etwas außerhalb des Bildschirms, was ein Klicken hervorrief.

»Suchen Sie weiter nach der Schale«, sagte sie dann. »Und überprüfen Sie, ob sie in Verbindung mit den Einbrüchen steht. Währenddessen bereite ich einen Haftbefehl vor. Ich brauche bis spätestens morgen früh alle Unterlagen auf meinem Schreibtisch. Rufen Sie mich an, wenn noch etwas passiert. Ansonsten danke.«

Das Gesicht der Staatsanwältin verschwand vom Bildschirm. Esping konnte ihren Ärger nicht mehr zurückhalten.

»Warum konnten Sie wegen dieser verdammten Schale nicht einfach den Mund halten?«, fauchte sie.

Vinston sah sie überrascht an.

»Warum denn?«

»Renata ist sowieso schon stinksauer auf mich, weil ich ihre Anzeige nicht priorisiere. Und jetzt haben Sie mit Ihrem Gerede über die Schale meine ganze Präsentation untergraben. Sie haben ihr einen perfekten Grund geliefert, weiterhin an mir herumzunörgeln.«

Sie verließ den Konferenzraum und schlug so heftig die Tür hinter sich zu, dass die Fensterscheiben klirrten.

23

Draußen auf der Straße stand die Luft in der sommerlichen Hitze fast still. Die kleinen Flaggen vor der Polizeiwache hingen schlaff herunter, einige Möwen kämpften lauthals um eine Eisverpackung, und eine ältere Dame ging mit einem übergewichtigen Dackel Gassi.

Vinston sprang in seinen Wagen und ließ die Fenster herunter. Die Ledersitze klebten an seinen Schenkeln und machten die Mückenstiche an den Beinen wieder bemerkbar.

Er verließ Simrishamn in Richtung Ystad. Espings Ausbruch überraschte ihn, und er verstand nicht richtig, was er falsch gemacht hatte. Der Fall mochte zwar gelöst sein, aber sie müsste doch genauso interessiert daran sein wie er, keine losen Enden zu hinterlassen. Als er die Landstraße erreichte, rief er Fabian Anderklew an.

»Hallo, hier Peter Vinston«, stellte er sich vor.

»Peter, wie nett«, erwiderte der Antiquitätenexperte. »Wir haben gerade über dich gesprochen.«

Vinston überlegte, ob *wir* ihn und Anna Tyche umfasste, fand die Frage danach aber unpassend.

»Ich wollte dich um Hilfe bitten«, sagte er stattdessen. »Wir haben Hinweise erhalten, dass die chinesische Schale mehr als die fünfzigtausend Kronen wert ist, die du das letzte Mal genannt hast. Könnte das sein?«

»Aha, ja.« Anderklew klang nachdenklich. »Also, chinesisches Porzellan ist mit am schwersten zu schätzen, und ich muss wohl zugeben, dass meine Kenntnisse auf diesem Gebiet eher in die Breite als in die Tiefe gehen. Außerdem hatte ich die Schale nur eine Minute in der Hand, aber ich weiß mit Sicherheit, dass ähnliche Exemplare für fünfzig-, sechzigtausend weggegangen sind, und ich hatte mir vorgestellt, die Schale zu einem ähnlichen Preis zu verkaufen.«

»Aber sie könnte mehr wert sein?«

»Das ist nicht undenkbar. Über welche Summe sprechen wir denn?«

»Mehrere Millionen.«

Am anderen Ende wurde es still.

»Oh«, sagte Anderklew dann. »Tja, in dem Fall grämt es mich umso mehr, dass Nalle von dem Kauf zurückgetreten ist. Wobei solch ein exzeptioneller Fund sehr selten gemacht wird, das muss ich schon sagen. Das klingt recht unwahrscheinlich.«

»Aber nicht unmöglich?«, hakte Vinston nach.

Wieder war es still, während Anderklew nachdachte.

»Vielleicht nicht«, gab er zu.

Vinston beendete das Gespräch und fuhr weiter nach Ystad.

Er parkte den Wagen vor Gerts Haus und ging langsam die Treppe hinauf. Mit den Schlüsseln, die er von Svensk und Öhlander bekommen hatte, öffnete er die Tür und schlug sie hinter sich wieder zu. In der Wohnung herrschte Chaos. Die ordentlichen Stapel an Kisten waren durcheinander, es standen überall leere Kartons, und alle Oberflächen in der Wohnung waren mit Porzellan und zerknülltem Zeitungspapier bedeckt. Vinston fand kaum einen Platz, wohin er seine Füße setzen konnte.

Wonach suchte er eigentlich? Glaubte er wirklich, dass sich die Schale in diesem Tohuwabohu fand, oder war er in Wirklichkeit auf etwas anderes aus, eine Spur oder vielleicht auch nur eine Stimmung, die ihm weiterhelfen konnte?

In einem der kleineren Zimmer schob er eine große, ausgestopfte Eiderente von einem Stuhl und setzte sich an Gerts Schreibtisch. Mitten auf dem Tisch lag ein Buch über Antiquitäten aufgeschlagen da. Eines der Bilder weckte Vinstons Interesse. Es stellte eine kleine hellgrüne Keramikschale mit eingeritztem Blumenmuster dar. Der Beschriftung des Bildes zufolge stammte die Schale von einer der kulturell am weitesten entwickelten chinesischen Kaiserdynastien und befand sich im Ostasiatischen Museum in Stockholm. Jemand, vermutlich Gert, hatte mit Bleistift einen dicken Kreis um das Foto gemalt, was Vinston zu der offensichtlichen Schlussfolgerung brachte, dass dies die Schale war, nach der er suchte. Oder genauer gesagt: nach ihrem Zwilling.

Ein kleiner, aber bei Weitem nicht unwichtiger Fortschritt. Jetzt wussten sie zumindest, wie der verschwundene Gegenstand aussah.

Vinston sah sich das Bild genau an. Die Schale kam ihm irgendwie bekannt vor, als hätte er sie schon einmal gesehen. Aber wo? Hier in der Wohnung, auf dem Markt oder vielleicht zu Hause bei Sussi und Jimmy? Oder an einem ganz anderen Ort?

Seine Grübelei wurde von einem Geräusch an der Wohnungstür unterbrochen. Ein leises Quietschen, als würde jemand vorsichtig durch den Briefkastenschlitz lugen.

Vinston stand auf und schaute in die Diele. Die Klappe des Briefkastens war geschlossen. Aber nach wenigen Sekunden sah er, wie die Türklinke langsam nach unten gedrückt wurde. Da draußen stand jemand, der versuchte herauszufinden, ob die Tür abgeschlossen war. Vinston schlich näher heran, aber in dem Chaos war es unmöglich, sich leise zu bewegen, und auf dem Weg durch die Diele stieß er gegen einige leere Kartons, die auf den Boden polterten.

Mit einem Schlag wurde der Türgriff losgelassen. Vinston warf sich auf die Klinke, nestelte am Sicherheitsschloss und bekam schließlich die Tür auf. Das Treppenhaus war leer, aber er glaubte, schnelle Schritte zu hören. Er lehnte sich über das Treppengeländer und blickte zu den anderen Treppenabsätzen hinauf und hinunter. Im Stockwerk über ihm sah er eine blaue Hose.

»Polizei! Stehen bleiben!«, rief er, während er die Treppe hinaufrannte.

Vinston packte einen Mann um die dreißig in Arbeitskleidung am Ärmel und drückte ihn gegen die Wand.

Der Mann sah überrascht aus und nahm sich einen weißen In-Ear-Kopfhörer aus dem Ohr.

»Was soll das denn?«, fragte er erschrocken.

Die Aufschrift *Dannes Schlüsseldienst* war auf seinem Pullover zu lesen, und über der Schulter trug er eine Werkzeugtasche.

»Was soll das?«, wiederholte der Mann, der offensichtlich für einen Schlüsseldienst arbeitete. »Shit, Sie haben mich ganz schön erschreckt.«

Vinston fluchte leise und zeigte seine Polizeimarke vor.

»Sind Sie schon länger hier im Treppenhaus?«, fragte er.

»Nein, ich bin gerade erst gekommen. Ich soll im vierten Stock ein Sicherheitsschloss montieren.«

»Sind Sie jemandem begegnet? Jemandem, der auf dem Weg nach unten war?«

Der Mann schob sich mit der Zunge seine Snus-Dosis unter der Lippe zurecht.

»Ja, ein Kerl mit Hoodie schien es ziemlich eilig zu haben. Er hat mich fast umgerannt.«

Er zeigte nach unten. Vinston drehte sich um, rannte die Treppen hinunter und riss die Haustür auf. Aber die kleine Straße lag verlassen da, und es war kein Mann in Kapuzenjacke zu sehen.

Auf dem Weg zurück in Gerts Wohnung vernahm er im Treppenhaus einen stechenden, wohlbekannten Geruch. Genau den gleichen hatte er bemerkt, als Jimmy die Tür zur Ladefläche seines Lastwagens geöffnet hatte, um nach der Schale zu suchen.

Ein leichter, aber doch deutlicher Schimmelgeruch.

Vinston holte das Buch über Antiquitäten aus Gerts Wohnung und schloss sorgfältig alle drei Schlösser ab, bevor er hinaus zu seinem Saab ging. Er konnte das Gefühl nicht loswerden, dass etwas im Gange war. Etwas, das mit dieser geheimnisvollen Schale zu tun hatte.

Im Personalraum der Simrishamner Polizei wurden Häppchen und Apfelcider verteilt. Etwa zehn Polizisten und zivile Angestellte ließen es sich schmecken, und Esping genoss die Situation sichtlich. Gerade als L-G mit einem Löffel gegen sein Glas schlug, um die allgemeine Aufmerksamkeit zu gewinnen, sah sie Vinston mit einem Buch unter dem Arm hereinschlüpfen.

»Heute feiern wir, dass ein Mörder nicht mehr frei herumläuft«, verkündete der Polizeichef. »Und dass eine unserer Kolleginnen sich dabei fantastisch geschlagen hat.«

Esping richtete sich stolz auf, das war der Moment, auf den sie gewartet hatte. Der einzige Wermutstropfen war, dass Vinston mit dem Fall noch nicht ganz zufrieden schien. Aber sie hatte nicht vor, sich von diesem Pedanten die Stimmung vermiesen zu lassen.

»Ich persönlich feiere, dass ich meinen Urlaub fortsetzen kann«, sagte L-G. »Ich bin schon mit einem Fuß zur Tür hinaus. Oder vielleicht besser gesagt, auf dem Fahrradpedal.«

Die Kollegen lachten.

»Aber genug zu mir. Tove Esping hat bewiesen, dass sie auf eigenen Füßen stehen kann. Wenn sie sich weiter in diesem Tempo entwickelt, wird sie eine der besten Mordermittlerinnen des Landes. Oder was denkst du, Peter?«

Esping verschränkte die Arme und blickte Vinston, der auf der anderen Seite des Raumes stand, finster an.

»Sicher«, antwortete er abwesend, während er sich ein Häppchen nahm.

Was ist das für eine blöde pflichtschuldige Antwort, dachte Esping. *Sicher!*

Es war L-G anzumerken, dass auch er eine enthusiastischere Antwort erwartet hätte, aber er ließ sich nicht verunsichern, sondern hob sein Glas.

Der ach so tolle Meisterdetektiv Peter Vinston war es offensichtlich nicht gewohnt, ausgebootet zu werden, dachte Esping. Konnte er nicht wenigstens so tun, als freute er sich?

»Skål auf Tove!«, rief L-G.

Im gleichen Moment durchbrach eine bekannte Melodie das Stimmengewirr. »Be My Baby«, der Klingelton des Polizeichefs.

»Entschuldigt mich«, sagte er laut, und die Gesellschaft verstummte. »Jetzt ruft die Staatsanwältin an und will sicher auch gratulieren.«

Esping bekam ein flaues Gefühl im Magen. Ihre Zusammenarbeit hatte nicht besonders gut gestartet, aber jetzt hatte sie sich wohl so weit rehabilitiert, dass die Staatsanwältin sogar anrief, um sie für ihren Einsatz zu loben.

L-G nahm den Anruf an und drückte auf die Lautsprechertaste.

»Hallo Renata!«, sagte er.

Die Staatsanwältin grüßte trocken.

»Du bist auf Lautsprecher«, fuhr L-G fort. »Die ganze Wache ist versammelt.«

Am anderen Ende war nur ein Räuspern zu hören.

Das flaue Gefühl in Espings Magengegend nahm zu. Sie schielte zu Vinston hinüber, der auch zu merken schien, dass irgendetwas los war.

»Ich habe beschlossen, den Haftbefehl aufzuheben und Gert Zillén laufen zu lassen«, erklärte Renata.

Im Personalraum wurde es mucksmäuschenstill.

»Eben ist das Obduktionsprotokoll eingetroffen«, fuhr sie fort. »Es zeigt, dass Nalle bereits tot war, als der Dolch sein Herz traf.«

Esping schwankte der Boden unter den Füßen. Sie fühlte Panik aufkommen und konnte kaum das Gleichgewicht halten.

»Aber …«, stammelte sie verwirrt. »Gert hat doch den Mord gestanden?«

»Man kann niemanden umbringen, der schon tot ist«, sagte Renata spitz. »Abgesehen von der offensichtlichen Logik dieser Feststellung gibt es dazu einen Präzedenzfall, falls jemand interessiert ist. Der Broby-Fall, Sie brauchen ihn nur zu googeln.«

Esping öffnete den Mund, um zu protestieren, aber L-G hob die Hand und hielt sie zurück.

»Du bist also der Ansicht, dass Gert keines Verbrechens angeklagt werden kann?«, fragte er.

»Dem Verhör nach hat Gert Zillén im Affekt gehandelt, somit kann ihm auch nicht die Planung eines Mordes zur Last gelegt werden«, erwiderte Renata. »Das Einzige, was bleibt, ist die Störung der Totenruhe, aber dazu braucht es den Vorsatz, und der fehlt hier. Deshalb habe ich den Haftbefehl zurückgezogen, und ich erwarte, dass Zillén umgehend auf freien Fuß gesetzt wird.«

»Selbstverständlich«, murmelte L-G.

Esping wollte im Boden versinken.

»Ist Peter Vinston da?«, erkundigte sich die Staatsanwältin.

Vinston blickte ernst. Bevor er antwortete, legte er sorgfältig sein Besteck zur Seite, griff nach einer Serviette und tupfte sich die Mundwinkel ab. Esping hatte noch nie jemanden gesehen, der sich so aufreizend langsam bewegte.

»Ich bin hier«, sagte er schließlich.

»Gut. Ich erwarte ein baldiges Update, was den Einbruch und alles Weitere angeht, worüber wir in der Videokonferenz gesprochen haben.«

»Verstanden«, erwiderte Vinston kurz angebunden.

Esping hätte ihm am liebsten eine Serviette in den Hals gestopft.

»Dann ist das von meiner Seite alles«, sagte Renata. »Informieren Sie mich, sobald Gert Zillén freigelassen ist.«

Das Gespräch wurde beendet, und im Personalraum breitete sich eine gedrückte Stimmung aus.

Esping setzte ein stoisches Lächeln auf und stürzte mit pochenden Schläfen zur Toilette.

Irgendwie schaffte es Vinston, sie auf dem Flur einzuholen, aber er war der letzte Mensch auf der Welt, mit dem sie jetzt reden wollte.

»Tja«, sagte er. »Ich wollte nur …« Er schien nach den richtigen Worten zu suchen und sah dabei so besserwisserisch aus, wie sie es nur von ihm kannte. Offensichtlich wollte er ihr einen Vortrag darüber halten, was sie falsch gemacht hatte.

»Zum Teufel mit Ihnen!«, fauchte sie. »Nehmen Sie Ihren verdammten Saab und fahren Sie zurück nach Stockholm!«

In der Toilette klatschte sie sich Wasser ins Gesicht, setzte sich dann auf die Kloschüssel und vergrub das Gesicht zwischen den Knien. Das durfte doch einfach nicht wahr sein!

Der erste Mordfall, den sie auf eigene Faust gelöst hatte, zerrann ihr zwischen den Fingern. Und Vinston schaute dabei schadenfroh zu. Sie saß eine Weile still da und versuchte, tief durchzuatmen.

Sobald das Unwohlsein vorüber war, rief sie Thyra Borén an.

»Ich habe den Bericht gerade erst gelesen«, bestätigte die Kriminaltechnikerin. »Was für eine verdammte Geschichte. Im Nachhinein muss ich gestehen, dass es überraschend wenig Blut am Tatort gab, was mich so gesehen nicht verwundert, da seine Blutzirkulation schon gestoppt hatte. Aber hinterher ist man immer klüger.«

Esping begegnete ihrem eigenen müden Blick im Spiegel.

»Woran starb Nalle denn dann?«, fragte sie.

»Die Obduktion tendiert zu Herzinfarkt. Er war ja schon länger herzkrank und nahm Medikamente.«

»Du meinst, dass er eines natürlichen Todes gestorben ist? Nur wenige Minuten bevor ihm jemand einen Dolch in den Rücken gebohrt hat?«

»Danach sieht es aus«, sagte Borén. »Es steht noch der toxikologische Rapport aus, aber erwarte keine weiteren Überraschungen.«

Esping schüttelte ungläubig den Kopf.

»Also«, sagte sie. »Ich kann das einfach nicht fassen. Wenn Nalles Herz noch geschlagen hätte, als der Dolch in ihn gestoßen wurde, wäre alles klipp und klar gewesen. Aber stattdessen läuft China-Gert frei herum.«

»Richtig«, erwiderte Borén. »Dieser Gert sollte sich sofort einen Lottoschein kaufen.«

Sie lachte trocken, bevor sie hinzufügte: »Oder, wenn ich es mir genau überlege, vielleicht lieber doch nicht. Noch mehr Glück wird er niemals mehr im Leben haben.«

24

Gert Zillén lag in der kleinen Zelle und blickte an die Decke. Der Raum roch muffig, und die klebrige Kunststoffmatratze knarzte leise unter ihm.

Natürlich war es traurig, an einem schönen Spätsommertag eingesperrt zu sein. Wäre es Winter gewesen, hätte er den Kopf in ein Buch vergraben oder im Internet Auktionsseiten auf der Jagd nach einem besonderen Fundstück durchsucht. Aber im Sommer machte er nachmittags gern lange Spaziergänge und beobachtete Leute, die mit ihren Hunden unterwegs waren. Manchmal nickte er sogar freundlich, in der Hoffnung, eine entsprechende Geste zurückzubekommen.

Gert hatte oft überlegt, einen Hund anzuschaffen, hauptsächlich als Gesellschaft, aber auch, um die Möglichkeit zu erhalten, mit anderen Hundebesitzern ins Gespräch zu kommen. Teil der Gemeinschaft zu werden.

Aber aus Angst vor dem, was es bedeutete, für ein Lebewesen verantwortlich zu sein, hatte er das Vorhaben immer wieder aufgeschoben. Er fürchtete außerdem, dass der Hund ihn nicht mögen oder genauso ignorieren würde wie der Rest der Welt.

Jetzt spielte das ohnehin keine Rolle mehr. Er würde nie die Chance erhalten, ein Haustier zu haben. Die Strafe an dem Mord an Nalle würde sicher vierzehn Jahre umfassen, vielleicht länger, was in seinem Alter im Prinzip gleichbedeutend mit lebenslänglich war.

Gert drehte sich auf der Pritsche um und starrte an die Wand. Tatsächlich begann er, sich mit dem Gedanken zu versöhnen, eingesperrt zu sein. Er würde viel Zeit zum Lesen haben, vielleicht sogar die Ruhe finden, die Doktorarbeit über chinesische Keramik fertig zu schreiben, die er nie beendet hatte.

Er gewann allmählich schon Distanz zu seinem alten Leben. Es war auf vielfache Weise einfach gewesen als der Eigenbrötler, der er geworden war, nur auf seine Sammlung fixiert.

Und jetzt war es so weit gekommen, dass er wegen eines simplen Gegenstands einen anderen Menschen getötet hatte.

Gert kniff die Augen zusammen und versuchte, seine Gedanken zu ordnen. Wenn er jetzt, quasi in der elften Stunde seines Lebens, die Zeit im Gefängnis zum Forschen und Publizieren verwendete, würde er zumindest einen Beitrag leisten. Sein Wissen würde Anerkennung finden. In gewisser Weise war dies ein tröstlicher Gedanke.

Vor allem war es schön, endlich sein Gewissen erleichtert zu haben. Die Angst, entdeckt zu werden, hing nicht mehr wie ein Damoklesschwert über ihm. Er würde seine Strafe antreten, sein Verbrechen büßen und ein besserer Mensch werden.

Ohne Vorwarnung wurde die Stahltür aufgerissen, und Esping kam in die Zelle.

»Zeit, nach Hause zu gehen«, sagte sie, unter dem Arm eine Plastikkiste mit seinen Wertsachen.

Gert setzte sich verwundert auf.

»W-Was?«

»Sie hatten ein unglaubliches Glück«, brummte Esping. »Nalle war schon tot, als Sie ihm den Dolchhieb verpasst haben. Herzinfarkt. Und da man keine Leiche ermorden kann, sind Sie ab jetzt ein freier Mann. Nehmen Sie Ihre Sachen und fahren Sie zur Hölle!«

Sie ließ die Kiste neben ihn auf die Pritsche fallen, machte auf dem Absatz kehrt und verließ die Zelle, ohne die Tür wieder zu schließen.

Gert blieb staunend zurück.

Er verstand überhaupt nichts.

Vinston und Amanda saßen im Garten der Bäckastuga und teilten sich eine Packung Eis, die Amanda von der Arbeit mitgenommen hatte. Es war Rhabarber, Vinstons Lieblingsgeschmacksrichtung, was ihn nach der überraschenden Wendung des Falles ein wenig aufmunterte.

Es war nach achtzehn Uhr, bis zum Sonnenuntergang würde es zwar noch ein paar Stunden dauern, aber das Licht war schon weicher. Der August stand vor der Tür, in dem die Dämmerung näher rückte und die Nächte wieder dunkler wurden.

»Total verrückt, dass Nalle schon tot war«, sagte Amanda, während sie sich eine ordentliche Portion Eis in den Mund schob. »Und dass der Mörder nicht verurteilt werden kann!«

Vinston blickte seine Tochter an.

»Genau genommen ist Gert ja gar kein Mörder«, gab er zu bedenken.

»Aber er hat doch versucht, einen Mord zu begehen!«

»So ist eben das Gesetz«, sagte Vinston und nahm ebenfalls einen Löffel Eis. »Man kann niemanden umbringen, der schon tot ist. Ich habe den Präzedenzfall nachgeschlagen, auf den die Staatsanwältin verwiesen hat, den Broby-Fall von 1954.«

Er hört auf zu reden und beobachtete ein wenig entsetzt, wie Amanda sich das Eis aus den Mundwinkeln schleckte, obwohl er Papierservietten bereitgelegt hatte.

»Ja?«, sagte Amanda. »Erzähl mehr davon!«

Vinston zwang sich, ihre schlechten Manieren zu ignorieren.

»Also. Eine Pflegerin in einem Altersheim erklärte einen Patienten versehentlich für tot. Anstatt ihren Fehler zuzugeben, versuchte sie, den armen Kerl auf eine Reihe innovativer Arten zu töten, bevor jemand ihren Irrtum bemerkte.«

»Das ist ja krank«, kommentierte Amanda. »Und was geschah dann?«

»Die Pflegerin wurde festgenommen und angeklagt, aber das Gericht sprach sie frei, da der Patient vermutlich doch von Anfang an tot gewesen war, genau wie sie geglaubt hatte. Das Gericht argumentierte, dass man eine bereits tote Person weder ermorden noch auch nur den Versuch unternehmen kann, sie zu töten.«

Amanda stieß einen Pfiff aus.

»Was für eine heftige Geschichte. Ich war mal zu einem Reitturnier in Broby, das ist nördlich von Kristianstad. Und jetzt hat Schonen also seinen zweiten Fall mit einem Mörder, der versucht hat, eine Leiche zu töten.«

Sie schüttelte den Kopf.

»Diese Geschichte wird bestimmt ein True-Crime-Podcast, Papa. Ihr braucht euch jedenfalls wegen nichts zu schämen. Du und Esping habt schließlich den Richtigen festgenommen.«

»Ich fürchte, Esping sieht das anders«, seufzte Vinston.

Seine Kollegin tat ihm leid, sie hatte tatsächlich alles richtig gemacht und verdiente es, für ihren Einsatz honoriert zu werden. Gert hatte auf Nalle eingestochen, war aber durch einen glücklichen – oder unglücklichen – Zufall gerettet worden, was man kaum Esping zur Last legen konnte. Aber sie nahm die Sache trotzdem wie ein persönliches Versagen auf. Sie hatte ihn zum Teufel gewünscht, als er ihr nur sagen wollte, dass er sie unterstützte; nach allem, was er für sie und die Simrishamner Polizei getan hatte, war das schon recht unhöflich gewesen.

In jedem Fall waren die Mordermittlungen vorbei. Jetzt blieb nur noch, die Sache mit den Einbrüchen und der verschwundenen Schale zu klären.

Eigentlich war er selbst für solch eine Arbeit überqualifiziert, besonders während seines Urlaubs, aber er wollte Dinge, die er begonnen hatte, gern zu Ende führen. Und vielleicht brauchte Esping auch ein paar freie Tage, um sich zu beruhigen?

Er musste bei seinen Grübeleien ein betrübtes Gesicht gemacht haben, denn Amanda schob ihm mitleidig die Eispackung zu.

»Du kannst den Rest haben.«

Schweigend saßen sie da und blickten über den Garten. Ein hübscher Karmingimpel hüpfte in den Ästen eines Johannisbeerstrauchs herum.

»Schade, dass du bald wieder nach Hause fährst«, sagte Amanda.

»Mm.«

Vinston verspürte einen Anflug von Wehmut. Er hatte fast vergessen, dass er bald wieder nach Stockholm und zu seinem alten Job beim Reichskriminalamt zurückkehren musste.

Ihm fiel ein Tag vor sechs Jahren ein, kurz nach der Scheidung, als er Amanda und ihre Mutter nach Lund gefahren hatte, weil Christina eine Forschungstätigkeit an der Universität aufnehmen sollte. Es fühlte sich an wie gestern und zugleich wie vor langer Zeit.

Er hatte die Möbel in die kleine Dachgeschosswohnung getragen und ihnen beim Einrichten geholfen. Ihnen geholfen, ein gemütliches Heim zu schaffen – in dem er selbst nicht wohnen würde. Auf der Fahrt zurück nach Stockholm hatte er mehrfach anhalten müssen, weil er vor Tränen nichts sehen konnte.

»Wie läuft es denn mit Anna?«, unterbrach Amanda seine Gedanken.

Vinston musste ein paarmal zwinkern.

»Wieso? Du hast doch gesagt, dass du sie nicht magst.«

»Das habe ich überhaupt nicht! Nur, dass sie eine Kopie von Mama ist. Du kannst schließlich daten, wen du willst. Aber vielleicht findest du, dass es sich nicht lohnt, weil du sowieso bald nach Hause fährst?«

Vinston legte seinen Eislöffel weg.

»Ja, vielleicht.«

Er dachte an Annas Lächeln, an ihren Duft.

»Andererseits kann ein Abendessen auch nicht schaden«, fügte er hinzu.

Amanda antwortete nicht. Sie kippelte nur weiter auf ihrem Stuhl und grinste ihn an.

Felicia war vollauf damit beschäftigt, in dem alten Bahnwärterhäuschen, in dem sie und Esping wohnten, Essen vorzubereiten. Sie hatte sich an diesem Abend freigenommen, obwohl sie eigentlich den Filoteig für das Catering bei der *Antikrunde* backen wollte. Stattdessen versuchte sie nun, ihre deprimierte Lebensgefährtin mit ihrem Lieblingsessen zu trösten.

Behutsam hob sie die Ei-Käse-Mischung unter die Nudeln und vermischte alles mit gebratenem Speck.

»Spaghetti Carbonara«, sagte Esping, als sie in die Küche kam. »Du bist zu süß.«

Sie umarmte Felicia von hinten und begrub ihre Nase im Nacken der Freundin.

Felicia lachte und machte sich los, dann richtete sie jeder einen Teller an und setzte sich. Esping öffnete eine Flasche Wein.

»Was meinst du, soll ich Onkel Klas anrufen und ihn fragen, ob ich am Montag anfangen kann, im Familienunternehmen zu arbeiten?«, fragte sie düster, während sie die Gläser füllte.

Felicia grinste.

»Ja, niemand wäre über ein solches Gespräch glücklicher als er.«

»Und wir würden viel Geld verdienen«, fügte Esping hinzu und wickelte sich Spaghetti um die Gabel.

Felicia betrachtete sie liebevoll.

»Aber ich glaube nicht, dass du glücklich werden würdest. Du liebst es, Polizistin zu sein. Und du bist gut darin.«

»Nein, ich bin vollkommen mies«, widersprach Esping mit vollem Mund. »Frag Renata Jönsson-Kaminsky.«

»Du hattest verdammtes Pech. Dein Bauchgefühl, was diesen China-Gert anging, war vollkommen richtig. Und außerdem ist der Fall doch noch gar nicht erledigt, oder?«

»Wie meinst du das?«, fragte Esping zwischen zwei Bissen.

»Ich meine, dass diese superteure Schale immer noch verschwunden ist.«

Esping legte ihre Gabel beiseite.

Die Schale. Diese verflixte Mistschale, von der Vinston so besessen war.

Konnten die Einbrüche damit zusammenhängen? Renata schien es zu glauben. Andererseits: Was wusste sie schon?

Ein Teil von Esping wollte sich verkriechen und in Selbstmitleid ergehen. Aber Felicia hatte recht.

Auch wenn es sich nicht länger um einen Mordfall handelte, war es ihr Job, diese Schale zu finden. Wenn sie ein schüchternes kleines Männlein wie China-Gert Zillén in einen mordlüsternen, Dolch schwingenden Irren verwandeln konnte, bestand vielleicht die Gefahr, dass sie noch weitere schreckliche Dinge anrichten konnte.

25

In der Tiefgarage des Polizeigebäudes stand Gert Zillén neben seinem Citroën. Es hatte eine ganze Weile gedauert, bis er seine Sachen wieder eingepackt und im Auto verstaut hatte. Eigentlich hätte ihm ein Polizist helfen sollen, immerhin hatten sie alles auseinandergerissen. Außerdem glaubte Gert, dass eine Vase und ein Teller beschädigt worden waren. Wahrscheinlich könnte er die Polizei anzeigen oder zumindest irgendeinen Schadenersatz fordern. Oder Schmerzensgeld für die Kränkung und Verleumdung. Aber er war viel zu erschöpft.

Also startete er stattdessen den Wagen und fuhr heim nach Ystad. Über die frisch gedroschenen Getreidefelder senkte sich allmählich die Dämmerung, und er starrte mit leerem Blick auf die schmalen Lichtkegel der Autoscheinwerfer. Seine Gedanken rasten so wild durch seinen Kopf, dass er es nicht wagte, schneller als fünfzig zu fahren.

Er war auf dem Weg zurück in sein altes Leben. Sein gewöhnliches, dürftiges Leben, in dem er für niemanden wichtig war. Und wenn eines Tages alles vorbei wäre, würden seine Neffen und Nichten sich nicht einmal die Mühe machen, sein Hab und Gut zu sichten. Er hatte sein Leben lang geschuftet, um diese Sammlung zusammenzutragen. Aber sie würden einen Entrümpler anrufen, vielleicht *Rasks Gebrauchtmöbelhandel,* der dann alles zu einem Spottpreis kaufte.

Ja, so würde es kommen. Zumindest, wenn er nicht beschloss, etwas zu ändern. Er könnte seine Sammlung zum Beispiel einem Museum schenken, das die Objekte wertschätzen würde. Gert schüttelte den Kopf und wagte es, ein wenig mehr Gas zu geben. Dank einer göttlichen Fügung hatte er die Chance bekommen, sein Leben zu ändern und es zurechtzurücken. Frei von Schuld und Scham.

Als Erstes würde er morgen im Internet nach einem Hundewelpen suchen.

Er stellte den Wagen vor seinem Haus ab. Alles in die Wohnung hochzutragen, würde ziemlich viel Zeit kosten; zuerst brauchte er eine starke Tasse Kaffee.

Er ging die Treppen hinauf und hantierte mit seinen Schlüsseln, besorgt, welche Unordnung die Polizei in seiner Wohnung wohl angerichtet hatte.

Als er die Diele betreten hatte, schloss er die Tür hinter sich, schaltete aber das Licht nicht ein. Stattdessen versuchte er, sich langsam an die Dunkelheit zu gewöhnen. Der Boden war voll mit altem Zeitungspapier, umgeworfenen Kartons, und ein Stück entfernt sah er einige Porzellanscherben.

Einen kurzen Moment lang verspürte er eine gewaltige Wut auf die Polizei, die in seine Privatsphäre eingedrungen war und ihre Durchsuchung so achtlos durchgeführt hatte, dass seine Sammlung beschädigt worden war.

Aber dann übermannte ihn wieder die Müdigkeit, und er versuchte, zur Küche vorzudringen.

Im Wohnzimmer blieb er stehen. Hier war es nicht ganz so chaotisch wie in der Diele, aber etwas störte ihn. Ein strenger Modergeruch, der definitiv nicht in seine Wohnung gehörte und ein Unwohlsein bei ihm auslöste. Er schnüffelte im Zimmer herum, um die Geruchsquelle zu identifizieren.

Ein leises Geräusch aus dem Schlafzimmer ließ ihn aufhorchen. Ein kaum hörbares Kratzen, als würde eine Schuhsohle über den Boden schleifen.

Sein Herz begann zu rasen.

Da war jemand in seiner Wohnung. Jemand, der in der Dunkelheit versteckt auf ihn wartete. Darauf wartete, zuzuschlagen.

Panik brach in ihm aus. Gert rannte in die Diele, aber im Dunkeln stolperte er über einen Karton und fiel der Länge nach zu Boden.

Erschrocken kroch er zur Wohnungstür, er versuchte, auf die Beine zu kommen, aber die wollten ihn nicht tragen. Sein Herz klopfte so laut, dass ihm Brust und Hals schmerzten. In dem Moment, als er die Tür erreichte, glaubte er ein Rascheln hinter sich zu hören.

Dann Schritte.

Er fasste nach dem Türrahmen und schaffte es, sich auf die Knie zu hieven. Durch den Briefkastenschlitz sah er Licht im Treppenhaus. Rettung!

Gerade als Gert die Türklinke ergriff, explodierte sein Kopf, sein Blickfeld verwandelte sich in einen spektakulären Sternenhimmel. Dann wurde alles schwarz.

26

In der Nacht hatte ein neues Hochdruckgebiet Schonen erreicht, und um zehn Uhr am Freitagvormittag war die Hitze bereits drückend. Die Mohnblumen am Wegesrand ließen die Köpfe hängen, das Vieh auf den Weiden döste im Schatten, selbst die Bienen in den Rabatten schienen ihr Arbeitstempo heruntergefahren zu haben. Die Onlineausgabe des *Cimbrishamner Tagblattes* listete alte Wärmerekorde auf und spekulierte, ob diese wohl in den kommenden Tagen geschlagen würden, während die Polizei vor einem Verkehrschaos an sämtlichen Badestellen Österlens warnte.

Das Ystader Krankenhaus lag nur einen knappen Kilometer vom Hafen entfernt, dennoch war es auf dem Parkplatz vollkommen windstill. Als Vinston die Wagentür öffnete, schlug ihm sofort die Hitze entgegen, sodass er einen Augenblick lang wünschte, er hätte statt seines üblichen dreiteiligen Anzugs luftigere Kleidung gewählt.

Da er noch warten musste, stellte er sich vor dem Eingang zum Krankenhaus in den Schatten. Von dort aus sah er die Schlagzeilen an der Fassade des Zeitungskiosks: *Verdächtiger im Antiquitätenmord freigelassen.*

Jonna Osterman hatte offensichtlich mehr als eine Quelle.

Nach fünf Minuten tauchte Espings Volvo auf. Die Scheiben waren heruntergelassen, Musik ertönte aus den Lautsprechern. Als sie aus dem Wagen stieg, sah Vinston außerdem, dass sie Shorts trug. Er schüttelte sich vor Unbehagen. Er selbst hatte das letzte Mal mit dreizehn im Pfadfinderlager kurze Hosen getragen, und er hätte es gern gesehen, wenn alle anderen seinem Beispiel folgten. Insbesondere Polizisten im Dienst.

»Hallo«, grüßte sie.

»Guten Morgen«, erwiderte Vinston.

Er hatte einen Arbeitstag ohne sie geplant, um den Einbrüchen nachzugehen, aber beim Frühstück hatte L-G angerufen und erzählt, dass China-Gert überfallen worden war. Er hatte vorgeschlagen, dass sich Vinston und Esping im Krankenhaus trafen.

Und jetzt standen sie hier.

Vinston wollte etwas sagen, was die Stimmung ein wenig verbesserte, andererseits war sie diejenige gewesen, die ihn zum Teufel gewünscht und seine ausgestreckte Hand ausgeschlagen hatte.

»Sollen wir?«, sagte Esping und marschierte voran, ohne eine Antwort abzuwarten. Eine Krankenschwester brachte sie auf der Intensivstation zu Gert Zilléns Zimmer.

Vinston blieb in der offenen Tür stehen und sah Esping fragend an, aber sie schien genauso verwundert: Es befanden sich bereits zwei Besucher im Raum. Kurz geschorene, durchtrainierte Kerle um die vierzig, die trotz der Wärme Blousons trugen. Die beiden Männer sahen fast identisch aus, außer dass der eine blond und der andere dunkelhaarig war.

»Tut mir leid, keine Besucher«, sagte der Blonde barsch. »Dies ist eine polizeiliche Ermittlung.«

Esping zeigte den beiden ihre Dienstmarke.

»Aha.« Der Blonde musterte Esping von Kopf bis Fuß und grinste. »Womit können wir den Kollegen aus Simrishamn helfen? Bei der Suche nach einem gestohlenen Mähtraktor oder entlaufenen Kühen?«

»Witzig!«, sagte Esping säuerlich. »Kleiner Landei-Scherz von den Großstadtbullen, was? Wer von Ihnen beiden hält sich für Kurt Wallander? Und noch wichtiger …«, sie zeigte mit dem Finger von einem zum anderen, »… wer ist Hinz und wer ist Kunz?«

Die Männer starrten Esping verärgert an.

»Sehr komisch«, sagte der Braunhaarige. »Sie glauben wohl, Sie sind die Erste, die diesen Witz macht? Ich bin *Hinze,* und das ist *Kuntz,* mit tz.«

Vinston musste ein Lachen unterdrücken. Er war zwar sauer auf Esping, aber ihre spitze Zunge war recht amüsant, zumindest wenn man auf ihrer Seite stand. Und hießen diese beiden selbstherrlichen Polizisten wirklich Hinze und Kuntz?

Hinze zeigte auf Gerts Krankenhausbett. Der kleine Mann hatte blaue Flecken unter den Augen und einen Verband um den Kopf. Seine Lider waren geschlossen, er schien zu schlafen.

»Ein Mann aus Ystad wurde in seiner Wohnung fast totgeschlagen, außerdem liegt er in Ystad im Krankenhaus. Mit anderen Worten: Er geht die Simrishamner Polizei nichts an.«

»Er war Hauptverdächtiger in unserem Mordfall«, wandte Esping bestimmt ein.

»Sie meinen, in dem Mordfall, in dem niemand ermordet wurde?«, grinste Kuntz.

Esping biss die Zähne aufeinander.

»In jedem Fall hat das hier nichts mit Ihrer Ermittlung zu tun«, ergänzte Hinze. »Kuntz und ich sind auf der Jagd nach einem Einbrecher, der seit über einem Jahr sein Unwesen in der Gegend treibt. Erst letzte Woche hat er zugeschlagen, im selben Viertel, in dem auch Zillén wohnt. Die Vorgehensweise ist immer gleich, ohne sichtbare Einbruchsspuren. Unserer Theorie zufolge sind ein oder mehrere Hauptschlüssel der Vermieter kopiert worden. Halb Ystad ist dabei, sich Extraschlösser einbauen zu lassen.«

Vinston wollte protestieren, aber Esping kam ihm zuvor.

»Sie glauben also, dass Gert Zillén einfach Pech hatte?«, fragte sie sarkastisch. »Dass der Einbrecher von Ystad ganz *zufälligerweise* ausgerechnet seine Wohnung gewählt hat?«

»Wahrscheinlich hat der Dieb Namen und Adresse auf Flashback gefunden oder irgendeiner anderen Website, die es mit Datenschutz nicht so genau nimmt«, erwiderte Kuntz. »Er dachte bestimmt, die Wohnung sei voller Wertsachen und dass er in aller Ruhe auswählen könnte, während Zillén im Gefängnis hockt. Stattdessen wurde er überrascht und …« Kuntz boxte mit der Faust in die Luft.

»Wir stufen das als besonders schweren Raub ein«, fasste Hinze zusammen. »Die Techniker untersuchen momentan die Wohnung, und wir warten darauf, dass Zillén aufwacht und uns Hinweise gibt.«

Er betonte das Wörtchen *uns* gerade so viel, dass Vinston begriff, dass es ihn und Esping nicht einschloss.

Gert Zillén schien seinen Namen gehört zu haben, denn plötzlich schlug er die Augen auf und sah sich um. Sein Blick war verschleiert, der Mund hing halb offen.

»Papa?«, fragte er und starrte Hinze an. »Bist du das, Papa?«

»Nein, wir kommen von der Polizei Ystad!«, antwortete Kuntz.

Gerts bleiches Gesicht wurde noch blasser.

»Ich war das nicht. Das heißt …« Er fasste sich an den Kopf. »Ich war es, aber … Nalle war schon tot.«

Hinze und Kuntz sahen sich an.

»Wir sind hier, weil Sie in Ihrer Wohnung überfallen wurden«, sagte der eine. »Erinnern Sie sich an etwas?«

Gert hielt sich weiterhin den Kopf. Er schien nicht richtig zu verstehen, wo er war und warum.

»Schimmel!«, murmelte er. »Es roch nach Schimmel.«

Seine Augenlider flatterten, und Sekunden später schlief er schon wieder. Hinze versuchte, ihn zu wecken, aber ohne Erfolg.

Vinston bedeutete Esping, mit ihm das Zimmer zu verlassen.

»Was für Idioten«, schnaubte sie, verstummte aber, als Vinston den Finger auf den Mund legte.

»Als ich gestern Nachmittag in Gerts Wohnung war, hat jemand an der Tür gerüttelt«, erzählte er, während sie den Gang entlanggingen. »Ich bin ins Treppenhaus gerannt, und dort roch es nach Schimmel. Ein Handwerker sagte, er hätte einen Mann mit Kapuzenjacke weglaufen sehen.«

Esping hob die Augenbrauen.

»Das heißt, der Einbrecher ist schon einmal dort gewesen.«

»Genau«, sagte Vinston. »Außerdem habe ich den gleichen Schimmelgeruch im Laderaum von Jimmys Lkw gerochen, in dem angeblich jemand herumgewühlt hatte.«

»Das bedeutet, die Sache mit Flashback ist Humbug«, erkannte Esping breit grinsend. »Der Einbrecher hat die Schale gesucht. Er weiß von ihrer Existenz und ihrem hohen Wert.«

Sie blickte Vinston sinnierend an.

»Wir haben doch schon früher vermutet, dass Nalle einen Helfershelfer hatte, der die Diebstähle tätigte. Wäre es da nicht logisch anzunehmen, dass dieselbe Person jetzt auf der Jagd nach der Schale ist?«

»Absolut«, bestätigte Vinston mit Nachdruck. »Ich glaube, wir haben da eine Spur.«

27

Nach einer getrennten Rückfahrt von Ystad nach Simrishamn trafen sich Vinston und Esping im Pausenraum der Polizeiwache wieder. Die Stimmung zwischen ihnen hatte sich schon ein bisschen verbessert, und Vinston hatte bereits Teewasser gekocht, als die Kollegin zur Tür hereinkam.

Auf einem Tisch stand ein in Cellophan verpackter Kuchen mit einer Glückwunschkarte.

Glückwunsch zur Festnahme, Esping! Danke, dass du für die Sicherheit der Gegend sorgst! Grüße, Onkel Klas

Esping las die Karte mit grimmiger Miene, bevor sie sie in den Papierkorb warf.

»Haben Sie schon mal *Skånsk Spettekaka* probiert?«, fragte sie Vinston.

Das hatte er nicht, er war aber auch nicht besonders neugierig auf die schonische Spezialität. Esping holte ein Brotmesser, riss die Plastikfolie vom Kuchen und schnitt ein großes Stück ab, das sie Vinston auf einem Pappteller reichte.

»Danke«, sagte Vinston und musterte das poröse Kuchenstück. Es roch ungefähr so, wie es aussah, nämlich nach einer Mischung aus Zucker und Pappe. Er verspürte keine große Lust, das zu essen, allerdings bemühte sich Esping sichtlich, ihren Ausbruch vom Vortag wiedergutzumachen.

Vinston biss ab. Es fühlte sich an, als habe er Styropor zwischen den Zähnen. Krümel fielen herunter und bildeten klebrige Häufchen auf seinem Jackett.

Esping sah ihn erwartungsvoll an.

»Und?«

»Mm …«, brachte Vinston nur zustande.

In dem Moment steckte L-G den Kopf zur Tür herein.

»Da seid ihr ja!«

Der Polizeichef war strahlender Laune. Er hatte wieder Sportkleidung und Fahrradschuhe an, die wie Hufe über den Boden klapperten.

»Und wie ich sehe, esst ihr Spettekaka! Wie findest du ihn, Peter?«

Vinston nickte gequält. Der luftige Kuchen schmolz fast wie Zuckerwatte im Mund und verwandelte sich in einen klebrigen Teig, der am Gaumen hängen blieb.

»Ich muss mit euch sprechen«, sagte L-G nun ernster. »In ein paar Minuten in meinem Büro!«

Er verschwand mit einem Klappern.

Esping beobachtete Vinston, der sich gezwungen fühlte, sein Kuchenstück aufzuessen.

»Sehr gut!«, stieß er zwischen den Bissen aus.

»Schön, dass es Ihnen schmeckt«, grinste Esping. »Ich habe Spettekaka eigentlich nie gemocht.«

Vinston verschluckte sich an einem trockenen Krümel und musste so stark husten, dass ihm die Augen tränten.

Esping klopfte ihm auf den Rücken.

»Ich muss mich für gestern entschuldigen«, sagte sie nach seiner Hustenattacke. »Ich hätte das nicht zu Ihnen sagen sollen.«

»Und ich hätte Sie dafür loben müssen, dass Sie Gerts Alibi geknackt haben«, entgegnete Vinston, während er sich Tränen aus den Augenwinkeln wischte.

Ein paar Sekunden lang standen sie sich schweigend gegenüber.

»Sollen wir rübergehen und uns anhören, was L-G zu sagen hat?«, fragte Esping schließlich mit einem schiefen Grinsen. »Sie können auch noch ein Stück Spettekaka mitnehmen, wenn Sie möchten.«

Sie saßen im Büro des Polizeichefs und betrachteten die welken Topfpflanzen auf dem Fensterbrett. Vinston bürstete sich die letzten eigensinnigen Krümel vom Anzug.

»Wie sicher sind Sie sich, was diesen Schimmelgeruch angeht?«, erkundigte sich Esping. »Das ist schließlich ein ziemlich schwacher Anhaltspunkt.«

Darüber hatte sich Vinston auf der Fahrt von Ystad auch Gedanken gemacht.

»Ich habe gelesen, dass das olfaktorische Gedächtnis, also die Erinnerung an Gerüche, besonders stark ist«, sagte er nachdenklich.

»Und ich glaube, das stimmt. Als ich klein war, wohnte mein bester Freund in einem von Schimmel befallenen Haus. War man zum Spielen bei ihm gewesen, musste man hinterher seine Kleider waschen, weil sie so stark danach rochen. Der Geruch, den ich im Lastwagen und im Treppenhaus wahrgenommen habe, war genauso. Und Gert Zillén scheint ihn ja auch bemerkt zu haben.«

Sie wurden von L-G unterbrochen, der ins Zimmer getrabt kam.

»Tja«, seufzte er, nachdem er sich an seinen Schreibtisch gesetzt hatte. »Natürlich ist es frustrierend, dass Gert Zillén davonkommt. Aber jetzt ist er das Problem der Polizei von Ystad. Und in gewisser Weise hat er durch den Überfall eine Art Strafe bekommen, auch wenn man natürlich nicht so argumentieren sollte.«

Er lächelte ein bisschen beschämt und klopfte dabei auf den vor ihm liegenden Ordner mit den Ermittlungsunterlagen.

»Nun ja, ich habe gerade mit der Staatsanwältin gesprochen. Renata und ich sind uns einig. Wir schließen die Ermittlungen im Mordfall Nalle Persson und danken euch beiden für eure Arbeit. Wieder ein kniffliger Fall, der zu den Akten gelegt werden kann, und der Frieden in Österlen ist wiederhergestellt. Und danke nochmals dir, Peter, für dein kurzfristiges Einspringen.«

»Aber was ist mit den Einbrüchen?«, protestierte Esping. »Renata hat uns wegen ihres blöden Tischs die Ohren vollgeheult. Erst gestern hat sie wieder damit angefangen. Nalle hatte einen Helfershelfer, der die Einbrüche beging, und wir glauben, dass er es war, der auf der Suche nach der Schale Gert niedergeschlagen hat.«

L-G hob die Hand.

»Ich verstehe dich, Tove, aber die Polizei Ystad hat eine regionale Arbeitsgruppe, geleitet von Hinze und Kuntz, die sich mit schweren Einbrüchen befasst und sehr verdienstvoll ist. Ich weiß, dass du sie nicht magst, aber Renata hat sie offenbar dazu gebracht, sich ihres Tisches und der verlorenen Schale anzunehmen.«

Esping verschränkte demonstrativ die Arme.

»Da Renata nicht glaubt, dass wir Landeier so schwierige Fälle lösen können«, schimpfte sie.

L-G seufzte.

»Nimm es nicht persönlich, Tove. Du hast schließlich den Mord an

Nalle aufgeklärt, auch wenn sich am Ende herausstellte, dass es kein Mord war.«

Er blickte Esping an, als erwarte er ihre Zustimmung, aber sie schaute weg. Vinston zog es ebenfalls vor, nichts zu sagen.

»Na dann!«, fuhr der Polizeichef fort. »Ich habe Renata versprochen, dass wir natürlich Hinweise zu den Einbrüchen weiterleiten und danach …«, er schlug den Ordner mit einem Knall zu, »… sollten wir in den wohlverdienten Urlaub aufbrechen. Wenn ich ordentlich in die Pedale trete, kann ich bei Sonnenuntergang in Möckeln sein und Margareta mit Weißwein und Garnelen überraschen.«

Er stand auf, und die beiden Polizisten taten es ihm nach. Vinston schielte dabei zu Esping hinüber. Ihre Streitlust schien zu seiner Überraschung abgeflaut zu sein. Er hatte mit einem deutlich vehementeren Protest gerechnet.

Sie verließen alle drei das Büro und wünschten einander einen schönen Sommer, woraufhin L-G Richtung Garage davonklapperte.

Vinston und Esping blieben zurück.

»Ich muss sagen …«, begann Vinston. »Sie nehmen die Nachricht ungewöhnlich beherrscht auf.«

»Tja«, sagte Esping und schob die Hände in die Taschen ihrer Shorts. »Natürlich hätte ich diese verdammte Schale lieber selbst gefunden und wäre dem Überfall auf Gert nachgegangen. Andererseits …«

Sie lachte schadenfroh.

»Andererseits finde ich, dass Renata Jönsson-Kaminsky und diese beiden wandelnden Wallander-Imitate einander verdienen. Jetzt kann sie die zwei Tag und Nacht mit ihrem blöden Kiefernholztisch nerven. Wir haben den Mord aufgeklärt, genau wie L-G gesagt hat, und das ist schließlich das Wichtigste.«

»*Sie* haben den Mord aufgeklärt«, berichtigte Vinston und sah zu seiner Verwunderung, dass Esping errötete.

»Na ja.« Sie räusperte sich. »Es lohnt sich wohl kaum, Hinz und Kunz mitzuteilen, dass unsere sicherste Spur ein deutlicher Schimmelgeruch ist. Wenn wir nicht ausgelacht werden wollen, meine ich.«

Vinston verzog amüsiert den Mund. Er war froh darüber, dass sich ihr Verhältnis zueinander wieder normalisiert hatte. Trotz des gestrigen Ausbruchs schien Esping in den letzten Wochen reifer geworden zu sein, und tatsächlich arbeitete er gern mit ihr zusammen.

Er reichte ihr die Hand.

»Vielen Dank für die Zeit hier, Esping. Es war unterhaltsam und lehrreich. Sie werden in Zukunft wunderbar allein zurechtkommen.«

Esping drückte seine Hand und hielt sie einen Moment fest.

»Ich danke *Ihnen,* Vinston«, sagte sie.

Vinston war plötzlich gerührt, als ginge in diesem Moment etwas zu Ende. Etwas, das er vermissen würde.

»Ich hoffe, Sie verbringen ruhige Ferien«, wünschte er ihr zum Abschluss.

»Mal sehen«, erwiderte Esping. »Wahrscheinlich wird Felicia mich zwingen, in der Küche zu stehen und für die gesamte Antikshow zu kochen. Ich werde jetzt im Übrigen direkt ins Café fahren.«

»Grüßen Sie sie von mir. Ich melde mich, bevor ich fahre!«, sagte Vinston.

Esping verschwand nun ihrerseits Richtung Garage, während er selbst im Flur stehen blieb. Er sollte zur Bäckastuga fahren und die Chance nutzen, endlich diese Biografie über General Montgomery zu Ende zu lesen. Außerdem war Pluto sicher wie immer schon halb verhungert.

Aber ein kleiner Umweg konnte wohl kaum schaden. Nur, um seine Neugier zu stillen und die ärgerliche Stimme in seinem Hinterkopf zum Schweigen zu bringen. Diejenige, die ihm einflüsterte, dass sie immer noch etwas übersahen. Er musste sich die Sache einfach genauer anschauen.

Er kehrte in L-Gs Büro zurück, öffnete den Ermittlungsordner und blätterte darin, bis er die Adresse fand, die er suchte.

28

Eine halbe Stunde später bog Vinston in einen schmalen, von Weiden gesäumten Schotterweg ein. Am Ende der Straße lag ein Hof, bestehend aus einem gut erhaltenen Wohnhaus mit Treppengiebel und zwei Backsteinkaminen sowie einigen Wirtschaftsgebäuden, die in U-Form angelegt waren. Er überprüfte noch einmal die Adresse.

Er war hier richtig. Das war das Elternhaus von Staatsanwältin Renata Jönsson-Kaminsky, aus dem die berühmt-berüchtigte Kiefernholzgarnitur verschwunden war.

Vinston schaute sich um, aber es war niemand zu sehen. Auch keine Autos. Er parkte und stieg aus. Der Himmel war strahlend blau, nirgends eine Wolke in Sicht. Hoch oben segelte ein einsamer Milan.

Vor ein paar Tagen hatte er erfahren, dass der Milan der Nationalvogel von Schonen war, und dies zu wissen, gefiel ihm seltsamerweise. Als hätte ein weiteres Teil seines privaten kleinen Österlen-Puzzles einen Platz gefunden.

Die Temperatur war noch einmal um ein paar Grad gestiegen, und die Hitze flimmerte über dem gepflasterten Hofplatz, in dessen Mitte majestätisch eine alte Handschwengelpumpe thronte.

Vinston überprüfte die Eingangstür des Wohnhauses. Abgeschlossen. Weder am Schlüsselloch noch am Türrahmen waren sichtbare Schäden zu erkennen. Er ging an der Hauswand entlang zum Kücheneingang. Auch dieser abgeschlossen. Aber eine kleine Farbänderung am Metall um die Klinke herum weckte sein Interesse, und er beugte sich vor, um sie genauer unter die Lupe nehmen zu können. Zu beiden Seiten des Schlüssellochs fanden sich winzig kleine Kratzer, die recht frisch aussahen. Natürlich konnten sie vom ungeschickten Hantieren mit einem Schlüssel stammen. Zum Beispiel von Renata, falls sie das Schlüsselbund der Eltern benutzt hatte und sich nicht sicher gewesen war, welcher Schlüssel passte. Aber die Kratzer konnten auch von einem Dietrich kommen.

Vinston dachte daran, was Hinze und Kuntz über die Einbruchserie in Ystad gesagt hatten, nämlich dass die Diebe eingedrungen waren, ohne die Schlösser aufzubrechen.

Er schaute durch ein Fenster, aber die Vorhänge waren zugezogen, sodass er nicht viel erkennen konnte. Also setzte er seine Runde bei den Nebengebäuden fort.

Die erste Tür, die Vinston testete, war unverschlossen. Er betrat eine alte Werkstatt, die anscheinend in eine Halle mit Landmaschinen überging. Die Wände hingen voller ordentlich aufgereihter Werkzeuge. Das einzige Licht fiel durch zwei staubige kleine Fenster. Die Luft war kühler als draußen, es roch nach Staub, Öl und Dünger. Ein erstaunlich angenehmer Geruch.

Er sah sich im Dunkeln um. Weiter hinten in der Werkstatt sah er einen Tisch aus hellem Holz. Er machte ein paar Schritte, um ihn genauer anzuschauen, wurde aber von einem plötzlichen Geräusch aus der Maschinenhalle unterbrochen. Ein leiser Schlag, gefolgt von einem Scharren.

»Hallo?«, rief er. »Ist da jemand?«

Wieder ein Schlag. Danach Stille.

Vinston schlich zur Maschinenhalle hinüber. Ein schmaler Lichtstreif fiel durch die Ritze zwischen den Schiebetoren, während der restliche Raum im Dunkeln lag. Die meisten Maschinen, die hier einmal gestanden hatten, waren weg, aber ganz hinten stand etwas Unförmiges. Vermutlich ein Traktor. Vinston bewegte sich vorsichtig darauf zu.

Wieder war das Scharren zu hören, und Vinston blieb abrupt stehen. Das Geräusch kam ganz aus der Nähe, als versteckte sich jemand hinter dem Traktor. Konnte der Dieb zurückgekehrt sein? Er dachte an den armen Gert Zillén in seinem Krankenhausbett und sah sich nach einer Behelfswaffe um. Auf einem Stapel Felgen lag ein Schraubenschlüssel.

Vinston nahm ihn an sich und wog ihn in der Hand.

Perfekt.

So leise er konnte, ging er weiter, während er versuchte, seinen wilden Herzschlag unter Kontrolle zu bringen.

Wieder ein Scharren. Jetzt war er sich ganz sicher. Da war jemand.

Er griff nach seinem Mobiltelefon, hielt es mit der linken Hand in die Luft und hob gleichzeitig den Schraubenschlüssel über den Kopf. Dann machte er einen großen Schritt um den Traktor herum und schaltete dabei die Handytaschenlampe an.

»Polizei!«, rief er.

Im nächsten Augenblick flog ihm etwas Schwarzes direkt ins Gesicht.

Vinston machte instinktiv einen Schritt zurück, stolperte über seine eigenen Füße und landete hart auf dem Hintern. Es gelang ihm, das Handy festzuhalten, aber der Schraubenschlüssel schlitterte über den Betonboden. Vinstons Puls hämmerte gegen sein Trommelfell, und einen schrecklichen Moment lang erwartete er, dass sich der Angreifer auf ihn, der nun hilflos dasaß, stürzen würde. Aber nichts geschah.

Ein Geräusch an der Decke ließ ihn die Taschenlampe nach oben richten.

Dort im Gebälk flatterte ein Vogel.

Vinston lachte erleichtert auf. Eine arme eingesperrte Amsel hatte ihn fast zu Tode erschreckt. Wie gut, dass es keine Zeugen gab.

Er kam auf die Füße und klopfte sich sorgsam den Staub vom Hinterteil seiner Anzughose. Dann hob er den Riegel des Schiebetors und öffnete es.

Die Amsel fand sofort hinaus. Sie verschwand über den Dächern ohne auch nur einen dankbaren Piep für ihren Retter.

»Ich bin zu alt für so etwas«, brummte Vinston, als er das Tor wieder schloss.

Sein Herzrhythmus hatte sich beruhigt, aber das Hemd klebte ihm noch am Rücken.

Der Tisch, den er in der Werkstatt gesehen hatte, erwies sich als viel benutzte Schnitzbank, an deren Seiten Holzzwingen befestigt waren. Auf der Tischplatte lagen ein Hobel und altes Schmirgelpapier. An der Wand neben der Schnitzbank stand ein Regal, das komplett mit rostigen alten Farbdosen, Blechkanistern mit Waschbenzin und Bekämpfungsmitteln, Glasbehältern mit eingetrockneten Pinseln und schmutzigen Spateln vollgestellt war sowie einem halb zerfallenen Karton mit Rattengift einer Marke, die sicher schon lange nicht mehr hergestellt wurde.

Vinston strich mit der Hand über die Schnitzbank, deren Oberfläche voller Kerben und Farbflecken war. Spuren jahrzehntelanger fleißiger Benutzung. Wie immer, wenn er Werkzeug sah, verspürte er einen Hauch von Neid. Vinstons Vater war unerhört geschickt gewesen und hatte mit fast jedem Werkzeug umgehen können. Er selbst hatte hingegen zwei linke Hände und schaffte es kaum, ein Bild aufzuhängen, ohne hinterher einen Verbandskasten zu brauchen.

Da begann sein Handy in der Hosentasche zu vibrieren. Esping.

»Peter Vinston«, meldete er sich.

»Hallo«, rief Esping aufgeregt. »Thyra Borén hat eben angerufen. Sie werden es nicht glauben!«

Sie machte eine Pause, offensichtlich, um einen dramatischen Effekt zu erzielen.

»Ja?«, sagte Vinston, wie es wohl von ihm erwartet wurde.

»Es hat sich herausgestellt …«, fuhr Esping fort. »Dass wir doch einen Mord am Hals haben!«

29

Esping war zurück in L-Gs kleinem Büro, wo es warm war und nach verschwitzten Sportsachen roch. Seiner eigenen Aussage nach war der Polizeichef gerade erst bis zur Stadtgrenze von Simrishamn gelangt, als er sich gezwungen gesehen hatte, umzukehren. Jetzt war er sowohl durchgeschwitzt als auch schlechter Laune.

»Margareta ist stinksauer«, brummte er. »Sie muss ohne meine Hilfe das Zelt abbauen und allein zurückradeln. Es wird Wochen dauern, bis sie mir verziehen hat.«

Esping hingegen war aufgekratzt, was sie nicht wirklich verbergen konnte. Sie versuchte ohne großen Erfolg, ein mitleidiges Lächeln aufzusetzen, und wurde schließlich von Vinston gerettet, der mit raschen Schritten das Büro betrat.

Esping sah, dass seine Nasenflügel zuckten, aber er war taktvoll genug, die Gerüche in dem kleinen Zimmer nicht zu kommentieren.

»Ich bin so schnell gekommen wie möglich«, erklärte er stattdessen. »Können wir das Ganze noch mal von Anfang an durchgehen?«

Esping bemühte sich, ihren Enthusiasmus zu zügeln.

»Vor etwa einer Stunde rief die Kriminaltechnik an«, erzählte sie. »Borén hatte Neuigkeiten vom Gerichtsmediziner, denn der toxikologische Bericht zeigt, dass Nalle aller Wahrscheinlichkeit nach vergiftet wurde.«

Sie machte eine kurze Pause, um die Worte sacken zu lassen.

»Wenn China-Gert und das Messer nicht gewesen wären …«

»Der Ehrendolch«, berichtigte Vinston, aber Esping überhörte ihn geflissentlich.

»… dann wäre es wahrscheinlich nie entdeckt worden. Nalle war schließlich schon länger herzkrank, und es gab keinen Anlass, etwas anderes als einen gewöhnlichen Herzinfarkt zu vermuten. Es hätte keine Obduktion gegeben und schon gar keine toxikologische Untersuchung.«

Esping schlug die Beine übereinander und sah erst Vinston und dann ihren Chef an.

»So seltsam es auch klingen mag, aber Gert Zillén hat uns einen Dienst erwiesen.«

»Wissen wir, welches Gift verwendet wurde?«, fragte Vinston. »Oder wie es Nalle verabreicht wurde?«

»Noch nicht, aber die Gerichtsmedizin stellt weitere Untersuchungen an. Borén zufolge werden Gifte unterschiedlich schnell abgebaut und hinterlassen dadurch unterschiedliche Spuren. Sie hofft, in ein paar Tagen eine Antwort oder zumindest einen Hinweis zu finden. Ihre Interpretation der toxikologischen Proben war jedenfalls, dass Nalle das Gift am Markttag bekommen hat.«

»Magenschmerzen.« Vinston blätterte in seinem Notizbuch. »Sussi und Jimmy erzählten, Nalle sei aus dem Wagen gekommen und habe über Magenschmerzen geklagt. Deshalb sollte Jimmy ihm Wasser holen. Das müsste bedeuten, dass er das Gift oral eingenommen hat.«

»Und zwar recht kurz vorher«, ergänzte Esping eifrig. »Ich rufe Borén noch mal an. Hoffentlich haben die Techniker das Wohnmobil noch nicht zurückgegeben. Sie muss Proben von allen Speisen und Getränken nehmen.«

»Und dann müssen wir herausfinden, wer Nalle um die Mittagszeit mit Essen versorgt hat«, fügte Vinston hinzu. »Und auch, mit welchem.«

L-G seufzte schwer.

»Ja, ja, ihr solltet am besten die Ärmel hochkrempeln und sofort loslegen«, sagte er und wedelte auffordernd mit der Hand. »Ich rufe Renata an und teile ihr die gute Neuigkeit mit.«

Esping freute sich, ihre Ermittlung wiederzuhaben und damit eine neue Chance zu bekommen, sich zu beweisen. Aber sie genoss es fast genauso, dass sich diese arrogante Staatsanwältin geirrt hatte.

Vinston holte sich einen Kaffee und Tee für Esping. Ein Giftmord also, dachte er aufgeräumt. Die waren recht selten, in seiner langen Polizistenlaufbahn war ihm bisher nur einer begegnet. Seine einzige Erinnerung war, dass Gifte in einer Leiche schwer zu identifizieren waren, wenn man nicht wusste, wonach man suchte.

Als er Espings Dienstzimmer betrat, hatte sie bereits die Fotos aller Verdächtigen auf ihrem Schreibtisch ausgebreitet.

»Okay, dann fangen wir noch mal von vorn an!«, sagte sie fröhlich, nachdem sie an ihrem Tee genippt hatte. »Nalle wurde vergiftet. Aber von wem, wie und warum?«

Sie ging ans Whiteboard, das an der Wand hing, und befestigte mit einem Magneten ein Foto.

»Unsere erste Verdächtige ist Nalles Frau Sussi. Wir wissen, dass sie ihm an dem Tag Kaffee und belegte Brote mitgebracht hat.«

Vinston setzte sich.

»Und das Motiv?«, fragte er, obwohl er es kannte.

»Eifersucht natürlich«, erwiderte Esping schnell. »Nalle wollte sie Pias wegen verlassen, außerdem bestand die Gefahr, bei einer Scheidung ihr Familienunternehmen verkaufen zu müssen.«

Sie hängte ein zweites Bild auf, auf dem Nalles und Sussis Sohn zu sehen war.

»Jimmy hat für seinen Vater Sprudel gekauft, und es war wohl nicht ungewöhnlich, dass Nalle ihn losschickte, um etwas zu trinken zu besorgen. Wir können ebenfalls davon ausgehen, dass er Zugang zum Kaffee und den Broten im Wohnmobil hatte.«

Vinston beugte sich vor und blätterte nachdenklich in seinem Moleskine.

»Pia und China-Gert behaupten beide, dass Jimmy hinter seinem Vater hergeschlichen sei«, sagte er. »Hat er von der Affäre gewusst und wollte sich für seine Mutter rächen? Ist er Nalle gefolgt, um die perfekte Gelegenheit für einen Mord zu finden?«

Esping hängte ein Bild von Mats Lindeman ans Whiteboard.

»Und damit ist auch dieser Kerl wieder im Spiel«, sagte sie lächelnd.

Esping klopfte an die Anschlagtafel.

»Lindeman und Nalle waren seit Jahren Erzfeinde. Ihr Streit am Morgen hat vielleicht das Fass zum Überlaufen gebracht? Immerhin hatte er den Stand neben Nalle und hätte leicht in das Wohnmobil schleichen können, um Essen oder Getränke zu vergiften. Vielleicht hat er ihm einen vergifteten Schnaps serviert?«

»Aber wenn er den Beschluss, Nalle noch am selben Tag umzubringen, spontan gefasst hätte, dann hätte er das Gift auf dem Markt besorgen müssen«, gab Vinston zu bedenken.

»Und Pia?«, sagte Esping und fügte das Foto der Geliebten hinzu. »Wir wissen, dass sie Nalle Eis gegeben hat. Sie behauptet, Nalle habe mit Sussi über die Scheidung gesprochen, aber wir haben nichts gefunden, was das bestätigt. Vielleicht begriff Pia, dass Nalle mit ihr spielte?«

Vinston ließ seinen Stift zwischen Zeige- und Mittelfinger wippen.

»Eis ist ein perfektes Medium für Gift«, murmelte er. »Die meisten Gifte schmecken unangenehm, aber Eis übertüncht das.«

»Pias früherer Mann ist an einem Herzinfarkt gestorben. Könnte es sich dabei auch um einen Giftmord gehandelt haben?«, fragte Esping aufgeregt. »Haben wir es mit einer Serienmörderin zu tun? Sollen wir den Mann ausgraben und untersuchen lassen?«

Vinston hörte auf, mit dem Stift zu spielen.

»Jetzt überstürzen Sie die Dinge ein wenig«, bemerkte er. »Eins nach dem anderen.«

»Okay.« Esping ging auf und ab und rieb sich das Kinn. »Und was ist mit dem?«

Er hielt ein Foto von Fabian Anderklew hoch, das sie aus einer Zeitschrift ausgeschnitten hatte.

»Soll er auch an die Tafel?«

Vinston zögerte. Aber bevor er Zeit hatte, darüber nachzudenken, setzte Esping bereits einen Magneten auf die Stirn des Antiquitätenexperten.

»Nalle hat einen Rückzieher gemacht, Anderklew war wütend, vergiftete Nalle und nahm die Schale an sich«, fasste sie zusammen.

»Möglich«, erwiderte Vinston. »Aber wenn ein geplatztes Geschäft ausreichen würde, damit Fabian einen Mord begeht, müssten viele Leichen seinen Weg pflastern.«

Er wackelte wieder mit dem Stift.

»Wir wissen, dass Fabian bei Nalle im Wohnmobil war. Er hätte also die Möglichkeit gehabt, ihn zu vergiften. Aber wenn der Mord nicht geplant war, sondern im Affekt geschah, bleibt dieselbe Frage wie bei Lindeman: Wie kommt man auf einem Antiquitätenmarkt an ein tödliches Gift?«

Sie schwiegen beide und dachten eine Weile nach, ohne auf eine Antwort zu kommen.

»Wir haben noch andere Verdächtige«, sagte Esping. »Nalles unbekannter, nach Schimmel riechender Mittäter, der offenbar auf der Jagd nach der Schale ist. Nach dem Überfall auf Gert wissen wir, dass er nicht vor Gewalt zurückschreckt.«

Esping malte ein Rechteck neben Sussi, Jimmy, Lindeman, Pia und Anderklew und schrieb *Dieb* hinein.

»Aber warum sollte der Dieb Nalle während des Markts vergiften?«, fragte sie sich laut. »Warum nicht einen abgeschiedenen Ort wählen? Und warum jetzt, wenn sie schon so lange zusammengearbeitet haben?«

»Vielleicht ist es auf dem Markt zum Streit gekommen«, meinte Vinston. »Und der hat alles ausgelöst.«

»Die Schale«, sagte Esping. »Wir kommen ständig darauf zurück. Die geheimnisvolle Schale, von der wir nur eine vage Beschreibung haben. Die Nadel im Heuhaufen …«

»Warten Sie!«

Vinston stand auf und ging zu einem Regal.

»Ich habe dieses Buch aus Gert Zilléns Wohnung mitgenommen, aber in dem Durcheinander um seine Freilassung und den anschließenden Überfall hätte ich es fast vergessen.«

Er legte Gerts Antiquitätenbuch vor Esping und blätterte zu der Seite mit dem eingekreisten Foto.

»Das muss der Zwilling der Schale sein, nach der wir suchen.«

Esping betrachtete das Bild der hellgrünen kleinen Schale mit dem Blumenmuster.

»Ich hatte mir etwas Auffallenderes vorgestellt«, sagte sie enttäuscht.

»Sie ist ohne Frage recht bescheiden«, stimmte Vinston zu. »Außerdem werde ich den Gedanken nicht los, dass ich sie schon irgendwo gesehen habe.«

Esping legte den Kopf schief.

»Sie erinnert ein bisschen an das Service in Felicias Kaffeehaus.«

Vinston studierte das Bild. Das konnte natürlich sein.

»Diese Schale hier befindet sich offensichtlich im Ostasiatischen Museum«, sagte Esping. »Meinen Sie, wir sollten dort anrufen und fragen, was sie wert ist?«

»Ja, vielleicht«, meinte Vinston. »Die Frage ist, wie uns das weiterhilft. Die Schale ist wertvoll, so viel wissen wir bereits. Anderklew sprach von fünfzigtausend, gab aber zu, dass es mehr sein könnte. China-Gert schätzt sie auf einen Millionenbetrag. Egal, ob die Schale mit Nalles Tod zusammenhängt oder nicht: Es gibt jemanden, der sie sehr gern haben würde. Das ist schon mal sicher.«

Sie starrten beide das Whiteboard an.

»Wir haben noch eine verdächtige Person«, sagte Esping zufrieden. »Eine Person, die ganz offen mit Nalle Streit hatte, und zwar nur wenige Stunden vor seinem Tod. Sie bezichtigte ihn, sie bestohlen zu haben.«

Sie holte ein Foto von Renata Jönsson-Kaminsky hervor, welches sie anscheinend genauso vorbereitet hatte wie die anderen Bilder, und hängte es an die Tafel.

Vinston hob eine Augenbraue.

»Glauben wir ernsthaft, dass die Staatsanwältin in diesem Fall den Mord selbst begangen hat?«

»Sie sagen doch immer«, entgegnete seine Kollegin, »dass man nichts von vornherein ausschließen darf. Wenn Fabian Anderklew an der Tafel hängt, sollte Renata Jönsson-Kaminsky das auch.«

Sie stellte sich ans Whiteboard.

»Wir dürfen nur nicht vergessen, das Foto runterzunehmen, wenn sie zu Besuch kommt«, fügte sie mit einem breiten Grinsen hinzu.

»Apropos Renata«, sagte Vinston. »L-G wird sie sicher schon darüber informiert haben, dass die Ermittlungen wieder aufgenommen werden. Wir müssen sie kontaktieren und ihr berichten, was wir als Nächstes tun.«

Espings Grinsen verschwand.

»Ich kann das machen, wenn Sie möchten«, fügte Vinston hinzu.

Esping sah äußerst erleichtert auf.

Eine halbe Stunde später suchte sich Vinston ein freies Büro und rief Renata Jönsson-Kaminsky an.

»Tja, das ist eine unerwartete Wendung«, sagte die Anwältin. »Ich habe schon den vorläufigen Bericht des Gerichtsmediziners durchgeblättert, und der ist, gelinde gesagt, vage. *Wahrscheinlich vergiftet,* basierend auf den seltsamen Blutwerten des Opfers, und dann lauter Vorbehalte, weil es so schwer ist, im Nachhinein das richtige Gift zu identifizieren, und wegen des Krankheitsbilds, der Medikation und so weiter.«

»Ja«, stimmte Vinston zu. »Giftmorde sind recht kompliziert.«

»Ich will mich nur vergewissern, dass wir nicht wertvolle Ressourcen an etwas verschwenden, das sich hinterher doch als natürlicher Tod herausstellt«, fuhr die Staatsanwältin fort. »Vor allem nicht in der Urlaubszeit.«

»Sie haben recht.« Vinston antwortete, so diplomatisch er konnte. »Im gegenteiligen Fall sollten wir jedoch bei einer Mordermittlung keine wertvolle Zeit verlieren.«

»Was wollen Sie also als Nächstes tun?«, fragte Renata sich räuspernd. Sie war es offenbar nicht gewohnt, dass man ihr widersprach.

»Wir haben vor, morgen noch einmal alle Hauptverdächtigen durchzugehen. Angefangen mit der Familie und dem engsten Kreis, dann sehen wir, wohin uns das führt«, fasste Vinston kurz zusammen.

»Gut«, sagte Renata. »Rufen Sie an, sobald Sie etwas haben. Ich bin rund um die Uhr über diese Nummer zu erreichen. Vielen Dank.«

Sie beendete das Gespräch, aber Vinston blieb am Schreibtisch sitzen. Er musste an Espings Verdacht denken. Eine Staatsanwältin, die im von ihr untersuchten Mordfall zugleich Täterin war, wäre das möglich?

30

Das Essen stand schon auf dem Tisch, als Esping ein paar Stunden später die Tür zu ihrem und Felicias Haus öffnete, wo sie Bob freudig begrüßte. Nach dem Treffen mit Vinston war sie noch eine ganze Weile auf der Wache geblieben. Sie hatte die Finanzen von Nalle und seiner Firma tiefer durchleuchtet und in verschiedenen Datenbanken recherchiert. Schließlich war es spät geworden, und sie musste sich beeilen, nach Hause zu kommen.

»Entschuldige!«, rief sie Richtung Küche, während sie noch den Hund tätschelte.

»Du hättest wenigstens anrufen können«, erwiderte Felicia, die in die Diele kam. »Ich habe um acht Uhr Chorprobe, wir müssen jetzt also ganz schnell essen.«

»Probt ihr an einem Freitagabend?«

»Wir proben gerade fast täglich, das habe ich dir doch erzählt. In ein paar Wochen findet das Chorfestival statt, also üben wir jetzt, wo die meisten noch Urlaub haben.«

»Schlechtes Timing«, sagte Esping und kickte ihre Sneakers ab. »Ich meine, mit deinem Catering und so.«

Felicia bückte sich verärgert und stellte Espings Schuhe ordentlich nebeneinander unter die Garderobe.

»Und mit einer Lebensgefährtin, die quasi rund um die Uhr arbeitet und selbst zu Hause kaum anwesend ist, meinst du, ja?«

Der Stich saß, aber Esping wusste, dass sie es nicht anders verdient hatte. Der Sommer war dieses Jahr alles andere als schön und entspannt. Sobald der Fall abgeschlossen und das Catering für die *Antikrunde* erledigt war, wollte sie Felicia mit einem kleinen Luxusausflug überraschen. Vielleicht ein Spa-Wochenende in Ystad?

Sie setzten sich in die Küche und nahmen sich von dem in Honig angebratenen Wurzelgemüse und dem nach Knoblauch duftenden Kartoffelgratin.

»Das sieht superlecker aus«, sagte Esping. »Aber ist es nicht eine etwas ungewöhnliche Kombination?«

Sie warf ihrer Freundin einen vorsichtigen Blick zu.

»Ich probiere neue Sachen für die *Antikrunde*«, antwortete Felicia. »Du darfst gerne einen Kommentar abgeben.«

»Willst du meine ehrliche Meinung hören, oder soll ich sagen, dass alles wunderbar schmeckt?«

»Ich bin heute ein bisschen empfindlich, also lieber nur ein positives Feedback.«

»Verstanden«, sagte Esping und hob das Besteck.

Felicia begann, das Gratin zu essen.

»Du fängst jetzt schon an, wie Vinston zu sprechen«, sagte sie. »*Verstanden*. Sind wir beim Militär?«

Esping lachte und erzählte von der seltsamen Wendung des Falls. Felicia sah belustigt und verängstigt zugleich aus.

»Mein Gott!«, rief sie aus. »Giftmord?«

Esping erklärte mit wachsendem Eifer die Zusammenhänge.

»Bevor ich nach Hause gefahren bin, habe ich Nalles Frau Sussi ein bisschen genauer unter die Lupe genommen. Sie haben keinen Ehevertrag, und ihr gemeinsames Unternehmen steht schlechter da, als man vermuten könnte. Wahrscheinlich, weil Nalle bei Haushaltsauflösungen zwar legal einkauft, aber dann alles Wertvolle schwarz verkauft und das Geld in die eigene Tasche gesteckt hat. Wenn Nalle sich von seiner Frau getrennt hätte, hätte sie ihn ausbezahlen müssen, was sie sich nicht leisten kann. Das Familienunternehmen hätten sie verkaufen und sie und der Sohn den Hof verlassen müssen.«

Sie schaufelte sich Gemüse auf die Gabel.

»Du meinst Jimmy?«, fragte Felicia.

Esping hörte auf zu kauen.

»Woher weißt du, wie er heißt?«

»Ich kenne ihn.« Felicia wischte sich den Mund ab. »Jimmy ist doch im Chor. Ich sehe ihn heute Abend.«

Espings Hirn rotierte einen Moment.

»Du meinst den Jimmy, der als Solist in deinem Chor singt und den du für wahnsinnig begabt hältst? Das ist Jimmy Persson?«

Felicia nickte, aber Esping konnte sich das überhaupt nicht vorstellen.

»Der stille und zurückgezogene Jimmy, zu dem man kaum Augenkontakt bekommt?«

»So ist er bei uns gar nicht«, sagte Felicia und stand auf. »Jimmy ist unser Star. Total nett und gesellig. Aber es ist derselbe Jimmy, wirklich. Seine Mutter kommt oft und hört uns zu. Froschfrau nennen wir sie, allerdings liebevoll.«

Sie stellte ihren Teller in die Spüle und räumte den Salzstreuer vom Tisch.

»Jetzt muss ich aber leider los.«

Esping war immer noch sprachlos.

»Apropos Ehevertrag«, sagte Felicia beiläufig, als sie in die Diele ging und ihre Sommerjacke anzog. »Wann heiraten wir eigentlich? Wenn du stirbst, erben deine Eltern das halbe Haus, nicht ich.«

»Wie romantisch du bist«, erwiderte Esping ironisch. »Und warum soll überhaupt ich diejenige sein, die stirbt?«

Felicia schaute zur Küchentür herein.

»Als ich das letzte Mal nachgeschaut habe, war Kaffeehausbetreiberin ein weniger gefährlicher Job als Polizistin.« Sie verschwand in die Diele. »Wir sollten jetzt heiraten und uns Kinder anschaffen. Wir werden nicht jünger.«

»Super Zeitpunkt für dieses Diskussionsthema, so zwischen Tür und Angel«, brummte Esping, die noch am Tisch saß.

»Tschüss, Liebling!«, war vom Treppenabsatz zu hören, bevor die Haustür zuschlug.

31

Am Samstagmorgen starteten sie in Vinstons frisch geputztem Saab von der Polizeiwache aus. Obwohl ihm viele der Produkte fehlten, die er normalerweise benutzte, war er am Vorabend an einer Tankstelle vorbeigefahren, um seinen Augenstern zu polieren. Jetzt sah er wieder aus, als komme er direkt aus der Fabrik.

Die Hitze hielt sich, weshalb die Klimaanlage im Wagen auf der Fahrt zu *Rasks Gebrauchtmöbelhandel* in Gladsax auf Hochtouren lief.

Das *Cimbrishamner Tagblatt* hatte die neue Wendung im Fall noch nicht aufgeschnappt, wahrscheinlich weil L-G keinen Grund gehabt hatte, etwas beim Bäcker zu bestellen. Esping berichtete über ihre Recherchen zu den Finanzen der Familie Persson.

»Nalle hat genauso viele schwarze Geschäfte betrieben wie legale«, sagte sie und hielt den Beweisbeutel mit seinem roten Notizbuch in die Höhe. »Das ist seine doppelte Buchführung. Millionen von Kronen, die er dem Finanzamt vorenthielt, während das Unternehmen offiziell nur ein paar Tausender im Jahr an Gewinn einbrachte.«

Vinston nickte. Er hatte die Beträge im Buch auch gesehen und war zum gleichen Schluss gekommen.

»Sussi hat zugegeben, dass sie von den Schwarzgeldgeschäften wusste«, sagte er. »Aber vielleicht kannte sie das Ausmaß nicht.«

»Genau«, stimmte Esping zu. »Und jetzt wollte er sich auch noch scheiden lassen, und sie wäre gezwungen gewesen, ihr Familienunternehmen zu verkaufen. Wenn das kein ausreichender Grund ist, jemanden umzubringen, dann weiß ich's auch nicht.«

»Aber dieses Motiv baut darauf auf, dass Sussi von Nalle und Pia wusste«, wandte Vinston ein.

Er bog in die Auffahrt zum großen Hof der Perssons ein. Diesmal fuhr er nicht weiter Richtung Wohnhaus, sondern parkte direkt neben der Scheune mit dem Antiquitätengeschäft.

»Wir sind eine Viertelstunde zu früh«, stellte Esping fest. »Ich habe doch gesagt, wir sollen nicht so zeitig losfahren.«

Vinston brachte sie mit erhobenem Finger zum Schweigen. Er zeigte auf das große Wohnhaus, vor dem ein Wagen parkte.

Auf der Treppe zur Haustür stand Sussi mit einem großen, wohlbekannten Mann.

»Mats Lindeman«, flüsterte Esping. »Was macht der denn hier?«

Sussi und Lindeman schienen sich zu verabschieden, und der hünenhafte Mann wandte sich zum Gehen. Mitten in der Bewegung hielt er inne, sah Sussi noch einmal an und strich ihr mit der Hand sanft über das Gesicht.

»Hat er ihr die Wange gestreichelt?«, fragte Esping.

»Danach sah es aus«, nickte Vinston.

Sie warteten, bis Lindeman den Hof verlassen hatte, und weitere fünf Minuten, bevor sie an die Tür klopften. Kurz darauf saßen sie an Sussis Küchentisch, wo sie Hunderte von Froschaugen anstarrten. Sussi servierte Kaffee und Tee und stellte wie beim letzten Mal Karamellbonbons auf den Tisch.

Diesmal nahm Esping keins.

»Ich habe leider nicht viel anzubieten«, sagte Sussi. »Die letzten Tage waren furchtbar, ich schaffe es kaum aus dem Bett.«

»Machen Sie sich deswegen keine Gedanken, wir bleiben nicht lange«, antwortete Esping.

Während sie ihren Teebeutel in die Tasse tunkte, kam ihr in den Sinn, dass sie jetzt in einem Giftmord ermittelten, und es vielleicht keine so gute Idee war, bei einer Verdächtigen etwas zu essen oder zu trinken. Andererseits, wer wäre dumm genug, zwei Polizisten zu vergiften?

Zur Sicherheit wartete sie, bis Vinston ein paar Schlucke von seinem Kaffee getrunken hatte.

»Wir haben noch einige Fragen«, begann er und stellte seine Tasse ab.

Sussi schluckte. Von irgendwo aus dem Haus kam Jimmy zu ihnen in die Küche und begrüßte sie leise. Er setzte sich nicht an den Tisch, sondern blieb an den Türrahmen gelehnt stehen und vermied den Augenkontakt. Esping dachte an die vollständige Persönlichkeitsveränderung im Chor, von der Felicia erzählt hatte.

»Was hat Mats Lindeman hier gemacht?«, fragte Vinston.

Sussi drehte ihre Tasse zwischen den Händen und warf ihrem Sohn einen kurzen Blick zu.

»Er wollte nur sein Beileid aussprechen. Und fragen, ob wir irgendwas brauchen. Mats ist ein guter Kerl.«

Esping holte Nalles Notizbuch hervor und schlug die Seite mit der Abkürzung ML auf, auf der Reihen von Zahlen standen.

»Wir haben neulich schon nach den Eintragungen und Nalles Geschäften gefragt«, sagte sie. »Könnte ML Mats Lindeman sein?«

»Nein«, erwiderte Sussi bestimmt. »Wie gesagt, Nalle war kein Mann, der irgendjemandem einen längeren Kredit gewährte. Und außerdem machten er und Mats keine Geschäfte miteinander.«

»Jetzt nicht mehr«, sagte Vinston. »Aber die beiden waren mal beste Freunde, fast wie Brüder, oder nicht?«

Sussi stellte energisch die Tasse auf den Tisch.

»Das ist sehr lange her. In den letzten dreißig Jahren haben sie es nicht miteinander ausgehalten. Mats hätte nie Geschäfte mit Nalle gemacht, und Nalle hätte ihm nie einen Kredit bewilligt.«

Esping drehte sich um.

»Was sagen Sie dazu, Jimmy?«

»Er ist meiner Meinung«, sagte Sussi, bevor ihr Sohn auch nur den Mund aufgemacht hatte.

Vinston blickte Jimmy forschend an.

»Sie haben also nie etwas bei Lindemans Auktionen verkauft?«

Der junge Mann schien verlegen.

»Nein«, sagte Sussi. »Wir haben schließlich unser eigenes Unternehmen. Wie gesagt, Mats war nur hier, um sein Beileid auszusprechen. Warum fragen Sie danach? Und warum sind Sie überhaupt hier? Ich dachte, der Mörder sei schon gefasst?«

Vinston und Esping sahen sich an, woraufhin er ihr mit einem Nicken zu verstehen gab, dass sie die Frage gerne beantworten durfte.

»Wir waren gezwungen, den Verdächtigen freizulassen, weil sich herausgestellt hat, dass Nalle schon tot war, als man auf ihn einstach. Vergiftet.«

»Vergiftet?«

Sussis Gesicht wurde aschfahl. Jimmy machte einen Schritt auf sie zu und legte ihr den Arm um die Schultern.

»Vermutlich am selben Morgen«, fügte Vinston hinzu. »Wir müssen deshalb mehr darüber wissen, was Ihr Mann auf dem Markt gegessen und getrunken hat.«

Sussi schluchzte und drückte sich eine Serviette mit Froschmotiv gegen die Augen.

»Nalle hat im Wohnmobil übernachtet«, sagte sie schließlich, nachdem sie sich gefasst hatte. »Er war lange vor Sonnenaufgang unterwegs. Jimmy und ich kamen gegen fünf, da habe ich Kaffee und Brote mitgebracht.«

Das Schluchzen wurde wieder stärker, und ihr Gesicht verzog sich gramerfüllt.

»Deshalb hatte er also Magenschmerzen, der Arme. Jemand hatte ihn vergiftet. Und ich dachte, er wollte nur nörgeln.«

Sie weinte nun heftig, presste die Froschserviette an die Augen und schnäuzte sich laut.

Esping wandte sich an Jimmy.

»Sie haben Nalle doch, kurz bevor er starb, eine Flasche Wasser geholt. Hatten Sie ihm noch etwas anderes zu essen und zu trinken besorgt?«

»Cola«, murmelte Jimmy. »Ich hatte vor dem Mittagessen vier Dosen für ihn gekauft.«

»Cola«, wiederholte Vinston und schrieb es in sein Moleskine.

»Nalle hat auf dem Markt sicher alles Mögliche gegessen«, unterbrach Sussi. »Schmalzgebäck, Brathering, Hotdogs und Eis. Er liebte dieses Fast Food! Und dann lief er rum und trank bei anderen Händlern Kaffee und Schnaps.«

Esping suchte Vinstons Blick. Die schwierigsten Fragen waren noch offen. Die nach Pia, und ob Sussi wusste, dass Nalle sich trennen wollte. Esping war unsicher, wie sie anfangen sollte. Aber dann sah sie, dass Vinston eine kleine Kopfbewegung machte, deren Bedeutung sie sofort verstand.

»Dürfte ich mal Ihr Bad benutzen?«, fragte sie.

»Natürlich«, sagte Sussi. »Die Gästetoilette ist am Ende des Flurs.«

Esping verließ die Küche, beinah erleichtert darüber, dass sie diesen schwierigen Teil des Gesprächs nicht führen musste. Sie schaute in die Zimmer, an denen sie vorbeikam. Ein Wohnzimmer mit Sofaecke und Fernseher, danach eine geschlossene Tür, an der Holzbuchstaben den Namen »Jimmy« bildeten. Darunter klebte ein Zettel mit der Aufschrift *Achtung Reptilien!*.

Sie spähte vorsichtig hinein. Das Zimmer war groß und überraschend sauber. Ein Schreibtisch stand darin, ein Bett, ein paar Bücherregale und ein Fernseher. An den Wänden hingen Poster von Il Divo und den Drei Tenören. Der strenge Geruch, der im ganzen Haus wahrzunehmen war, war hier stärker, was nicht verwunderte. Die eine Wand des Raumes war vom Boden bis zur Decke mit Glaskästen bedeckt.

Esping ging näher heran. Alle Kästen enthielten kleine Pflanzen und Wasserbecken. Wie hatte Vinston sie doch genannt? Nicht Terrarien, sondern Pal … irgendwas. Egal!

Sie beugte sich vor und schaute sie sich genauer an. Moos, großblättrige Pflanzen, Klettergewächse. Ein paar farbenfrohe Bromelien. Wie ein Miniaturregenwald. Ein Ventilator summte leise, und an der Decke des Glaskastens hatte sich eine große Zahl Fruchtfliegen gesammelt, als würden sie verzweifelt versuchen zu entkommen.

Esping beugte sich noch weiter vor.

Die Bewegung kam so blitzschnell, dass Esping zurücksprang und einen kleinen Laut ausstieß, der einer Polizistin im Dienst kaum würdig war. Ihr Herz raste.

Ein kleiner schwarz-gelber Frosch hatte seine Zunge ausgefahren und eine oder mehrere Fliegen geschnappt. Jetzt schluckte er zufrieden seine Beute, während er Esping aus seinen Glupschaugen anstarrte.

Sie atmete tief aus. Selbstverständlich gab es in diesem Haus auch lebendige Frösche, genau wie Sussi gesagt hatte. Und zwar ziemlich viele, stellte sie fest, als sie sich umschaute.

Irgendwo im Haus schlug eine Tür zu. Sie eilte aus Jimmys Zimmer in die danebenliegende Toilette.

Im Schrank dort gab es leider nichts Besonderes zu entdecken, außer einem Rasierapparat, einer leeren Snus-Dose und einer Flasche Aftershave von Dolce & Gabbana, wahrscheinlich Jimmys Sachen. Keine Medikamente oder anderes Spannende.

Sie nahm an, dass Nalles und Sussis Zimmer im oberen Stock läge, und überlegte, ob sie Zeit hätte, hinaufzuschleichen. Aber als sie aus der Toilette kam, stand Jimmy im Flur. Hinter ihm stand seine Zimmertür einen Spalt offen.

Esping versuchte sich vergeblich daran zu erinnern, ob sie sie geschlossen hatte.

»Meine Mutter und Ihr Kollege sind ins Büro gegangen«, sagte Jimmy leise und sah sie unfreundlich an.

Draußen auf dem Hofplatz hatten Sussi und Vinston eben die Tür zu Nalles Büro aufgeschlossen.

Der Raum sah aus wie beim letzten Mal, vollgestellt mit jahrelang zusammengetragenen Dingen, die schwer zu verkaufen und zu schätzen waren.

»Wir haben nichts angerührt, seit Sie neulich hier waren«, sagte Sussi.

»Gut«, sagte Vinston.

Er wusste inzwischen viel mehr über den Fall, was oft bedeutete, dass man alles mit anderen Augen sah. Das Gefühl, das ihn beim Anblick der Schale in China-Gerts Buch beschlichen hatte, ließ ihn nicht los. Er glaubte, sie schon einmal gesehen zu haben. Vielleicht hatte Esping recht, und er hatte sie mit dem Service in Felicias Kaffeehaus verwechselt. Aber es schadete nicht, weiter danach zu suchen.

Er sah sich im Raum um, versuchte, den Fokus auf die Dinge zu legen, die am ehesten nach einer Schale aussahen. Davon gab es einige, aber keine stimmte mit der Beschreibung überein. Vinston bemerkte, dass die Golftasche mit den Schlägern noch in einer Ecke stand. Letztes Mal war sie nur ein Gegenstand unter vielen gewesen, aber diesmal war die Tasche nicht bedeutungslos.

Nalle hatte sie gekauft, um mit Pia Golf zu spielen, ein stummer Beweis seiner Untreue. Vinston musste mit Sussi darüber reden. Aber er schob die Sache noch auf und ging auf die überfüllte Pinnwand zu. Sein Blick fiel auf eine verblasste Fotografie, auf der drei Männer zu sehen waren. Der Kleidung nach war das Bild etwa fünfundzwanzig oder dreißig Jahre alt.

Der Mann links war ein deutlich jüngerer und fröhlich blickender Nalle. Nach einem kurzen Moment erkannte Vinston, dass der schnurrbärtige Mann rechts auf dem Foto Mats Lindeman war.

»Das ist wohl schon eine Weile her«, sagte er und deutete auf das Bild.

»Ja«, antwortete Sussi. »Anfang der Neunzigerjahre. Nalle und Mats waren damals Partner. Das war ihre kleine Gang.«

Ohne Vorwarnung öffnete sich die Tür zum Büro, und Esping trat ein, dicht gefolgt von Jimmy. Als Sussi sich umdrehte, nahm Vinston kurz entschlossen das Foto ab und steckte es sich in die Jackentaschen. Er wusste selbst nicht genau, warum.

»Sind wir bald fertig?«, erkundigte sich Esping.

Vinston machte ein paar Schritte auf Sussi zu. Höchste Zeit, die Sache zu klären.

»Eine letzte Frage«, sagte er. »Das könnte ein wenig taktlos klingen. Aber es handelt sich hier um einen Mordfall, und wir müssen Ihnen diese Frage stellen.«

Er holte tief Luft.

»Wussten Sie, dass Ihr Mann Ihnen untreu war?«

Innerhalb einer Sekunde veränderte sich die Stimmung im Raum. Sussis Blick verdunkelte sich.

»Blödsinn!«, zischte sie. »Nalle war bei Weitem nicht perfekt, aber untreu? Auf keinen Fall! So respektlos hätte er mich niemals behandelt!«

Vinston schielte zu Jimmy und hatte eine Sekunde lang Augenkontakt, bevor dieser wie immer den Blick zu Boden richtete.

»Wir haben den Hinweis erhalten, dass Nalle Sie am Abend vor seinem Tod um die Scheidung bat«, sprach Vinston ruhig weiter.

»Wer zum Teufel hat das behauptet?«, wollte Sussi aufgebracht wissen.

»Es stimmt also nicht?«

Aus den Augenwinkeln beobachtete Vinston Jimmy, der intensiv seine Schuhspitzen studierte, als wolle er um jeden Preis vermeiden, in die Diskussion hineingezogen zu werden.

»Natürlich nicht. Das ist eine komplette Lüge!«

Sussi zeigte mit der Hand auf die Tür.

»Und wenn das die letzte Frage war, möchte ich, dass Sie jetzt gehen!«

Vinston schlug sein Notizbuch zu.

»Danke für Ihre Zeit«, sagte er zum Abschluss, erhielt aber keine Antwort.

Vinston hatte noch nicht einmal die Landstraße erreicht, als Esping das Wort ergriff.

»Haben sich die beiden nicht äußerst verdächtig benommen? Wie realistisch ist es, dass sie keine Ahnung von Nalles Geliebter hatte? Alle anderen schienen es schließlich zu wissen. Jimmy auf jeden Fall.«

»Richtig«, stimmte Vinston ihr zu und warf einen Blick in den Rückspiegel. »Aber wenn wir die Sache mal umdrehen, was spricht denn *dagegen*, dass Sussi oder Jimmy den Mord begangen haben?«

Esping rückte ihren Gurt zurecht.

»Die Tatsache, dass sie ihn jederzeit hätten ermorden können«, sagte sie dann. »Warum sollten sie es auf einem überfüllten Markt tun?«

Esping überlegte noch einen Moment.

»Wobei es auf einem Markt mehr Menschen gibt, die verdächtigt werden könnten, verglichen mit einem Giftmord zu Hause.«

»Na ja …«, entgegnete Vinston. »Sie hätten ihn wahrscheinlich überall vergiften können, und es wäre als Herzinfarkt durchgegangen. Das an einem Ort zu machen, an dem so viele andere Menschen sind, kommt mir riskant vor. Wenn Jimmy und Sussi den Kaffee in der Thermoskanne vergiftet hätten, hätte zum Beispiel die Gefahr bestanden, dass noch jemand anders daraus trinkt. Man wählt nur einen Markt als Tatort, wenn es einen gewichtigen Grund dafür gibt.«

»Aber wenn es stimmt, was Pia gesagt hat«, widersprach Esping, »dass Nalle am Montag offiziell die Scheidung einreichen wollte, dann war Eile geboten.«

Vinston schüttelte den Kopf.

»Nichts deutet darauf hin, dass Nalle vorhatte, die Familie und den Hof so kurzfristig zu verlassen. Er hatte noch nichts offiziell gemacht, nicht gepackt, nicht einmal den Safe geleert. Also war noch Zeit.«

Esping blickte aus dem Seitenfenster.

»Wir müssen noch mal mit Pia sprechen«, sagte sie. »Ich rufe sie sofort an. Was halten Sie davon, wenn wir uns bei Felicia treffen? An einem neutralen Ort ist sie vielleicht ein bisschen entspannter.«

»Gute Idee«, stimmte Vinston zu. »Und wir sollten unbedingt mit Jimmy allein sprechen. Er weiß etwas, das er nicht vor seiner Mutter erzählen will.«

Esping schnipste mit den Fingern.

»Ich glaube, ich weiß, wo wir schon heute Abend mit ihm reden können«, sagte sie.

32

Sie fuhren frühzeitig zu Felicias Kaffeehaus, um vor dem Treffen mit Pia noch etwas zu essen.

Inzwischen wusste Vinston, dass der Parkplatz samstags voll war, daher stellte er den Wagen mit einigem Abstand ab. Die Touristen in Österlen nahmen es mit den Autotüren nicht so genau, und er wollte keine Dellen an seinem Saab riskieren.

Esping sorgte dafür, dass sie einen Platz im Schatten unter der Pergola bekamen. Bob kam und legte ihr den Kopf auf die Knie, um hinter den Ohren gekrault zu werden.

Vinston hingegen wurde wie immer ignoriert, was ihn nach wie vor ärgerte. Er war zwar nicht gerade ein Fan von Tieren, hatte aber immerhin Plutos Aufmerksamkeit gewonnen, auch wenn er argwöhnte, dass die Katze ihn nur ausnutzte, um an Sardinen zu kommen.

Felicia brachte ihnen zwei Teller, die sie elegant auf einer Hand balancierte.

»Räucherlachs mit neuen Dillkartoffeln.«

Vinstons Laune hob sich.

»Danke! Das sieht fantastisch aus.«

Er drehte den Teller so, dass die Kartoffeln links waren. So mochte er es am liebsten.

»Du probst doch heute Abend wieder mit dem Chor?«, fragte Esping ihre Freundin.

»Ja, wie du weißt«, antwortete Felicia. »Darüber haben wir doch erst heute Morgen gesprochen.«

Esping verdrehte die Augen.

»Ich weiß ja, dass ihr Probe habt. Wollte nur noch mal auf Nummer sicher gehen.«

»Wenn du mir zugehört hättest, hättest du dir das sparen können.«

Esping schüttelte den Kopf, als Felicia in die Küche zurückging.

Vinston legte das Foto von Nalles Pinnwand auf den Tisch.

»Erkennen Sie jemanden davon?«

Esping sah ihn verwundert an.

»Haben Sie das aus Nalles Büro mitgenommen?«

Er nickte, während Esping das Foto anschaute. Drei fröhliche Männer, die einander die Arme um die Schultern gelegt hatten. Vielleicht feierten sie etwas? Der Mann ganz links war der junge Nalle, breitschultrig und mit Haartolle. Rechts stand ein ebenso großer Mann. Und obwohl er hier einen Schnurrbart trug und nicht seinen charakteristischen Vollbart, erkannte Esping sofort, dass es Mats Lindeman war. Esping vermutete, dass er in seiner Jugend als gut aussehend gegolten hatte.

»Nalle und Mats Lindeman erkennt man wieder …«, sagte sie, wobei sie sich ein Knäckebrot mit Butter bestrich. »Aber wer ist der Typ in der Mitte?«

Sie zeigte auf einen untersetzten, dunkelhaarigen Mann mit Brille, der einige Jahre älter schien als die anderen beiden.

»Keine Ahnung.« Vinston breitete sich eine Serviette über die Knie. »Aber sie wirken sehr vertraut miteinander, es wäre also interessant, das zu erfahren.«

Esping fotografierte das Bild mit ihrem Handy ab, vergrößerte es und änderte die Belichtung.

»Das Foto scheint in einem Auktionshaus aufgenommen worden zu sein«, sagte sie. »Im Hintergrund sieht man einige Schaukästen und einen jungen Kerl, der ein Gemälde trägt. Sehen Sie mal!«

Sie hielt Vinston das Handy hin. Dieser nickte beeindruckt.

»Mats Lindeman hat morgen eine Auktion«, sagte Esping. »Sollen wir hinfahren?«

Fünfundzwanzig Minuten später erschien Pia, genau als Vinston mit seinem Kaffee fertig war und Esping ihren Tee getrunken hatte. Nalles Geliebte war wieder sportlich in Bermudashorts gekleidet sowie einem passenden Polohemd und Schirmmütze. Sie sah aus, als käme sie direkt vom Golfplatz.

»Danke, dass Sie sich die Zeit nehmen«, begrüßte Vinston sie.

»Ich war ohnehin in der Gegend«, sagte sie und setzte sich an ihren Tisch. »Ich habe gehört, dass Sie den Verdächtigen freigelassen haben?«

Vinston fasste kurz die Umstände von China-Gerts Freilassung und die dramatische Wendung des Falles zusammen.

»Vergiftet?«, fragte Pia erschrocken. »Auf dem Markt?«

»Davon gehen wir im Moment aus«, bestätigte Vinston.

Pias Mund wurde zu einem Strich, die Augen feucht.

»Ich habe keinen Zugang zu Giften, auch wenn Sie das vielleicht vermuten.«

Vinston und Esping sahen sich erstaunt an.

»Ich bin nicht dumm, ich begreife schon, dass Sie mich verdächtigen«, fuhr Pia fort. »Schließlich arbeite ich bei Anticimex, da werden Schädlingsbekämpfungsmittel hergestellt, und Lennart und ich haben kurz vor seinem Tod zusammen Eis gegessen. Bestimmt haben uns viele Leute dabei gesehen.«

Sie legte eine Visitenkarte auf den Tisch, auf der stand *Anticimex, Pia Larsson, Ökonomin.*

»Aber ich arbeite nicht mit den Giften, sondern sitze in einem tristen Büro und verschicke Rechnungen und dergleichen. Deshalb versuche ich, in meiner Freizeit möglichst viel draußen zu sein.«

Esping nahm überrascht die Visitenkarte an sich. Natürlich hätten sie schon längst überprüfen sollen, wo Pia arbeitete. Ein dummes Versäumnis, das Pia jetzt von sich aus korrigiert hatte. Oder war das in Wirklichkeit der schlaue Versuch, weniger verdächtig zu erscheinen?

»Gut, danke für die Information«, sagte Vinston. »Wir haben aber noch ein paar Fragen an Sie.«

Er schlug sein Notizbuch auf, während Esping die Aufnahmefunktion ihres Handys aktivierte. Pia öffnete ihre Handtasche und drückte ein Nikotinkaugummi aus einem Blister, das sie sich diskret in den Mund schob.

»Bei unserem letzten Gespräch haben Sie erzählt, dass Nalle seiner Frau alles gestanden hätte. Die Beziehung zu Ihnen, dass er die Scheidung wollte et cetera.«

Pia sank ein wenig in sich zusammen.

»Ich …« Sie räusperte sich und kaute langsam auf ihrem Kaugummi, als würde es ihr Stärke verleihen. »Ich habe viel darüber nachgedacht. Eigentlich war ich es wohl, die nachgefragt hat, Lennart hat es nicht von sich aus erzählt.« Sie seufzte schwer. »Möglich, dass er nur Ja gesagt hat, um mir eine Freude zu machen. Lennart hatte vor, mit Sussi zu reden, das weiß ich, aber ich bin mir nicht mehr so sicher, dass er es wirklich vor dem Marktbesuch getan hat.«

Vinston schrieb mit.

»Aber Jimmy wusste mit Sicherheit, was los war«, fuhr sie fort. »Er ist uns ein paarmal hinterhergeschlichen.«

Sie sah sich um und senkte die Stimme.

»Mein Festnetztelefon hat in den letzten Tagen mehrmals geklingelt, aber wenn ich dranging, war es am anderen Ende still.«

Pia beugte sich über den Tisch, kam so nah, dass Esping den Mentholgeruch ihres Nikotinkaugummis riechen konnte.

»Und außerdem stand ein unbekannter Wagen in meiner Straße«, flüsterte Pia. »Jemand saß auf dem Fahrersitz. Ich habe mich nicht getraut nachzusehen, aber es könnte Jimmy gewesen sein.«

Ihre Hände zitterten, sie legte sie in den Schoß, während ihr Blick unruhig zwischen den Polizisten hin und her flackerte.

»Glauben Sie, dass ich Angst vor ihm haben muss?«

33

Die Kirche Sankt Nicolai lag im Zentrum von Simrishamn und unterschied sich von den meisten anderen schonischen Kirchen dadurch, dass der weiße Verputz an der Fassade irgendwann in den Fünfzigerjahren entfernt worden war. Sie war aus unregelmäßigen Steinquadern gemauert, aus Quarzit, der aller Wahrscheinlichkeit nach aus der Gegend stammte.

Vinston blieb im Vorraum, dem sogenannten Waffenhaus, stehen, während Esping sich in einer der Bankreihen einen Platz suchte, der teilweise hinter einem Pfeiler versteckt lag. Sie wollte nämlich nicht, dass Felicia und der Rest des Chors sie sehen konnten, wenn sie dienstlich hier war.

Von ihrem Platz aus beobachtete sie ihre Freundin, die ihre Noten aus dem Rucksack holte und sich zu den anderen stellte. Esping spürte ein Flattern in der Brust. Wie schön sie war! Kurz kam ihr das gestrige Gespräch übers Heiraten in den Sinn, aber sie hatte noch nie allzu konventionell gedacht, und die ganze Idee behagte ihr nicht wirklich.

Sie sah sich um. Seltsamerweise war sie noch nie hier gewesen. Sankt Nikolaus war der Schutzpatron der Seeleute, und über dem Taufbecken hing eines der beiden Votivschiffe der Kirche, das Geschenk einer in Seenot geratenen Besatzung, die Gott für ihre Rettung danken wollte. Es war halb acht Uhr am Abend, und der Chor hatte sich um das Klavier vor dem Altar versammelt. Es war eine Gruppe von zwölf Personen, die meisten davon Frauen.

Sobald Jimmy Persson durch die Tür trat, ging Vinston auf ihn zu.

»Wir müssen noch ein paar ergänzende Fragen stellen«, sagte er und führte ihn in die Bankreihe, in der Esping saß. »Es dauert nur ein paar Minuten.«

»A-Aber wir fangen jetzt an«, stotterte Jimmy.

»Möchten Sie uns lieber auf das Revier begleiten?«, fauchte Esping. Jimmy zwinkerte nervös.

»Nein«, sagte er. »Gut. Aber es muss schnell gehen.«

Dann setzte er sich gehorsam, während Vinston selbst stehen blieb, sodass Jimmy zwischen den beiden Polizisten landete.

»Sie wussten, dass Ihr Vater eine Affäre hatte«, sagte Vinston.

Es war eine Feststellung, keine Frage.

»Wir haben mehrere Zeugen, die gesehen haben, dass Sie ihm hinterherspionierten.«

Jimmy holte tief Luft.

»Natürlich wusste ich, dass mein Vater eine andere hatte«, sagte er dumpf. »Mir wurde das schon klar, als er in ihrem Fall für die Hinterlassenschaften mehr bezahlte als üblich. Vater bezahlte nie eine Krone zu viel, aber bei ihr waren es sicher zehn- oder fünfzehntausend.«

Er wurde kurz still.

»Sie heißt Pia Larsson, sie ist eine alte Schulfreundin meines Vaters. Ich weiß auch, wo sie wohnt. Aber mein Vater hätte meine Mutter niemals ihretwegen verlassen!«

»Wie können Sie sich da so sicher sein?«, fragte Esping. »Hat eine andere seiner Geliebten ihn jemals dazu gebracht, abzunehmen und Golf zu spielen?«

Jimmy schlug mit der Faust auf die vor ihm stehende Bank. Bei dem Knall verstummten die Tonleiterübungen der anderen Chormitglieder. Nach einigen Sekunden begann der Gesang aber erneut, und Jimmy schien sich zu beruhigen.

»Ja, mein Vater war meiner Mutter untreu«, sagte er dann. »Mehr als einmal. Aber er hätte sie nie verlassen. Nie den Hof und die Firma aufgegeben. Die Antiquitätenbranche war sein ganzes Leben.«

Der Tonleitergesang wurde lauter und mehrstimmig.

Esping fühlte sich nicht wohl in ihrer Haut. Der Kontrast zwischen dem schönen Gesang und dem Verhör gefiel ihr nicht. Aber Jimmy reckte sich ein wenig, als würde die Musik sein Selbstvertrauen stärken.

»Ich glaube, dass Pia meinen Vater getötet hat«, sagte er. »Ihr wurde klar, dass er meine Mutter nie verlassen würde, also hat sie sein Eis vergiftet. Ich habe sogar gesehen, wie sie ihn damit gefüttert hat. Sie arbeitet bei Anticimex und hat bestimmt die gesamte Garage voller Gift. Fahren Sie doch hin und schauen Sie nach, statt mich und meine Mutter zu drangsalieren.«

Jimmy starrte die Polizisten trotzig an.

»Jetzt muss ich wirklich nach vorne, die Probe fängt an.«

»Was wollte Mats Lindeman heute Morgen von Ihnen?«, fragte Esping. Es widerstrebte ihr, ihn schon gehen zu lassen. Vinston schlug eine neue Seite seines Notizbuchs auf und machte sich weiter Notizen.

»Wie meine Mutter schon sagte«, brummte Jimmy. »Er wollte sein Beileid aussprechen.«

»Sonst nichts?«, hakte Vinston nach.

Jimmy schüttelte den Kopf.

»Meine Mutter kennt Mats schon seit vielen Jahren. Er wollte nur hören, ob wir Hilfe brauchen.«

Das Gespräch wurde von einer Frau unterbrochen, die um den Pfeiler herumkam.

»Jimmy! Da bist du ja!«, rief sie aus. »Wir müssen jetzt anfangen.«

Er stand erleichtert auf, nickte den Polizisten zu und eilte zum Altar.

Vinston rutschte zu Esping in die Bank.

»Was denken Sie?«, fragte er, aber Esping hielt einen Finger an die Lippen und deutete dann auf Nalles Sohn. Vinston streckte den Hals.

Die Chorleiterin setzte sich ans Klavier, während sich Jimmy mit einem Notenblatt in der Hand vor den Rest der Gruppe stellte.

Nach nur einem Akkord erkannte Vinston das Stück.

Das *Ave Maria*.

Er schloss genießerisch die Augen.

Der Gesang eines Countertenors erfüllte die Kirche. Der hellsten und wunderbarsten Männerstimme. Als wäre ein Engel vom Himmel herabgestiegen. Vinston schlug die Augen auf.

Die schöne Stimme gehörte Jimmy. Dass dieser große Kerl solch fantastische Töne produzieren konnte, war unbegreiflich. Die Töne schwebten zur Decke, wo sie durch das Echo der alten Steinbögen verstärkt wurden.

Der Gesang traf Vinston mitten ins Herz und lockte sogar eine kleine Träne hervor, die seine Wange herunterlief.

Diskret wischte er sich die Augen und schielte zu Esping hin, um zu sehen, ob sie etwas bemerkt hatte.

Dabei blieb sein Blick an einer lateinischen Inschrift auf der Kanzel hängen:

Sanctifica nos Tua veritate: sermo ille Tuus veritas est.

Heilige uns mit deiner Wahrheit: dein Wort ist die Wahrheit.

»Ich glaube nicht, dass es Jimmy war«, flüsterte Vinston, als sie eine Viertelstunde später die Kirche verließen.

»Was?«, fragte Esping, die sich die Shorts hochkrempelte.

Vinston blieb stehen.

»Ich glaube nicht, dass Jimmy seinen Vater getötet hat.«

»Warum nicht?«

Aus den Restaurants entlang der Hauptstraße zum Hafen hinunter war leises Stimmengewirr zu hören. Der Sommerabend war lau, eine milde Brise trug den Geruch nach Essen und Seetang mit sich.

»Es ist hauptsächlich ein Gefühl«, sagte er. »Polizistenintuition.«

Esping blickte skeptisch.

»Und diese Intuition hat nichts damit zu tun, dass Jimmy so schön singt, dass es einen zum Weinen bringt?«, fragte sie sarkastisch. »Zumindest einige von uns.«

Vinston ignorierte ihre Bemerkung. Aufgrund der schönen Musik hatte er gute Laune, und er beschloss, sich auf der Stelle bei Anna zu melden und ihr Date zu bestätigen.

Außerdem musste er noch jemanden anrufen.

»Wenn Sie wollen, kann ich der Staatsanwältin heute Bericht erstatten«, sagte er. »Ich meine, dann können Sie den Samstagabend mit Ihrer Freundin verbringen.«

Esping lachte.

»Sie meinen, ich darf zwischen Felicia und Renata Jönsson-Kaminsky wählen?«

Vinston nickte.

»Danke, das fällt mir nicht schwer.« Esping legte ihre Hand auf Vinstons Schulter. »Sie sollten vielleicht öfter mal in die Kirche gehen?«

34

Eine neugierige Biene landete bestimmt zum zehnten Mal in der Marmelade. Amanda jagte sie fort.

»Ob das wohl eine von L-Gs Honigbienen ist?«, sagte sie.

Vinston lachte und füllte seine Kaffeetasse. Sobald er an diesem Sonntagmorgen wach geworden war, hatte er sich auf den Weg nach Gärsnäs gemacht, wo Christina im Schatten eines Apfelbaumes ein reichhaltiges Frühstück serviert hatte. Die Sonne schien von einem strahlend blauen Himmel herab, die Bäume des Schlossgartens prangten in hochsommerlichem Grün, und obwohl es erst neun war, herrschten bereits über fünfundzwanzig Grad.

»Ich habe die Scones gebacken«, sagte Amanda stolz.

»Ja, die sehen sehr delikat aus«, log Vinston und betrachtete die kleinen, angebrannten Gebäckstücke.

Er saß in Hemdsärmeln da und hatte sein leichtes Sommerjackett über die Stuhllehne gehängt. Aufgrund der Hitze hatte er seinen üblichen dreiteiligen Anzug gegen eine hellere Variante ohne Weste eingetauscht. Aber die Krawatte behielt er um, es gab schließlich Grenzen.

»Ich habe gehört, dass du heute Abend ein Date hast.« Christina, die auf der anderen Seite des Tisches saß, klang neugierig.

»Stimmt«, antwortete Vinston verlegen. Christina hatte wohl leider von seinem gestrigen Telefonat mit Anna Tyche erfahren.

Amanda schien ausnahmsweise nicht daran interessiert, bei den Sticheleien ihrer Mutter bezüglich seines Liebeslebens mitzumachen. Stattdessen wechselte sie das Thema.

»Ist es wahr, dass Nalle Persson vergiftet wurde?«

Vinston starrte sie an.

»Woher weißt du das?«

»Dann ist es also wahr«, konstatierte sie triumphierend.

»Davon habe ich nichts gesagt«, versuchte Vinston, sich herauszureden, aber seine Tochter hörte nicht zu.

»Was für eine Wendung!«, sagte sie. »Vom Erdolcht- zum Vergiftetwerden!«

Vinston runzelte verärgert die Stirn. Bei der Reichsmordkommission in Stockholm hatten die Leute Verstand genug, um während einer Voruntersuchung keine heiklen Informationen preiszugeben. Hier auf dem Land wusste der Friseur oder die Konditorin genauso viel wie die Staatsanwältin.

»Habt ihr einen Verdächtigen?«, fragte Amanda neugierig.

»Das kann er dir ja wohl kaum sagen«, protestierte Christina.

Vinston seufzte. Das wenige, was sie noch nicht wussten, konnte er ihnen jetzt auch noch mitteilen.

»Versprich, es niemandem weiterzuerzählen«, ermahnte er seine Tochter und strich sich Marmelade auf einen dunkelbraunen Scone. »Ehrlich gesagt, treten wir ein wenig auf der Stelle. Es gibt eine Reihe von Personen, die sowohl ein Motiv als auch die Gelegenheit gehabt hätten, aber uns fehlen technische Beweise.«

Poppe und Anderklew kamen über den Rasen angeschlendert. Beiden sah man an, dass sie am Vorabend gefeiert haben mussten.

Vinston wandte sich an Amanda und hob warnend den Finger.

»Kein Wort über die Ermittlungen.«

Sie machte eine Handbewegung, als würde sie ihren Mund mit einem Reißverschluss verschließen, drehte dann noch einen imaginären Schlüssel herum und warf ihn weg.

»Ah, da kommen die kleinen Jungs …«, bemerkte Christina, als Poppe und Anderklew sich an den Tisch setzten. »Wurde es etwa spät gestern?«

»Na ja. Nicht besonders«, erwiderte Poppe müde lächelnd. »Es war erst kurz nach drei, als Fabbe meinen selbst gemachten Wermutschnaps probieren wollte.«

Anderklew strich sich theatralisch über die Stirn.

»So im Nachhinein und bei Tageslicht betrachtet gehörte das vielleicht nicht zu meinen besten Entscheidungen«, sagte er. »Wir hätten stattdessen deinen alten Absinth heraussuchen sollen.«

Anderklew lachte über seinen eigenen Scherz und drückte sich die Finger an die Schläfen.

»Du warst hoffentlich nicht so dumm, dich von Fabbe auch überreden zu lassen, Snus zu nehmen?«, fragte Christina ihren Mann.

Poppe schluckte und schielte verstohlen zu Anderklew hinüber.

»Tja, das könnte schon passiert sein. Meine Erinnerung ist nicht mehr ganz klar.«

Er schenkte zwei große Gläser Wasser ein, die die beiden durstig leerten.

»Dann habt ihr es nicht anders verdient«, stellte Christina mitleidlos fest. »Es gibt noch Frühstück, wenn ihr wollt.«

Poppe nickte schwach.

»Nichts zu essen, aber gern Kaffee.«

»Vielleicht genehmigen wir uns noch einen Kurzen, lieber Bruder?«, schlug Anderklew vor. »Oder eine Prise Snus?«

Er hielt Poppe scherzhaft seine antike Tabakdose hin, doch dessen Gesicht wurde nur noch blasser.

»Nein«, sagte Christina bestimmt. »Ihr wolltet doch zu einer Auktion gehen, habt ihr das vergessen?«

Fabian Anderklew steckte die Dose weg, lachte glucksend und goss ihnen Kaffee ein.

»Wie läuft es mit dem Fall, Peter?«, fragte Poppe, dem daran gelegen schien, das Thema zu wechseln. »Es ist von Vergiftung die Rede.«

Vinston schaute erst zu Christina, dann zu Amanda.

Die machte eine diskrete, aber deutliche Geste, dass sie nicht geplappert hatte. Nun gut. Wenn ohnehin alle Bescheid wussten, bestand wohl kein Grund mehr, es zu verheimlichen.

»Ja, das ist richtig«, sagte er resigniert.

»Armer alter Nalle«, rief Anderklew aus. »Er war zwar im Geschäftsleben ein Gauner und konnte die Leute wirklich gegen sich aufbringen. Aber zweimal am selben Tag ermordet zu werden, das ist rekordverdächtig, oder nicht, Peter?«

Er klopfte Vinston auf den Rücken und lachte laut auf.

»Scherz beiseite«, sprach er weiter. »Vergiftet also. Faszinierend, klingt irgendwie mittelalterlich. Ich denke dabei an Lucrezia Borgia, Tristan und Isolde, Hamlet.«

Vinston gefielen die Vergleiche nicht. Soweit er sich erinnerte, starben bei *Hamlet* alle Beteiligten außer Horatio, und bei der aktuellen Geschichte erhoffte er sich ein etwas glücklicheres Ende.

»Apropos Wermut, Absinth und Gift«, sagte Christina. »Ich habe dieser Tage das Herbarium durchgeblättert. Da gibt es eine ganze

Sektion giftiger Gewächse, unter anderem Beifuß, woraus man eben Wermut und Absinth macht. Und das Lustige ist, dass an dem Platz im Küchengarten, an dem Beata Rosencrantz vor fast zweihundert Jahren Beifuß angepflanzt hat, immer noch welcher wächst.«

Sie wies auf eine steinige, abseits gelegene Stelle des Gartens, die von einer großen Kastanie beschattet wurde.

»Er hat silbrige Blätter und kleine, runde gelbe Blüten«, erklärte sie weiter. »Wir können ihn uns nachher anschauen.«

Keiner der übrigen vier biss bei diesem Angebot an.

»Herrgott, ist es schon so spät?«, rief Poppe aus. »Wenn wir rechtzeitig da sein wollen, müssen wir los.«

Anderklew und er standen auf.

»Ihr müsst uns entschuldigen. Wir wollen frühzeitig bei der Auktion sein, uns eine Strategie überlegen und schauen, ob wir beim Kauf des Gemäldes Konkurrenz haben.«

»Ein Ölbild aus dem achtzehnten Jahrhundert«, präzisierte Anderklew. »Von einem unbekannten Monogrammisten. Mal sehen, ob er in Wirklichkeit genauso vielversprechend aussieht wie im Katalog.«

Christina warf Poppe einen beredten Blick zu. Vinston vermutete, dass sie ihrem Mann damit andeuten wollte, sich finanziell zurückzuhalten.

»Wo wir von Fundstücken reden.« Anderklew wandte sich an Vinston. »Was ist aus der chinesischen Schale geworden? Wenn du willst, kann ich sie von einem Kollegen schätzen lassen.«

»Danke für das Angebot«, sagte Vinston, der nicht verraten wollte, dass sie die Schale noch nicht gefunden hatten. »Aber momentan ist das nicht aktuell. Ich komme drauf zurück, wenn sich daran etwas ändert.«

»Mach das«, erwiderte Anderklew und knöpfte sich seinen zerknitterten Blazer zu.

»Wir sehen uns auf der Auktion«, sagte Vinston. »Ich werde auch dort sein. Dienstlich.«

Bei Lindemans Auktionshaus waren so viele Menschen, dass Esping um das Gebäude herumfahren musste, um einen Parkplatz zu finden.

»Ich finde es immer noch vollkommen unnötig, dass ich mitkommen sollte«, schimpfte Felicia vom Beifahrersitz. »Hättest du nicht einfach für mich auf die Stühle bieten können? Du weißt doch, wie viel ich zu tun habe.«

Esping schaltete den Motor aus und wandte sich ihr zu. »Ich bin dienstlich hier. Ich kann nicht gleichzeitig Lindeman verhören und Sachen von ihm kaufen. Das wäre unprofessionell.«

»Es hätte dich fünf Minuten gekostet«, widersprach Felicia.

Darauf erwiderte Esping lieber nichts.

Sie stiegen aus dem Auto und wichen einem glänzenden Mercedes aus, der auf der Suche nach einem Parkplatz langsam vorbeirollte. Esping erkannte die Gestalt auf dem Fahrersitz. Es war Renata Jönsson-Kaminsky.

»Cruella de Vil«, flüsterte Esping. »Was macht die denn hier?«

»Ist das deine verhasste Anwältin?«, fragte Felicia.

»Dieses Gefühl beruht auf Gegenseitigkeit.«

Esping nahm ihre Lebensgefährtin bei der Hand. Als sie um die Ecke bogen, entdeckte sie Vinston. Er beugte sich zur Hauswand, als wäre ihm schlecht. War er krank?

Als Esping näher kam, sah sie, dass er sich vorgebeugt hatte, um an ein paar dunkelroten Blüten zu riechen, die an der Fassade in die Höhe wuchsen.

»Riechen sie gut?«, rief Felicia fröhlich.

Vinston zuckte zusammen und richtete sich ertappt auf.

»Ja, sehr gut!«, sagte er schnell. »Sollen wir reingehen?«

Der Auktionssaal war voller Besucher, die sich die zum Verkauf stehenden Gegenstände ansahen. Die Damen testeten Sessel, die Herren blätterten interessiert in Briefmarkenalben oder alten Zeitschriften. Die Luft war stickig, und es herrschte ein lautes Stimmengewirr.

An den Wänden hingen an die hundert Bilder, und auf dem Boden lagen verschiedene Arten von Teppichen, auf denen die Kunden herumtrampelten. An einer Schmalseite standen Bananenkisten unterschiedlichen Inhalts, der nicht wertvoll genug war, um einzeln angeboten zu werden. Porzellan, Besteck, Werkzeug. Dinge, die übrig blieben, wenn ein Haus leer geräumt wurde, und jetzt kistenweise verkauft wurden.

Auf der gegenüberliegenden Seite des Raums befanden sich in Schaukästen teurere Gegenstände, zum Beispiel Schmuck und Uhren, die von den Interessenten mit der Lupe inspiziert wurden.

»Haben Sie Jönsson-Kaminsky eingeladen?«, fragte Esping, während sie nach Mats Lindeman Ausschau hielt.

»Bitte?« Vinston reagierte überrascht.

»Ich habe sie auf dem Parkplatz gesehen. Sie haben doch gestern Abend mit ihr gesprochen, oder?«

Vinston nickte nachdenklich.

»Ich habe ihr erzählt, dass wir Lindeman verhören wollen, aber sie hat nicht erwähnt, dass sie zur Auktion kommen würde.«

Plötzlich streckte er sich, schnüffelte in die Luft und sah sich um.

»Was ist?«, wunderte sich Esping.

»Ich weiß nicht«, erwiderte Vinston. »Ich dachte, ich hätte wieder diesen Schimmelgeruch wahrgenommen.«

Esping schnüffelte jetzt auch, aber alles, was sie roch, war der Gestank nach alten Teppichen und verschwitzten Menschen.

Im Büro fanden sie einen gestressten Mats Lindeman, der vor einem Computerbildschirm saß und gleichzeitig telefonierte. Seine Stirn war feucht, und unter seiner Lippe hing eine Dosis Snus gefährlich tief herunter.

»Sie kommen im schlechtesten Moment«, sagte er. »Die Versteigerung beginnt in zwanzig Minuten.«

»Kein Problem«, sagte Vinston. »Wir warten, bis sie vorbei ist. Ich wollte schon immer mal eine echte Auktion erleben. Live sozusagen.«

Er machte Esping ein Zeichen, in den Saal zurückzukehren, und sagte dann:

»Ich hole uns am Stand etwas zu trinken, wir sehen uns draußen.«

»Warten Sie«, rief Lindeman und reichte ihnen jeweils einen Auktionskatalog. »Sie sollten heute etwas kaufen, es wird viele tolle Fundstücke geben.«

Esping fand Felicia in einem hellbraunen Ledersessel sitzend, dessen Füße und Armlehnen aus Holz waren.

»Der ist so schön! Den will ich zum Geburtstag«, sagte Felicia und strich mit den Fingern über die Lehne, die genau die richtige Patina besaß. »Er heißt Pernilla und ist von Bruno Mathsson.«

»Hast du das bei der Antik-Show gelernt?«, scherzte Esping. »Und Pernilla bekommt man ganz umsonst, nehme ich an?«

Ihr Lächeln erstarb, als sie Renata Jönsson-Kaminsky im Gewimmel erblickte.

»Guten Morgen«, begrüßte die Staatsanwältin sie.

Esping zwang sich zu einem Lächeln.

»Was für ein Zufall«, sagte sie angespannt. »Sind Sie hinter etwas Bestimmtem her?«

»Das kann man wohl sagen«, antwortete Renata. »Ich suche nach meinem gestohlenen Tisch.«

»Ich dachte, die Polizei von Ystad kümmert sich um den Einbruch? Haben sie nicht ihre besten Leute darauf angesetzt?«

Renata machte ein säuerliches Gesicht.

»Das haben sie. Aber es ist eine komplizierte und lange Ermittlung. Es bleibt die Tatsache, dass Nalle und sein Kompagnon jetzt hinter Schloss und Riegel sitzen würden, wenn Sie Ihre Arbeit richtig gemacht und erkannt hätten, dass *Rasks Gebrauchtmöbelhandel* der kleinste gemeinsame Nenner zwischen den Einbrüchen war. Ich wäre nicht bestohlen worden und Nalle nicht ermordet.«

Esping wurde wütend.

»Ich mache Sie gern darauf aufmerksam, dass ich erst seit einem halben Jahr Ermittlerin bin«, sagte sie, als Vinston mit ein paar Getränkedosen in der Hand wiederkam. »Und Vinston macht hier Urlaub und hilft nur aus.«

Renata wandte sich an ihn.

»Dafür sind wir sehr dankbar. Die Polizei von Simrishamn braucht jede Hilfe, die sie kriegen kann.«

»So ein Blödsinn!«, brummte Felicia von ihrem Pernilla-Sessel aus.

»Wie bitte?«

Renata hatte sich überrascht umgedreht.

»Tove ist die beste Polizistin, mit der Sie jemals zusammenarbeiten werden«, fauchte Felicia böse. »Wenn Sie sich endlich mal zurückhalten würden, würde sie den Fall in null Komma nichts lösen.«

Die Staatsanwältin stand einen Augenblick lang verwirrt da.

»Wir werden sehen«, schnaubte sie dann, machte auf dem Absatz kehrt und stiefelte davon.

Esping verspürte das dringende Bedürfnis, ihre Freundin zu küssen.

In dem Moment ertönte ein Rascheln aus den Lautsprechern, bevor Mats Lindeman das Wort ergriff.

35

Es war zehn vor zwölf, als Poppe seinen Jaguar auf einem Stoppelfeld hinter *Lindemans Auktionsunternehmen* abstellte.

»Wir kommen noch rechtzeitig, alter Freund«, sagte Fabbe. »Immer mit der Ruhe.«

Poppe fiel es schwer, diesen Rat zu befolgen.

Sie waren zwar pünktlich aufgebrochen, aber dann hatten sie unterwegs dreimal halten müssen, weil Fabbe irgendetwas erledigen wollte. Es war immer dasselbe, Fabbe dachte jedes Mal, sie könnten noch schnell zu einem Antiquitätenhändler, der auf dem Weg lag, um etwas abzuholen oder hinzubringen. Sie hatten sogar an einem Kiosk gehalten, um in aller Ruhe Snus zu kaufen.

Als sie jetzt in den Auktionssaal kamen, ging ein Raunen durch den Raum. Poppe würde es nie zugeben, aber er genoss die Aufmerksamkeit, die ihm in Begleitung seines Freundes zuteilwurde.

Fabbe selbst schien das weniger zu gefallen.

»Bald muss ich mich verkleiden«, murmelte er. »Kontaktlinsen benutzen oder so etwas.«

Er klopfte leicht auf seine auffallende Brille. Poppe lächelte dagegen breit und nickte Bekannten zu.

»Wir wollen das Ganze ein bisschen diskret handhaben«, flüsterte Fabbe und nahm ihn am Arm, als sie sich einen Weg zu den Gemälden bahnten.

»Tu so, als seiest du an diesem hier interessiert.«

Er deutete auf eine naive, farbenfrohe Lithografie mit Österlenmotiv; es hing neben dem Ölbild, wegen dem sie eigentlich hier waren.

Poppe stellte sich brav vor das hässliche Bild und gab sein Bestes, um interessiert zu wirken.

»Unser Objekt sieht gut aus«, sagte Fabbe leise, der das Ölgemälde aus den Augenwinkeln betrachtete. »Wenn du darauf bietest und es bezahlst, dann verkaufe ich es über meine Kontakte. Danach teilen wir den Gewinn. Klingt das gut?«

»Sehr gut«, erwiderte Poppe grinsend, dem der Gedanke gefiel, so leicht Geld zu verdienen. Allerdings mochte er fast genauso sehr die Spannung, die Heimlichtuerei und die Kameradschaft dabei.

»Das Gemälde hat die Nummer sechsundsiebzig«, sagte Fabbe. »Es besteht die Chance, dass wir es relativ günstig bekommen, aber du kannst auf jeden Fall bis fünfunddreißigtausend mitbieten.«

Poppe nickte. Sein Herz machte vor Anspannung einen kleinen Salto.

Die Besucher hatten auf den Klappstühlen Platz genommen, als Mats Lindeman mit einem Holzhammer in der Hand und einem Headset-Mikrofon am Rednerpult erschien.

»So, die Besichtigung ist vorbei, wir werden jetzt mit der Auktion beginnen. Alle Objekte werden im aktuellen Zustand verkauft, und denken Sie daran, dass noch zwanzig Prozent Provision plus fünfzig Kronen Auktionsabgabe dazukommen.«

Wegen einer leisen Rückkopplung musste er kurz sein Mikrofon richten, bevor er fortfuhr.

»Es wird außerdem ein paar Mitbieter per Telefon geben«, sagte er und zeigte auf eine Mitarbeiterin, die mit zwei Handys ausgestattet neben dem Podium stand. »Aber ich rechne trotzdem damit, dass wir ungefähr hundertfünfzig Gebote pro Stunde schaffen.«

Fabbe zog Poppe mit sich in den hinteren Teil des Raumes.

»Wir stellen uns hierhin, da haben wir einen guten Überblick und sehen, wer gegen uns bietet.« Er deutete mit einem Kopfnicken auf einen Mann, der lässig an einen Sekretär gelehnt stand. »Die erfahrenen Händler stehen immer ganz hinten.«

Das erste Gebot betraf ein Set antiker Apothekerflaschen, die Poppes Ansicht nach perfekt in seine Bibliothek passen würden. Weiter konnte er nicht denken, bevor sie verkauft waren. Man musste schnell sein.

»Gebot Nummer zwei ist eine größere Modelleisenbahn der bekannten Marke Märklin. Fünf Loks, neunzehn Wagen und mehrere Meter Schienen«, verkündete Lindeman. »Wir haben ein Einstiegsgebot und beginnen daher bei dreitausendzweihundert Kronen. Bietet jemand höher?«

Poppe ließ den Blick über die Besucher schweifen und entdeckte

Vinston auf der anderen Seite des Raumes. Als dieser ihn sah, hob Poppe grüßend die Hand.

»Dreitausendvierhundert Kronen ganz hinten«, rief Lindeman. Er schaute ins Publikum. »Sonst niemand? Dann geht die Bahn für dreitausendvierhundert Kronen an den Gentleman im Blazer dort hinten an der Wand.«

Poppe begriff plötzlich, dass er gemeint war, und wusste nicht, was er tun sollte. Er wedelte mit der Hand, um sein Gebot zurückzunehmen, aber es war zu spät.

»Zum Ersten, zum Zweiten, zum Dritten.« Lindeman schlug mit dem Hammer auf das Pult. »Verkauft an Fabian Anderklews guten Freund dort!«

Poppe war kurz davor, laut zu fluchen, als Fabbe ihn fragend ansah.

»Äh, ja«, lachte Poppe nervös. »Ich dachte, das könnte lustig sein. Ich habe Modelleisenbahnen immer geliebt, schon als Kind.«

Ein Schweißtropfen hatte sich an seinem Haaransatz gebildet, aber da bereits eine neue Bieterrunde gestartet hatte, wagte er nicht, die Hand zu heben, um sich über die Stirn zu wischen.

Die Auktion ging weiter, und alles von Standuhren bis Deckenlampen fand einen neuen Besitzer.

»Gebot vierundsiebzig ist ein Paar Feuerböcke in Form von Teufeln«, sagte Lindeman. »An einem Tag wie heute ist es schwer vorstellbar, aber bald ist Herbst, und da passen die perfekt in jeden Kamin.«

»Bald ist es so weit«, flüsterte Anderklew. »Noch zwei Nummern.«

Poppes Mund war trocken, und sein Puls stieg. Wenn er nun wieder einen Fehler machte?

»Kannst du das nicht übernehmen?«, fragte er seinen Freund.

»Nein, verdammt!«, zischte Fabbe. »Wenn ich auch nur ansatzweise interessiert wirke, geht der Preis um ein Vielfaches nach oben. Das ist das Problem, wenn man so bekannt ist.«

»Jetzt kommen wir zu einem fantastischen Ölbild aus dem neunzehnten Jahrhundert. Nummer sechsundsiebzig«, verkündete Lindeman. »Unbekannter Künstler, aber von ausgesuchtem handwerklichem Geschick.«

Wieder bildete sich an Poppes Haaransatz ein Schweißtropfen. Er löste sich und begann langsam, seine Stirn herabzuwandern. Bald gesellte sich ein zweiter hinzu, und das Herz klopfte immer lauter.

»Der Einstiegspreis liegt bei zweitausend Kronen«, sagte Lindeman. »Aber wir haben schon ein Gebot von achttausend vorliegen.«

»Aha, dann hat es wohl noch jemand entdeckt«, flüsterte Fabbe. »Aber es ist immer noch ein Schnäppchen.«

»Achttausend also. Bietet jemand aus dem Saal dagegen?«, fragte Lindeman.

Fabbe schielte zu Poppe, der vorsichtig den Arm hob.

»Danke!« Lindeman zeigte mit dem Hammer auf ihn. »Wir haben neuntausend hier aus dem Saal, von dem Herrn mit der Modelleisenbahn. Neuntausend. Bietet jemand mehr?«

Leises Geflüster war zu hören.

Lindeman hob den Hammer.

»Sonst möchte niemand bei diesem wunderbaren Ölgemälde mitbieten?«

Poppe verspürte ein Kribbeln. Plötzlich tauchte ganz vorne eine Hand auf, die einen Auktionskatalog hielt. Sie gehörte einem mageren Mann in Polohemd und mit Pilotensonnenbrille.

»Neuntausendfünfhundert hier vorne«, sagte Lindeman zufrieden und zeigte auf den Mann. »Höre ich zehn?«

»Jepp!«, quakte Poppe.

»Das höchste Gebot liegt wieder beim Bahnliebhaber. Wir erhöhen auf zehntausend. Haben wir elf?«

Der Typ mit der Sonnenbrille wedelte wieder mit seinem Katalog.

Der Preis stieg schnell.

Jedes Mal, wenn Poppe den Arm hob, fühlte er sich wohler in dieser Rolle. Als das Gebot zwanzigtausend überschritt, nahm das Interesse der übrigen Besucher zu. Sie drehten sich um und reckten die Hälse.

Fabbe blickte zu Boden und spielte den Uninteressierten, während Poppe die Aufmerksamkeit genoss. Seine Bewegungen wurden immer selbstsicherer, und er brummte unzufrieden, wenn er überboten wurde.

Bald war das Gebot bei den fünfunddreißigtausend Kronen, die

Fabbe als Grenze festgelegt hatte. Aber Poppe war noch nicht bereit aufzugeben. Nachdem er sich schon so weit aus dem Fenster gelehnt hatte, kam es ihm peinlich vor, sich zurückzuziehen. Er würde dem Kerl mit der Sonnenbrille schon noch zeigen, wer heute der reichste Mann in Tomelilla war. Und wenn jemand so viel dafür zahlen wollte, war das Gemälde vielleicht viel mehr wert, als Fabbe geschätzt hatte?

Als das Pulver verschossen war und sich der Arm mit dem Auktionskatalog senkte, sah Fabbe Poppe besorgt an.

»Achtundvierzigtausend Kronen«, sagte Lindeman. »Das Gebot liegt bei dem Herrn mit der Eisenbahn. Möchte noch jemand ins Spiel einsteigen? Ansonsten bleiben wir bei achtundvierzigtausend.«

Im Saal war es mucksmäuschenstill.

»Zum Ersten, Zweiten, verkauft!«, sagte Lindeman und schlug mit dem Hammer auf das Pult. »Da sehen Sie mal. Wenden Sie sich bei einem Verkauf vertrauensvoll an uns. Hier erzielen Sie die gleichen Preise wie auf den schicken Straßen von Stockholm.«

Auf einen Schlag verließ Poppe alles Selbstvertrauen. Er bekam weiche Knie. Was hatte er getan? Hatte er viel zu viel bezahlt? War sogar betrogen worden? Der andere Mann war vielleicht gar nicht daran interessiert gewesen, das Bild zu kaufen, sondern wollte nur den Preis in die Höhe treiben. Er könnte der Verkäufer sein, oder eine Person, die Lindeman angeheuert hatte.

»Keine Sorge«, flüsterte Fabbe, als könnte er Poppes Gedanken lesen. »Wir werden an dem Bild immer noch etwas verdienen. Nur leider nicht so viel wie erhofft.«

Zwei Stunden später war die Auktion vorbei, und Esping fühlte sich nach dem langen Sitzen steif. Felicia war es geglückt, sowohl die Sprossenstühle als auch eine Sammlung ungleicher Kaffeetassen für das Café zu ersteigern.

»Kannst du mir helfen, die Stühle rauszutragen?«, fragte sie Esping.

»Nein, ich habe dir doch gesagt, dass ich hier arbeite«, flüsterte diese zurück.

»Aber du stehst doch nur rum und glotzt.«

Esping hatte dem wenig entgegenzusetzen. Sie und Vinston warteten darauf, dass alle Besucher weg waren und sie mit Lindeman sprechen konnten.

»Na gut.«

Sie gingen ins Büro, um ihre Käufe zu bezahlen. Dort standen bereits Poppe und Fabian Anderklew in der Schlange. Felicia strahlte, sie war schon immer ein Fan von Anderklew gewesen. Sie sah ihre Freundin vielsagend an. Esping schüttelte den Kopf, aber es war zu spät.

»Entschuldigen Sie die Störung«, sagte Felicia und drängte sich zu Anderklew vor. »Wir sind große Fans, wir schauen uns immer die *Antikrunde* an.«

»Das freut mich zu hören«, erwiderte Anderklew höflich. »Und Sie haben heute auch etwas gefunden?«

Auf Felicias Gesicht hatte sich ein breites Lächeln festgesetzt.

»Ja, diese Sprossenstühle.« Sie hielt dem Experten ihr Handy hin. »Zweitausend für alle sieben. Ist das ein guter Kauf?«

»Lassen Sie mal sehen.« Anderklew rückte seine große Brille zurecht und beugte sich näher zum Display. »Ja, ich glaube, dass zumindest einige davon das Modell Lilla Åland von Carl Malmsten sind. Gratuliere!«

Felicia machte eine Siegesfaust.

»Es ist mir peinlich zu fragen«, sagte sie dann. »Aber jetzt, wo ich gerade das Telefon in der Hand habe: Dürfte ich vielleicht ein Foto mit Ihnen machen?«

Anderklew reckte sich und fuhr sich mit der Hand über das dünne Haar.

»Selbstverständlich!«

Felicia schaltete die Kamerafunktion ein und reichte Esping ihr Handy.

Anderklew legte einen Arm um Felicias Schultern und drehte sie beide so herum, dass das Licht besser war.

Er schien es gewohnt zu posieren, und als Esping das Telefon hob, feuerte er ein Lächeln ab, das fast so strahlend war wie Felicias.

»Willst du auch auf einem mit dabei sein, Tove?«, fragte Felicia.

Bevor sie antworten konnte, hatte Poppe bereits angeboten, das Foto zu machen, und Felicia sie ins Bild gezogen. Anderklew stellte sich in die Mitte und legte nun auch einen Arm um Esping.

»Cheese«, lachte Poppe und hob die Kamera.

Esping setzte ein gequältes Lächeln auf. In dem Moment erschien Vinston hinter Poppes Rücken. Er hob eine Augenbraue und sah sie überrascht an.

Esping wollte im Boden versinken. Hier stand sie, mitten in einer Mordermittlung, und posierte mit einem ihrer Verdächtigen.

Poppe nahm seinen Auftrag ernst. Er knipste eine ganze Reihe an Fotos im Hoch- und Querformat, und es blieb Esping nichts anderes übrig, als stehen zu bleiben.

Als die Fotosession endlich vorbei war und sie sich von Anderklew losreißen konnte, vibrierte ihr Handy. Eine Mitteilung von Thyra Borén.

»Die Techniker haben einen Fingerabdruck gefunden, der uns interessieren könnte«, sagte Esping zu Vinston, ohne ihn anzusehen.

»Auf einer Kaffeetasse in Nalles Wohnmobil.«

»Passt er zu jemandem aus der Ermittlung?«, fragte er.

»Nein, aber zu einem Daniel Pedersen, fünfunddreißig Jahre alt, aus Eljaröd. Er wurde schon mehrfach wegen Einbruchs verurteilt.«

Nachdem die letzten Besucher das Auktionsgebäude mit ihren Einkäufen verlassen hatten, setzten sich Vinston und Esping mit Mats Lindeman in den leeren Saal.

»Dieses Ölbild ging für einen hohen Preis weg«, stellte Vinston fest, ohne zu verraten, dass er Poppe kannte.

»Ja, aber es war sicher jede Krone wert«, sagte Lindeman. »Der Käufer war in Begleitung von Fabian Anderklew aus der *Antikrunde,* ich hätte also mit einem höheren Preis starten sollen. Aber es ist schwierig, auf jedem Gebiet Experte zu sein.«

»Der Verkäufer wird sich jedenfalls freuen«, sagte Esping.

»Ja, bis das Bild bei einer Versteigerung im *Auktionshaus Malmö* landet«, brummte Lindeman. »Dann rufen sie an und beschweren sich. Google hat in vielerlei Hinsicht die Branche zerstört.«

Er nahm seine Snus-Dose und schob sich eine Prise unter die Oberlippe.

Wie immer griff Esping nach ihrem Handy, um das Gespräch aufzuzeichnen, und aus reiner Gewohnheit tastete Vinston seine Jackentasche nach seinem treuen Notizbuch ab. Aber es war nicht da.

Er musste vergessen haben, das Büchlein von einem Jackett ins andere zu stecken. Ein dummes Versehen, das ihm nicht ähnlichsah. Er schob es auf die Hitze.

Esping holte den Beweismittelbeutel mit Nalles Notizbuch hervor. Das hatten sie zumindest dabei.

»Das hier gehörte Nalle«, erklärte sie Lindeman. »Wir vermuten, dass er all seine Schwarzgeldgeschäfte darin vermerkte.«

Sie schlug eine Seite auf.

»Eine Person mit den Initialen ML war Nalle immer wieder Geld schuldig und hat es nie geschafft, alles zurückzuzahlen«, sagte sie. »Im Moment scheinen sich die Schulden auf über dreihunderttausend Kronen zu belaufen.«

Lindeman seufzte verärgert.

»Wie oft soll ich Ihnen das noch erzählen? Nalle und ich haben keine Geschäfte miteinander gemacht. Weder schwarze noch sonst welche. Selbst wenn er der letzte Händler der Branche gewesen wäre, hätte ich keine Geschäfte mit ihm gemacht. Sie sprechen mit dem falschen ML.«

»Erkennen Sie das wieder?«, fragte Vinston und legte die verblichene Fotografie vor Lindeman.

»Wo haben Sie die gefunden?«, fragte er verwundert.

»In Nalles Büro. Sie hing dort an der Pinnwand.«

»Erstaunlich«, sagte Lindeman nachdenklich. »Nalle hatte das Bild tatsächlich bei sich hängen?«

»Wer ist der Mann in der Mitte?«, fragte Vinston.

Lindeman lehnte sich zurück. Er wirkte mitgenommen.

»Melker Faltin«, sagte er. »Ein legendärer Antiquitätenhändler. Er war für mich und Nalle so etwas wie ein Mentor. Melker hat uns in den Achtzigerjahren in Ystad in sein Auktionsnetzwerk aufgenommen. Wir waren kaum trocken hinter den Ohren, aber Melker hat uns alle Kniffe beigebracht. Und wir hatten viel Spaß zusammen.«

Lindeman sah traurig aus.

Vinston hätte sich gern Notizen gemacht; jetzt, da es nicht ging, wusste er nicht, was er mit seinen Händen tun sollte. Wie ärgerlich, ohne Moleskine dazustehen.

Lindeman tippte mit dem Finger auf das Foto.

»Das wurde im Auktionshaus in Ystad aufgenommen«, erzählte er weiter. »Wir waren sicher gerade auf dem Weg ins Restaurant nebenan, um nach der Auktion ein wenig zu feiern. Melker war ein lustiger Kerl. Und äußerst clever. Ein richtiges Universalgenie. Kannte sich mit Wein aus, schrieb Bücher über Antiquitäten. Ich habe viel von ihm gelernt. Nalle auch, er verehrte Melker.«

Ein Lächeln breitete sich auf dem Gesicht des hünenhaften Mannes aus.

»Das ist jetzt wahrscheinlich verjährt«, sagte er dann. »Aber Melker hatte einen Insider im Auktionshaus, der ihm gegen einen Obolus den Tipp gab, welche Vorgebote reinkamen. Dadurch konnten wir immer knapp darüber bieten und wussten, wer mitbot.«

Er schob das Foto zurück zu Vinston und sah verlegen aus, so als hätte er zu viel erzählt.

»Jaja, damals machte man einigen Blödsinn, heute wird alles viel genauer kontrolliert.«

Vinston betrachtete den Mann auf dem Bild.

»Und wie ging es mit Melker Faltin weiter?«, fragte er.

Lindeman schob seine Snus-Dosis mit der Zunge zurecht.

»Das ist eine recht traurige Geschichte«, sagte er. »Als beim Crash Anfang der Neunziger alles den Bach runterging, haben wir alle Pleite gemacht. Nalle machte Sussi den Hof und heiratete sich in ihre Firma ein. Ich selbst begann, hier zu arbeiten, bei meinem Vater. Aber Melker hatten keinen solchen Ausweg. Er war gezwungen, seine gesamte Antiquitätensammlung zu einem Spottpreis zu verkaufen, und fing an zu trinken. Er hatte zwar immer ordentlich gefeiert, aber dann wurde es ganz schlimm. Als würde er sich absichtlich totsaufen, bloß mit edlen Weinen statt billigem Schnaps.«

Es wurde still. Lindeman lächelte wehmütig.

»Ist lange her, dass ich an Melker gedacht habe. Er starb Ende der Neunziger. Nalle und ich gingen zu seiner Beerdigung, auch wenn wir beide nicht mehr miteinander sprachen.«

Er streckte die Beine unter dem Tisch aus und schüttelte den Kopf, als wollte er die traurige Erinnerung loswerden.

»Aber Melker hat eine Tochter, die noch in der Branche tätig ist«, sagte er dann. »Manchmal treffe ich sie zufällig irgendwo.«

»Eine Tochter?«, fragte Esping interessiert.

Vinston bekam unerklärlicherweise einen Kloß im Magen.

»Anna irgendwas.« Lindeman schob wieder sein Snus zurecht. »Nach der Scheidung nahm sie den Mädchennamen ihrer Mutter an.«

»Tyche?«, fragte Vinston, der schon ahnte, wie die Antwort lauten würde.

»Genau!«, bestätigte Lindeman. »Anna Tyche. Sie hat ein schönes Geschäft in Malmö. Richtig teure Sachen. Offensichtlich hat sie Melkers Interesse für Antiquitäten geerbt.«

Das konnte doch nicht wahr sein, dachte Vinston. In all seinen Jahren in Stockholm war er nie persönlich in einen Fall involviert gewesen, aber hier auf dem Land schien es unmöglich, dem zu entgehen. Sollte er die Verabredung für diesen Abend absagen? Das hing wohl davon ab, was Lindeman noch zu berichten hatte.

»Interessant«, sagte er. »Wissen Sie, ob Anna Tyche und Nalle miteinander Geschäfte gemacht haben?«

Lindeman zuckte mit den Schultern.

»Keine Ahnung. Aber sie schaut manchmal auf der Suche nach einem besonderen Stück bei mir vorbei, und bei Nalle machte sie das sicher auch. Wir waren schließlich alte Freunde, kann man sagen.«

Vinston seufzte innerlich. Soweit er sich erinnerte, hatte Anna behauptet, sie und Nalle seien nur flüchtige Bekannte gewesen. Warum?

»Haben Sie mit Nalle auf dem Markt etwas gegessen oder getrunken?«, fragte Esping und unterbrach damit Vinstons Gedankengang.

Lindeman verschränkte die Hände hinter dem Kopf und streckte sich.

»Nein«, grinste er. »Ich habe allein getrunken.«

Vinston fiel auf, dass der Mann sich über die Frage nicht wunderte. Lindeman wusste offenbar bereits, dass Nalle vergiftet worden war. Jemand hatte es ihm erzählt, vermutlich Sussi.

»Können Sie sich vorstellen, dass Nalle untreu war?«, fragte Esping weiter.

»Tja, Nalle war immer ein Schürzenjäger, und natürlich haben die Leute geredet, aber darauf gebe ich nichts. Ich interessiere mich nicht für Klatsch. Wenn er Sussi gegenüber untreu war, sollte er sich schämen, denn dank der Firma ihres Vaters fiel er nach dem Crash auf die Füße. Nalle verdankte Sussi und ihrer Familie alles.«

Vinston legte die Hände auf die Knie und musterte Lindeman. Er wirkte ruhig, zeigte keinerlei Anzeichen für Nervosität.

»Wie steht es mit den Leuten, die für Nalle arbeiteten?«, wollte er wissen. »Kennen Sie die?«

Lindeman schüttelte den Kopf.

»Ich weiß nur, dass es einige Polen gab, die kamen und gingen. Aber keiner blieb besonders lange. Nalle bezahlte einfach zu schlecht.«

Esping nutzte die Gelegenheit, um zu fragen: »Kennen Sie einen Mann namens Daniel Pedersen? Er hatte wohl mit Nalle zu tun.«

»Danne Dietrich?« Lindeman klang überrascht. »Klar, er ist eine Berühmtheit. Ich habe ihn vor ein oder zwei Jahren eigenhändig hier rausgeworfen. Der Gauner wollte Waren zur Auktion einreichen, aber mir war sofort klar, dass es sich um Diebesgut handelte. Seitdem hat er Hausverbot.«

Vinston ertrug es nicht länger, nichts aufschreiben zu können. Er griff nach einem Auktionskatalog auf einem Stuhl und kritzelte Daniels Namen und Spitznamen auf die Rückseite.

»Wissen Sie, ob Danne mit Nalle Geschäfte machte?«, fragte Esping.

Der große Mann dachte nach.

»Das würde mich nicht wundern«, sagte er schließlich.

Vinston beugte sich vor.

»Haben Sie Danne zufällig auf dem Markt in Degeberga gesehen?«, wollte er wissen.

»Jetzt, wo Sie es sagen, glaube ich tatsächlich, ihn von hinten gesehen zu haben. Danne streicht fast immer auf den Märkten herum, aber wenn er mich sieht, macht er einen Bogen.«

Er sah belustigt aus und spannte spaßeshalber die Armmuskeln an, wie um zu zeigen, dass man mit ihm lieber keinen Streit vom Zaun brach.

»Wie kommt es zu dem Namen? Danne Dietrich? Das klingt nach einem altmodischen Spitznamen für einen Dieb.«

Lindeman lachte.

»Ja, das könnte man meinen. Aber Danne bekam den Namen schon, als er seinen Schlüsseldienst startete. Er ist so was wie der Wolf im Schafspelz.«

Lindeman lachte so, dass sein Stuhl ins Wanken geriet.

Vinston biss sich auf die Lippe und schrieb weiter auf den Auktionskatalog. In Gert Zilléns Treppenhaus war er einem Schlosser begegnet. Einem Mann in Arbeitskleidung mit der Aufschrift *Dannes Schlüsseldienst* auf dem Pullover. Das konnte kein Zufall sein.

Es war später Nachmittag, als sie wieder hinaus in die Sonne traten. Der Rasen vor dem Auktionshaus war in der Hitze gelb geworden, und Vinston schwitzte in seinem Anzug, aber das Jackett auszuziehen, war undenkbar.

Er nahm Esping beiseite und berichtete von seiner Begegnung mit dem Schlosser bei Gert Zillén.

»Warum haben Sie nichts davon erzählt?«, fragte sie, als sie zum Parkplatz gingen.

»Zu dem Zeitpunkt hielt ich es nicht für wichtig. Und es war übrigens der Schlosser, der mich die Treppe runterschickte, um hinter einem Mann mit Kapuzenpullover herzurennen. Jetzt vermute ich, dass es ein reines Ablenkungsmanöver war.«

»Sie glauben also, es war Danne Dietrich?«

Vinston nickte.

»Auf seinem Pullover stand *Dannes Schlüsseldienst*.«

»So ein Mist!«, rief Esping aus. »Danne betrieb sehr wahrscheinlich krumme Geschäfte mit Nalle. Wir haben seinen Fingerabdruck auf einer Kaffeetasse aus dem Wohnmobil des Opfers, und wir können ihn mit Gerts Wohnung in Verbindung bringen. Wir müssen ihn auf der Stelle suchen und befragen.«

»Stimmt«, sagte Vinston. »Aber leider müssen Sie ohne mich mit der Jagd beginnen.«

Seine Kollegin sah ihn fragend an.

»Warum das denn?«

Vinston musste sich einen Ruck geben.

»Weil ich mit Anna Tyche zu Abend esse, Melker Faltins Tochter.«

»Was?«

»Wir haben uns verabredet, bevor ich wusste, wer sie ist«, erklärte er. »Und jetzt käme es mir unhöflich vor, so kurzfristig abzusagen.«

Esping sah wenig überzeugt aus.

»Außerdem«, fuhr Vinston fort, »glaube ich, dass sie ein paar wichtige Teile in diesem immer komplizierteren Puzzle kennt.«

36

Zu Hause in der Bäckastuga duschte Vinston und rasierte sich sorgfältig. Er wechselte sogar die Klinge seines altmodischen Rasierers, um sicherzugehen, dass er ein perfektes Ergebnis erzielte.

Als er fertig war, griff er nach seinem letzten weißen Hemd. Es hing noch in der Plastikverpackung der chemischen Reinigung in Stockholm und duftete nach Stärke.

Mit der Frisur sah es allerdings weniger gut aus. In den Wochen in Österlen waren die Haare lang geworden, aber er brachte es nicht über sich, zu einer anderen Friseurin zu gehen als zu Bodil in der Sandhamnsgata, die ihm seit dreißig Jahren die Haare schnitt.

Während er einen Anzug auswählte, suchte er in allen Taschen nach seinem Moleskine, musste aber mit wachsender Besorgnis feststellen, dass es nirgends zu finden war.

Er fing noch einmal von vorn an, kontrollierte alle Taschen und Ablagemöglichkeiten im Haus, am Ende kroch er sogar auf dem Boden herum und sah unter die Möbel.

Nichts. Er stand auf, entdeckte Pluto, die ihn vom Fensterbrett aus musterte, aber im Augenblick hatte er keine Zeit für hungrige Katzen.

Beim Gespräch mit Jimmy in der Kirche hatte er sein Notizbuch mit Sicherheit noch gehabt. War er von dem Gesang so ergriffen gewesen, dass er es einfach in der Kirchenbank liegen gelassen hatte? Das wäre äußerst unprofessionell.

Sein Moleskine enthielt viele Informationen zu ihrem Fall, auch wenn jemand, der einfach nur darin blätterte, es kaum verstehen würde. Er würde gleich morgen früh im Pfarrbüro anrufen müssen, vielleicht hatte es jemand während der Sonntagsmesse gefunden.

Nach fast dreißig Jahren als Polizist war dies das erste Mal, dass er etwas verlegt hatte. Was konnte das bedeuten? Wurde er allmählich unkonzentriert? Oder war es ein frühes Anzeichen dafür, dass seine Schwindelanfälle zurückkamen? Vinston versuchte, diesen unangenehmen Gedanken zu verdrängen, schließlich war ihm nicht unwohl gewesen, und der Arzt hatte versichert, dass alles in Ordnung sei.

Um sich zu beruhigen, blickte er aus dem Fenster. Er musste gestehen, dass er vor dem Treffen mit Anna Tyche nervös war. Zwischen ihnen war etwas, ein Einverständnis, das er schon lange nicht mehr verspürt hatte. Allerdings durfte er nicht vergessen, dass dies kein gewöhnliches privates Abendessen mehr war. Annas Vater war Nalles Mentor gewesen.

Ein Klopfen an der Tür unterbrach seine Überlegungen. Es war Amanda.

»Hallo, mein Schatz«, sagte Vinston, nachdem er geöffnet hatte.

»Ich habe versucht, dich anzurufen«, sagte Amanda leicht verärgert und wedelte mit ihrem Mobiltelefon.

»Ich stand unter der Dusche«, erklärte Vinston, die Tür hinter ihnen schließend. »Gibt es etwas Besonderes?«

»Ja, kannst du mich heute Abend nach Nybrostrand fahren? Ich treffe meine Freunde dort. Mama ist unterwegs und sucht nach Pflanzen für ihren Küchengarten, und Poppe und sein Antiquitätenfreund trinken Drinks und spielen mit einer alten Eisenbahn.«

Vinston befestigte seine Manschettenknöpfe und bekam ein schlechtes Gewissen.

»Ich hätte dich gern gefahren«, sagte er. »Aber ich wollte gerade aufbrechen.«

Draußen vor dem Haus war ein Miauen zu hören, und Amanda öffnete die Tür, um Pluto hereinzulassen.

»Stimmt, ich hatte vergessen, dass du eine Verabredung hast.«

Sie bückte sich, um die Katze zu streicheln.

»Aber willst du wirklich so gehen?«

»Wieso?«, fragte Vinston.

»Im Anzug. Den trägst du doch immer. Das sieht so jobmäßig aus.«

»Aber das ist ein anderer Anzug«, verteidigte sich Vinston. »Den trage ich nur in der Freizeit.«

Amanda stöhnte.

»Wer trägt überhaupt einen Anzug, wenn er freihat?«

Sie öffnete den Kühlschrank und nahm die Sardinen für die Katze heraus.

»Aber du hast hoffentlich an Kondome gedacht?«, fragte sie mit einem schelmischen Lächeln. »Es ist wichtig, sich zu schützen.«

Vinston wusste, dass seine Tochter ihn in Verlegenheit bringen wollte. Sie war genau wie ihre Mutter. Und obwohl es funktionierte, wollte er das natürlich nicht zeigen.

»Seit heute Morgen haben sich ein paar Dinge geändert«, sagte er, um das Thema zu wechseln. »Also, was den Fall angeht.«

Amanda nickte interessiert, während sie mit der Sardinendose hantierte.

»Auf einer Kaffeetasse aus Nalles Wohnmobil haben wir Fingerabdrücke gefunden. Von einem bekannten Einbrecher hier aus der Gegend, der Danne Dietrich genannt wird. Hast du schon mal von ihm gehört?«

»Nö.« Amanda schüttelte den Kopf. »Das heißt, dieser Einbrecher hat mit Nalle Kaffee getrunken? Was könnte er für ein Motiv gehabt haben, ihn zu töten?«

»Das wissen wir nicht«, gab Vinston zu. »Aber er muss nicht unbedingt etwas mit dem Mord zu tun haben. Wir denken, dass er Einbrüche begangen und Antiquitäten gestohlen hat, die Nalle später weiterverkaufte.«

»Und dann haben sie sich zerstritten?«, fragte Amanda. »Also werdet ihr Danne Dietrich verhören.«

Sie stellte eine Schüssel mit Sardinen vor Pluto.

»Esping versucht gerade, ihn ausfindig zu machen«, bestätigte Vinston und spürte, dass er seiner Tochter wahrscheinlich, oder sogar ganz sicher, mal wieder viel zu viel über den Fall erzählt hatte. Allerdings war das immer noch besser, als mit ihr über sein Sexleben zu reden.

Auf der Polizeiwache war Esping ins Einwohnermelderegister abgetaucht, um eine Adresse von Danne »Dietrich« Pedersen zu finden, aber wie erwartet war der Mensch schwer zu lokalisieren.

Danne Dietrich war in Malmö gemeldet, in der kleinen Wohnung seiner Mutter, allerdings deutete nichts darauf hin, dass er dort tatsächlich wohnte. In den Fahndungsakten gab es weitere Vorschläge, wobei es sich jeweils um kleine Bruchbuden auf dem Land handelte, die man billig mieten konnte, aber die jüngste Adresse war auch schon drei Jahre alt, und inzwischen schienen neue Mieter eingezogen zu sein. Also wechselte sie die Taktik, googelte Dannes Schlüsseldienst und fand eine äußerst spartanische Website.

Dannes Schlüsseldienst. Wir kümmern uns um Schlösser und Riegel. Gute Preise, schneller Service. Angebot auf Nachfrage!

Esping dachte daran, was Lindeman über den Wolf im Schafspelz gesagt hatte. Sie testete die Nummer auf der Internetseite und landete direkt bei einer Mailbox.

»Hallo, hier ist Danne. Hinterlassen Sie bitte eine Nachricht, ich rufe zurück.«

Espings Herz schlug schneller. War das die Stimme des Mörders, die sie da hörte? Wie sollte sie ihn nur finden? Sie trommelte mit ihren Fingern auf die Tischplatte.

Sicher könnte man sein Handy orten, wenn es denn angeschaltet war, aber das würde dauern. Gab es eine schlauere Methode? Wenn Danne Dietrich Nalles Helfershelfer gewesen war, müssten sie doch laufend in Kontakt gestanden haben?

Sie suchte nach den vielen Telefonlisten, die sie von Thyra Borén erhalten hatte.

Am Samstagabend hatte Nalle Pia angerufen, das wusste Esping. Sie überprüfte, welche anderen Nummern Nalle von demselben Telefon aus gewählt hatte. Eine von ihnen kam in der Woche vor seinem Tod mehrfach vor. Natürlich gehörte sie zu einem Bezahlhandy. Verbissen tippte sie die Nummer in das Google-Suchfeld, wenn auch ohne große Hoffnung.

Zu ihrer Überraschung landete sie einen Treffer. Es handelte sich um einen relativ neuen Kommentar in einer lokalen Facebook-Gruppe, wo eine Frau nach ihrer entlaufenen Katze suchte.

Wenn ihr Mysan findet, ruft mich oder Danne an, gefolgt von zwei Nummern. Die zweite war dieselbe, die sie gerade in Nalles Telefonliste gefunden hatte. Espings Herz begann, laut zu klopfen.

Sie suchte nach dem Facebook-Profil der Frau, fand schnell ihren vollständigen Namen und ein paar Klicks später auch das Bild eines heruntergekommenen Hauses auf dem Land irgendwo in der Gegend von Löderup.

War das Danne Dietrichs Versteck?

Es gab nur eine Möglichkeit, das herauszufinden. Sie musste hinfahren und mit eigenen Augen nachsehen. Esping stand auf, griff nach ihrer Jacke und ihrem Autoschlüssel und ging in die Garage hinunter.

Kaum saß sie im Wagen, bekam sie doch kalte Füße. Als sie das letzte Mal auf eigene Faust zu einem abgelegenen Haus gefahren war, hatte sie eine furchtbare Entdeckung gemacht. Wäre es nicht doch das Beste, Vinston anzurufen? Sie wusste zwar, dass er heute Abend keine Zeit hatte, aber vielleicht würde sie ihn überreden können?

Auf der Straße war nicht viel Verkehr, also gab Esping Gas. Über die Fernsprechanlage rief sie ihren Kollegen an, aber es war besetzt. Da sie nur wenige Kilometer von der Bäckastuga entfernt war, beschloss sie, bei ihm vorbeizufahren.

Vinstons Auto stand vor dem Haus, und durch die halb geöffneten Fenster war Musik zu hören. Esping klopfte. Die Tür wurde von Amanda geöffnet, die einen kleinen Schminkpinsel in der Hand hielt.

»Hallo!«, sagte Esping. »Tut mir leid, wenn ich störe.«

»Hallo!«, erwiderte Amanda. »Kommen Sie rein! Ich mache die Musik leiser.«

Amanda griff nach ihrem Handy, und die Lautstärke nahm ab.

Sie wollte offensichtlich ausgehen und machte sich gerade vor dem Flurspiegel zurecht.

»Papa ist nicht da«, erklärte sie. »Er ist vor fünf Minuten mit dem Taxi weggefahren. Er hat ein Date in Malmö.«

Sie hob vielsagend die Augenbrauen.

»Ach«, sagte Esping enttäuscht. »Ich hatte gehofft, dass er noch hier wäre.«

Sie beschloss, ihre Neugier zu zügeln, der Besuch bei Daniel Pedersen würde bis morgen warten müssen.

»Papa hat mir vorhin von Danne Dietrich erzählt«, sagte Amanda, als hätte sie Espings Gedanken erraten.

»Echt?« Esping war überrascht, dass Vinston solche Informationen an seine Tochter weitergab. Andererseits sprach sie auch mit Felicia über ihre Arbeit.

»Ja, dass ihr seine Fingerabdrücke in Nalles Wohnmobil gefunden habt. Sind Sie deshalb hier?«

»Äh, ja, bin ich«, gestand Esping.

»Wie aufregend!«, rief Amanda aus.

Esping wand sich verlegen. Wahrscheinlich hatte sie schon zu viel gesagt, allerdings war Amanda eine fast ebenso gute Verhörleiterin wie ihr Vater.

»Dann fahr ich jetzt wieder«, sagte sie und drehte sich zur Tür.

»In welche Richtung müssen Sie?«, fragte Amanda.

Esping war lediglich auf dem Weg nach Löderup gewesen und hatte keine anderen Pläne. Felicia würde das Kaffeehaus frühestens in einer Stunde schließen.

Außerdem ahnte sie, was hinter der Frage steckte.

»Soll ich dich irgendwohin mitnehmen?«, fragte sie, schließlich war sie selbst einmal Jugendliche in Österlen gewesen.

Amanda hatte schon die Jacke angezogen.

»Yes please!«

Der Beifahrersitz war wie immer voller Hundehaare, aber im Gegensatz zu Vinston zögerte Amanda keine Sekunde, bevor sie einstieg und sich setzte.

Sie waren sich nur ein paarmal begegnet, aber Esping konnte Vinstons Tochter sehr gut leiden. Sie war ein cleveres Mädchen, willensstark und außerdem schlagfertig. Sie erinnerte Esping ein wenig an sich selbst in dem Alter.

»Wie klappt es mit dem Reiten?«, fragte sie, hauptsächlich, um das Thema von den Ermittlungen fernzuhalten. »Ich habe gehört, dass du eines von Sofie Wrams besten Springpferden bekommen hast.«

»Ja, Karnac ist fantastisch«, sagte Amanda. »Ich habe ihn von Mama und Poppe zum sechzehnten Geburtstag gekriegt.«

Das junge Mädchen sah weg, ihr schien die Sache fast ein wenig peinlich zu sein.

»Ich hatte in deinem Alter auch ein gutes Pferd«, sagte Esping, um die Situation zu entspannen. »Mein Onkel Klas hat es bezahlt.«

»Ach«, sagte Amanda und schaute Esping neugierig an. »Waren Sie gut?«

Esping lächelte verschmitzt.

»Ich war eine Zeit lang in der Jugendnationalmannschaft.«

»Was? Echt? Wie cool!«

Amanda drehte sich beeindruckt zu ihr hin. Esping fühlte sich geschmeichelt.

»Ja«, sagte sie. »Aber dann wurde es mir zu viel. Mit der Schule, dazu jeden Tag Training plus alle anderen Sachen, die man so als Teenager macht. Du weißt bestimmt, wie das sein kann.«

»Mm«, machte Amanda.

Esping musterte sie verstohlen und bemerkte, dass das Mädchen nervös an seinen Haaren spielte. Sie konnte sich nur allzu gut daran erinnern, wie es war, sechzehn zu sein, und wusste, dass es nichts brachte, Amanda mit Fragen zu bedrängen. Es war besser zu warten, bis sie sich selbst öffnete, falls ihr danach zumute war.

»Haben Sie dann mit dem Reiten aufgehört, oder was ist passiert?«, fragte Amanda nach einer Weile.

»Ja, ich habe aufgehört«, antwortete Esping. »Ich wollte Polizistin werden, und um an die Polizeischule zu kommen, brauchte ich bessere Noten. Aber der Sporteignungstest war zumindest kein Problem, man wird schließlich stark, wenn man andauernd ausmistet und Heuballen herumträgt.«

Amanda lachte.

»Stimmt!«

Einen Moment herrschte Stille, aber es war keine unangenehme.

»Papa arbeitet gern mit Ihnen zusammen«, sagte Amanda.

Esping war auf den plötzlichen Themenwechsel nicht vorbereitet.

»Hat er das gesagt?«

Die junge Frau schüttelte den Kopf.

»Er würde so etwas nie laut sagen, aber wenn er über die Arbeit spricht, hört man ihm an, dass er Sie mag.«

Esping räusperte sich verlegen.

»Ihr scheint ganz schön viel über den Fall gesprochen zu haben?«, meinte sie, da ihr nichts Besseres einfiel.

Von einem Feld flog eine Schar Dohlen mit lautem Geschrei auf.

»Ich bin ganz versessen auf True-Crime-Podcasts«, erklärte Amanda. »Sobald ich meinen Vater sehe, frage ich ihn aus, Mordermittlungen finde ich wahnsinnig spannend. Ich denke tatsächlich darüber nach, auch zur Polizei zu gehen. Ich will Kriminalermittlerin werden. So wie Sie.«

Esping musste lächeln. Kriminalermittlerin wie sie. Nicht wie Vinston.

Amanda stemmte die Füße gegen das Armaturenbrett, aber dann schien ihr bewusst zu werden, wo sie war, und sie nahm die Füße schnell wieder runter.

»Schon okay«, grinste Esping. Sie vermutete, dass ein solches Verhalten in Vinstons geliebtem Saab nicht erlaubt war.

»Glauben Sie, dass Danne Dietrich Nalle getötet hat?«, fragte Amanda.

»Keine Ahnung«, gestand Esping. »Aber momentan ist er unsere heißeste Spur. Hoffentlich stimmt die Adresse.«

Amandas Augen funkelten.

»Wo wohnt er denn?«

»In Löderup«, rutschte es Esping heraus.

»Sollen wir nachsehen? Das liegt doch fast auf dem Weg?«

Esping seufzte.

»Ja, aber nein. Dein Vater und ich fahren lieber morgen früh dorthin.«

Amanda ließ nicht locker.

»Wenn Sie morgen hinfahren, und er wohnt nicht dort, haben Sie einen halben Arbeitstag verloren. Da fahren wir doch besser jetzt kurz vorbei. Das wird nicht lange dauern!«

Esping schüttelte den Kopf, die Hände fest am Steuer.

»Kommt nicht infrage.«

»Ich kann im Auto bleiben«, drängte Amanda. »Und hupen, wenn ich etwas Verdächtiges sehe.«

Es war wirklich keine gute Idee, aber Esping spürte wieder ihre Neugier aufsteigen.

Sie brauchten nur vorbeizufahren, nachzusehen, ob Licht brannte und ob ein Wagen in der Einfahrt stand. Das konnte wohl kaum als gefährlich gelten. Außerdem gefiel Esping die aufkeimende Freundschaft zwischen ihr und Amanda.

»Na gut«, gab sie nach. »Aber das ist unser kleines Geheimnis, verstanden?«

37

Obwohl es schon acht Uhr abends war und vom Öresund eine leichte Brise wehte, herrschten noch über zwanzig Grad. Vinston kam eine Viertelstunde früher zum Restaurant am Lilla Torg in Malmö, aber Anna Tyche wartete bereits dort. Sie war noch schöner als beim letzten Mal, vor allem in dem weichen Abendlicht.

Ihr sonnengebräuntes Gesicht begann zu strahlen, als sie ihn entdeckte.

»Hallo, Peter«, sagte sie und umarmte ihn. Vinston roch an ihrem Haar.

Auf der einstündigen Taxifahrt in die Stadt hatte er es geschafft, seine Nerven zu beruhigen, sodass er sich jetzt auf einen angenehmen Abend in netter Gesellschaft freute. Malmö zeigte sich außerdem von seiner besten Seite. Er war dienstlich schon einmal hier gewesen, allerdings mitten im tristen Winter, und jetzt sah er die mit Kopfstein gepflasterten Straßen und die hübschen Häuser mit anderen Augen.

Anna hakte sich bei Vinston ein und führte ihn in einen gemütlichen Hof, der zum Restaurant gehörte. Bunte Lichter und ein aufgespanntes Segeltuch erinnerten Vinston an das Mittelmeer. Ein DJ spielte Vinylplatten mit Loungemusik. In einem gemauerten Pizzaofen wurden kleine, überteuerte Hipsterpizzen gebacken, mit Kaviar, Trüffel und Rucola. Sie setzten sich an einen abgeschiedenen Tisch und bestellten Drinks. Anna einen Negroni, Vinston einen Espresso Martini.

»Also, Peter«, begann Anna. »Christina hat mir ein bisschen von dir erzählt.«

Peter stellte sein Glas ab.

»Und was hat sie gesagt?«

»Dass du Single bist, Polizist, in Stockholm wohnst …«

»Und ein Workaholic bin?«, unterbrach Vinston sie.

»Dieser Begriff fiel auch, ja«, nickte Anna. »Und noch ein paar andere. Pedant, Gewohnheitsmensch, steif …«

Vinston seufzte.

»Hat sie auch etwas Positives gesagt?«

»Klar«, lachte Anna. »Dass du aufmerksam und loyal bist. Und ein paar andere Dinge, die ich nicht verraten werde.«

Sie drehte spielerisch ihr Glas zwischen den Händen. Vinston bekam heiße Wangen. Anna deutete auf seine Manschettenknöpfe und las das eingravierte Monogramm.

»PMV. Wofür steht das M?«

»Manfred.« Vinston zupfte verlegen an seinen Hemdärmeln. »Nach Manfred von Richthofen. Das war die Idee meines Großvaters, er war Pilot und bewunderte den Roten Baron.«

Anna hielt sich eine Hand vor den Mund und kicherte.

»Was für eine nette Anekdote! Ich heiße übrigens Marie-Charlotte mit zweitem Namen. Eigentlich ist das sogar mein Rufname, aber als Teenager habe ich ihn geändert. Wer will in der Oberstufe einen Doppelnamen haben?«

Vinston war kurz davor zu fragen, ob der Namenswechsel mit der Scheidung ihrer Eltern zu tun gehabt hatte, fürchtete aber, dass sein Vorwissen die romantische Stimmung zerstören würde. Stattdessen plauderten sie ein wenig über Gärsnäs und Christinas Gartenprojekt.

Irgendwann bemerkte Vinston, dass Anna unter dem Tisch ihr Schienbein an seins lehnte. Sein Herz schlug schneller. Zum sicherlich zehnten Mal an diesem Abend erinnerte er sich selbst daran, dass Anna Teil ihrer Ermittlungen war und er sich deshalb nicht wie ein verliebter Schuljunge aufführen konnte.

Sie bekamen ihre Vorspeisen und dazu einen erlesenen Rotwein, den Anna gewählt hatte. Offensichtlich kannte sie sich mit Weinen aus.

Vinston musste daran denken, was Lindeman über ihren Vater, Melker Faltin, erzählt hatte.

»Ich habe gehört, dass dein Vater auch Antiquitätenhändler war«, tastete er sich an das Thema heran.

»Ja?«

Bildete er sich das nur ein, oder versteifte sich Anna ein wenig? Vinston nippte an seinem Glas, bevor er weiterfragte.

»Kannte er denn Nalle?«

Das Bein unter dem Tisch zog sich zurück.

»Ja. Mein Vater und Nalle haben früher Geschäfte miteinander gemacht. In Ystad. Aber das ist lange her.«

Ihr Mund verzog sich zu einem traurigen Strich.

»Mein Vater hat zweiundneunzig bei dem Crash fast alles verloren. Meine Mutter und er ließen sich scheiden, ich zog mit ihr nach Malmö, und er begann, sich im wahrsten Sinne des Wortes zu Tode zu trinken, was ihm ein paar Jahre später gelang. Da hatten wir aber fast keinen Kontakt mehr.«

Vinston versuchte, ein mitfühlendes Lächeln aufzusetzen. Er sollte das Gesprächsthema wechseln, aber er musste noch weiterfragen. Er war immerhin Polizist.

»Und Nalle? Erinnerst du dich an ihn aus dieser Zeit?«

Anna spielte mit ihrer Serviette und blickte in die Ferne.

»Als ich klein war, waren er und Mats Lindeman für mich einfach irgendwelche alten Männer, die bei uns zu Hause herumsaßen, Poker spielten und sich mit Papa betranken. Na ja, alt. Sie waren wohl so alt wie wir oder jünger, aber ich fand sie damals uralt.«

Vinston zögerte einen Moment, aber dann holte er doch die verblichene Fotografie aus der Innentasche seines Jacketts und legte sie auf den Tisch. Annas Gesichtsausdruck wurde hart.

»Du hast ein Foto mitgebracht, um mich nach meinem Vater und Nalle auszufragen«, stellte sie trocken fest. »Und ich dachte, das hier wäre ein Date und kein Verhör.«

»Es tut mir leid«, sagte Vinston so sanft wie möglich. »Aber wir ermitteln in einem Mordfall, und jede Information kann nützlich sein, auch solche, die vollkommen bedeutungslos erscheinen. Vielleicht sitzt du, ohne es zu wissen, auf einem wichtigen Puzzleteil.«

Anna sah ihn ernst an, dann nickte sie.

»Okay«, sagte sie. »Fünf Minuten. Und wenn dir danach kein anderes Thema einfällt, ist das Date vorbei.«

»Deal«, erwiderte Vinston erleichtert.

Er dachte kurz nach.

»Wenn wir deinen Vater mal außer Acht lassen, weißt du, warum Nalle und Lindeman sich verkracht haben?«

Anna trank einen Schluck Wein.

»Das musst du mit Vorsicht genießen«, sagte sie. »Aber soweit ich gehört habe, waren sie in dieselbe Frau verliebt. Dass die Eifersucht ihnen in die Quere kam.«

Vinston füllte erneut ihre Gläser.

»Es ging also nicht um Geschäfte oder Geld?«

»Vielleicht auch, aber die Version, die ich kenne, dreht sich um eine Frau.«

Vinston verspürte den Drang, nach seinem Moleskine zu greifen, aber einerseits war es dummerweise nicht mehr da, andererseits hätte es die Stimmung wahrscheinlich ein für alle Mal zunichtegemacht. Er musste sich diesmal auf sein Gedächtnis verlassen.

Anna trank noch einen Schluck Wein, dann beugte sie sich vor und betrachtete das Foto genauer.

»Das muss im Auktionshaus in Ystad aufgenommen worden sein«, sagte sie. »Sieh mal, wie jung sie waren!«

Sie klopfte mit dem Zeigefinger auf das Bild.

»Fabbe erkennt man kaum wieder.«

Vinston zuckte zusammen, und Anna schien seine Überraschung zu bemerken.

»Fabbe Anderklew«, präzisierte sie. »Der junge Kerl im Hintergrund, der ein Bild trägt. Er hat seine Karriere in Ystad begonnen. Ich glaube, es war sogar mein Vater, der ihm den Job besorgt hat.«

Vinston unterdrückte den Impuls, etwas zu sagen, denn er wollte, dass Anna von sich aus weitererzählte.

»Fabbe war Papas kleiner Schützling«, fuhr sie fort. »So habe ich ihn kennengelernt.«

Vinston drehte das Foto zu sich herum. Für ihn war es nicht zu erkennen, dass der junge, schmale Mann im Hintergrund dieselbe Person sein sollte wie der leidenschaftliche Experte für Antiquitäten.

»Ohne die markante Brille sieht er anders aus«, sagte Anna, die sein Zögern bemerkte. »Aber es ist ganz sicher Fabbe.«

Vinston versuchte, nicht zu zeigen, wie sehr ihn dieser Hinweis interessierte, sowohl beruflich als auch privat.

»Ihr scheint gute Freunde zu sein, du und Fabbe?«

Anna nickte.

»Als mein Vater starb, war er der Einzige der Antiquitätenhändler, der sich bei meiner Mutter meldete. Später, als ich anfing, mich für die Branche zu interessieren, hat er mich unter seine Fittiche genommen. Er ist so was wie ein großer Bruder für mich.«

»Und trotzdem …« Vinston unterbrach sich kurz. »Trotzdem hatte ich den Eindruck, du wusstest nicht, dass er vorhat, seinen Teil am *Auktionshaus Malmö* zu verkaufen.«

Annas Augen wurden schmal. War er zu weit gegangen? Aber dann schien sie sich zu entspannen.

»Das stimmt. Fabbe hat es mir tatsächlich nicht erzählt. Vor ein paar Monaten hatte er gesagt, dass er keine Lust mehr auf die Leute habe, mit denen er zusammenarbeite, dass er sich nicht anerkannt fühle und die Sache vielleicht aufgeben werde. Er erzählte, dass er das Angebot zu einer eigenen Fernsehshow bekommen hätte.«

Sie zuckte mit den Schultern.

»Aber das ist alles typisch Fabbe. Er hat immer einen Haufen Ideen. Das Leben kann für ihn nie groß genug sein, das hast du sicher gemerkt. Gutes Essen, teure Weine, nur das Beste zählt.«

Vinston konnte das bestätigen. Er wollte gerade eine weitere Frage stellen, als Annas Handy warnend zu piepen begann. Sie holte es aus ihrer Handtasche.

»Mist«, murmelte sie und sah Vinston an. »Die Alarmanlage in meinem Laden ist gerade angegangen!«

38

Esping stellte den Wagen am Straßenrand ab. Bis zum Sonnenuntergang dauerte es mindestens noch eine Stunde, aber das Licht war schon weicher geworden.

»Gib mir bitte das Fernglas aus dem Handschuhfach«, flüsterte sie.

Amanda reichte es ihr, ohne ein Wort zu sagen. Ihre Freunde warteten in Nybrostrand auf sie, aber sie hatte keine Eile. Dieser Abend gestaltete sich deutlich spannender, als sie erwartet hätte.

Das Haus von Danne Dietrich war heruntergekommen und lag am Ende einer schmalen Schotterstraße zwischen ein paar anderen Gebäuden. Die Fassade und das Dach waren aus schmutzgrauem Eternit, und das Grundstück war von einer ungepflegten Thujahecke eingefasst, die vor Blicken schützte.

»Ich sehe nichts, wir müssen näher ranfahren«, stellte Esping fest und gab Amanda das Fernglas zurück.

Im Schritttempo fuhr sie weiter bis zur Einfahrt des ersten Hauses. Dort schaltete sie den Motor aus und zog die Handbremse an. Danne Dietrichs Haus lag noch etwa dreißig Meter entfernt, immer noch halb von der Hecke verdeckt. In der Einfahrt sah man den hinteren Teil eines Wagens, dessen Nummernschild nicht zu erkennen war. Alles schien ruhig.

»Ich schleiche raus und werfe einen Blick auf das Nummernschild«, flüsterte Esping. »Egal, was passiert, du bleibst sitzen, okay?«

Amanda nickte stumm.

»Gut! Ich bin in ein paar Minuten zurück. Wenn du etwas Komisches siehst, ruf mich an. Und wenn ich nicht drangehe, drehst du die Zündung und hupst.«

»Okay!«, flüsterte Amanda.

Aufgeregt verfolgte sie Espings Bewegungen im Fernglas, solange es ging. Danach beobachtete sie das baufällige Haus. Durch die Thujahecke sah sie eine kaputte Hängematte und ein rostiges Fahrrad. Es brannte kein Licht, und in dem einzigen Fenster, das sie sehen konnte, war die Jalousie heruntergelassen.

Die ersten fünf Minuten waren wahnsinnig spannend, aber erstaunlich schnell wurde ihr langweilig. Aus den Podcasts, die sie hörte, hatte sie gelernt, dass Überwachungen der langweiligste Teil der Polizeiarbeit waren, was sie nur bestätigen konnte. Wenn sie jemals Polizistin werden würde, dann auf keinen Fall Fahnderin.

Amanda ließ das Fernglas sinken, griff nach ihrem Handy und begann, durch ihren Instagram-Account zu scrollen. Ihre Mutter hatte kürzlich das Bild eines spärlichen, frisch gepflanzten Gartengewächses hochgeladen, das sie gnädig likte.

Christina war auf dem Weg, einer dieser mittelalten Menschen zu werden, die zu viel in den sozialen Medien unterwegs waren. Eine von den Personen, die alles posteten, was sie erlebten, und alberne Wettkämpfe oder Umfragen teilten. Die sogar die Todsünde begingen, die Posts der Freunde ihrer Kinder zu kommentieren.

Amanda wurde von der Nachricht eines Freundes unterbrochen, der zum dritten Mal fragte, wann sie nach Nybrostrand käme.

Bald, schrieb sie, ohne zu wissen, ob das stimmte.

Sie schaute wieder auf. Von Tove Esping war nichts zu sehen.

Amanda seufzte. Polizeiliche Ermittlungen waren als Podcast eindeutig besser, da konnte man bei den langweiligen Stellen vorspulen.

Sie scrollte weiter durch ihre sozialen Medien. Lussan war mit ihrer Familie baden gewesen und hatte mit ihrem sommersprossigen Freund Eis gegessen. Amanda wollte das Foto gerade liken, als es laut gegen das Seitenfenster klopfte, nur wenige Zentimeter von ihrem Ohr entfernt.

Esping hatte schnell festgestellt, dass das Haus verlassen schien. Die Jalousien waren heruntergelassen, kein Licht brannte, kein Hund bellte. Das Auto, das sie von der Straße aus gesehen hatte, war ein alter Ford Escort, der weder vorn noch hinten ein Nummernschild besaß.

Sie wartete ein, zwei Minuten, aber da sie in den Fenstern keine Bewegungen wahrnahm, beschloss sie, das Haus von der Rückseite aus zu inspizieren.

Vorsichtig schlich sie um die Ecke. Das Gras wuchs hier beinahe kniehoch und erinnerte mehr an einen Acker als einen Rasen. Mitten auf der Wiese stand ein Sofa in schäbigem Kunstleder. Im Moment war es trocken, aber sie konnte sich vorstellen, wie eklig es an Regentagen sein musste. Ein Stück weiter entfernt ragten die Füße eines umgestürzten Plastikstuhls auf, daneben die Reste eines Aufstellpools.

Esping ging zu einem Fenster, wo die Jalousie fächerförmig schief herunterhing. Sie legte die Hände gegen die Scheibe und schaute hinein.

Bis auf eine Reihe toter Fliegen war das Fensterbrett leer. Weiter hinten im Raum standen ein paar Möbel, sogar ein Fernseher, dessen Stand-by-Anzeige rot leuchtete. Das bedeutete wohl, dass jemand im Haus wohnte. Wahrscheinlich Danne Dietrich und seine Freundin. Esping trat rasch einen Schritt zurück. Es wäre definitiv das Beste, wenn sie und Vinston morgen zurückkämen, jetzt musste sie hier wegkommen, ohne bemerkt zu werden.

Esping lief schnell an der Fassade entlang, dann weiter die Einfahrt hinunter. Als sie an dem Ford vorbeikam, glaubte sie in der Spiegelung eines Fensters eine Bewegung zu sehen. Als würde jemand durch die Jalousie spähen. Es lief ihr kalt den Rücken hinunter, und sie drehte sich um. Aber alles war immer noch ruhig. Vermutlich nur Einbildung, dachte sie. Auf jeden Fall fühlte sie sich hier nicht wohl. Sie beschleunigte ihre Schritte und rannte die letzten Meter bis zu ihrem Wagen. Als sie dort war, öffnete sie die Tür und warf sich auf den Fahrersitz.

»Niemand zu Hause!«, keuchte sie. »Wir hauen ab.«

Sie erhielt keine Antwort. Der Sitz neben ihr war leer.

Amanda war verschwunden.

39

Anna Tyches Antiquitätengeschäft lag nur ein paar Straßen vom Restaurant entfernt. Sie und Vinston liefen, so schnell sie konnten, über das Kopfsteinpflaster.

Anna hatte ihre hochhackigen Schuhe ausgezogen und sie gegen ein Paar Turnschuhe getauscht, die sie in ihrer Handtasche gehabt hatte. Vinston war von ihrer Kondition beeindruckt. Obwohl Anna immer noch ihr Kleid trug, fiel es ihm schwer, mit ihr Schritt zu halten.

Als sie das Geschäft erreichten, waren keine offensichtlichen Einbruchsspuren zu erkennen. Das Alarmsignal war von innen deutlich zu hören, aber die Eingangstür war verschlossen und das Schaufenster unbeschädigt.

Anna suchte nach ihren Schlüsseln, und als sie die Tür endlich aufbekam, tippte sie ihren Code in die Alarmanlage. Die Sirene verstummte.

Sie schaltete die Lampen an, und Vinston folgte ihr in den Laden. Er bestand aus zwei Räumen, die jeweils etwa dreißig Quadratmeter maßen, und einem kleinen Eingangsbereich mit Kassentheke. Es dauerte nur eine Minute, um festzustellen, dass alles in Ordnung zu sein schien.

»Kannst du hier kurz warten, falls der Wachdienst auftauchen sollte?«, fragte Anna. »Ich will nur schnell das Lager und die Hintertür kontrollieren.«

»Soll ich nicht mitkommen?«, protestierte Vinston, aber Anna hatte schon eine Tür hinter der Kasse geöffnet. Sie verschwand und machte die Tür sorgfältig hinter sich zu.

Vinston blieb im Laden stehen. Auch wenn er nicht sehr viel über Inneneinrichtung wusste, erkannte er, dass er von exklusiven Möbeln umgeben war. Skandinavisches Design, vermutlich aus der Mitte des zwanzigsten Jahrhunderts: Schreibtische und Sideboards aus Teak und Palisander, rustikale Kiefernholzstühle, Messinglampen und elegante Keramikobjekte in einer Vitrine. Mit weißem Schaffell bezogene Sessel.

Die Möbel waren mit Bedacht platziert worden und wie in einem Museum beleuchtet, wahrscheinlich um zu zeigen, dass jeder Gegenstand ausgewählt und einzigartig war. Der Gegensatz zu dem Gewimmel auf dem Antikmarkt, Nalles überfülltem Hof und Lindemans chaotischer Auktionsfirma konnte kaum größer sein.

Neugierig drehte Vinston ein Etikett herum, das von einem Stuhl herabbaumelte, aber dort stand kein Preis, nur eine Information über die Geschichte des Möbelstücks. Wenn man nach dem Preis fragen musste, konnte man ihn sich wahrscheinlich nicht leisten.

Seiner Gewohnheit zufolge schnüffelte er ein paarmal in die Luft, aber alles, was er wahrnahm, war der schwere Geruch aus einer Flasche mit Duftstäbchen an der Kasse.

Ein Wachmann tauchte nicht auf. Vinston beschloss daher, Annas Anweisungen zu ignorieren, und öffnete die Tür, durch die sie verschwunden war.

Das Lager war deutlich unordentlicher als der Ausstellungsraum des Ladens. Es bestand aus einem großen Raum mit nacktem Betonboden. Überall standen Möbel, die mit Decken oder alten Tüchern bedeckt waren. Sie stapelten sich so dicht, dass man sich kaum bewegen konnte. Unter den Tüchern sah man Stuhl- oder Tischbeine in hellem oder dunklem Holz hervorlugen. An der hinteren Wand befand sich eine Doppeltür aus Stahl, die vermutlich auf einen Hof führte, wo die Waren angeliefert werden konnten.

Der Geruch nach Teaköl war so stark, dass er in der Nase brannte.

Anna stand mit dem Mobiltelefon in der Hand da und schien gerade ein Gespräch beendet zu haben.

»Falscher Alarm«, konstatierte sie. »Ich konnte gerade noch den Wachdienst aufhalten, sodass ich nicht für den Einsatz bezahlen muss. Wir können zurück ins Restaurant gehen.«

Sie nahm Vinston am Arm und schob ihn quasi zurück in den Laden, bevor sie die Lagertür hinter ihnen schloss. Im gleichen Moment begann der Alarm erneut. Er war so laut, dass sie sich die Ohren zuhalten mussten. Anna tippte ihren Code ein, und die Sirene verstummte, nur um dreißig Sekunden später wieder einzusetzen. Das Gleiche wiederholte sich noch zweimal, bevor der laute Ton sie zwang, auf die Straße hinauszutreten.

Passanten sahen zu ihnen hinüber. Anna rief noch einmal den Wachdienst an.

»Sie schicken einen Techniker«, sagte sie. »Aber es kann eine Weile dauern, ich muss also hier warten.«

Sie nahm eine kleine Dose aus ihrer Handtasche und schob sich ein weißes Beutelchen mit Tabak unter die Oberlippe.

»Mein einziges Laster«, lachte sie. »Abgesehen davon, dass ich viel zu viele teure Antiquitäten kaufe und einen Laden mit einer defekten Alarmanlage besitze.«

Sie machte eine resignierte Handbewegung.

»Leider fürchte ich, dass diese Verabredung zu Ende ist, Peter.«

Vinston stimmte ihr zu.

»Wir machen einen neuen Versuch«, sagte er. »Aber ich leiste dir Gesellschaft, bis der Techniker da ist.«

»Das brauchst du wirklich nicht«, widersprach Anna. »Du hast noch einen langen Weg nach Österlen. Ich warte im Café gegenüber, der Besitzer ist ein Freund von mir. Ich möchte nicht, dass unser erstes Date mit einer traurigen Tasse Filterkaffee endet. Wir starten lieber einen neuen Versuch.«

Vinston wollte protestieren, aber es war ersichtlich, dass sie sich bereits entschieden hatte.

»In Ordnung«, sagte er widerwillig. »Ich melde mich.«

»Versprochen?«, lächelte sie. »Wenn wir uns vorher nicht sehen, bin ich am Donnerstag in Gärsnäs, für die Fernsehaufnahme. Vielleicht können wir anschließend miteinander feiern?«

Sie beugte sich zu ihm und küsste ihn auf die Wange. Sie kam ihm dabei so nah, dass Vinston einen leichten Snus-Geruch wahrnahm.

Sein Herz schlug schneller. Und bevor er sich erholt hatte, war Anna im Café verschwunden.

Auf dem Schotterweg bei Löderup spürte Esping Panik in sich aufsteigen. Amanda war verschwunden, es gab keine Spur von ihr. Sie hatte ihr eingeschärft, nicht das Auto zu verlassen, sondern anzurufen oder zu hupen, wenn sie in irgendeiner Weise Hilfe benötigte. Trotzdem war sie weg.

»Amanda!«, rief sie. »Amanda!«

Keine Antwort.

Esping überlegte, ob sie Vinston Bescheid geben sollte. Immerhin ging es um seine Tochter. Aber erst musste sie versuchen, logisch zu denken.

Sie hatten nicht das Geräusch eines Wagens gehört, also musste Amanda in der Nähe sein. Konnte sich jemand an sie herangemacht haben, während sie selbst auf der Rückseite des Hauses gewesen war? Hatte sich jemand angeschlichen und sie überwältigt, bevor sie Alarm schlagen konnte, und sie dann in das unheimliche Haus verschleppt?

Denkbar wäre es. Dann war jetzt Eile geboten. Keine Zeit für irgendwelche Anrufe. Sie musste ins Haus gelangen und Amanda retten – jetzt sofort.

Esping fluchte, weil sie wie immer ihre Dienstwaffe nicht dabeihatte, wenn sie sie brauchte. Sie öffnete den Kofferraum und suchte in dem dort herrschenden Chaos nach etwas, das ihr als Waffe dienen könnte. Der Kreuzschlüssel taugte wenig, aber es gab auch einige alte Reitpeitschen. Sie streckte sich danach.

»Was machen Sie da?«

Esping richtete sich beim Klang der Stimme so schnell auf, dass sie sich den Kopf an der Kofferraumklappe anschlug.

»Scheiße!«, schrie sie und drehte sich um.

Vor ihr stand Amanda, das Handy in der Hand, und sah aus wie immer.

»Wo bist du gewesen? Ich habe mir furchtbare Sorgen gemacht!«, sagte Esping.

»Beim Nachbarn«, antwortete Amanda. »Ove Olsson, siebenundachtzig Jahre alt. Er hat an die Wagenscheibe geklopft und wollte, dass ich ihm mit einer Fahnenschnur helfe, die sich verhakt hatte. Netter alter Mann, sehr gesprächig. Er bekommt wohl nicht so oft Besuch.«

Esping spürte eine Woge der Erleichterung.

»Ove hat erzählt, dass Danne nicht mehr hier wohnt«, berichtete Amanda. »Nur seine Ex-Freundin, und die ist nicht zu Hause. Danne ist wohl ein Player, der von Frau zu Frau wandert.«

Esping schloss den Kofferraum und rieb sich den Hinterkopf. Sie spürte schon die wachsende Beule, aber im Moment war ihr das egal.

»Es kommt noch mehr«, grinste Amanda. »Vor ein paar Wochen hat Ove Danne zufällig in Tomelilla getroffen. Er wohnt jetzt anscheinend bei einer Frau in Spjutstorp.«

Esping hörte auf, sich die Beule zu reiben.

»Okay, und wie hast du erklärt, was du hier machst? Hast du gesagt, dass du mit der Polizei da bist?«

»Ach«, schnaubte Amanda. »Ich bin doch keine Amateurin. Ich habe gesagt, ich würde Weihnachtszeitschriften verkaufen.«

»Im Juli?«

Das junge Mädchen blickte nachdenklich, zuckte dann aber mit den Schultern.

»Ove hat jedenfalls nicht nachgefragt. Er war wahrscheinlich einfach nur froh, dass ich nicht versucht habe, ihm irgendwas anzudrehen.«

Esping atmete tief aus. Sie hatte sich unnötig Sorgen gemacht. Amanda war offenbar in der Lage, selbst auf sich aufzupassen.

»Gute Arbeit«, sagte sie. »Ich werde mich gleich morgen in Spjutstorp auf die Suche machen. Aber du …«

Sie hob vielsagend eine Augenbraue.

»Kein Wort zu Papa, ich weiß«, ergänzte Amanda lachend. »My lips are sealed!«

Eine Stunde später hatte ein Taxi Vinston zurück zur Bäckastuga gebracht. Auf der Fahrt hatte er Zeit gehabt, über den Abend nachzudenken. Die Verabredung war überhaupt nicht so gelaufen, wie er sich erhofft hatte, doch Annas Abschiedskuss hatte ihm zumindest signalisiert, dass er eine neue Chance bekommen würde.

Aber irgendetwas gefiel ihm nicht. Ein falscher Alarm war nichts Ungewöhnliches, allerdings hatte er in seiner gesamten Laufbahn als Polizist nie erlebt, dass sich eine Alarmanlage nicht abschalten ließ, wenn man den richtigen Code eingab. Hatte sie jemand manipuliert? Ein Einbrecher, der versucht hatte, durch die Hintertür hereinzukommen, und auf demselben Weg wieder verschwunden war?

Vinston wischte Krümel vom Küchentisch und spülte das Geschirr ab, das in der Spüle stand.

Zwischen all diesen Diebstählen und Einbrüchen gab es einen Zusammenhang. Dessen war er sich sicher. Ihr Verdacht war ja, dass der geheimnisvolle Danne Dietrich für den Einbruch in Renata Jönsson-Kaminskys Elternhaus und viele weitere Diebstähle in Österlen verantwortlich war, dass er mit Nalle gemeinsame Sache gemacht hatte.

Aber warum hatte er dann nach Nalles Tod nicht damit aufgehört? War in Jimmys Lkw eingebrochen und hatte den armen China-Gert in dessen Wohnung überfallen?

Wenn Danne hinter alldem steckte, war der einzig logische Schluss, dass er nach etwas ganz Speziellem suchte. Zum Beispiel einer antiken chinesischen Schale, die China-Gert zufolge so wertvoll war, dass sie in ein Museum gehörte. Wenn die Schale nach Nalles Ermordung noch im Verkaufszelt gewesen wäre, hätte sie im Lastwagen sein müssen, und wenn China-Gert Nalle getötet hätte, um sie ihm zu stehlen, wäre das logischste Versteck natürlich seine Wohnung gewesen.

Vinston begann, seine Manschettenknöpfe zu lösen, blieb aber mit einem unguten Gefühl in der Brust stehen. Hatte Anna es nicht sehr eilig gehabt, ihn aus dem Lager zu verscheuchen? Als gäbe es dort etwas, was er nicht sehen sollte.

So ungern er es zugab, bedeutete das logischerweise, dass Anna Tyche in den Fall verwickelt war. Die Frage war, wie.

Vinston goss sich einen ordentlichen Whisky ein und machte es sich in einem Sessel bequem, aber seine müden Gedanken kamen nicht weiter. Stattdessen blätterte er in dem Buch, das er sich von China-Gert ausgeliehen hatte. Es erwies sich als relativ vollständige Inventur von chinesischem Porzellan in schwedischen Institutionen. Das umfangreichste Kapitel behandelte die Sammlung des Ostasiatischen Museums in Stockholm. Vinston erfuhr, dass es in Schweden ungewöhnlich viele chinesische Objekte aus dem achtzehnten Jahrhundert gab, und zwar dank der Handelsreisen der Ostindischen Kompanie. Deren Schiffe luden schwedisches Eisen, Holz und Teer, die in Spanien gegen Silbermünzen eingetauscht wurden. Dieses Edelmetall wurde anschließend verwendet, um in China Tee, Porzellan, Seide und Gewürze zu kaufen, die bei der Rückkehr nach Schweden in Göteborg versteigert wurden.

Aber die Schale, die Vinston und Esping suchten, war nicht aus dem achtzehnten Jahrhundert, sondern sehr viel älter.

Vinston blätterte zu der Seite mit dem Foto der Doppelgängerin ihrer verschwundenen Schale. Die blickte ihn, mit ihrem zierlichen Lotusblumenmuster, beinahe spöttisch an.

Er war immer mehr davon überzeugt, dass es bei der ganzen Geschichte um dieses Stück ging. Außerdem wurde er einfach das Gefühl nicht los, die Schale schon irgendwo gesehen zu haben. Aber wo? Und, was noch wichtiger war, wo befand sie sich jetzt?

Mit einem Knall schlug er das Buch zu und legte es auf den Couchtisch. Höchste Zeit, ins Bett zu gehen und den Kopf zur Ruhe kommen zu lassen. Morgen würde er hoffentlich sein verschwundenes Notizbuch wiederfinden und anschließend diesen schwer zu fassenden Danne Dietrich aufspüren. Dann würde einiges klarer werden.

Als er sich aus dem Sessel erhob, fiel sein Blick noch einmal auf Gert Zilléns Buch. Beim Anblick des Verfassernamens zuckte er zusammen.

Melker Faltin.

40

Punkt acht am Montagmorgen rief Vinston beim Gemeindehaus von Simrishamn an, um nach seinem verlorenen Moleskine zu fragen. Sie verwiesen ihn an den Messner, und als dieser nicht ans Telefon ging, beschloss Vinston, an der Kirche Sankt Nicolai vorbeizufahren, bevor er Esping auf der Wache traf.

Als er die Kirche betrat, sah fast alles genauso aus wie zwei Tage zuvor. Der Kirchenchor stand an derselben Stelle und sang Tonleitern, sowohl Jimmy als auch Felicia waren vor Ort. Vinston schlüpfte wieder in die Bankreihe hinter dem Pfeiler.

Nachdem er Bank und Boden gründlich abgesucht hatte, musste er aufgeben. Sein Notizbuch glänzte weiterhin mit Abwesenheit, was ihn ärgerte und ihm zu denken gab.

Er wollte gerade aufstehen, als Jimmys helle Stimme den Kirchenraum füllte. Vinston schaute auf die Uhr. Er konnte noch ein paar Minuten sitzen bleiben, zuhören und seine Gedanken sortieren.

Was sollte er Esping von Anna Tyche und dem gestrigen Abend erzählen? Ein Teil von ihm wollte Anna instinktiv so lange wie nur möglich aus den Ermittlungen heraushalten. Seine Überlegungen waren schließlich reine Spekulation. Ein anderer, logisch denkender Teil von ihm erinnerte ihn daran, dass Anna sowohl das Opfer kannte als auch mehrere der Verdächtigen und dass ihr Vater außerdem das Buch verfasst hatte, in dem die chinesische Schale abgebildet war. Also musste er sie in seine Überlegungen einbeziehen, alles andere wäre ein Dienstversäumnis. Aber das würde auch das Ende ihres aufkeimenden Flirts bedeuten. Er dachte an ihren Wangenkuss von gestern Abend, an ihren Duft.

Jimmys Sologesang endete abrupt, und die Chorleiterin begann, Anweisungen zu geben, während die Gruppe in ihren Noten blätterte.

Vinston schaute auf und erblickte Jesus am Kreuz. Der Heiland sah so streng und auffordernd aus, dass Vinston seinem Blick auswich.

Seine Gefühle für Anna fingen eindeutig an, sein Urteilsvermögen zu trüben. Er musste sich zusammenreißen und wieder objektiver werden.

Seine Gedanken wurden von einer Frau unterbrochen, die in die Kirche kam und sich ein paar Reihen vor ihm in die Bank setzte. Es war Sussi Persson.

Vinston rutschte unauffällig näher zum Pfeiler, damit sie ihn nicht sehen konnte. Sie war sicher hier, um Jimmy bei der Probe zuzuhören.

Vinston warf wieder einen Blick auf die Uhr. Wenn er nicht zu spät zu dem Treffen mit Esping kommen wollte, sollte er jetzt gehen. Aber sein Instinkt befahl ihm, noch zu warten.

Die Kirchentür knarrte, und ein Mann betrat den Raum. Ein Kerl mit üppigem Bart, den Vinston sofort wiedererkannte.

Mats Lindeman setzte sich direkt hinter Sussi.

Der Chor begann erneut zu singen. Nach wenigen Minuten beugte sich Lindeman über die Bank nach vorne und flüsterte Sussi etwas ins Ohr. Sie schien ihm zu antworten, ohne den Kopf zu drehen, es ging ein paarmal hin und her. Wegen der Musik konnte Vinston nicht hören, was gesagt wurde, aber das Gespräch machte auf ihn einen vertraulichen Eindruck.

Er dachte daran, was Anna erzählt hatte, dass der Streit zwischen Nalle und Lindeman aufgekommen war, weil beide in dieselbe Frau verliebt gewesen waren. Konnte Sussi damit gemeint sein?

Jimmy stimmte das *Ave Maria* an, und Sussi und Lindemans Unterhaltung hörte sofort auf.

Diesmal wurde nicht nur Vinston von dem Gesang berührt. Auch Lindeman schien von der schönen Musik ergriffen zu sein. Es sah aus, als würde er leise mitsingen, und Vinston registrierte, dass Lindeman sich eine Träne aus dem Augenwinkel wischte. Dann streckte er vorsichtig eine Hand aus, stockte aber wenige Zentimeter von Sussis Schulter entfernt.

Jimmys Solo endete in einem lang gezogenen, perfekten Ton, der zwischen den Steinwänden widerhallte.

Lindemans Hand blieb in der Luft hängen, genau wie der überirdisch schöne Gesang.

Die Zeit in der Kirche schien stillzustehen. Dann, nach etwas, was sich wie eine Ewigkeit anfühlte, war der Nachhall verklungen und der Augenblick vorbei. Lindeman zog seine Hand zurück, stand auf und verließ die Kirche mit schnellen Schritten.

Auf der Wache war Esping seit dem frühen Morgen vollauf beschäftigt. Sie hatte das riesige Netzwerk ihres Onkels Klas genutzt und durch eine ganze Reihe von Telefonaten schließlich herausgefunden, wo in der Gegend von Spjutstorp Danne Dietrichs aktuelle Freundin wahrscheinlich wohnte.

Jetzt wartete sie ungeduldig darauf, dass Vinston auftauchte, damit sie sich auf den Weg machen konnten.

Sie hatten neun Uhr ausgemacht, und normalerweise kam er zehn Minuten früher.

Sie dachte an die Ereignisse in Löderup am Vorabend. Obwohl sie kein bisschen religiös war, dankte sie Gott, dass Amanda nichts Schlimmes zugestoßen war. Sie gelobte sich selbst, nie wieder eine Zivilperson solch einer Gefahr auszusetzen, vor allem nicht das Kind eines Kollegen.

Nun blieb abzuwarten, ob Amanda ihrem Vater etwas verraten hatte. Esping ging nicht davon aus, aber man konnte nie wissen.

Zehn nach neun kam Vinston außer Atem ins Büro.

»Tut mir leid, dass ich spät dran bin, aber ich habe was zu erzählen.«

Er wirkte weder sauer noch verärgert und machte nicht den Eindruck, als wisse er über den gestrigen Zwischenfall Bescheid.

»Ich auch«, sagte Esping erleichtert. »Aber Sie zuerst!«

Vinston holte tief Luft und berichtete dann, was er soeben in der Kirche mitbekommen hatte.

»Lindeman und Sussi«, sagte Esping nachdenklich. »Interessant. Die Frage ist, was das für unseren Fall bedeutet.«

»Es gibt Lindeman noch ein stärkeres Motiv, Nalle loswerden zu wollen. Wenn Sussi ihm erzählt hat, dass Nalle die Scheidung wünscht und sie die Firma verliert, könnte das ein ausreichender Grund gewesen sein, in das Wohnmobil einzudringen und Nalles Kaffee zu würzen.«

»Aber womit?«, fragte Esping, die viel über die Tötungsmethode nachgedacht hatte. »Welches Gift findet man kurzfristig auf einem Antiquitätenmarkt?«

»Gute Frage«, gab Vinston zu. »Aber das ist noch nicht alles.«

Er gab ihr, unter Auslassung privater Details, eine Kurzversion des Dates mit Anna Tyche.

»Und Sie sind sicher, dass sie den Alarm nicht selbst über ihr Handy ausgelöst hat?«, fragte Esping, nachdem er von dem seltsamen Ende des Abends erzählt hatte. »Weil die Verabredung so langweilig war?«

Vinston verzog nicht einmal den Mund.

»Es kommt noch etwas«, sagte er dumpf. »Als ich nach Hause kam, habe ich festgestellt, dass Annas Vater, Melker Faltin, das Buch geschrieben hat, das ich bei Gert Zillén gefunden habe. Das mit der chinesischen Schale.«

Esping versuchte, sich klarzumachen, was das alles zu bedeuten hatte.

»Anna Tyche war auf dem Antiquitätenmarkt«, sagte sie. »Sie kannte Nalle schon lange und hat selbst zugegeben, mit ihm Geschäfte gemacht zu haben. Zudem hat ihr Vater ein Buch geschrieben, das ebenjene wertvolle Schale behandelt, die wir suchen.«

Sie ging zu der Tafel mit ihren Verdächtigen, zeichnete ein neues Rechteck und schrieb Anna Tyches Namen hinein. Vinston sah mitgenommen aus, protestierte aber nicht.

Esping wollte etwas Aufmunterndes sagen.

»Danne Dietrich muss momentan trotzdem als unsere heißeste Spur angesehen werden. Wenn wir mit unserem Verdacht richtigliegen, ist es Danne, der in ganz Österlen hinter der verschwundenen Schale herjagt. Und der China-Gert fast totgeschlagen hätte. Wir wissen, dass er im Wohnmobil war, denn seine Fingerabdrücke waren dort. Also liegt es nahe, dass Danne auch Nalle getötet hat.«

Sie machte eine dramatische Pause, bevor sie weitersprach.

»Und jetzt statten wir ihm einen Besuch ab.«

41

Die Fahrt von Simrishamn nach Spjutstorp dauerte eine knappe halbe Stunde. Auf Espings Initiative hin fuhren sie mit Vinstons Wagen, hauptsächlich, weil sie dachte, dass ihn das etwas positiver stimmen würde. Aber er sprach unterwegs kaum ein Wort, brummte nur ein paarmal, als sie erzählte, wie sie Dannes Adresse ausfindig gemacht hatte, natürlich ohne Amandas Mitwirken zu erwähnen. Es tat ihr fast leid, dass sie sich vorhin über ihn lustig gemacht hatte, aber jetzt war es zu spät. Jetzt mussten sie sich auf ihre Arbeit konzentrieren.

Österlen war noch immer bezaubernd schön. Die Hitze hielt an, der Himmel war blau, es gab nur vereinzelte kleine Wolken. Die Mähdrescher arbeiteten eifrig, verwandelten Getreideflächen in Stoppelfelder, auf denen lange, goldgelbe Halme auf die Ballenpresse warteten. Das Grün der Wälder bekam allmählich die dunklere Nuance des Spätsommers.

»Hier links«, dirigierte Esping durch die kleine Ortschaft. Die Häuser waren eine Mischung aus landwirtschaftlichen Gebäuden, hübschen alten Backsteinvillen aus dem frühen zwanzigsten Jahrhundert und bescheideneren Fünfzigerjahrehäusern mit Eternitdach.

Sie hielten in einer schmalen Sackgasse und stiegen aus.

Die Fassade des einstöckigen Hauses war weiß verputzt, in der Einfahrt standen zwei Autos, und das Trampolin daneben war so groß, dass es fast den gesamten kleinen Rasen einnahm.

Als Esping das Gartentor öffnete, kam ein Mann zur Haustür heraus. Er trug Arbeitskleidung und eine Werkzeugtasche über der Schulter.

Bevor die beiden Polizisten reagieren konnten, stand er vor ihnen.

»Keine Zeit!«, sagte er. »Ich bin spät dran. Jannike ist drinnen.«

Esping hielt ihre Polizeimarke hoch, und er blieb abrupt stehen.

Sie warf Vinston einen Blick zu, um die Bestätigung zu erhalten, dass dies derselbe Mann war, den er in China-Gerts Treppenhaus gesehen hatte, erhielt aber keine Reaktion.

»Daniel Pedersen?«, fragte sie, obwohl sie die Antwort kannte.

»Wieso?«

»Wir möchten Ihnen ein paar Fragen stellen.«

Der Mann musterte Esping und Vinston von Kopf bis Fuß.

»Bullen also. Ich dachte, Sie wären Zeugen Jehovas«, grinste er. »Na, dann aber schnell.«

Er stellte die Werkzeugtasche ab und holte seine Snus-Dose heraus. Offenbar hatte er nicht die Absicht, sie ins Haus zu bitten oder ihnen auf andere Art die Arbeit zu erleichtern.

Danne Dietrich war schmal, sein Haar lockig und von der Sonne ausgeblichen, die Augen strahlten hellblau, und er gehörte wohl zu den Typen, die wussten, dass sie gut aussahen.

Esping hatte damit gerechnet, dass Vinston das Verhör einleiten würde, aber da dies nicht geschah, ergriff sie das Wort.

»Waren Sie am vergangenen Sonntag auf dem Markt in Degeberga?«

Danne schob sich eine Dosis Snus unter die Lippe und drückte sie mit der Zungenspitze zurecht.

»Sie wollen sicher wissen, ob ich Nalle Persson getroffen habe. Habt ihr den Täter nicht schon geschnappt?«

Er verstaute seine Dose und fuhr sich mit der Zunge über die Oberlippe.

»Ach, nein, richtig. Das war ja der *falsche* Mörder«, grinste er. »Wie man hört, wurde Nalle vergiftet.«

»Beantworten Sie einfach unsere Frage«, fauchte Esping, der es nicht gefiel, dass Danne sich über sie lustig machte. Immerhin hatten sie seinen Fingerabdruck auf einer Tasse. Leugnete er, in Degeberga gewesen zu sein, würde sie ihm Handschellen anlegen und ins Auto befördern.

»Ja«, räusperte sich Daniel Pedersen. »Ich war in Degeberga. Meine Freundin Jannike interessiert sich für so was.« Er machte eine Handbewegung Richtung Haus. »Und bevor Sie fragen – ja, ich habe Nalle getroffen. Er hat mich auf einen Kaffee in sein Wohnmobil eingeladen. Aber Kaffee zu trinken verstößt nicht gegen das Gesetz, oder? Es war kein Gift drin, Ehrenwort, nur ein Tropfen Branntwein.«

Esping fluchte innerlich. Danne war aalglatt. Sie wandte sich an

Vinston, um zu signalisieren, dass er sie gerne unterstützen durfte, aber er wirkte seltsam abwesend. Vermutlich dachte er immer noch an Anna Tyche.

Daniel schaute auf seine Uhr.

»Wenn Sie mir mit meiner Verbrechensdatei kommen wollen, dann beeilen Sie sich. Ich habe es eilig.«

Esping war kurz davor, die Geduld zu verlieren.

»Ja, Sie sind wegen Einbruch vorbestraft …«

Daniel unterbrach sie mit einer wegwerfenden Handbewegung.

»Okay, ich muss wirklich los, also sparen Sie sich die Zeit. Ich habe vielleicht die eine oder andere Dummheit begangen, aber ein Mörder bin ich nicht. Nalle und ich waren Freunde, er besorgte mir Jobs und bezahlte mich auch noch in bar. Jetzt muss ich andere Kunden finden, um das Loch in der Kasse zu stopfen. Sie sind bei mir an der falschen Adresse.«

Esping vermisste Vinstons kluge Fragen. Aber er schien nicht einmal zuzuhören, stand nur da und betrachtete das Haus.

»Es gibt einen Haufen Leute, die mit Nalle ein Hühnchen zu rupfen haben«, fuhr Danne fort. »Am schlimmsten ist Mats Lindeman. Der Mistkerl ist gewalttätig und nachtragend. Lindeman hat in seinem Auktionshaus bestimmt irgendwo alte Giftflaschen im Regal stehen.«

»Sie und ich sind uns am Donnerstag in Ystad über den Weg gelaufen«, sagte Vinston, der endlich wieder zum Leben erwachte.

Daniel runzelte übertrieben die Stirn und dachte nach. Dann erhellte sich seine Miene.

»Ja, richtig. Ich dachte doch, dass Sie mir bekannt vorkamen. Blöde Geschichte. Ich wurde angerufen, aber als ich dort war und klingelte, machte niemand auf.«

Esping glaubte dem Schlosser kein Wort. Vinston in seinem dreiteiligen Anzug war niemand, den man vergaß. Vor allem nicht, wenn er einen gegen die Wand gedrückt hatte.

»Wussten Sie, dass Gert Zillén im selben Haus wohnt?«, fragte Vinston.

»Wer?«

Danne Dietrich strich sich über die Lippe.

»Gert Zillén. Der Mann, der zuerst des Mordes an Nalle verdächtigt wurde. Er wurde am Donnerstagabend in seiner Wohnung überfallen, und zwar von einem Einbrecher, der eingedrungen ist, ohne Aufbruchsspuren an der Tür zu hinterlassen. Der Dieb scheint nach einem bestimmten Gegenstand gesucht zu haben.«

Dannes Augen verengten sich.

»Wie gesagt. Ich kenne keinen Gert Zillén, und ich bin am Donnerstag nur deshalb in Ystad gewesen, weil mich jemand völlig unnötigerweise dorthin beordert hatte. Am Abend war ich im Übrigen hier zu Hause und habe ferngesehen. Fragen Sie Jannike, wenn Sie mir nicht glauben.«

Er schaute demonstrativ auf die Uhr und hob seine Werkzeugtasche auf.

»Jetzt sind Ihre fünf Minuten um. Wollen Sie weiterreden, dann rufen Sie mich an. Die Nummer steht auf meiner Internetseite.«

Danne spuckte das Snus-Beutelchen nur wenige Zentimeter vor Espings Schuhen auf den Boden. Dann drängte er sich an den beiden Polizisten vorbei und stieg in seinen Wagen.

»Schön, dass Sie am Ende doch noch mitgearbeitet haben«, sagte Esping säuerlich, während Danne Dietrich mit einem Blitzstart davonbrauste.

Vinston überhörte den Kommentar und ging auf die Haustür zu, wo er die Klingel betätigte.

Dannes Freundin Jannike erwies sich als redselige Person knapp über dreißig. Sie arbeitete in der Küche von Schloss Kronovall, aber heute hatte sie ihren freien Tag. Vinston und Esping durften in die Diele kommen, wo sie ihre Fragen stellen konnten.

»Wir sind erst seit ein paar Monaten zusammen«, erzählte Jannike. »Wir haben uns über Tinder kennengelernt, und es hat sofort gefunkt.«

Die Polizisten erkundigten sich nach Dannes Alibi, was sich nicht so leicht bestätigen ließ.

»Er war am Donnerstagabend zu Hause. Wir haben zusammen ferngesehen, und ich bin wie immer auf dem Sofa eingeschlafen. Die Kinder sind mit ihrem Vater auf Teneriffa, also waren wir nur zu zweit.«

»Sind Sie sich ganz sicher, dass das am Donnerstag war?«, fragte Esping.

Vinston machte einen Schritt ins Haus hinein.

»Also, ich schlafe jeden Abend auf dem Sofa ein, wenn ich gearbeitet habe«, erklärte Jannike. »Ich fange früh an, deshalb schlafe ich ab halb neun tief und fest. Danne schaut sich weiter den Film an, er muss mich immer wecken, wenn es Zeit ist, ins Bett zu gehen.«

Esping bemerkte, dass Vinston ihren Blick suchte und sich sacht an die Nase tippte. Die Geste war vollkommen unnötig. Der Schimmelgeruch im Haus war so stark, dass er fast in den Augen brannte.

42

Sie fuhren zur Polizeiwache zurück. Der Schimmelgeruch begleitete sie, weshalb Vinston das Fenster öffnete.

»Danne ist eindeutig unser Einbrecher«, sagte Esping. »Und sein Alibi für Donnerstagabend ist nicht wasserdicht. Glauben Sie, dass Cruella … ich meine Jönsson-Kaminsky genehmigt, dass wir ihn vorladen und grillen?«

»Ich bezweifle das. Alles, was wir haben, sind seine Vorstrafen und dieser Schimmelgeruch. Und ein Geruch reicht als Beweis wohl kaum aus.«

Esping lächelte listig.

»Aber wenn wir sagen, dass wir Danne Dietrich verdächtigen, ihren Tisch geklaut zu haben?«

Vinston seufzte.

»Ja, vielleicht. Es könnte einen Versuch wert sein. Aber ich zweifle daran, dass Danne der Typ ist, der sofort gesteht, nur weil man ein bisschen Druck auf ihn ausübt. Wir brauchen etwas, das ihn eindeutig mit dem Einbruch in Verbindung bringt. Und außerdem …«

Er bremste vor einer Kreuzung ab.

»Außerdem zweifle ich auch daran, dass er der Mörder ist«, fuhr er fort. »Wenn es so ist, wie wir glauben, nämlich dass er und Nalle gemeinsame Sache gemacht haben, wäre mit Nalles Tod auch dieses Arrangement mit ihm gestorben, und Danne würde ohne Job dastehen. Warum sollte er die Hand abhacken, die ihn ernährt? Beziehungsweise vergiften?«

»Vielleicht hat Nalle versucht, ihn übers Ohr zu hauen?«, wandte Esping ein.

»Ja, schon möglich. Aber dann wären wir wieder bei der Frage, warum Danne Nalle ausgerechnet auf dem Antikmarkt getötet hätte. Und auch noch mit Gift?«

»Die Schale«, sagte Esping. »Danne hat erfahren, dass die Schale wertvoll ist.«

Vinston schüttelte den Kopf.

»Nalle wusste nicht, wie wertvoll die Schale war, und Danne ist sicher kein Antiquitätenkenner. Und außerdem hätte er sie einfach stehlen können. Warum sollte er einen Mord begehen?«

Sie dachten jeweils schweigend nach.

»Sie haben wahrscheinlich recht«, gab Esping etwas später zu. »Danne ist ein furchtbarer Kerl, aber er sieht mir nicht wie ein Mörder aus. Ich glaube eher an eine Zusammenarbeit zwischen Sussi, Jimmy und Lindeman. Sie profitieren am meisten von Nalles Tod. Und dass sie sich in der Kirche getroffen haben, wirkt doch sehr konspirativ, oder nicht?«

Es war eine rhetorische Frage, die Vinston nicht beantwortete.

»Ich werde die Unternehmen von Lindeman und Sussi noch mal genauer unter die Lupe nehmen«, sprach Esping weiter. »Und dann haken wir bei Borén wegen der Analyse des Gifts nach.«

Sie hatten soeben die Wache erreicht, als Vinstons Telefon klingelte.

»Peter Vinston«, meldete er sich, obwohl er sah, dass es Christina war.

»Hallo. Hier spricht das Fundbüro«, sagte sie mit verstellter Stimme. »Vermissen Sie zufälligerweise etwas?«

Vinstons Miene hellte sich auf.

»Du hast mein Notizbuch gefunden! Wo war es?«

»Unter dem Tisch im Garten, wo wir gestern gefrühstückt haben.«

»Ah, ich muss es verloren haben, als ich mein Jackett ausgezogen habe. Wie schön, dass es wieder da ist, ich habe mir schon ein bisschen Sorgen gemacht.«

»Entspann dich. Das Büchlein ist in sicherem Gewahrsam. Komm her und trink einen Kaffee mit mir, dann bekommst du es wieder.«

Vinston blickte Esping an. Er sollte sie eigentlich begleiten, um die Ermittlungen gemeinsam mit ihr fortzusetzen, aber er brauchte sein Moleskine, um richtig arbeiten zu können. Und im Übrigen war Christinas Einladung nicht als Frage formuliert gewesen, sondern als Befehl. Er täte also besser daran, sofort nach Gärsnäs aufzubrechen.

Seine Ex-Frau hatte draußen auf der Terrasse ein schönes altes Kaffeeservice gedeckt. Das Notizbuch lag zusammen mit einem grünen Ordner auf dem Tisch.

»Tausend Dank«, sagte Vinston, während er es besorgt untersuchte. Es fanden sich aber keinerlei Anzeichen, dass es im Gras zu Schaden gekommen war.

»Es sieht dir nicht ähnlich, etwas zu verlieren«, sagte Christina. »Geht es dir gut? Du überanstrengst dich doch nicht mit diesem neuen Mordfall? Wie steht es mit den Schwindelanfällen?«

»Es geht mir gut, danke. Seit Wochen verspüre ich nicht das geringste Unwohlsein.«

Er hoffte, das würde den medizinischen Teil des Verhörs beenden. Denn um ein solches handelte es sich, das war ihm klar, genau wie er die Fortsetzung desselben voraussah.

Christina goss Kaffee in die kleinen Tassen.

»Wie war dein Date?«

Vinston seufzte schwer. Sie hatten den eigentlichen Kern des Verhörs erreicht.

»Ich nehme an, dass du Anna schon ausgefragt hast. Was hat sie erzählt?«

»Das wirst du gleich erfahren«, grinste Christina. »Aber erst will ich deine Version hören. Wie fandest du es?«

»Ich weiß nicht so recht. Wir hatten es nett, aber dann wurden wir leider von der Alarmanlage ihres Ladens unterbrochen«, sagte er und nutzte schnell die Gelegenheit für eine Gegenfrage: »Wie lange kennst du Anna schon?«

»Zwei, drei Jahre«, erwiderte Christina. »Ich war Kundin bei ihr, wir begannen, über andere Antiquitätenhändler zu reden, und stellten fest, dass wir dieselbe Art von Humor haben.«

Vinston dachte an Amandas Bemerkung über die Ähnlichkeit zwischen Christina und Anna.

Seine Ex-Frau hatte die Beine übereinandergeschlagen und den Kopf in die Hand gestützt.

»Willst du sie wiedersehen?«

Vinston versuchte, die Antwort hinauszuzögern, aber Christinas Blick war durchdringend wie immer. Würde er mit Nein antworten, würde er sich einem Trommelfeuer an Fragen aussetzen, und er konnte natürlich nicht verraten, dass Anna für die Ermittlungen interessant geworden war.

Also wählte er den einfachen und tatsächlich auch nach wie vor richtigen Ausweg.

»Ja, das würde ich gern.«

»Gut!«, sagte Christina. »Das will Anna auch! Ruf sie an und vereinbare schleunigst eine neue Verabredung, bevor du zurück nach Stockholm fährst. Wer weiß, eine Dosis Romantik führt dich vielleicht öfter mal nach Österlen?«

Sie lachte auf eine Art, die signalisierte, dass die Sache damit erledigt und das Verhör vorüber war. Vinston atmete tief aus.

»Sieh mal hier.«

Christina schob ihre Tasse beiseite und schlug den grünen Ordner auf.

»Erinnerst du dich an die Karte in dem Herbarium, das wir von Fabbe und Anna bekommen haben? Ich habe sie einem Gartenarchitekten gegeben, der jetzt auf der Grundlage des Schlossgartens von 1848 einen Entwurf gezeichnet hat.«

Sie wies enthusiastisch auf die Zeichnung und dann auf unterschiedliche Teile des Gartens.

»Im Süden entsteht der Küchengarten. Und dann haben wir entdeckt, dass Beata Rosencrantz ein Buchsbaumlabyrinth hatte, das wollen wir auch wiedererschaffen. Unten am Teich ist ein Lusthaus geplant. Hier siehst du, wie wir es uns vorstellen.«

Der restliche Ordner war voll mit farbenfrohen Fotografien verschiedener Pflanzen. Christina erklärte weiter ihre Pläne, und Vinston, der sich kein bisschen für Gärten interessierte, nickte dazu an den, wie er hoffte, passenden Stellen.

»Das wird sicher einiges kosten«, entfuhr es ihm schließlich.

»Poppe kann es sich leisten«, schnaubte Christina. »Außerdem ist das Projekt von kulturellem Interesse.«

Vinston leerte seine Kaffeetasse. Er hatte sein Notizbuch wieder, die Befragung zu seiner Gesundheit und seinem Liebesleben überstanden und höflich den Ausführungen seiner Ex-Frau gelauscht, was bedeutete, dass es höchste Zeit war, wieder an die Arbeit zurückzukehren.

Die Terrassentür öffnete sich, und Poppe kam heraus, dicht gefolgt von einem telefonierenden Fabian Anderklew, der ihnen zuwinkte, sich dann aber wegdrehte, um ungestört sprechen zu können. Poppe hingegen kam direkt auf sie zu.

»Haben wir Besuch?«, sagte Poppe und schüttelte Vinstons Hand. »Und das feine Porzellan meiner Großmutter, wie passend! Als ich klein war, stand es im Wohnzimmer in einem Schrank und wurde nur benutzt, wenn jemand einen runden Geburtstag feierte.«

»Ja, ich habe nach Sachen gesucht, die wir schätzen lassen könnten, wenn die *Antikrunde* hier ist«, sagte Christina. »Wir haben die Schränke voll mit alten Sachen, da dachte ich, es wäre höchste Zeit, dieses hübsche Service zu benutzen.«

»Ja, zum Teufel!«, lachte Poppe. »Besser, als wenn es Staub sammelt. Was ist das hier Spannendes?«

Er klopfte auf den grünen Ordner, der auf dem Tisch lag. Vinston stand schnell auf.

»Ich wollte gerade gehen, die Arbeit ruft. Danke für den Kaffee.«

Er ging zur Tür. Als er an Anderklew vorbeikam, schien dieser soeben sein Gespräch beendet zu haben.

»Peter, wie nett, dass wir uns sehen. Wie laufen die Ermittlungen? Bekommt ihr den Giftmörder zu fassen?«

Vinston blieb stehen.

»Wir arbeiten daran. Und tatsächlich hätte ich eine Frage an dich.«

Er holte die verblasste Fotografie aus der Innentasche seines Jacketts und reichte sie Anderklew.

»Ach, nein! Das bin ja ich«, rief dieser aus und zeigte auf den Jüngling mit dem Gemälde im Arm. »Noch nicht trocken hinter den Ohren.«

»Aber schon in heimliche Zusammenarbeit mit Melker Faltin verwickelt«, konstatierte Vinston. »Du hast ihm Tipps gegeben, welche Gebote im Voraus eingingen, sodass sein Auktionsring knapp darüber bieten konnte.«

»Äh …«, Anderklew blickte sich besorgt nach Poppe und Christina um. »Komm, wir gehen eine Runde.«

Er deutete auf die Steintreppe in den Garten hinunter.

»Das mit dem Auktionsring stimmt«, fuhr er leise fort, als sie den Rasen betraten. »Aber das ist über dreißig Jahre her. Ich war jung und unbedacht, studierte an der Universität und war wie die meisten Studenten mehr oder weniger ständig pleite.«

Langsam spazierte er über die Rasenfläche, Vinston blieb nichts anderes übrig, als ihm zu folgen.

»Melker Faltin und mein Vater waren Bekannte«, erzählte Anderklew mit betrübter Stimme weiter. »Melker hat mir Zugang zum Auktionshaus in Ystad verschafft. Zuerst war es nur ein Nebenjob, bei dem ich mir als Student etwas dazuverdienen konnte, aber je mehr ich über Antiquitäten lernte, desto mehr gefiel es mir dort. Und ich hatte Talent für die Branche, schon nach einem halben Jahr wurde ich zum Springer befördert. Damals bezahlten die Leute auf den Auktionen noch bar. Damit das Auktionshaus nicht auf Millionen von Kronen saß, schickten sie regelmäßig vertrauenswürdige Personen zur Bank. Stell dir vor, mit zwanzig das Vertrauen zu genießen, einen Rucksack voller Geld ausgehändigt zu bekommen. Mit Gegenständen zu tun zu haben, die so wertvoll waren und so spannende Geschichten hatten. Es hat mich einfach gepackt. Also habe ich meine schwammigen akademischen Pläne ad acta gelegt und mich ganz der Antiquitätenbranche verschrieben.«

Anderklew blieb neben einem kleinen Abschnitt des Schlossgartens stehen, wo ein paar frisch gesteckte Stäbe Christinas Vorhaben markierten. *Kräutergarten* stand auf einem Querholz. Anderklew sah sich noch einmal das Foto an.

»Ich verdanke Melker Faltin meine Karriere. Du weißt sicher schon, dass er tot ist. Der Crash in den Neunzigern hat ihn das Leben gekostet.«

»Und die anderen beiden?«, fragte Vinston. »Soweit ich verstanden habe, waren Nalle und Lindeman damals Compagnons. Wie haben sie sich entzweit?«

Anderklew grinste schief.

»Ich hatte keinen direkten Kontakt zu ihnen. Melker achtete darauf, dass unser Arrangement geheim blieb. Wenn wir uns trafen, taten wir so, als würden wir uns nicht kennen. Aber später, als ihre Partnerschaft endete, erzählte er mir einiges.«

»Und was sagte er?«

Anderklew schüttelte belustigt den Kopf.

»Wie so oft ging es um eine Frau. Es ist kaum zu glauben, aber Sussi Rask war damals sehr schön. Lindeman und Sussi waren seit der Schulzeit zusammen, es war wohl eine Art Romeo-und-Julia-Geschichte, denn Sussis Eltern waren Antiquitätenhändler, während der Vater von Mats Lindeman das Auktionshaus in Tomelilla betrieb.«

Er gab Vinston das Foto zurück.

»Anfang der Neunziger machte Nalle etwas richtig Unschönes. Er trank Lindeman in Kopenhagen unter den Tisch und sorgte dafür, dass der mit einer anderen Frau im Bett landete. Dann streute er das Gerücht, was passiert war. Sussi servierte Lindeman gnadenlos ab.«

»Und daraufhin machte Nalle ihr den Hof?«

»Genau. Er brachte ihr Blumen und kleine Geschenke und schmeichelte ihr. Und dann kam es, wie es kommen musste. Sie heirateten, bekamen ein Kind, und Nalle übernahm die Firma.«

Es war heiß in der Sonne, Anderklew knöpfte seinen Blazer auf.

»Letztlich war Nalle wahrscheinlich mehr an der Firma interessiert als an Sussi. Aber warum fragst du danach? Glaubt ihr, diese alte Geschichte könnte etwas mit Nalles Tod zu tun haben?«

»Wir wissen es nicht«, antwortete Vinston wahrheitsgemäß. »Aber wir müssen jeden Stein umdrehen.«

Sie gingen zum Schloss zurück.

»Um noch mal auf Melker Faltin zurückzukommen«, sagte Vinston. »Er war anscheinend Experte für chinesisches Porzellan?«

Anderklew rückte seine Brille zurecht.

»Melker war in vielen Bereichen Experte. Aber es stimmt schon, er besaß eine große Sammlung an chinesischem Porzellan. Heute wäre sie viele Millionen Kronen wert. Allerdings war das, bevor die Chinesen begannen, ihr kulturelles Erbe zurückzukaufen. In der Finanzkrise sah er sich gezwungen, die Sammlung zu versilbern. Damals hatte ich gerade angefangen, bei Bukowskis zu arbeiten, also half ich ihm, was ich heute bereue. Aber Melker bestand darauf, dass ich mich um alles kümmerte, nicht einer der erfahreneren Mitarbeiter. So war er. Großzügig, hilfsbereit.«

Anderklew schüttelte traurig den Kopf.

»Und er starb so, wie er gelebt hatte. Nicht jeder trinkt sich an exquisitem Bordeaux zu Tode.«

»Und Melkers Tochter, Anna Tyche?«, fragte Vinston.

»Ich habe ihr geholfen, so gut ich konnte«, erwiderte Anderklew. »Das war ich Melker schuldig, nach allem, was er für mich getan hatte.«

Er blieb am Fuß der Steintreppe stehen.

»Nicht dass sie besonders viel Hilfe bräuchte«, fügte er schnell hinzu. »Sie kennt sich in der Moderne gut aus und hat einen schönen Laden. Aber Expertin in der *Antikrunde* zu werden, wird ihr viele Türen öffnen.«

Sie gingen zurück auf die Terrasse.

»Hör auf meinen Rat, Peter«, sagte Anderklew. »Fang nie an, Antiquitäten zu sammeln. Wenn es etwas gibt, das man lernen muss, um in dieser Branche zu überleben, dann ist es, sich der Dinge zu entledigen. Der Liebhaberwert ist was für Amateure. Ich mag auch schöne Sachen, aber ich hänge nicht an ihnen. Ich suche den passenden Käufer und gebe sie ab. Gib dein Geld lieber für gutes Essen und Trinken aus.«

Anderklew klopfte Vinston zum Abschied auf die Schulter.

»Genieße das Leben, solange es dauert«, sagte er. »Jetzt muss ich zurück zu meinen Gastgebern.«

Er deutete auf Poppe und Christina, die in eine lebhafte Diskussion über den Garten verwickelt schienen.

»Armer Poppe«, meinte er belustigt. »Er wird teuer bezahlen müssen für einen Garten, den er nicht richtig genießen kann.«

»Wie meinst du das?«, fragte Vinston.

»Ach, das wusstest du nicht?«, lachte Anderklew. »Poppe ist farbenblind. Wir haben in Lund zusammen Botanik studiert, so haben wir uns kennengelernt. Aber ich musste ihm im Kurs ständig helfen. Alle Pflanzen sehen für ihn gleich aus.«

Anderklew zwinkerte Vinston zu und gesellte sich dann zu Poppe und Christina.

»Ah, eine Hortensie«, rief er übertrieben begeistert aus. »Das ist doch deine Lieblingspflanze, Poppe, oder?«

Vinston musste schmunzeln.

Er setzte sich in seinen Saab und ließ alle Fenster herunter, um die Hitze hinauszulassen. Dann holte er sein Moleskine hervor und strich mit dem Daumen über den Ledereinband.

Die Ordnung war wiederhergestellt.

Er notierte sich, was Anderklew berichtet hatte, dann startete er den Wagen. Während er langsam die Schlossallee entlangrollte, dachte er über das nach, was er soeben erfahren hatte.

Anderklew zufolge hatte Nalle absichtlich die Beziehung zwischen Sussi und Lindeman sabotiert, nur um einen Fuß in ihre Firma zu bekommen und während des Crashs seine eigene Haut zu retten.

Das bedeutete, dass Lindeman definitiv ein Mordmotiv hatte, und Rache, hieß es, servierte man am besten kalt. Aber dreißig Jahre schienen doch ein bisschen lang? Und wo kam der geheimnisvolle Melker Faltin ins Bild? Der Mann, der seine geliebte Porzellansammlung verkaufen musste und sich dann mit teuren Weinen zu Tode gesoffen hatte.

Vinston fiel Annas überfülltes Lager ein, aus dem sie ihn mehr oder weniger hinausgejagt hatte. Hatte sie die Sammelleidenschaft ihres Vaters geerbt? Hing sie an den Dingen und hatte Schwierigkeiten, sie zu verkaufen?

Sein Magen knurrte. Er war früh aufgestanden, und es war schon kurz nach eins. Er überlegte, ob er auf dem Weg nach Simrishamn ein Restaurant suchen oder sich etwas zum Mitnehmen besorgen sollte. Vielleicht hatte Esping ja auch Hunger?

Sie ging nach dem ersten Klingeln ans Telefon.

»Yes!«

Vinston schüttelte sich innerlich bei dieser Begrüßung. Manchmal hatte er den Eindruck, er sei der einzige Mensch, der noch die alten Höflichkeitsfloskeln beherrschte.

Es zeigte sich, dass Esping bereits gegessen hatte, also berichtete er stattdessen von seinem Gespräch mit Anderklew.

»Interessant«, sagte seine Kollegin. »Das verstärkt definitiv die Theorie einer Verschwörung zwischen Sussi und Lindeman. Dreißig Jahre sind eine lange Zeit, um auf Rache zu sinnen, aber vielleicht waren Pia, die Scheidung und die Gefahr, die Firma zu verlieren, der Tropfen, der das Fass zum Überlaufen brachte?«

»Wo wir von Tropfen sprechen. Haben Sie noch etwas zu dem Gift gehört?«, wollte Vinston wissen.

»Nein«, seufzte Esping. »Borén sagt, es sei ziemlich kompliziert, wenn man nicht wisse, nach welchem Gift man suche. Es wird noch eine Weile dauern, bis wir Genaueres erfahren. Und ich habe auch nichts zu Danne Dietrich gefunden, was uns weiterhelfen könnte, obwohl ich sein Strafregister-Medley sorgfältig unter die Lupe genommen habe.«

Vinston musste lachen. Strafregister-Medley. Das gefiel ihm.

Er fuhr an einem handgemalten Flohmarktschild vorbei sowie an einem, das Werbung für Strohblumen zum Selbstpflücken machte.

Plötzlich machte es in seinem Kopf klick. Das Geräusch einiger Puzzleteile, die an ihren Platz fielen.

Medley.

Danne Dietrich.

Strohblumen.

Potpourri.

»Verdammt!«, fluchte er lautstark.

»Was ist?«, wunderte sich Esping.

Vinston trat so fest auf die Bremse, dass die Reifen auf dem heißen Asphalt quietschten.

»Verdammter Mist!«

Er wendete um hundertachtzig Grad und drückte auf das Gaspedal.

»Was ist denn los?«, erkundigte sich Esping besorgt.

»Setzen Sie sich ins Auto!«, rief Vinston. »Ich weiß, wo ich die chinesische Schale gesehen habe. Wir müssen uns beeilen!«

43

Der Saab raste mit hundertvierzig Stundenkilometern über die kurvige Landstraße, an Feldern, Weiden und Milchtischen vorbei. Vinstons Hirn arbeitete dabei ähnlich auf Hochtouren wie der Motor.

Wie hatte ihm etwas entgehen können, was sich buchstäblich vor seiner Nase befunden hatte? Welche Folgen hatte seine Unaufmerksamkeit?

Danne Dietrich hatte nicht davor zurückgeschreckt, Gert Zillén auf seiner Jagd nach der Schale zu misshandeln. Jetzt war er vermutlich noch verzweifelter und damit auch bereit, noch weiterzugehen.

Vinston fuhr, so schnell er nur wagte, und wäre fast in einem Acker gelandet, aber rettete die Situation im letzten Augenblick.

In Sankt Olof bog er mit klopfendem Herzen und quietschenden Reifen in Pias Wohnstraße ein und legte vor dem kleinen Haus eine Vollbremsung hin. Schnell sprang er aus dem Saab und rannte, ohne die Autotür zu schließen, den Gartenweg entlang.

Die Haustür war abgeschlossen, die Gardinen waren teilweise vorgezogen. Alles schien ruhig, aber von einer trügerischen Ruhe, die Vinstons Polizeiinstinkt nicht täuschte.

Er ging durch den Garten um das Haus herum. Ein Wagen mit dem Logo von Anticimex stand im Carport.

War Pia doch zu Hause? Warum machte sie dann nicht auf?

Die Hintertür erwies sich als gewöhnliche Terrassentür mit einem einfachen Schloss, die in einen Windfang führte. Die Klinke hing ein wenig herunter, und um das Schloss waren kleine, frische Kratzer zu sehen, die Vinston nur allzu gut wiedererkannte.

Sein Hemd klebte ihm am Rücken, der Puls hämmerte. Natürlich sollte er auf Esping und die Kollegen von der Streife warten, die auch unterwegs waren. Das Haus absperren und es methodisch durchsuchen.

Aber Pia war in großer Gefahr, und er konnte nicht einfach hier draußen stehen und warten.

Vinston holte tief Luft und drückte vorsichtig die Tür auf. Dann lauschte er ins Haus. Alles still.

Zu still. Es war eine drückende, unangenehme Stille, die nur von Vinstons Atemzügen gestört wurde.

Er betrat den Windfang und schob die nächste Tür auf. Bevor er weiterging, schnüffelte er in die Luft. Ein schwacher, aber unverkennbarer Schimmelgeruch verstärkte seine böse Vorahnung.

Vorsichtig blickte er um die Ecke. Ein Garderobenständer lag umgestürzt im Flur. Die Schubladen einer Kommode waren herausgezogen und der Inhalt über den Boden verteilt.

Schnell ging Vinston zum Gästebad.

Die Tür stand offen, der Boden war voller getrockneter Blütenblätter, die unter seinen Füßen knirschten.

»Verdammt!«, fluchte er.

Ein plötzliches Geräusch ließ ihn herumfahren.

Jemand stand hinter ihm im Flur und richtete eine Pistole auf ihn. Sein Herz machte einen Satz.

Aber dann schaltete sich sein Gehirn ein. Es war Esping.

»Sie ist weg«, zischte Vinston, sobald Esping die Waffe gesenkt hatte und er wieder zu Atem gekommen war.

Esping biss sich frustriert auf die Lippe.

»Haben Sie schon das Haus durchsucht?«, flüsterte sie.

Vinston schüttelte den Kopf.

Esping hob die Waffe wieder und ging voran, Vinston folgte ihr.

In der Küche war niemand. Die Schlafzimmertür war geschlossen. Ein leises Poltern war daraus zu hören und ließ sie stehen bleiben.

Esping bedeutete Vinston, die Tür zu öffnen und sich dann zurückzuziehen. Er nickte zur Antwort, drückte sich an die Wand und legte die Hand auf die Klinke.

Wieder ein Poltern, diesmal lauter.

Vinston drückte die Klinke hinunter und stieß die Tür auf, woraufhin Esping mit erhobener Waffe hineinstürmte.

»Polizei!«, rief sie.

Im nächsten Moment war auch Vinston im Schlafzimmer.

»Zu spät«, stellte Esping enttäuscht fest.

Sie zeigte auf das offene Fenster, das im Wind schlug. Zwei Blumentöpfe waren zu Boden gefallen, und ein Hocker stand vor dem Fensterbrett. Auf dem Polster sah man einen schwachen Fußabdruck und Reste getrockneter Blütenblätter.

»Er muss geflohen sein, als er Sie kommen hörte. So ein Mist, wir waren so nah dran!«

»Und außerdem hat er gefunden, wonach er gesucht hat«, sagte Vinston dumpf. »Das Schälchen mit dem Potpourri in Pias Badezimmer. Nalles chinesische Schale. Ich hatte sie die ganze Zeit direkt vor meiner Nase!«

Esping und Vinston standen im Garten, als Pia Larsson kurz darauf auf ihrem Fahrrad in die Straße einbog. Sie hatten bereits Thyra Borén verständigt und Öhlander und Svensk beauftragt, ein Absperrband um das Haus zu ziehen.

»Was in aller Welt ist passiert?«, fragte Pia, während sie vom Fahrrad stieg.

»Bei Ihnen wurde eingebrochen«, erklärte Vinston trocken.

Pia stöhnte verzweifelt auf.

»Als hätte ich nicht schon genug Schlimmes erlebt. Erst der arme Lennart und jetzt das.«

Esping musterte sie abschätzig.

»Apropos Lennart. Können Sie sich denken, was gestohlen wurde?«, fragte sie. »Ich gebe Ihnen einen Tipp. Es ist klein und rund …«

Pias Blick flackerte unruhig.

»Ist es … Lennarts Schale?«, flüsterte sie.

»Exakt«, antwortete Esping barsch. »Die Schale, nach der wir Sie gefragt haben, als wir neulich hier waren.«

Pias Augen füllten sich mit Tränen.

»Es war ein Geschenk von Lennart«, schniefte sie. »*Achte gut darauf, Pia-Mia*. Das hat er gesagt, und ich habe versprochen …«

Sie brach in Tränen aus.

»Seien Sie froh, dass Sie nicht zu Hause waren«, sagte Esping. »Der Dieb hat beim letzten Mal …«

Vinston unterbrach sie mit einem warnenden Blick und einem kurzen Kopfschütteln.

»Warum waren Sie eigentlich nicht zu Hause?«, erkundigte er sich bei Pia Larsson.

»I-Ich …« Die Frau schluchzte. »Ich war seit Lennarts Tod kaum noch aus dem Haus. Aber ich bekam einen Anruf, dass ich heute vor vier ein Paket abholen solle. Ich bin mit dem Rad gefahren, weil das Wetter so schön ist.«

Sie deutete zum blauen Himmel hinauf.

»Aber als ich in den Paketshop kam, konnten sie mein Paket nicht finden. Und sie behaupteten auch, dass niemand angerufen hätte. Vielleicht liegt es ja in einer anderen Filiale. Es herrscht so ein Durcheinander. Früher ist man einfach zur Post gegangen.«

Vinston und Esping sahen sich an.

Auf der Straße tauchte Thyra Boréns Technikerbus auf.

»Wir müssen eine kriminaltechnische Untersuchung durchführen«, erklärte Vinston Pia Larsson. »Das wird ein paar Stunden dauern. Fahren Sie so lange am besten zu einer Freundin oder Verwandten.«

»Aber was, wenn der Einbrecher heute Abend wiederkommt?«, fragte Pia erschrocken und fischte ihre Nikotinkaugummis aus der Handtasche.

»Ich denke, darum brauchen Sie sich keine Sorgen zu machen«, sagte Esping, jetzt etwas freundlicher. »Er war nur auf die Schale aus.«

Pia nickte und schnäuzte sich dann laut.

»Eine letzte Frage«, sagte Vinston. »Sie sagten Pia-Mia …?«

Die Frau lächelte traurig.

»Lennart gab den Leuten gerne Kosenamen. Ich heiße Pia Marie, deshalb nannte er mich Pia-Mia. Entschuldigen Sie …«

Sie schnäuzte sich wieder, schien sich danach zu sammeln.

»Ich rufe meine Schwester in Kristianstad an und bitte sie, mich abzuholen.«

Pia griff nach ihrem Handy und entfernte sich ein Stück.

Vinston und Esping blieben neben einem Pfingstrosenbeet stehen.

»Es war sicher Danne, der anrief und sich als Postmann ausgab«, sagte Esping. »Um sie aus dem Haus zu bekommen. Deshalb hatte er es so eilig, als wir bei ihm waren. Er wusste, dass er nur wenig Zeit hatte.«

»Richtig!«, bekräftigte Vinston. »Sehr ärgerlich, das Ganze. Wenn ich nur früher darauf gekommen wäre, dass ich die Schale in Pia Larssons Badezimmer gesehen hatte. Dann wären wir einen Schritt voraus gewesen. Aber jetzt ist sie wieder verschwunden.«

Thyra Borén hatte ihren Bus geparkt und kam auf sie zu.

»So, ihr glaubt also, es ist derselbe Täter, der wieder zugeschlagen hat?«, fragte sie, während sie sich mühsam ihren weißen Schutzoverall anzog.

»Ganz sicher«, erwiderte Esping. »Wir haben einen Verdächtigen, auf den wir gleich Jagd machen werden. Alles, was wir brauchen, ist ein Fingerabdruck oder sonst etwas, das ihn mit dem Tatort verknüpft, dann ist die Sache klar.«

»Ich gebe mein Bestes«, antwortete Borén und verschwand im Haus.

Vinston dachte ein paar Sekunden nach. Davon abgesehen, dass ihnen soeben Danne Dietrich mit der Schale entwischt war, beunruhigte ihn noch etwas anderes.

Er winkte Esping zu sich heran.

»Eines verstehe ich nicht ganz«, sagte Vinston leise. »Wie hat Danne von Pia erfahren? In der Zeitung stand nichts über sie, und kein anderer unserer Verdächtigen scheint sie zu kennen.«

»Jimmy wusste von ihr«, sagte Esping. »Er kannte sogar ihre Adresse.«

»Das ist richtig. Aber Danne hatte bereits Jimmys Lastwagen durchsucht.«

»Das wissen wir eigentlich nur von Jimmy«, wandte Esping ein. »Jimmy könnte schon involviert sein. Vielleicht hat er Danne angeheuert.«

Vinston wirkte skeptisch. Er warf einen Blick über die Schulter, um sicherzugehen, dass niemand sie belauschte.

»Möglich. Aber warum ist er dann nicht gleich bei Pia eingebrochen? Warum hat er bis jetzt gewartet?«

Er schüttelte den Kopf.

»Was oder wer hat Danne dazu gebracht, ausgerechnet heute hierherzukommen? Woher kam die Information, wenn nicht von Jimmy?«

Esping hob die Augenbrauen.

»Meinen Sie, jemand hat unsere Ermittlungsergebnisse weitergegeben?«

»Das sollten wir jedenfalls nicht ausschließen.« Vinston blickte nachdenklich. »Mein Gefühl sagt mir, dass wir Danne Dietrich so schnell wie möglich finden sollten. Nicht nur unseretwegen, sondern womöglich auch seinetwegen.«

44

Es war elf Uhr abends, Daniel Pedersen hatte hinter der verlassenen Tankstelle geparkt. Der Motor war ausgeschaltet, das Fenster auf der Fahrerseite heruntergelassen. Ein Neonlicht an der Tankstelle blinkte schwach, und drüben am Bach quakten ein paar Laubfrösche ihre letzten Sommerlieder. Die Serenaden der Amphibien wurden nur ab und an von fernem Hundegebell unterbrochen.

Danne spuckte eine weitere Prise Snus aus dem Fenster. Auf dem Boden hatte sich schon ein kleiner Haufen gebildet. Mit geübtem Griff öffnete er die Dose, um sich ein neues Päckchen zu nehmen, nur um festzustellen, dass es sein letztes war.

Mist! Er schob die Prise unter die Lippe und steckte die leere Dose in das Fach unter der Handbremse, wo schon mehrere andere lagen.

Er sollte weniger Tabak konsumieren. In den letzten Tagen hatte er seine Tagesration deutlich erhöht, das Nikotin machte ihn wackelig auf den Beinen. Zugleich beruhigte ihn der Kautabak aber auch.

Apropos Beruhigung.

Er beugte sich vor und tastete unter den Sitz. Die Pistole hatte er vor ein paar Jahren bei einem Einbruch in Kivik gefunden. Eine deutsche Luger aus dem Zweiten Weltkrieg, die zwar alt war, aber voll funktionsfähig. Eine kleine Lebensversicherung, falls die Sache nicht so friedlich verlief, wie er hoffte.

Am Anfang war ihm alles so einfach vorgekommen. Er sollte gegen ein ordentliches Sümmchen die Schale organisieren. Ein unkomplizierter kleiner Einbruch, so hatte er sich gedacht.

Aber dann wurde die Sache komplizierter.

Und schwieriger. Gefährlicher.

Und in den letzten Tagen war zudem ein schrecklicher Verdacht in ihm aufgestiegen: Nämlich, dass sein Auftraggeber der Mörder sein könnte.

Er justierte die Position der Waffe, denn wegen der glatten Nylonmatte unter dem Sitz rutschte die Pistole immer wieder zu weit nach hinten.

Auf der Hauptstraße näherte sich ein Wagen, machte aber keine Anstalten, abzubiegen. Danne folgte den Rücklichtern mit dem Blick, schaute dann zum sicher zehnten Mal auf die Uhr.

Die Person, die ihm den Auftrag erteilt hatte, verspätete sich jetzt fast um eine halbe Stunde, und normalerweise wäre er schon längst abgehauen. Aber er brauchte Cash, einen ordentlichen Batzen, um außer Landes zu verschwinden und sich so lange fernzuhalten, bis sich die Dinge beruhigt hatten. Und dafür brauchte er deutlich mehr, als ursprünglich ausgemacht worden war.

Sein Auftraggeber konnte kaum Nein sagen. Er hatte endlich die Schale, und wenn man bedachte, was er dafür hatte durchmachen müssen, war es nicht verwunderlich, dass er jetzt einen größeren Teil vom Kuchen abhaben wollte.

Wieder näherte sich ein Wagen. Danne lauschte. Er hörte, wie sich das Motorengeräusch änderte, als der Fahrer vom Gas ging. Dann wurde der Blinker gesetzt.

»Wird aber auch Zeit«, brummte Danne.

Er steckte die Hand wieder unter den Fahrersitz. Das kalte Metall beruhigte ihn.

Bald würde er mit den Taschen voller Geld auf der Fähre sitzen.

Dann würde er diesen ganzen Scheiß hinter sich lassen und auf Nimmerwiedersehen verschwinden.

Der Wagen rollte auf die Tankstelle zu und hielt ein Stück entfernt im Schatten. Danne holte tief Luft und machte sich bereit.

Die Autotür öffnete sich, ohne dass das Licht im Coupé anging. Eine Person, die einen Trainingsanzug und eine tief in die Stirn gezogene Kappe trug, stieg aus und sah sich um.

»Jetzt komm schon«, murmelte Danne für sich, »wir haben nicht die ganze Nacht Zeit.«

Die Person kam langsam auf den Toyota zu, öffnete die Beifahrertür und setzte sich neben ihn, bevor die Tür mit einem dumpfen Schlag zufiel.

»Du bist spät dran«, sagte Danne sauer.

Der andere ignorierte den Kommentar, reichte ihm nur einen Umschlag.

»Hast du die Schale?«

Danne nahm das Kuvert entgegen und steckte es ins Seitenfach der Tür. Dann klopfte er sich auf die Brusttasche.

»Sie ist in sicherer Verwahrung«, sagte er. »Aber der Preis ist gestiegen. Hundertfünfzigtausend zusätzlich. In bar.«

Sein Auftraggeber schaute unzufrieden.

»Du willst unsere Vereinbarung brechen? Mehr Geld aus mir herauspressen?«

Danne zuckte, so lässig er konnte, mit den Schultern.

»Es war viel mehr Arbeit als erwartet. Ich musste diesen China-Typen in seiner Wohnung zusammenschlagen. Körperverletzung ist was anderes als Diebstahl. Größeres Risiko. Längere Strafe.«

Den anderen schien das Argument nicht zu überzeugen.

»Heute Morgen kamen die Bullen zu mir und haben Fragen gestellt«, fuhr Danne fort. »Und kaum war ich bei Pia fertig, sind sie wieder aufgetaucht. Ich musste durch das Schlafzimmerfenster verschwinden. Sie sind mir auf den Fersen und überwachen bestimmt schon mein Haus. Ich werde das Land für eine Weile verlassen müssen, vielleicht sogar für immer. So was kostet …«

Er lächelte aufmunternd, ohne jegliche Reaktion hervorzurufen. Also beschloss Danne, den Einsatz noch zu erhöhen.

»Wenn ich nicht genug Geld hab, um abzuhauen«, sagte er leiser. »Wenn die Bullen mich erwischen, weiß man nie, was passiert. Ich habe jedenfalls nicht vor, allein in den Knast zu gehen, schon gar nicht, wenn sie versuchen, mich für den Mord an Nalle dranzukriegen …«

Er zuckte mit den Schultern, versuchte, so selbstsicher und entspannt wie möglich zu wirken, obwohl sein Herz immer lauter klopfte.

Sein Gesprächspartner sah noch immer nicht überzeugt aus. Im Gegenteil.

»Du erpresst mich also?«

Die Stimme klang hart. Eine Hand bewegte sich fast unmerklich Richtung Jackentasche. Vorsichtig streckte Danne seine eigene Hand unter den Sitz.

Aber seine Finger tasteten ins Leere.

Durch das Zuschlagen der Wagentür musste die Pistole weiter

nach hinten gerutscht sein. Danne streckte sich weiter vor, wobei er versuchte, cool und lässig auszusehen. Seine Fingerspitzen berührten kaltes Metall.

Die Hand des anderen steckte inzwischen in der Innentasche seiner Jacke.

Danne warf alle Vorsicht über Bord.

Er beugte sich nach links, spürte, wie es in den Schultermuskeln zog.

Seine Finger tasteten über den Kolben, bis er die Waffe zu fassen bekam.

Dann zog er die Pistole hervor und drehte sich zum Beifahrersitz.

Beim Anblick der Waffe erstarrte sein Auftraggeber.

Er zog die Hand wieder aus der Jackentasche heraus, brachte aber nur etwas so Ungefährliches wie eine Snus-Dose zum Vorschein.

»Okay, okay, du hast gewonnen«, stammelte er. »Aber ich brauche mehr Zeit, um das Bargeld zu beschaffen.«

»Wie lange?«, brummte Danne.

»Ein paar Tage, maximal drei.«

Danne wedelte mit der Pistole, mit der er sich unbesiegbar fühlte.

»Du hast Zeit bis morgen Abend. Danach verkaufe ich die Schale an jemand anderen. Gleiche Zeit, gleicher Ort!«

Sein Auftraggeber presste die Lippen zusammen. Dann nickte er stumm und fasste den Türgriff.

Dannes Herz klopfte siegessicher. Die Prise Snus unter seiner Lippe war trocken, sein Körper schrie nach mehr Nikotin.

»Übrigens«, er wedelte wieder mit der Pistole. »Lass den Tabak hier!«

Der andere starrte ihn überrascht an, ließ dann aber seine Snus-Dose zu den anderen in das Fach unter der Handbremse gleiten.

Die Wagentür wurde geöffnet und wieder zugeschlagen.

Danne blieb mit der Pistole in der Hand sitzen, bis der andere Wagen außer Sichtweite war.

Seine Hände zitterten leicht, obwohl er unglaublich erleichtert war. Er legte die Pistole weg und spuckte die alte Prise Snus aus dem Fenster.

Dann griff er nach der Dose, die er gerade bekommen hatte.

Sie war voll und roch frisch. Das war genau, was er brauchte!

Mit schwitzigen Fingern schob sich Danne eine Prise unter die Lippe und schluckte ein paarmal, um seinen trockenen Mund wieder zu befeuchten. Mit der Zungenspitze drückte er die Prise zurecht und schob eine zweite dazu. Viel besser, stellte er zufrieden fest.

Dann startete er den Motor und verließ langsam die Tankstelle.

Alles, was er jetzt tun musste, war, sich vierundzwanzig Stunden lang zu verstecken, danach hätte er genug Geld, um das Land zu verlassen. Er hatte ein paar Kumpel in Polen, die ihn sicher billig unterbringen und möglicherweise sogar mit ein paar Gelegenheitsjobs versehen konnten.

Schade um Jannike, natürlich, sie war ein nettes Mädchen, und sie waren erst seit ein paar Monaten zusammen. Vielleicht sollte er sie von einem Wegwerftelefon aus anrufen, bevor er abhaute?

Aber es bestand die Gefahr, dass die Bullen ihr Telefon abhörten. Er würde sich lieber später bei ihr melden.

Er fuhr auf die Straße und schaltete das Autoradio an. Es lief ein alter Bon-Jovi-Song, den er mochte. Kühle Nachtluft strömte durch das geöffnete Seitenfenster.

Er musste immer noch einen trockenen Mund haben, denn der Tabak schmeckte nicht ganz so, wie er sollte.

Einen Augenblick lang hatte er doch tatsächlich befürchtet, sein Auftraggeber würde statt der Snus-Dose eine Waffe aus der Jackentasche ziehen.

Jetzt war er stattdessen derjenige, der mit Geld und Schale wegfuhr.

Danne kam ein anderer Gedanke. Hatte das plötzliche finanzielle Zugeständnis des anderen gar nicht nur mit der Pistole zu tun? War das Schälchen in Wirklichkeit so wertvoll, dass hundertfünfzigtausend extra immer noch wenig waren?

Das würde bedeuten, dass er selbst dabei war, ein schlechtes Geschäft zu machen.

Sollte er lieber sofort nach Polen verschwinden? Auf eigene Faust nach einem Käufer suchen?

Wie schwer konnte das schon sein?

Er tastete nach seiner Jackentasche, um sich zu vergewissern, dass die Schale noch sicher verwahrt war. Was, wenn er schon Millionär war?

Vor seinen Augen begann es zu flimmern.

Er hatte das schon einmal erlebt, nachdem er zu viel Snus genommen hatte. Er wusste, dass es in ein paar Minuten vorbeigehen würde.

Die Pistole lag immer noch auf dem Beifahrersitz, vielleicht wäre es das Beste, sie wieder zu verstecken.

Er streckte sich nach dem Handschuhfach, als er einen plötzlichen Schmerz im Arm verspürte.

Ein Stechen, das ihn zwang, sich wieder aufrecht hinzusetzen.

Was war das denn?

Er hob die Hand. Der Schmerz ließ nicht nach, sondern wanderte vom Unterarm über den Ellbogen nach oben.

Sein Herz pumpte immer schneller, die Brust wurde ihm eng.

Auf einmal verschwamm die Straße vor ihm im Scheinwerferlicht.

Wurde er von einer Überdosis Nikotin ohnmächtig?

Er versuchte, den Tabak aus dem Fenster zu spucken, aber seine Lippen und seine Zunge gehorchten ihm nicht.

Der Schmerz wanderte weiter hoch und drückte ihm die Brust zu. Sein Sichtfeld verengte sich zu einem schmalen Streifen.

Er näherte sich einer Kurve, aber das Steuer ließ sich zu schwer drehen. Er spürte, wie der Wagen von der Straße abkam und auf ein Stoppelfeld rollte.

Ein Stück weiter vorne war Schilf zu sehen und dahinter das Glitzern von Wasser.

Mit einer Kraftanstrengung gelang es ihm, den Fuß vom Gaspedal zu nehmen. Die kurzen Halme des Stoppelfeldes raschelten unter den Reifen. Der Wagen wurde langsamer und kam kurz vor dem Bach zum Stehen.

Danne blieb sitzen.

Sein Herz raste, sein linker Arm war taub.

Ein Herzinfarkt. Er hatte gerade einen Herzinfarkt.

Sein Handy lag unerreichbar im Handschuhfach, und das nächste Haus befand sich ein gutes Stück weg.

Im Rückspiegel tauchte Licht auf, die Scheinwerfer eines Wagens, der näher kam.

Der Fahrer hielt an der Straße und schaltete den Motor aus.

Mit letzter Kraft beugte sich Danne aus dem Seitenfenster.

»Hilf …«, krächzte er, aber seine Brust war zu eng, um genug Luft hineinzulassen.

Er versuchte es noch einmal, aber alles, was er hervorbrachte, war ein Keuchen. Er sah jemanden über das Feld auf ihn zukommen. Eine Schattengestalt, deren Konturen kaum zu erkennen waren.

Seine Atmung wurde flacher, die Sicht trübte sich. Jeden Moment würde er das Bewusstsein verlieren.

Die Gestalt war jetzt da. Eine wohlbekannte Figur in Trainingsanzug und Baseballkappe.

Dannes panisches Hirn begriff mit einem Mal, was gerade geschah, aber sein Körper konnte nicht mehr das Geringste dagegen tun.

»Wie geht es dir, Danne?« Sein Auftraggeber grinste. »Du siehst nicht ganz frisch aus. Hast du etwas Schlechtes zu dir genommen?«

45

Es war früh am Morgen, und der braungrüne Tommarpså plätscherte wie immer schläfrig vor sich hin. Die Sonne hatte den Tau noch nicht getrocknet, Nebelschleier hingen am Bachufer im Schilf.

Um die Tageszeit war der Ackerstreifen neben dem Bach für gewöhnlich ein friedlicher Ort. Rehe wagten sich zum morgendlichen Äsen heraus, gestört nur durch vereinzelte Autofahrer auf der schmalen Landstraße. Aber heute war alles anders. Auf dem Acker standen mehrere Rettungsfahrzeuge mit Blaulicht, und vorne am Bachufer mühte sich ein großer Abschleppwagen ächzend, etwas aus dem dunklen Wasser zu ziehen.

Vinston und Esping kamen fast gleichzeitig an, parkten seitlich an der Landstraße und gingen zu Fuß zum Bergungsfahrzeug. Dort wurden sie von einem verschlafenen L-G in Empfang genommen, der aussah, als trüge er noch seinen Schlafanzug unter der Jacke.

»Es ist der Wagen von Danne Dietrich«, sagte er. »Ein Zeitungsbote hat die Reifenspur zum Wasser gesehen und Alarm geschlagen. Sehr löblich. Die meisten wären einfach weitergefahren.«

»Wissen wir schon, ob sich jemand im Wagen befindet?«, erkundigte sich Vinston.

L-G schüttelte den Kopf.

»Das Wasser ist so trüb, dass die Taucher noch nichts erkennen konnten. Aber wir werden es gleich erfahren. Die Feuerwehr holt das Auto gerade raus.«

Sie gingen zum Bach hinunter. Hinter den aufgereihten Rettungsfahrzeugen durchbrach soeben eine weiße Heckklappe die Wasseroberfläche. Das Nummernschild war gut zu lesen, es war tatsächlich Dannes weißer Toyota.

Vinston schielte zu Espings Füßen hinunter und wünschte sich, er hätte auch seine Gummistiefel angezogen. Trotz der sommerlichen Trockenheit und Wärme war der Boden am Bachufer sumpfig, und mit jedem Schritt sanken Vinstons handgenähte Halbschuhe tiefer in den Morast. Er machte einen Schritt zurück, um wieder festen Boden unter die Füße zu bekommen.

»Okay, du kannst anfangen, ihn hochzuhieven!«, rief der Bergungsleiter.

Mit heulendem Motor und quietschenden Ketten zog die Winde den Wagen langsam herauf.

Zuerst wurde der Kofferraum sichtbar, dann tauchten die Seitentüren auf.

Aus allen Ritzen strömte braungrünes Wasser.

Jetzt ragte bereits das halbe Auto über die Oberfläche, aber die Scheiben waren schlammbedeckt, sodass man immer noch nicht sehen konnte, ob sich jemand im Inneren befand.

»Nicht zu nahe kommen!«, rief der Bergungsleiter der heraneilenden Esping zu. »Wenn eine Kette reißt, sieht es für dich nicht gut aus!«

Esping trat zurück und hob die Hand, um zu signalisieren, dass sie die Anweisung befolgte.

Das Bergungsfahrzeug arbeitete noch eine Minute ächzend weiter, bis der Toyota endlich neben dem Bach auf der Erde stand.

Vinston hatte Angst um seine Schuhe, aber Esping lief schnell auf den Wagen zu.

Sie holte tief Luft, um sich zu wappnen. Dann legte sie die Hand an die verschlammte Scheibe und schaute hinein.

Über Fahrer- und Beifahrersitz lag ein zusammengesunkener Körper.

Sie unterdrückte einen Würgereiz.

Man sah nur den Nacken und den Rücken der Person, aber es bestand trotzdem kein Zweifel. Daniel Pedersen trug dieselben Arbeitskleider, die sie tags zuvor an ihm gesehen hatte.

Sie drehte sich zu Vinston und L-G um und nickte.

»Er ist es«, presste sie hervor.

Sie versammelten sich ein Stück oberhalb des Baches. Der Bergungsleiter zeigte ihnen ein paar Fotos der Reifenspuren, die er aufgenommen hatte, bevor die Rettungsfahrzeuge sie zerstörten.

»Unfall ohne Fremdeinwirkung«, erklärte er. »Entweder ist der Fahrer am Steuer eingeschlafen, oder er war besoffen, ist zu schnell in die Kurve gefahren und hat die Kontrolle über das Fahrzeug verloren.«

Esping und Vinston blickten sich an.

»Danke für die Info«, sagte Vinston. »Sie dürfen uns die Bilder gerne noch schicken.«

»Danne Dietrich stiehlt also die Schale, und nur wenige Stunden später ist er tot«, resümierte Esping leise, nachdem sich der Bergungsleiter entfernt hatte. »Er schläft am Steuer ein und rollt einfach so in den Tommarpså?«

Sie schüttelte den Kopf.

»Ich wette tausend Kronen, dass sich die Schale nicht im Auto findet. Wer hält dagegen?«

Der Polizeichef wedelte eine Fliege weg.

»Was für eine furchtbare Geschichte«, seufzte er. »Borén ist auf dem Weg. Wir nehmen den ganzen Wagen mit zur technischen Untersuchung.«

»Richte ihr aus, sie soll nach allem suchen, was Gift enthalten kann«, bat Esping ihn.

»Selbstverständlich.«

L-G spuckte ins Gras. Offensichtlich hatte die Fliege den Weg in seinen Mund gefunden.

»Übrigens«, fügte er hinzu. »Renata Jönsson-Kaminsky möchte heute Nachmittag auf den neuesten Stand gebracht werden.«

»Wunderbar …«, brummte Esping.

Sie gingen zur Straße und blieben bei Vinstons Saab stehen.

»Geht es Ihnen gut?«, fragte Vinston, der bemerkt hatte, dass Esping noch blass aussah.

»Klar«, erwiderte sie. »Nur bisschen viele Tote in so kurzer Zeit.«

»Man gewöhnt sich daran«, sagte Vinston leise.

Sie zwang sich zu einem Lächeln.

»Ich weiß nicht, ob ich das jemals tun werde. Wir haben erst gestern mit Danne geredet. Sie hatten sogar das Gefühl, dass er in Gefahr war. Und jetzt ist er tot.«

Sie schüttelte frustriert den Kopf.

»Wir rennen wie verrückt in Österlen herum, nur um jedes Mal zu spät zu kommen. Der Mörder ist uns immer einen Schritt voraus.«

Vinston teilte Espings Frustration, hatte aber lange genug als Polizist gearbeitet, um sich davon nicht beeinträchtigen zu lassen.

»Das Einzige, was wir tun können, ist, weiterzuarbeiten«, sagte er. »Den Spuren folgen, die wir haben. Die Personen befragen, die Kontakt zu Danne Dietrich gehabt haben könnten.«

»Wir müssen mit Jimmy sprechen«, sagte Esping bestimmt. »Er hat Pia hinterherspioniert und scheint über die Geschäfte seines Vaters recht gut Bescheid zu wissen. Es ist wohl kaum zu weit hergeholt, wenn wir davon ausgehen, dass er Nalles und Dannes zwielichtiges Geschäft kannte. Und was den Einbruch im Lastwagen angeht, kann er uns sehr wohl angelogen haben.«

»Dann also nach Gladsax«, stimmte Vinston zu.

Als sie zu *Rasks Gebrauchtmöbelhandel* kamen, war es erst halb sieben. Trotzdem trafen sie Jimmy vor dem Haus an. Er schien schon eine Weile auf zu sein und nicht verwundert über den Besuch der Polizei.

»Guten Morgen«, sagte er und streckte ihnen die Hand entgegen. »Ich habe gerade Kaffee aufgesetzt, falls Sie einen möchten? Er ist gleich fertig.«

»Klingt wunderbar«, sagte Vinston, der nach Kaffee lechzte.

Er bemerkte, dass ihnen Jimmy im Gegensatz zu sonst in die Augen sah. Außerdem stand er aufrechter und lief selbstbewusst über den Hof.

In Nalles Büro hatte sich auch etwas verändert. Der Raum wirkte luftiger, der Schreibtisch war aufgeräumt, und die alten Schnapsflaschen waren weg.

Das Schwarze Brett hing nicht mehr voller Papiere und Fotos, und auf einem Ehrenplatz gegenüber vom Schreibtisch stand ein Paludarium.

Jimmy ließ sich in den breiten Schreibtischstuhl fallen, der unter seinem Gewicht leise knarrte.

»Sie haben das Büro wirklich zu Ihrem eigenen gemacht«, bemerkte Esping mit Blick auf die Frösche.

»Ja, jemand muss sich schließlich um die Geschäfte kümmern«, erwiderte Jimmy. »Die Firma bedeutet meiner Mutter alles, aber im Moment ist sie nicht sie selbst.«

»Dann ist es Ihre Aufgabe, einzuspringen und sowohl Mama als auch die Firma zu retten?«, fragte Esping. »Ein guter Junge zu sein?«

Jimmys Augen verengten sich, aber er gab keine Antwort.

Esping holte ihr Handy hervor.

»Bevor wir anfangen, könnten wir vielleicht den Kaffee holen?«, schlug Vinston vor.

»Natürlich«, sagte Jimmy höflich.

»Ich kann beim Tragen helfen«, bot Esping an.

Jimmy sah aus, als wolle er protestieren, hielt sich aber im letzten Moment zurück und zuckte nur mit den Schultern.

Sie ließen Vinston im Büro zurück und gingen das kurze Stück zum Wohnhaus hinüber. Jimmys Holzpantoffeln schabten über den Kies des Vorplatzes. Irgendetwas an ihm war anders, stellte Esping fest. Als sei er durch Nalles Tod gewachsen, aus dem gigantischen Schatten seines Vaters getreten.

»Ist Ihre Mutter schon wach?«, fragte sie.

»Meine Mutter schläft schlecht«, antwortete Jimmy dumpf. »Wie ich schon sagte, ist sie nicht richtig sie selbst.«

Durch die Kaffeemaschine in der Küche liefen die letzten Tropfen. Jimmy öffnete einen Küchenschrank und kramte zwischen den Tassen herum. Er schien nach welchen zu suchen, die kein Froschmotiv hatten, was offenbar nicht ganz einfach war.

Esping sah, dass die Tür zum Wohnzimmer einen Spalt offen stand und leises Gemurmel daraus zu hören war.

Es klang, als liefe der Fernseher.

Sie ging vorsichtig näher. Eine Frau sprach Englisch, Esping verstand nicht, was gesagt wurde, aber vermutete, dass es eine Naturdokumentation auf BBC war. Oder vielleicht die *Antiques Roadshow*.

Jimmy suchte immer noch nach Tassen, deshalb ging Esping zur Tür und lugte hinein. Der Fernseher war aus, aber auf dem Sofa saß Sussi mit dem Rücken zu Esping und telefonierte.

Sie sprach perfekt Englisch und klang äußerst professionell.

»Braucht einer von Ihnen Milch oder Zucker?«, brummte Jimmy.

Esping drehte sich blitzschnell um und tat, als bewundere sie einen Frosch in Anzug und Zylinder, der über dem Herd hinter der Abzugshaube hervorschaute.

»Vinston nimmt gerne einen Schluck Milch«, sagte sie übertrieben lächelnd. »Ich selbst trinke keinen Kaffee.«

Als sie ins Büro zurückkamen, blätterte Vinston in einem alten Auktionskatalog von *Christie's*.

»Endlich die erste Tasse des Tages«, sagte er fröhlich und nahm den Kaffee von Jimmy entgegen.

Esping sah ihn verwundert an. Er trank gut gelaunt, obwohl sie in einem Giftmord ermittelten. Andererseits nippte Jimmy auch am Kaffee, was bedeuten musste, dass keine Gefahr bestand.

Esping wandte sich an Jimmy und schaltete die Aufnahmefunktion ihres Handys ein, während Vinston sein Notizbuch herausholte.

»Dann fangen wir an«, sagte sie. »Kennen Sie einen Mann namens Daniel Pedersen, auch unter dem Spitznamen Danne Dietrich bekannt?«

Nalles Sohn wand sich verlegen auf seinem Stuhl.

»Nein, tue ich nicht.«

»Sind Sie ganz sicher?«, hakte Vinston nach. »Danne zufolge hat er einige Jobs für Ihren Vater erledigt. Sowohl legale als auch illegale.«

Jimmy verschränkte die Arme.

»Mein Vater betrieb einen Haufen unterschiedlicher Geschäfte«, sagte er gequält. »Da war es unmöglich, den Überblick zu bewahren.«

»Wir vermuten, dass Danne im Auftrag Ihres Vaters Einbrüche beging«, sagte Esping spitz. »Und das stahl, was die Erben nicht hergeben wollten.«

Jimmy inspizierte seinen Daumennagel.

»Wenn Sie etwas darüber wissen, sagen Sie es lieber gleich«, fügte Vinston mit scharfer Stimme hinzu.

»Ja, ich hatte schon den Verdacht, dass mein Vater mit gestohlenen Waren handelte«, sagte Jimmy nach kurzem Zögern. »Aber ich wusste nichts Sicheres.«

Er hob die Hände.

»Meine Mutter hatte damit ganz bestimmt nichts zu tun. Mein Vater hat so etwas für sich behalten.«

»Und Danne Dietrich?«

Jimmy zuckte mit den Schultern.

»Ich habe den Namen mal gehört, aber ihn nie getroffen. Ich denke, mein Vater hatte Geschäfte mit ihm am Laufen, bin mir aber nicht sicher.«

Vinston musterte Jimmy gründlich.

»Was haben Sie gestern Abend gemacht?«, fragte er dann.

»Ich war zu Hause mit meiner Mutter«, antwortete Jimmy. »Ich habe das Büro aufgeräumt und ferngesehen. Danach bin ich früh ins Bett gegangen.«

»Sie waren abends oder nachts nicht mehr unterwegs?«

»Nein, wieso?«

Esping nahm ihre Tasche auf den Schoß und zog den Beweisbeutel mit Nalles Notizbuch heraus.

»Wissen Sie, wessen Initialen das sind?«, fragte sie und zeigte auf die Seite mit den Buchstaben ML.

Jimmy schüttelte den Kopf.

»Jetzt ist wie gesagt Schluss mit illegalen Geschäften. Alles geht geordnet zu. Mit Umsatzsteuer und Quittung.«

»Toll«, sagte Esping. »Aber wenn Sie einen Tipp abgeben sollten, wer könnte mit ML abgekürzt werden? Jemand, mit dem Ihr Vater viel zu tun hatte.«

»Keine Ahnung«, erwiderte Jimmy trotzig. »Mein Vater gab allen Spitznamen. Kleiner Bukowski, Eber, Lampen-Lasse. Wie gesagt: Er hat viele Geschäfte gemacht, aber die hat er mit ins Grab genommen.«

46

Jimmy lügt«, sagte Esping verärgert, als sie sich eine Stunde später in ihr Büro setzten. »Ich weiß, dass er lügt.«

»Ja, den Eindruck hatte ich auch.« Vinston rieb sich die Nasenwurzel. »Aber ich weiß nicht genau, wobei.«

Esping ging zum Whiteboard und sah sich Jimmys Foto an.

»Ich kann ihn einfach nicht einschätzen«, sagte sie. »Bei den ersten Befragungen wirkte er schüchtern und fast träge, jetzt sieht er uns in die Augen und kümmert sich um die Firma. Entweder hat er vorher Theater gespielt, oder er ist tatsächlich aufgeblüht, seit sein Vater ihn nicht mehr schikanieren kann.«

Ihr Handy vibrierte. Eine Textnachricht. Sie hielt ihr Telefon hoch.

»Borén schreibt, dass es im Wagen wie erwartet keine Schale gab. Sie geht gerade den Rest durch. Daniels Körper weist keine sichtbaren Verletzungen auf, aber sie hat eine geladene Pistole gefunden.«

Vinston machte sich Notizen. Er wurde das Gefühl nicht los, dass ihnen immer noch etwas entging.

Da klopfte es an die Tür, und L-G steckte den Kopf herein.

»Es ist Zeit«, sagte er. »Renata ist im Konferenzraum schon zugeschaltet.«

Esping schloss kurz die Augen, um Kraft zu tanken.

»Ich werde das Gespräch führen«, sagte sie zu Vinston. »Dann kann ich versuchen, ihr Vertrauen wiederzugewinnen.«

Sie gingen in den Konferenzraum, wo sie sich an den ovalen Tisch setzten. L-G kam als Letzter und schloss die Tür hinter sich.

Obwohl Renata Jönsson-Kaminsky nur über Video anwesend war, spürten sie ihre schlechte Laune deutlich. Andererseits konnte sich Esping nicht erinnern, sie jemals fröhlich erlebt zu haben.

»Noch eine Leiche«, sagte Renata. »Und Sie glauben, es handelt sich um einen weiteren Mord?«

Esping holte tief Luft. Diesmal würde sie äußerst professionell vorgehen, keine Anfängerfehler mehr begehen.

»Um die genaue Todesursache zu kennen, müssen wir natürlich den Obduktionsbe …«

»Selbstverständlich«, unterbrach Jönsson-Kaminsky sie barsch. »Das ist nicht mein erster Mordfall. Aber was ist Ihr Eindruck? Stehen die Verbrechen in einem Zusammenhang? Was denken Sie, Vinston?«

»Aller Wahrscheinlichkeit nach ja«, gab er zur Antwort. »Zwischen dem verstorbenen Daniel Pedersen und Nalle Persson besteht eine Verbindung, und der Tote ist unter anderem wegen Einbruchs vorbestraft …«

»Ah, dann haben Sie endlich den Dieb gefunden!«, unterbrach die Staatsanwältin wieder. »Und keine Spur von meinem Tisch?«

Vinston und Esping sahen sich an.

»Leider nicht«, sagte Vinston.

»Wir haben gestern mit Daniel Pedersen gesprochen«, fuhr Esping fort.

»Was? Und warum haben Sie ihn nicht festgenommen?«, zischte Renata.

»Wir hatten nur Indizien«, protestierte Esping. »Keine Beweise, die ihn mit dem Tatort in Verbindung brachten.«

»Ich war derjenige, der fand, wir sollten mit der Festnahme noch warten«, ergänzte Vinston.

»Es ist egal, wer es war«, sagte die Staatsanwältin. »Sie hätten mich informieren müssen.«

Sie fuhr sich verärgert mit der Zunge über die Schneidezähne.

L-G räusperte sich verlegen.

»Renata, wir werden dich in Zukunft besser über unsere Fortschritte informieren.«

»Fortschritte?«, fauchte die Staatsanwältin. »Diese Ermittlungen verlaufen im Schneckentempo, und jetzt haben wir auch noch eine zweite Leiche. Es ist nur eine Frage der Zeit, bis die Presse davon Wind bekommt und wir überall Journalisten herumspringen haben.«

Die Frau hob ihren Zeigefinger Richtung Kamera.

»Wenn es nicht in Kürze zu einem entscheidenden Durchbruch kommt, übertrage ich den Fall Hinze und Kuntz in Ystad. Auf Wiedersehen!«

Die Videokonferenz brach ab.

»Ich hasse sie!«, rief Esping aus und stand so hastig auf, dass ihr Stuhl umfiel. »Hinz und Kunz werden diesen Fall niemals lösen können!«

L-G vergewisserte sich, dass die Videokonferenz wirklich beendet war, und verließ den Raum.

»Ich frage Borén, wann wir mit dem Obduktionsbericht rechnen können«, sagte Esping, nachdem sie sich beruhigt hatte. »Und ob der Gerichtsmediziner mit der toxikologischen Untersuchung von Nalle weitergekommen ist. Wenn wir nur wüssten, an welchem Gift er gestorben ist, könnten wir den Kreis der Verdächtigen vielleicht eingrenzen.«

»Ausgezeichnet«, erwiderte Vinston und stand auf. »Ich spreche noch einmal mit China-Gert über die verschwundene Schale.«

Mit dem Buch über chinesisches Porzellan unter dem Arm, stand Vinston eine Stunde später vor China-Gerts Wohnungstür.

Der trug keinen Verband mehr um den Kopf, aber hatte noch blaue Flecken im Gesicht und ging mit Krücken.

»Ich räume hier gerade auf«, sagte er und zeigte auf seine Regale.

Vinston stellte fest, dass die Fächer halb leer waren und die ausgestopften Vögel weg. Vielleicht lag es daran, dass man in der Wohnung diesmal besser Luft bekam.

Er legte das Buch vor Gert Zillén auf den Couchtisch und blätterte zu der Seite mit der chinesischen Schale vor.

»Ist das die Schale, die Sie auf dem Antikmarkt entdeckt haben?«

»Nein!«, widersprach Gert bestimmt.

Vinston erstarrte.

»Aber ich habe sie mit eigenen Augen gesehen«, sagte er. »Es ist dieselbe …«

»Nicht dieselbe«, unterbrach ihn Gert und hob den Zeigefinger. »Aber die gleiche.«

Vinston musste lächeln. Normalerweise war er es, der sich an solch sprachlichen Details aufhängte.

»Wie im Buch zu lesen, findet sich die Schale auf dem Bild im Ostasiatischen Museum in Stockholm«, fuhr Gert fort. »Es ist die eine Hälfte eines Paares. Die Schalen wurden von Johan Anders Gunnarsson nach Schweden gebracht, einem Schiffsreeder und Amateurarchäologen aus Skillinge. Irgendwo unterwegs wurden sie getrennt. Die eine landete im Museum …«

»Und die andere tauchte auf dem Antikmarkt auf«, ergänzte Vinston. »Sie müssen halb ohnmächtig geworden sein, als Ihnen das klar wurde?«

»Ja«, seufzte der kleine Mann. »Tatsächlich fühlte ich mich wie besessen, was die Erklärung für meine schreckliche Tat ist. Aber Sie sollten wissen, dass ich es tief bereue.«

Gert griff sich an die Stirn.

»Ich habe meine Sammlung über die Dinge gesetzt, die eigentlich wichtig sind im Leben. Ich war sogar bereit zu töten, wie sich zeigte. Aber jetzt will ich alles loswerden.«

Er deutete mit der Hand in den Raum.

Vinston holte sein Moleskine hervor.

»Als Sie Nalle Ihre Figürchen anboten, wie wirkte er da?«

Gert zuckte mit den Schultern.

»Wie immer. Selbstherrlich, arrogant.«

»War noch jemand anderes im Wohnmobil?«

»Nein.« Gert kratzte sich am Kinn. »Aber auf dem Tisch standen Kaffee und so Pappdinger. Hinterher dachte ich, er hätte mir wenigstens eine Tasse anbieten können.«

»Pappdinger?«, hakte Vinston nach.

Gert schien zu überlegen. »So kleine Pappbecher, Sie wissen schon. Aus denen man essen kann.«

Er formte den Umfang mit den Händen.

»Eisbecher?«

»Genau. Solche standen auf dem Tisch. Und Nalle hatte Eis auf dem Hemd, daran erinnere ich mich noch. Unappetitlich.«

Der kleine Mann rümpfte die Nase.

Vinston schrieb sich alles auf.

»Was haben Sie gestern Abend gemacht?«

»Wieso?«, fragte Gert sofort. »Wurde Nalle ein drittes Mal umgebracht?«

»Witzig!«, erwiderte Vinston. »Aber bitte beantworten Sie die Frage.«

»Ich saß zu Hause vor dem Fernseher. Ich schaffe es, noch nicht rauszugehen und einzukaufen. Ich weiß nicht einmal, ob ich am Donnerstag zur *Antikrunde* gehe. Dabei habe ich mich das ganze Jahr darauf gefreut. Die gesamte Antiquitätenbranche von Österlen wird anwesend sein.«

Als Vinston kurze Zeit später die Wohnung verließ, ging ihm ein Satz nicht mehr aus dem Kopf.

Die gesamte Antiquitätenbranche von Österlen wird anwesend sein.

Esping saß in ihrem Büro und grübelte. Vor ihr lagen die Ausdrucke sämtlicher Anzeigen wegen gestohlener Antiquitäten in Österlen aus den letzten drei Jahren. Sie nahm die oberste vom Stapel, es war die älteste, und las durch, was als gestohlen gemeldet worden war. Drei Objekte. Ein Paar hoher Silberkandelaber im Rokokostil sowie ein dänischer Sessel aus den Sechzigerjahren. Er war aus Teak mit hellbraunem Lederüberzug, hieß dem Besitzer zufolge Häuptlingsstuhl und war ein Design von Finn Juhl. Esping betrachtete die beigefügten Fotos, loggte sich in den Computer ein und suchte auf Google nach dem Sessel. Schon nach wenigen Minuten fand sie das gestohlene Exemplar. Es hatte dieselben Flecken auf dem Leder und identische Schäden an den Füßen. Es bestand kein Zweifel, dass es derselbe Sessel war.

Beeindruckt pfiff sie durch die Zähne.

Vor einem Jahr war der Sessel bei *Sotheby's* in London für eine Summe verkauft worden, die ihr Jahreseinkommen weit überstieg.

Sie suchte weiter, und zwei Stunden später hatte sie neun der gestohlenen Objekte gefunden. Manche waren renoviert oder neu bezogen worden, aber wenn sie die Fotos heranzoomte und die Maserung im Holz verglich oder die Astlöcher, war es offensichtlich, dass es sich um dieselben Stücke handelte. Und sämtliche waren bei *Sotheby's* verkauft worden.

Die Frage war, wer die Möbel zum Verkauf angeboten hatte. Es lag nahe, dass es Nalle selbst gewesen war, aber aus irgendeinem Grund bezweifelte Esping das. Schließlich waren die Möbel Diebesgut.

Konnte sich Danne Dietrich neben den Einbrüchen auch um den Verkauf gekümmert haben? Denkbar wäre es, allerdings überzeugte sie auch diese Hypothese nicht.

Sie suchte nach der Telefonnummer des Auktionshauses. Eine höfliche mechanische Stimme nannte ihr mehrere Möglichkeiten, mit wem sie verbunden werden konnte, dann wurde Esping gebeten zu warten.

Sie konnte sich nicht vorstellen, dass Nalle besonders gut Englisch gesprochen hatte. Und sein raubeiniger Stil passte schlecht zu dem versnobten Auktionshaus. Sie glaubte auch nicht, dass Danne Dietrich dazu fähig gewesen wäre. Sussi hingegen hatte heute Morgen am Telefon fast perfekt Englisch gesprochen.

Es tutete im Hörer, dann meldete sich ein staubtrockener Vertreter der Abteilung für Wertermittlungen. Nachdem Esping ihr Anliegen vorgebracht hatte, erhielt sie zur Antwort, dass ein Auktionshaus niemals seine Käufer preisgab. Um zu erfahren, wer den dänischen Sessel und die anderen Möbelstücke zur Auktion angemeldet hatte, müsse sie mit der britischen Polizei sprechen und diese bitten, ein schriftliches Gesuch einzureichen.

Esping schrieb eine E-Mail an L-G und erkundigte sich, wer ihr helfen könne. Anschließend schaltete sie den Computer aus.

Es war höchste Zeit, Feierabend zu machen und nach Hause zu Felicia und Bob zu fahren.

47

Am Mittwochmorgen lag Esping im Bett und träumte von Danne Dietrich.

Sie befand sich auf einem dunklen Feld, und im Scheinwerferlicht eines Wagens sah sie Danne einen schweren, dänischen Teaksessel Richtung Tommarpså schleppen.

»Beeil dich!«, rief er jemandem hinter Espings Rücken zu. »Wir müssen ihn so schnell wie möglich verschwinden lassen.«

Als sie sich umdrehte, saß Nalle auf seinem Campingstuhl. Die Kappe hatte er in die Stirn gezogen, und das, was von seinem Gesicht zu sehen war, war mal sein eigenes, mal das eines Schweins.

Dann stand er plötzlich auf.

»Sussi, ich will die Scheidung!«, rief er laut, und auf einmal verwandelte sich das Stoppelfeld in ein vollgepacktes Verkaufszelt.

»Das willst du nicht, du alte Kröte!«, rief Sussi höhnisch.

»Ich habe eine andere kennengelernt«, antwortete Nalle. »Sie heißt Pia-Mia und ist die Liebe meines Lebens.«

Sussi legte den Kopf in den Nacken und lachte laut.

»Jimmy, lauf und hol deinem Vater eine Cola. Er hat einen Sonnenstich bekommen.«

Nalle sah aus, als wolle er etwas erwidern, griff sich dann aber an den Magen und verzog das Gesicht.

»Oh, oh«, sagte Jimmy, der neben Nalle auftauchte. »Hast du Bauchweh, armer Papa? Soll ich zu Lindeman rübergehen und ihn um Hilfe bitten?«

»Nein«, zischte Nalle. »Jeden, nur nicht ihn.«

Er krümmte sich zusammen, die Schmerzen schienen zuzunehmen.

»Hilfe!«, keuchte er. »Ich wurde vergiftet.«

»Entschuldigung, ich interessiere mich für einen Kiefernholztisch«, unterbrach eine ungeduldige Stimme.

Renata Jönsson-Kaminsky stand in der Zeltöffnung.

»Also?«, fauchte die Staatsanwältin. »Ist dieser Fall irgendwann geklärt? Oder soll Ystad übernehmen?«

Esping drehte sich zu Nalle um, der wieder in seinem Stuhl zusammengesunken war. Hinter ihm, auf der anderen Seite des Zelttuchs, sah man die Umrisse einer kleinen Gestalt, die einen schmalen Militärdolch schwang.

Esping hielt die Luft an. Aber bevor China-Gert zustoßen konnte, wurde alles schwarz.

»Sie haben weder den Tisch noch den Mörder«, höhnte Renata ihr ins Ohr. »Alles, was ihr Landeier macht, ist herumzufahren und Kaffee zu trinken …«

Die Stimme wurde vom Klirren von Glas und Porzellan unterbrochen. Das Geräusch wurde immer lauter und vermischte sich mit Musik und Gesang.

Langsam wachte Esping auf. Das Geklapper und die Musik stammten aus ihrer eigenen Küche. Aber plötzlich wichen die Geräusche einem gellenden Schrei.

Esping sprang aus dem Bett und stürzte aus dem Schlafzimmer. Morgenlicht fiel durch die Fenster und blendete sie eine Sekunde, bevor sie sich orientieren konnte.

Felicia war auf einen Stuhl gesprungen, unter ihr saß Bob, der sie überrascht anblickte.

»Was ist denn?«, rief Esping.

»Siehst du nicht?«

Felicia zeigte zwischen sich und Bob auf den Boden.

Da lag etwas, das wie ein Erdklumpen aussah, aber als Esping genauer hinschaute, bewegte es sich.

»Eine Kröte!«, verdeutlichte Felicia. »Er hat eine Kröte reingebracht. Schnell, nimm sie, bevor er sie wieder packt. Kröten können für Hunde giftig sein!«

Esping ging zum Putzschrank und holte eine Kehrschaufel. Mit einer energischen Bewegung nahm sie damit die Kröte auf und lief zur Küchentür. Draußen rannte sie weit über den Rasen, bevor sie sich an einem einigermaßen amphibienfreundlichen Platz des Tieres entledigte, in der Hoffnung, dass Bob die Kröte dort nicht finden würde.

Auf dem Rückweg kamen ihr erst Felicias und danach Sussis Worte in den Sinn.

Kröten können giftig sein.

Ich sammle Frösche, aber bin mit einer Kröte verheiratet.

Giftig.

Frösche.

Warum hatte sie nicht daran gedacht?

Vinston hatte einen ruhigen Vormittag in der Bäckastuga verbracht. Jetzt saß er mit einem Kaffeebecher in der Hand draußen in einem Gartenstuhl und genoss mit dem *Cimbrishamner Tagblatt* auf dem Schoß die Sonne.

Die Zeitung berichtete von Danne Dietrichs Unfall, hatte aber zum Glück noch keine Verbindung zum Mord an Nalle hergestellt. Allerdings zeigte Vinstons Handy bereits zwei verpasste Anrufe von Jonna Osterman an, weshalb es sich wohl nur um eine Frage der Zeit handelte.

Alles hing mit der chinesischen Schale zusammen. Er war so nah dran gewesen! Wenn ihm die Einsicht nur einen winzigen Moment früher gekommen wäre, wäre die Schale noch in sicherer Verwahrung gewesen und Danne Dietrich wahrscheinlich noch am Leben.

Hing seine mangelnde Geistesgegenwärtigkeit damit zusammen, dass der Fall in mehrerlei Hinsicht in sein Privatleben hineinspielte? Das wäre leider eine mögliche Erklärung.

Seine Gedanken wurden immer noch viel zu sehr von der kryptischen Anna Tyche eingenommen.

Ein Miauen unterbrach seine Grübelei. Vor ihm saß Pluto und sah ihn auffordernd an.

»Warum maunzt du so?«, fragte Vinston. »Es ist doch noch nicht Essenszeit?«

Die Katze sah ihn an, als verstünde sie seinen Einwand kein bisschen.

Seufzend stand Vinston auf und ging in die Küche.

»Du kannst nicht so weiterfressen«, sagte er, als er den Teller mit Sardinen vor die Katze stellte, die sich gierig über die kleinen, glänzenden Fische hermachte.

»Du wirst fett davon, weißt du?«

Pluto ignorierte die Bemerkung logischerweise, denn sie war noch genauso schlank wie zu Anfang des Sommers. Vinston tätschelte sich neidisch den eigenen Bauch. Wenn er nur auch solch einen Stoffwechsel hätte.

Das Handy auf dem Küchentisch begann zu klingeln.

»Peter Vinston.«

»Hallo«, sagte Esping außer Atem. »Kommen Sie schnell auf die Wache. Ich habe den Mörder gefasst!«

48

Esping gab ihr Bestes, um ihre Aufregung im Zaum zu halten. Sie war in aller Hast ins Büro gefahren, hatte L-G ihr Anliegen vorgebracht und Svensk und Öhlander beauftragt, ihren Hauptverdächtigen zu holen. Jetzt saß er ihr und Vinston im Verhörraum gegenüber, mit derselben gleichgültigen Attitüde wie die letzten Male.

Jimmy Persson.

»Ich denke, dass es sich folgendermaßen zugetragen hat«, begann Esping, so gefasst sie konnte. »Nalle Persson und Danne Dietrich arbeiteten zusammen. Danne stahl das, was Ihr Vater bei den Haushaltsauflösungen nicht kaufen konnte, und Ihr Vater sorgte dafür, dass das Diebesgut bei *Sotheby's* in England verkauft wurde, weit weg von argwöhnischen Augen. Bei den Auslandskontakten half ihm Ihre Mutter, die ausgezeichnet Englisch spricht.«

Esping musterte Jimmy genauestens. Seine Lippe zuckte ein wenig, aber er entgegnete nichts.

»Nalle hatte ab und zu eine Affäre, aber nichts, was Sie oder Ihre Mutter beunruhigte. Jedenfalls nicht, bevor Pia auftauchte …«

Esping hob die Augenbrauen.

Jimmy wich ihrem Blick aus.

»Plötzlich wollte Nalle abnehmen, er kleidete sich besser, begann, Golf zu spielen. Sie und Sussi wurden nervös. Und ausgerechnet zum Antikmarkt ließ Nalle die Bombe platzen: Er wollte die Scheidung!«

Jimmy holte tief Luft, aber Esping sprach weiter.

»Ihnen war sofort klar, was das bedeuten würde. Ihre finanziellen Mittel müssten geteilt werden, das Familienunternehmen verkauft, Sie und Ihre Mutter wären gezwungen, den Hof zu verlassen. Das durfte nicht geschehen.«

Sie beugte sich vor.

»Wenn Ihr Vater dagegen starb, wären alle Probleme beseitigt. Er hatte Herzprobleme, und wenn man die Sache richtig anging, würde niemand Verdacht schöpfen, vor allem nicht, wenn er vor allen Leuten auf dem Antikmarkt sterben würde – und genau das ist es, was passierte.«

Sie machte eine kurze Pause, um die Spannung vor der großen Enthüllung zu steigern.

»Also haben Sie ihn vergiftet. Mit diesem Gift.«

Triumphierend legte sie ein Bild vor Jimmy.

»Können Sie beschreiben, was Sie auf diesem Bild sehen?«

»Äh …«, sagte der junge Mann und kratzte sich am Haaransatz. »Das ist ein Frosch der Gattung Dendrobates. Die gleiche Art habe ich im Büro. Sie werden oft als Pfeilgiftfrösche bezeichnet.«

»Interessanter Name«, sagte Esping mit Nachdruck. »Warum heißen sie so?«

Sie hatte erwartet, dass Jimmy beim Anblick des Frosches nervös werden würde. Einen flackernden Blick bekäme, anfinge zu schwitzen, vielleicht sogar zu stammeln.

Stattdessen wirkte er vollkommen gefasst. Beinahe erleichtert.

»Die Ureinwohner im Regenwald rieben früher ihre Pfeile über den Rücken der Tiere.«

Esping schaute ihn böse an.

»Dann sind diese Frösche also giftig? Extrem giftig sogar?«

»Meine nicht«, antwortete Jimmy bestimmt.

Esping lachte auf.

»Sie meinen, dass ausgerechnet *Ihre* Frösche nicht giftig sind?«

Sie betrachtete sein Gesicht. Er zeigte noch immer keine Spur von Nervosität, eher schien ihn das Gespräch über Frösche zu beruhigen.

»Nicht nur meine«, sagte er mit einem irritierenden Lächeln. »Pfeilgiftfrösche sind nicht an sich giftig. Sie werden erst giftig, indem sie giftige Insekten und Ameisen fressen, die es nur in ihrem natürlichen Lebensraum gibt. Pfeilgiftfrösche in Gefangenschaft füttert man mit Fruchtfliegen und Grillen.«

Esping schürzte die Lippen. Diese Antwort hatte sie absolut nicht erwartet.

»Gut … das werden wir genauestens prüfen«, sagte sie und malte einen Kringel in ihren Notizblock, um Zeit zu gewinnen.

Sie spürte Vinstons Blick, vermied es aber, ihn anzusehen. Ihre brillante Theorie war ins Wanken geraten, und jetzt wusste sie nicht recht, was sie tun sollte.

»Wenn wir zu den Einbrüchen zurückkehren …«, sagte Vinston. »Gestern behaupteten Sie, Danne Dietrich nicht zu kennen. Leider nehmen wir Ihnen das nicht ab.«

Jimmys Miene verfinsterte sich. Er rieb sich mit dem Knöchel des Zeigefingers die Nase.

»Na gut«, sagte er. »Ich weiß, wer Danne ist. Und was für Geschäfte er mit meinem Vater betrieb.«

»Sie geben also zu, gewusst zu haben, dass Ihr Vater Antiquitäten stahl?«, hakte Esping nach, die wieder die Oberhand gewinnen wollte.

»Ja«, murmelte Jimmy.

»Die Wahrheit kommt am Ende immer ans Licht«, sagte Esping. »Besser, Sie erzählen uns alles.«

Sie schielte zu Vinston, der sich Notizen machte.

»Es ist, wie Sie sagen. Danne stahl im Auftrag meines Vaters Möbel«, gab Jimmy zu. »Dann wurden die Sachen in England verkauft.«

»Und Sussi kümmerte sich um die Kontakte und reichte die Waren ein, richtig?«

Esping trommelte zufrieden mit dem Stift auf ihren Block. Aber zu ihrer Verwunderung richtete Jimmy sich auf.

»Nein«, sagte er bestimmt. »Meine Mutter war nicht involviert. Sie hätte bei so etwas niemals mitgemacht. Mein Vater hat es vor ihr verheimlicht. Jemand anderes hat die Möbel verkauft!«

»Aber ich habe sie gestern auf Englisch telefonieren hören.«

»Meine Mutter hat Familie auf Malta, und es ist ja wohl nicht illegal, eine Fremdsprache zu beherrschen?«

Esping ließ resigniert den Stift auf den Tisch fallen.

»Wenn es nicht Sussi war, wer dann?«

Jimmy verschränkte die Arme.

»Was weiß ich. Ist es nicht Ihr Job, das herauszufinden?«

Esping beendete das Verhör und ging geradewegs in ihr Büro. Sie brauchte nur zwei Minuten, um festzustellen, dass Jimmys Behauptung richtig war. Pfeilgiftfrösche waren in Gefangenschaft nicht giftig.

»Mist!«

Sie kickte ihren Mülleimer gegen die Wand.

Vinston kam mit einer Tasse Tee herein, die er wortlos auf ihren Schreibtisch stellte.

»Dann muss es ein anderes Gift gewesen sein«, sagte sie frustriert. »Antiquitätenhändler bekommen doch ständig giftige Sachen. Medizinflaschen, alte Dosen mit Rattengift ...«

Vinston stellte sich ans Fenster und blickte hinaus. Esping hatte Angst vor dem, was er sagen würde.

»Aber wenn das Mordmotiv Eifersucht war«, überlegte er laut. »Oder, genauer gesagt, Jimmys Hass auf seinen Vater – der darauf basierte, dass Nalle Sussi für eine andere Frau verlassen wollte –, warum sollte er sich dann für die chinesische Schale interessieren? Und warum sollte er Danne Dietrich hineinziehen?«

»Weil die Schale Millionen wert war!«

»Das wussten wir noch nicht, als wir Jimmy das erste Mal danach fragten. Und wenn er seinen eigenen Vater vergiftet hätte, hätte er wahrscheinlich andere Dinge im Kopf gehabt als eine Porzellanschale, selbst wenn sie teuer ist.«

Vinston ging zum Mülleimer, hob ihn auf und stellte ihn zurück an seinen Platz.

Esping legte den Kopf in die Hände.

»Und ich dachte, ich hätte den Fall geknackt«, sagte sie. »Zum zweiten Mal noch dazu.«

Da begann ihr Handy zu klingeln. Es war Thyra Borén.

»Hej, Thyra, ich habe dich laut gestellt.«

»Guten Morgen«, sagte die Cheftechnikerin fröhlich. »Gute Neuigkeiten: Ich habe herausgefunden, dass Daniel Pedersen tatsächlich vergiftet wurde, genau wie ihr vermutet habt.«

Esping und Vinston sahen sich an.

»Und?«, fragten sie gleichzeitig, weil ihnen beiden klar war, dass noch etwas folgen musste.

»Und ...«, gluckste Thyra Borén, »ich weiß, um welches Gift es sich handelt. In Nalles Fall haben wir das tödliche Präparat ja nie gefunden, also die Quelle der Vergiftung. Aber diesmal schon. Wisst ihr, Danne hatte zwei Snus-Prisen unter der Lippe. Glücklicherweise wurden sie vom Wasser nicht weggespült, deshalb konnte ich sie analysieren. Das Ergebnis ist gerade reingekommen …«

Vinston und Esping beugten sich über das Telefon, um nichts zu verpassen.

»Der Snus war mit getrockneten Bestandteilen der Digitalis purpurea vermengt«, fuhr die Technikerin fort. »Der gute alte Rote Fingerhut. Er wächst so ziemlich überall, sowohl in Gärten als auch in der freien Natur. Wird auch Waldglöckchen oder Fuchskraut genannt.«

Vinston nahm sein Moleskine und machte sich konzentriert Notizen.

»Digitalis wurde jahrhundertelang als Herzmedizin verwendet, es findet sich immer noch in einigen modernen Medikamenten. Das perfekte Präparat, um einen Herzpatienten wie Nalle Persson zu töten, und außerdem schwer nachzuweisen.«

Esping hatte keine Ahnung, wie Fingerhut aussah, weshalb sie die Pflanze beim Zuhören googelte.

»Falls es sich denn in beiden Fällen um dasselbe Gift handelt, aber das wissen wir noch nicht«, verdeutlichte Borén. »Wir haben Nalles Leiche auf viele verschiedene Stoffe hin untersucht. Aber jetzt, wo wir wissen, wonach wir suchen müssen, wird es sehr viel einfacher.«

Vinston schrieb fieberhaft mit.

»War eine einzige Prise mit Digitalis wirklich ausreichend, um Danne Dietrich zu töten?«, fragte er.

»Zwei Prisen, trotzdem eine gute Frage, Vinston. Ich habe vorhin mit dem Gerichtsmediziner gesprochen. Danne hatte Wasser in der Lunge, was darauf hindeutet, dass die Todesursache Ertrinken war. Ich vermute, dass das Digitalis ausreichte, um Dannes Herzrhythmus zu schädigen. Wahrscheinlich fühlte er sich schlecht, wurde vielleicht sogar bewusstlos. Der Mörder brauchte ihn und den Wagen also nur noch in den Bach zu bugsieren, damit war die Sache geregelt.«

»Du sagst, Fingerhut wächst wild«, sagte Esping. »Auch hier in Österlen?«

»Immer seltener, scheint mir. Die Bauern wollen keinen Fingerhut auf ihren Feldern haben. Wenn das in die Heuernte gerät, kann es das Vieh töten, das vom Heu frisst. Digitalis hört nie auf, giftig zu sein, nicht einmal in getrocknetem Zustand. Das wusste der Mörder offensichtlich, denn die fein gehackten Pflanzenteile, die wir in Dannes Snus gefunden haben, waren getrocknet.«

Bei dem Gerede über getrocknete Pflanzen musste Vinston wieder an die Schale mit dem Potpourri denken, die er in Pias Badezimmer ärgerlicherweise übersehen hatte.

Plötzlich zuckte er zusammen und richtete sich hastig auf, fast als hätte er einen Stromschlag bekommen. Ein Gedanke durchfuhr ihn, eine Idee, die zwar verrückt war, aber zugleich absolut plausibel. Esping schien seine Reaktion bemerkt zu haben.

»Was ist?«, fragte sie.

»Ich glaube, ich weiß, woher der Fingerhut stammt«, sagte er leise.

Er stand abrupt auf.

»Kommen Sie, wir müssen sofort los!«

49

Auf Schloss Gärsnäs waren die Vorbereitungen für die morgige Fernsehaufnahme der *Antikrunde* in vollem Gange.

Ein knappes Dutzend Lastwagen verschiedener Größe stand auf dem Hof, und Menschen in Arbeitskleidung waren dabei, von einem Bus mit Satellitenschüssel auf dem Dach Kabel auszurollen. Durch das offene Schlosstor gingen Menschen mit Namensschildern um den Hals ein und aus, trugen Lampen, Kabelrollen und verschiedene Stative.

Der große, helle Schlosssaal, in dem Vinston neulich gegessen hatte, wurde mit Stehtischen und Scheinwerfern ausstaffiert. Den handgeschriebenen Schildern nach zu urteilen, sollten andere Teile des Schlosses als Produktionsbüro, Schminkloge und Umkleideraum fungieren.

Aber Vinston hatte kaum Zeit, alles aufzunehmen, was vor sich ging. Mit Esping im Schlepptau stürzte er in die Eingangshalle und sprach die erstbeste Person an, die ihm über den Weg lief, eine Frau mittleren Alters mit Pagenkopf, großer Brille und einem Tabletcomputer in der Hand.

»Entschuldigung«, sagte er. »Wissen Sie, wo Christina Löwenhjelm ist?«

Die Frau schien seine Frage nicht zu verstehen.

»Die, die hier wohnt«, verdeutlichte Esping. »Die Schlossherrin.«

»Leider nein«, sagte die Frau. »Vielleicht in der Küche?«

Vinston und Esping eilten weiter.

In der Küche trafen sie auf Felicia und ihr Cateringteam.

»Was ist los?«, fragte sie verwundert.

»Was Dienstliches, kann ich jetzt nicht erklären«, erwiderte Esping. »Hast du Christina gesehen?«

Felicia räumte ein Tablett mit Gläsern weg und sah ihre Freundin besorgt an.

»Schon eine Weile nicht mehr. Habt ihr versucht, sie anzurufen?«

»Bereits mehrfach vom Wagen aus«, antwortete Vinston gestresst. »Aber sie geht nicht ran.«

Felicia zeigte auf die schmale Küchentreppe.

»Das letzte Mal habe ich sie oben gesehen.«

Vinston sprang die Treppe hinauf, immer zwei Stufen auf einmal nehmend, so schnell, dass Esping kaum hinterherkam.

Er stand kurz vor der Lösung, das spürte er. Aber er musste die Mordmethode mit eigenen Augen überprüfen, bevor er weitere Schlüsse zog.

Sie erreichten den großen Flur im ersten Stock, nicht weit von der Stelle entfernt, wo Vinston vor einer guten Woche gestanden hatte, um sich telefonisch bei Esping nach dem Ausgang ihres Verhörs mit Mats Lindeman zu erkundigen.

»Hallo!«, rief Vinston. »Christina, bist du da?«

Energische Schritte waren zu hören, dann erschien Christina im Flur. Sie trug einen Ordner und sah abgehetzt aus.

»Hallo, Peter, gut, dich zu sehen. Könntest du mir helfen, ein paar Stühle runter auf den Rasen zu tragen?«

»Jetzt nicht«, antwortete Vinston, so ruhig er konnte. »Weißt du, wo das Herbarium ist? Das du von Anderklew und Anna bekommen hast?«

»Sorry, aber heute ist hier das reinste Irrenhaus«, seufzte Christina. »Die Fernsehleute sind dabei, das gesamte Schloss einzunehmen, und Poppe ist wie ein aufgeregter Welpe. Ich renne herum und versuche, alle bei Laune zu halten. Brauchst du das wirklich ausgerechnet jetzt?«

»Leider«, sagte Vinston. »Es hat mit dem Mordfall zu tun. Aber ich verspreche, keinen Zirkus zu veranstalten. Sag mir einfach, wo das Herbarium ist, dann komme ich allein zurecht.«

Christina seufzte wieder und winkte ihn mit sich in die Bibliothek.

»Es liegt dort auf dem Tisch am Fenster.«

Aber der Tisch war leer.

»Seltsam«, meinte Christina. »Ich hätte schwören können, dass ich es vor Kurzem noch hier gesehen habe.«

»War noch jemand anderes hier?«, fragte Vinston beunruhigt.

»Alle möglichen Leute«, sagte Christina und machte eine ratlose Geste. »Ich habe das Fernsehteam zwar ausdrücklich gebeten, sich von der Bibliothek fernzuhalten, aber sie scheinen nicht zugehört zu haben.«

Sie riss die Augen auf.

»Glaubst du, dass jemand mein Herbarium gestohlen hat?«

Vinston antwortete nicht. Der Gedanke, schon wieder ein paar Minuten zu spät gekommen zu sein, verursachte ihm Magenschmerzen. Er hastete aus der Bibliothek die große Treppe hinunter, Esping wieder dicht hinter ihm.

»Peter!«, rief Christina hinter ihm her. »Warte, Peter!«

Unter in der Eingangshalle wimmelte es wie vorhin von Menschen in Arbeitskleidung. Vinston blieb auf der untersten Treppenstufe stehen und ließ den Blick über sie wandern.

»Hat jemand ein Herbarium gesehen?«, fragte er, so laut er konnte. »Ein dickes Bündel alter Papiere mit einem blauen Umschlag, ungefähr so groß?«

Er maß mit den Händen ab, was er meinte. Zur Antwort erhielt er hauptsächlich Achselzucken und Kopfschütteln, doch einer zeigte auf die offenen Türen zum Schlosssaal.

An dessen Ende erblickte Vinston den Rücken einer Frau, die etwas im Arm trug. Sie sah aus, als wäre sie auf dem Weg zur Terrassentür.

»Warten Sie!«, rief Vinston und begann zu rennen. »Sie dahinten, warten Sie!«

Die Frau reagierte nicht und schien ihre Schritte zu beschleunigen. Aber Vinston dachte nicht daran, sie entkommen zu lassen.

»Esping, schneiden Sie ihr den Weg ab!«

Vinston zeigte auf die Eingangstür, dann rannte er selbst quer durch den Schlosssaal, wo er fast mit zwei Personen zusammengestoßen wäre, die eine Leiter trugen, wodurch er kostbare Sekunden verlor.

Als er die Terrasse erreichte, die zum Garten führte, war die Frau nicht mehr zu sehen. Auf dem Rasen standen mehrere mit Wimpeln geschmückte Partyzelte, zwischen denen eine Menge Fernsehleute hin und her liefen.

»Mist!«, fluchte er laut, was gar nicht typisch für ihn war. »Mist, Mist, Mist.«

Während der gesamten Ermittlung dieses seltsamen Falles hatten sie stets einen Schritt hinter dem Mörder zurückgelegen, und jetzt musste er wieder einmal zusehen, wie ihm ein wichtiges Puzzleteil entglitt.

Bei dem Gedanken begann der Puls an seinen Schläfen zu pochen.

Aber dann tauchte die Frau zwischen zwei Zelten wieder auf.

Vinston stürzte die Treppen hinunter und betrat die Rasenfläche. Die Frau war jetzt vor einigen anderen Personen stehen geblieben und reichte ihnen einen rechteckigen, flachen Gegenstand.

Das Herbarium!

»Stopp!«

Vinston drängelte sich wie ein amerikanischer Footballspieler vor, boxte einen armen Fernsehmitarbeiter zur Seite, stolperte, stützte sich mit einem Knie ab, bevor er nur knapp vor der Frau das Gleichgewicht wiederfand.

»Polizei«, sagte er und legte eine schwere Hand auf ihre Schulter. »Wohin wollen Sie mit dem Herbarium?«

Die Worte klangen schroffer als beabsichtigt, andererseits hatte er keine Zeit für Höflichkeitsfloskeln. Die Frau drehte sich erschrocken um. Sie war um die dreißig, trug einen Pullover mit dem Emblem der Fernsehshow und hatte ein Paar Kopfhörer in den Ohren.

»E-Entschuldigung«, stammelte sie. »Ich habe es im oberen Stock entdeckt und fand es so schön. Ich wollte Poppe gerade fragen, ob wir es als Requisite benutzen können.«

Erst jetzt erkannte Vinston, dass die Personen, mit denen die Frau gesprochen hatte, Poppe, Fabian Anderklew und Anna Tyche waren sowie einige Fernsehleute, die ihn nun alle mit großen Augen anstarrten.

Das war allerdings nicht weiter verwunderlich. Er war schweißgebadet und soeben äußerst brüsk aufgetreten. Außerdem stand sein Haar in alle Richtungen ab, das Hemd hing ihm aus der Hose, und auf dem Knie prangte ein Grasfleck.

Aus den Augenwinkeln sah er Esping kommen. Unterwegs hatten sich ihr Christina und Amanda angeschlossen, was mit all den anderen Fernsehleuten, die jetzt aus ihren Zelten schauten, das Publikum deutlich vergrößerte.

»Aber lieber Peter«, sagte Poppe besorgt. »Was ist denn los?«

Vinston räusperte sich, stopfte das Hemd in die Hose zurück und fuhr sich in dem Versuch, seine Würde wiederzuerlangen, mit der Hand durch das Haar. Er fühlte sich ausgeliefert.

Er hatte vorgehabt, seine Theorie in aller Ruhe zu überprüfen, aber jetzt war die Situation aus dem Ruder gelaufen.

»Eine Polizeiangelegenheit«, sagte er. »Wir müssen das Herbarium in Beschlag nehmen.«

»Warum das denn?«, wollte Christina wissen. »Und komm uns nicht mit dem Unsinn, dass du es nicht sagen darfst. Das Herbarium gehört mir. Es war ein Geschenk!«

Sie nahm der Fernsehfrau das Herbarium ab und drückte es sich an die Brust.

»Wir vermuten, dass es ein Mordinstrument ist«, erklärte Esping.

Vinston war klar, dass sie helfen wollte, aber im Moment wäre ihm lieber, sie würde den Mund halten.

»Was? Stimmt das, Peter?«, keuchte Christina. Sie und die restlichen Zuschauer sahen ähnlich schockiert aus.

»Ja«, gab Vinston zu. »Wir glauben, dass der Mörder die Digitalis aus dem Herbarium benutzt hat, um Nalle und einen seiner Helfer zu vergiften.«

»Aber die Pflanzen sind doch steinalt«, wandte Amanda ein. »Und getrocknet.«

»Digitalis ist trotzdem giftig«, erklärte Esping.

Vinston versuchte, sie zum Schweigen zu bringen. Sie hatten schon viel zu viel gesagt, und er musste das Herbarium in die Finger bekommen, bevor die Fragen noch unbequemer wurden.

»Warte mal«, sagte Christina. »Die Einzigen, die auf dem Markt Zugang zum Herbarium hatten, waren doch Anna und Fabbe.«

Sie deutete auf die beiden Antiquitätenexperten.

»Meinst du etwa, einer von ihnen ist der Mörder? Warum sollten Fabbe oder Anna Nalle töten wollen?«

Vinston seufzte schwer. Er hatte keine Zeit gehabt, alles zu durchdenken, er hatte sich erst vergewissern wollen, dass die Digitalis wirklich fehlte.

Aber jetzt spitzte sich stattdessen alles zu.

»Ich kann das wirklich nicht kommentieren«, sagte er.

»Ach, kannst du nicht?«, entgegnete Christina streitlustig. »Und du kannst auch nicht im Sommer ein paar Wochen freinehmen und dich um deine Tochter kümmern, ohne in Mordfälle gezogen zu werden. Was du hingegen ganz gut zu können scheinst, ist, vor dem gesamten Fernsehteam eine Szene aufzuführen und dann hier in unserem Garten zu stehen und unsere Freunde des Mordes zu bezichtigen.«

»Ich habe niemanden bezichtigt«, protestierte Vinston. »Du hast ...«

Christina schnaubte und schlug mit einer wütenden Bewegung das Herbarium auf.

»Wir können gerne gleich nachschauen«, sagte sie und schaute ins Inhaltsverzeichnis. »Digitalis purpurea, Seite siebenundvierzig.«

Sie blätterte die Seiten um, während Vinston verlegen danebenstand und versuchte, nicht zu Anna Tyche zu schauen, was aber fast unmöglich war. Sie schien seinem Blick auszuweichen und starrte stattdessen wie alle anderen auf Christina.

»Digitalis, Digitalis ...«, murmelte Christina. »Hier haben wir sie! Seite siebenundvierzig!«

Triumphierend hielt sie das dicke alte Blatt in die Höhe, auf dem eine getrocknete, graue Pflanze mit einer stattlichen, glockenförmigen Blüte klebte.

Vinston nahm das Herbarium entgegen und musterte sorgfältig das Exemplar der Digitalis.

»Sie sieht ganz aus«, flüsterte Esping über seine Schulter. »Nichts fehlt.«

Vinston, der dieselbe Beobachtung gemacht hatte, stöhnte innerlich. Dann reichte er Christina das Buch zurück.

»Du hast dich also geirrt, oder, Peter?«, stellte seine Ex-Frau fest.

»Es scheint so«, gab Vinston zu. Er versuchte, seine Gedanken zu sortieren, aber solange alle Blicke auf ihm ruhten, war das unmöglich.

Christina macht eine weit ausholende Geste.

»Dann solltest du dich vielleicht bei Anna und Fabbe entschuldigen?«

Vinston sah verlegen zu Anderklew und Anna, die beide schockiert wirkten.

»Ja, vielleicht«, räusperte sich Vinston. »Ich bitte natürlich um Verzeihung. Es war nicht meine Absicht …«

Er versuchte, den Satz mit einer Handbewegung zu ergänzen, ohne dass es ihm so recht gelang. Anderklew nickte steif, während Anna Tyche auf ihre Schuhspitzen blickte.

»In jedem Fall«, sagte Poppe ungewöhnlich entschlossen, »solltest du jetzt besser gehen, Peter. Bevor du noch mehr anrichtest.«

50

Es war nicht gerade der beste Tag der Simrishamner Polizei gewesen, konstatierte Esping, als sie und Vinston sich in ihr Büro setzten.

Die Fahrt von Gärsnäs zurück hatte in drückendem Schweigen stattgefunden, und Vinston erinnerte an eine wandernde, düstere Gewitterwolke.

Er tat Esping leid.

Er hatte elendig ausgesehen, wie er da verschwitzt und zerzaust vor allen Leuten im Schlossgarten gestanden hatte, gezwungen, seine unfertige Theorie zu erläutern, um dann den Boden unter den Füßen weggezogen zu bekommen.

Dass Vinston sich ausnahmsweise geirrt hatte, machte ihn außerdem menschlicher. Dadurch ertrug Esping ihren eigenen idiotischen Fehlgriff mit den giftfreien Giftfröschen ein wenig leichter.

»L-G hat vorhin geschrieben«, sagte sie und wedelte mit ihrem Handy. »Er hat Jimmy gehen lassen und zögert noch, Renata von der Sache zu berichten.«

Sie versuchte es mit einem Lächeln, erhielt aber nur ein Grunzen zur Antwort.

Esping wollte etwas sagen, um die Laune ihres Kollegen wieder anzuheben und zugleich ihr eigenes Herz zu erleichtern.

»Das mit Jimmy ist komplett schiefgelaufen«, sagte sie. »Ich meine, ich hätte bloß den Wikipedia-Eintrag über Giftfrösche weiterlesen müssen, um zu begreifen, dass sie in unserem Fall nicht zur Mordwaffe taugen. Stattdessen bin ich losgerannt und habe Jimmy abholen lassen. Ich habe nicht einmal angerufen, um mich mit Ihnen zu beraten, weil ich so damit beschäftigt war zu beweisen, wie gut ich allein zurechtkomme.«

Sie sah Vinston verstohlen an.

Er saß immer noch unbeweglich da, wirkte aber nicht mehr ganz so verbittert. Esping unterdrückte den Impuls, weiterzureden, und schwieg einen Moment.

Da drehte sich Vinston langsam zu ihr um.

»Na ja«, sagte er mit überraschend freundlicher Stimme. »Jeder kann sich mal täuschen. Ich bin, wie wir gerade gesehen haben, keine Ausnahme.«

»An Ihrer Theorie war nichts falsch«, protestierte Esping. »Es hätte sehr wohl der Fingerhut aus dem Herbarium sein können, mit dem Nalle und Danne Dietrich ermordet wurden. Eine bedeutend bessere Theorie als meine Frösche.«

»Aber so war es leider nicht«, seufzte Vinston müde. »Wir haben uns beide geirrt und wissen immer noch nicht, woher das Gift stammte. Es gibt noch viel zu viele Fragezeichen.«

Esping stand auf und ging zum Whiteboard mit den Fotos ihrer Verdächtigen.

»Welche anderen losen Enden haben wir?«, fragte sie und griff nach einem Stift. »Ich meine, abgesehen vom Gift.«

»Tja«, sagte Vinston ohne großen Enthusiasmus. »Wer ist ML und schuldete Nalle Geld?«

»Mm …«, murmelte Esping, während sie an die Tafel schrieb. »Was noch?«

Sie kaute an einem Fingernagel.

»Wer hat die gestohlene Ware bei *Sotheby's* verkauft?«, ergänzte Vinston.

»Gut. Diese Frage können wir hoffentlich bald mithilfe der englischen Kollegen beantworten. Egal, was Jimmy sagt, ich glaube immer noch, dass es Sussi war. Und hier haben wir noch ein loses Ende.«

Sie drehte sich zur Tafel und schrieb: *Wie hat Danne Pias Haus gefunden?*

»Wenn er den Tipp nicht von Jimmy bekommen hat, meine ich«, fügte sie hinzu.

»Und zu guter Letzt …«, sagte Vinston.

Wo ist die verdammte Schale?, schrieb Esping und unterstrich die Frage mehrfach.

Schweigend starrten sie die Tafel an. Esping wartete darauf, dass Vinston etwas sagen würde, dass er mit einem seiner ungewöhnlichen Schlusssätze käme, um ihnen neuen Wind unter die Segel zu geben.

Aber er saß nur still da.

»Sollen wir heute ein bisschen früher Schluss machen?«, fragte Esping schließlich. »Unsere Gedanken sortieren und morgen in alter Frische wieder zusammenkommen?«

»Gern«, brummte Vinston.

Aber er klang noch nicht wie sonst.

51

Vinston war vollkommen am Ende. Er hatte versucht, den Fall eine Zeit lang auszublenden, war nach Kåseberga gefahren und zu den Ale Stenar spaziert, von dort aus weiter zu den Hängen von Hammars Backar. Aber weder die uralte Schiffssetzung noch der dramatische Küstenabschnitt hatten seine Gedanken zerstreuen können.

Irgendetwas übersah er bei diesem Fall. Etwas Wichtiges.

Als er nach Hause in die Bäckastuga kam, fehlte ihm die Energie, sich etwas zu essen zu machen, obwohl er Hunger hatte. Stattdessen setzte er sich mit einem Bier und ein paar trockenen Keksen, die er in einem Küchenschrank gefunden hatte, auf die Terrasse.

Es war ein schöner Sommerabend. Die Hitzewelle dauerte noch an, aber jetzt wehte eine laue Brise, die durch die Bäume am Bachufer zog.

Unter einem Busch lugte ein Igel hervor.

Vinston folgte ihm mit dem Blick. Das Tier lief ungefähr so planlos über den Rasen, wie er und Esping die letzte Woche durch Österlen gefahren waren.

Aber im Gegensatz zu ihm hatte Esping einen Mörder gefasst, auch wenn China-Gert aus technischen Gründen davonkam. Der richtige Mörder hingegen verbarg sich immer noch im Schatten, und jetzt hatte dieser aller Wahrscheinlichkeit nach auch noch die chinesische Schale in die Hände bekommen.

Er seufzte. Christina hatte recht. Er hätte sich nicht in diesen Fall einmischen müssen. Offenbar schaffte er es nicht, einfach Urlaub zu machen, sich auszuruhen und Zeit mit seiner Tochter zu verbringen. Oder mit einer spannenden, schönen Frau zu Abend zu essen, ohne sie zu verhören. Ganz zu schweigen von der Tatsache, dass er vor ein paar Stunden Anna Tyche mehr oder weniger direkt des Mordes bezichtigt hatte.

Was für ein Idiot er doch war!

Sein Magen knurrte wieder, aber leider gab es kein Bier mehr, und die Kekspackung war leer.

Mühsam stand er auf und ging Richtung Küche. Das Einzige, was er im Kühlschrank hatte, waren Sardinen, aber das musste reichen.

Er hatte gerade das Haus betreten, als es an die Tür klopfte. Auf der Treppe stand Amanda mit einem Rucksack, der ihr über die Schulter hing.

»Hallo, Papa«, sagte sie. »Ich dachte, du könntest vielleicht ein bisschen Gesellschaft vertragen.«

»Allerdings«, freute sich Vinston überrascht. »Komm rein!«

Als sie an ihm vorbeiging, bemerkte er einen schwachen, aber wohlbekannten Duft.

»Ich habe ein bisschen was mitgebracht, falls du noch nicht gegessen hast.«

Amanda öffnete den Rucksack und holte ein großes, in Folie gewickeltes Paket heraus, das sie auf den Esstisch stellte.

»*Äggakaka* vom Gasthaus in Brösarp. Das ist doch dein Lieblingsessen, oder?«

Vinston konnte vor lauter Hunger kaum antworten. Er stellte Teller für sie bereit, während Amanda das verlockende Paket öffnete und ein riesiger Eierkuchen, garniert mit gebratenem Speck, zum Vorschein kam.

»Das ist ein kleiner«, lachte Amanda. »Nur vierzehn Eier.«

Sie aßen zunächst schweigend. Vinston musste sich ordentlich anstrengen, um nicht zu schlingen. Der knusprige, gelbbraune Äggakaka schmolz im Mund und wurde perfekt von dem salzigen Speck und süßsauren Preiselbeeren ergänzt.

Nachdem die erste Portion in seinem Magen gelandet war, besserte sich seine Laune.

»Das war wirklich lecker.«

Amanda legte ihr Besteck beiseite und lehnte sich zurück.

»Ich dachte mir schon, dass du nach dem, was heute Nachmittag passiert ist, ein bisschen Aufmunterung brauchst.«

»Danke. Das ist lieb von dir.«

Vinston tat sich eine zweite Portion auf.

»Willst du darüber reden?«, fragte Amanda. »Über das Herbarium und so?«

»Da gibt es nicht viel zu sagen«, erwiderte Vinston zwischen zwei

Bissen. Er wollte Amanda nicht zeigen, dass er sich für sein Verhalten schämte. »Ich dachte, das Gift würde von der Digitalispflanze im Herbarium stammen, aber ich habe mich geirrt.«

Seine Tochter schob den gebratenen Speck auf ihrem Teller hin und her.

»Und das, was Mama gesagt hat, dass dann Anna oder Fabbe den Mord begangen haben müsste?«

»Ich …« Vinston kaute fertig. »… hatte das ganze Szenario nicht zu Ende gedacht. Das war unglücklich, könnte man sagen. Ist Christina böse?«

Amanda zuckte mit den Schultern.

»Ehrlich gesagt, ist sie momentan eher mit anderen Dingen beschäftigt. Im Schloss herrscht das totale Chaos. Sie sollten die Sendung in Panikrunde umbenennen.«

Vinston wischte sich den Mund ab und grinste.

»Tatsächlich?«

»Mmm«, nickte Amanda, und nahm sich auch noch einmal eine Portion. »Poppe ist total aufgedreht, er und Fabbe rennen rum wie zwei Kleinkinder an Heiligabend. Mama trinkt Wein mit Anna, deshalb würde ich gern bei dir schlafen, wenn es okay ist?«

Vinston wurde warm ums Herz.

»Selbstverständlich«, sagte er. »Ich mache dir ein Bett.«

Sie saßen eine Weile schweigend da. Das einzige Geräusch war das Kratzen ihres Bestecks.

»Hat sie eigentlich was über mich gesagt?«, wollte Vinston wissen, nachdem er den letzten Bissen gegessen hatte.

»Wer?«, fragte Amanda. »Meinst du Anna?«

Amanda sprach mit vollem Mund, aber Vinston kümmerte sich nicht darum. Er freute sich einfach nur, dass sie hier bei ihm saß.

»Ja, hat sie.« Amanda kaute und schluckte. »Als ich sagte, dass ich hierherfahren würde, hat mich Anna gebeten, dir was auszurichten.«

Vinston spitzte die Ohren.

»Was denn?«

»Sie sagte …«, seufzte Amanda, »… dass Marie-Charlotte ausrichten lässt, dass Manfred von Richthofen sicher schlimmere Crashs erlebt hat.«

Vinston lachte auf.

»Das hat sie gesagt?«

Amanda schob sich wieder einen Bissen in den Mund.

»Mm. Ziemlich albern. Eigentlich wollte ich es dir gar nicht erzählen. Aber wenn Anna dir wegen heute Nachmittag verzeiht, muss sie wohl ganz okay sein …«

Sie zuckte mit den Schultern.

Vinston lehnte sich zufrieden zurück. Er war satt und dank Amandas Gesellschaft und Annas Gruß gut gelaunt. Dann war zwischen ihnen vielleicht doch noch nicht alles vorbei?

Nach dem Essen zogen sie auf die Terrasse um. Vinston kochte Tee, und sie redeten über ganz andere Dinge als die Morde und sein unbeholfenes Liebesleben.

»Freust du dich darauf, nächste Woche wieder nach Stockholm zurückzukommen?«, fragte Amanda, als es so dunkel war, dass die Außenbeleuchtung brannte.

»Ja und nein«, antwortete Vinston wahrheitsgemäß. »Dieser Sommer war, mit ein paar kleinen Abstrichen, der schönste seit Langem.«

»Das finde ich auch«, sagte seine Tochter. »Aber du kannst doch bald wiederkommen? Du brauchst damit kein ganzes Jahr zu warten.«

Vinston stimmte ihr zu. Das hatte er sich auch schon vorgenommen.

Etwas raschelte neben ihnen in den Büschen, im nächsten Moment war ein hungriges Miauen zu hören, und zwischen ihren Stühlen tauchte die schwarze Katze auf.

Vinston stöhnte.

»Jaja, Pluto. Ich höre dich. Du Arme hast heute wohl nur eine Portion Sardinen bekommen.«

Amanda hob die Katze auf den Schoß und strich ihr langsam über das Fell, während sie ihr Gesicht und dann ihren Bauch musterte.

»Das ist nicht Pluto«, sagte sie.

Vinston schaute sie überrascht an.

»Wie meinst du das?«

»Das ist ein Weibchen«, erklärte Amanda. »Wahrscheinlich seine Schwester.«

»Warte mal«, sagte Vinston. »Pluto ist ein Kater? Und hat Geschwister? Wie viele denn?«

»Drei, glaube ich«, erwiderte Amanda. »Warum?«

Vinston blickte über den dunklen Garten. Dann griff er sich an die Stirn.

»Sind alle schwarz?«

»Ja, warum fragst du?«

Er erzählte von Plutos scheinbar unstillbarem Hunger und seinem eigenen schrumpfenden Vorrat an Sardinen.

»Du meinst also, dass die Katzen jeden Abend nacheinander hier aufgetaucht sind und du alle gefüttert hast? Ohne zu begreifen, dass es verschiedene Tiere waren?«

Amanda brach in Gelächter aus und steckte Vinston damit an.

»Von vier Hofkatzen reingelegt«, spottete Amanda. »Und du willst Polizist sein!«

Sie krümmte sich vor Lachen.

»Ich habe diesen Sommer sicher dreihundert Kronen für Sardinen ausgegeben«, prustete Vinston, dem die Tränen über die Wangen liefen.

»Du weißt doch, nachts sind alle Katzen grau«, lachte Amanda, die sich den Bauch hielt.

»Versprich mir, das niemandem zu verraten«, sagte Vinston, nachdem sie sich wieder gefasst hatten. »Sonst kann ich mich nie mehr auf irgendeiner Polizeiwache blicken lassen.«

Amanda machte wie immer ihre Reißverschlussgeste vor dem Mund.

»Das ist unser Geheimnis! Aber ich denke, du hättest das Rätsel auch ohne mich gelöst.«

Sie zeigte auf den Rasen, wo eine zweite schwarze Katze aufgetaucht war.

Sie begannen wieder zu kichern und blieben noch eine Weile sitzen, während sich die Sommernacht über die Bäckastuga legte.

Vinston genoss die Situation. Seine gute Laune war zurück, und er hatte das Gefühl, neue Kraft gesammelt zu haben. Amanda hingegen gähnte laut.

»Ich muss ins Bett«, sagte sie. »Morgen muss ich früh raus. Die

Eisdiele will auf Gärsnäs ihren Wagen aufstellen, und ich werde den ganzen Tag arbeiten. Halb Österlen kommt zum Schloss, um sein Zeug schätzen zu lassen. Es ist das Event des Jahres. Wir haben sogar ein paar Eissorten umbenannt.«

»Umbenannt?«, fragte Vinston, der den Moment mit seiner Tochter gern noch länger genießen würde.

»Himbeer-Lakritze heißt *Der große Fund*, und Fabbes Lieblingseis, Flieder-Basilikum, nennen wir *Was ist es wert?*. Das war übrigens seine Idee.«

»Flieder-Basilikum?«, wunderte sich Vinston.

»Das ist superlecker! Komm morgen vorbei, dann kannst du es probieren.«

»Tja«, zögerte Vinston. »Ich halte mich von Gärsnäs lieber so fern wie möglich, zumindest bis die *Antikrunde* vorbei ist.«

Amanda zuckte mit den Schultern.

»Ja, vielleicht ist das besser«, sagte sie. »Aber wenn du deine Meinung änderst, freue ich mich.«

Amanda gab ihrem Vater einen Kuss und ging ins Haus.

Vinston blieb im Dunkeln sitzen. Die zärtliche Geste berührte ihn. Amanda hatte etwas zum Abendessen organisiert und ihm Gesellschaft geleistet, nur um ihn aufzumuntern. Weil sie gespürt hatte, dass er es brauchte.

Er schluckte und wischte sich eine Träne aus dem Augenwinkel.

Da kam eine dritte Katze angeschlichen, setzte sich zu ihren Geschwistern und sah ihn auffordernd an.

»Na gut«, stöhnte Vinston und stand auf. »Aber das ist das letzte Mal, verstanden?«

Er holte den Rest seines Sardinenvorrats und sah den Katzen beim Fressen zu.

Wie dumm er gewesen war, dachte er. Ihm fiel ein, was Anderklew vorige Woche beim Abendessen im Schloss gesagt hatte: Man sieht das, was man sehen will. Und in der Nacht sahen alle drei Katzen zweifellos gleich aus.

Beim Gedanken an Anna Tyches Gruß musste er grinsen.

Marie-Charlotte und Manfred.

Aus irgendeinem Grund begann er zu summen. Wahrscheinlich

lag das an seiner guten Laune und den Endorphinen von dem Lachanfall mit Amanda. Er sang nicht gerade in Jimmys Liga. Aber heute Abend musste er einfach ein bisschen vor sich hin trällern.

Nachts sind alle Katzen gräulich, sang er leise.

Vinston und Tyche waren zu süß neulich.

Man sieht das, was man sehen will, Pluto

Und Mia-Lotta macht Manfred so froh.

Plötzlich machte es in Vinstons Kopf klick. Das bekannte Geräusch eines Puzzleteils, das an seinen Platz fiel.

Nachts sind alle Katzen grau. Man sieht, was man sehen will, wiederholte er.

Wieder machte es klick. Und noch einmal.

Und Mia-Lotta macht Manfred so froh …

Langsam stand er vom Stuhl auf, sein Kopf voller Puzzleteile, die ihren Platz fanden und zusammen ein Muster bildeten.

»Das gibt es doch nicht!«, sagte er so laut, dass sich alle drei Katzen umdrehten und ihn anstarrten.

In dem Moment klingelte sein Handy.

»Peter Vinston«, meldete er sich.

»Borén hat gerade angerufen«, sagte Esping aufgeregt. »Nalle wurde auch mit getrocknetem Fingerhut getötet. Sie hat Spuren davon in einem Eisbecher aus dem Wohnmobil gefunden.«

»Natürlich«, sagte Vinston, während weitere Puzzleteile an ihre Plätze purzelten.

Esping holte am anderen Ende tief Luft.

»Von der englischen Polizei kam eben auch eine Nachricht«, fuhr sie fort. »Ich weiß, wer Nalles Diebesgut verkauft hat.«

»Ich auch«, erwiderte Vinston. »Und ich glaube, ich weiß jetzt, wie alles zusammenhängt. Aber wir müssen uns beeilen.«

52

Es war wieder ein strahlender Sommertag bei fünfundzwanzig Grad und ohne eine Wolke am Himmel. Die rosa Fassade und das grüne Kupferdach badeten im Sonnenlicht, wodurch Gärsnäs wie ein veritables Märchenschloss aussah.

Die Fernsehaufnahme der *Antikrunde* hatte begonnen. Amanda stellte fest, dass ganz Österlen da war.

Vom Eisstand aus entdeckte sie ehemalige Lehrer, Reitkameradinnen, Busfahrer, die Eltern und Großeltern von Freunden, eigentlich fast alle, die sie kannte. Jan-Eric und Alfredo Sjöholm hatten bei ihr Eis gekauft, genauso wie ihre Reitlehrerin Sofie Wram.

Der Schlossgarten wimmelte von Leuten, und mehrere Hundert Personen warteten geduldig zwischen den Absperrungen vor den Zelten.

Auf Sackkarren, in Kisten und blauen Ikea-Taschen fanden sich allerlei Gegenstände: Möbel, Lampen, Porzellan, Bilder, Teppiche und diverse Dekorationsobjekte.

Hinter den Absperrungen schlenderten einige Antiquitätenexperten umher, wühlten in den Kisten und Tüten, um die Objekte einzuschätzen, die am leichtesten zugänglich und zu bewerten waren, und plauderten dabei mit den hoffnungsvollen Besitzern.

Einige hatten bereits das Ziel der Schlange erreicht, nämlich die Station, an der Experten eine schnelle Einschätzung abgaben, erklärten, wer den Gegenstand entworfen oder hergestellt hatte, aus welchem Jahrhundert beziehungsweise Jahrzehnt er stammte sowie – natürlich –, was er in etwa wert war.

Die wertvollsten Sachen wurden unter den Kristalllüstern im stattlichen Schlosssaal geschätzt, wo ein Podium aufgebaut und Seile gespannt worden waren, damit das vielköpfige Publikum den Fernsehkameras nicht in die Quere kam.

Amanda nahm gerade Geld von einem Kunden entgegen, als sie Poppe zwischen den Besuchern hindurchlaufen sah. Er war in Hochform. Mit einem Backstage-Pass um den Hals lief er zwischen den

Aufnahmeorten hin und her und versuchte, so oft wie möglich ins Bild zu kommen. Dabei folgte er Fabian Anderklew wie ein Hund und sonnte sich im Scheinwerferlicht.

Fabbe selbst hatte, sofern dies überhaupt möglich war, noch bessere Laune als sein Busenfreund. In einem farbenfrohen Anzug und mit seiner markanten Brille grüßte er alle und stand geduldig für eine nicht enden wollende Zahl an Selfies bereit. Es war nicht zu übersehen, wer der Star der Sendung war.

Amanda entdeckte auch Sussi und Jimmy Persson im Gewühl, was sie überraschte. Und nicht weit hinter ihnen tauchte Mats Lindeman mit einem Karton auf, in dem sich eine große Vase befand. Er verteilte seine Visitenkarten an die Schlange stehenden Menschen. Dass ihn das Personal der *Antikrunde* schon zweimal ermahnt hatte, keine Werbung für seine Firma zu machen, schien ihn nicht zu bekümmern.

Das alles war ziemlich spannend.

Aber während Amanda weiter Eis verkaufte, spürte sie, dass noch eine andere Art von Spannung in der Luft lag. Eine, die weniger mit Antiquitäten zu tun hatte als damit, dass ihr Vater und Tove Esping auf Gärsnäs eingetroffen waren. Sie standen oben auf der steinernen Terrasse.

Vinston blickte wachsam über den Schlossgarten, wie ein Kapitän von seiner Kommandobrücke aus. Er trug eine Krawatte mit doppeltem Windsor-Knoten, und seine Oxfordschuhe glänzten.

Neben ihm stand Esping mit einem gespannten Gesichtsausdruck.

»China-Gert ist hier«, sagte sie und deutete nach unten, wo der kleine Mann auf eine Krücke gestützt langsam herankam. »Und da drüben ist L-G mit Jönsson-Kaminsky. Öhlander und Svensk wurden instruiert, den Rest der Truppe einzusammeln.«

»Gut«, sagte Vinston. »Und unser guter Freund?«

»Ich habe einen Streifenwagen geschickt, um ihn in Sturup abzuholen. Sie müssten jeden Moment hier sein. Ich gehe runter und nehme sie in Empfang.«

»Ausgezeichnet.« Vinston drehte sich zu seiner Kollegin um. »Dann sind alle da, und wir können bald anfangen. So lange mische ich mich ein bisschen unter die Leute.«

Esping nickte zustimmend, bevor sie sich Richtung Eingang wandte.

»Noch etwas …«, hielt Vinston sie zurück. »Gute Arbeit, Tove. Bei diesem Fall genau wie beim letzten. Wirklich gute Arbeit.«

Esping fiel es sehr schwer, ein zufriedenes Lächeln zurückzuhalten.

»Ebenso!«

Sie verschwand schnell, während Vinston langsam die Treppe hinunterging. Er hatte Anna Tyche im Garten entdeckt.

Sie hatte sich für ihre Rolle als Gastexpertin zurechtgemacht, war professionell geschminkt, die Haare waren zu einer komplizierten Frisur hochgesteckt, und sie trug ein knielanges Etuikleid. Vinston hatte sie noch nie so schön gesehen.

»Peter! Wie nett, dass du da bist«, sagte sie fröhlich und umarmte ihn. »Ich habe schon befürchtet, du würdest wegen des gestrigen Zwischenfalls nicht kommen.«

Obwohl er sich bemühte, konnte Vinston dem wunderbaren Duft von Annas Parfüm nicht widerstehen, aber er richtete sich schnell auf und fuhr sich mit der Hand durch das Haar.

»Das ist Jonna Osterman«, sagte Anna. »Sie hat mich gerade für das *Cimbrishamner Tagblatt* interviewt. Kennt ihr euch?«

Jonna sah Vinston mit einem belustigten Lächeln an. Sie trug Jeans und T-Shirt und hatte einen Block in der einen und einen Stift in der anderen Hand. Um ihren Hals hing eine Kamera.

»Ja, wir sind uns schon begegnet«, sagte Jonna. »Schön, dich wiederzusehen, Peter. Wie laufen die Ermittlungen?«

»Es geht voran«, antwortete Vinston so professionell wie möglich.

»Können wir bald mit einer Festnahme rechnen? Diesmal des richtigen Mörders?«

»Möglicherweise.« Vinston grinste. Jonna Osterman hatte etwas, was ihm immer gute Laune bescherte.

»Du machst jetzt also deine eigenen Fotos?« Er zeigte auf ihre Kamera.

»Ich habe keine große Wahl. Walde hat Urlaub, und du weißt ja, dass wir eine kleine Zeitung sind. Als Chefredakteurin muss man alles übernehmen, was man kann.«

Sie zuckte mit den Schultern.

»Ich mache endlich meine erste Einschätzung vor laufender Kamera«, unterbrach Anna sie eifrig lächelnd. »Zusammen mit Fabbe, drinnen im Schlosssaal. Jonna, du solltest bleiben und zuschauen.«

Aus den Augenwinkeln entdeckte Vinston ein bekanntes Gesicht. Esping bahnte sich mit einem Mann im Schlepptau den Weg durch die Menschenmenge. Der Mann trug Strickjacke und Brille und hatte eine Pfeife im Mund. In der Hand hielt er eine Aktentasche im Stil der Fünfzigerjahre.

»Entschuldigt mich«, sagte Vinston zu den beiden Frauen. »Die Pflicht ruft.«

Wenig später war das Team im Schlosssaal bereit für die Fernsehaufnahme. Anna Tyche holte tief Luft und ging auf das Podium zu.

Ein schwarz gekleideter Tontechniker war dabei, zwei Damen aus Skillinge mit Mikrofonen auszustatten, die eine elegante Zinnschatulle mitgebracht hatten. Auf der anderen Seite der Absperrung standen etwa fünfzig Zuschauer.

»Wir haben dieses Objekt ausgewählt, weil es mit Österlen zu tun hat«, sagte die Produzentin, die ein Headset und eine Stoppuhr um den Hals trug. »Unsere neue Gastexpertin Anna Tyche wird uns gleich mehr erzählen. Ich hoffe, das Objekt ist richtig wertvoll, und vergessen Sie nicht zu klatschen.«

Das Publikum lachte zufrieden und tuschelte erwartungsvoll.

Anna bestieg das Podium. Sie war konzentriert, aber auch ein bisschen nervös. Fabian Anderklew trat zu ihr.

»Das wird richtig gut werden, du bist ein Profi. Aber vergiss nicht, ein bisschen Spannung aufzubauen, bevor du den Wert bekannt gibst. Die Produzenten mögen so etwas, das ist gut für die Show.«

Anna nickte dankbar, und Anderklew verließ die Bühne, wobei er Poppe und Christina zuwinkte, die ein Stück abseitsstanden.

»Gut, dann sind wir bereit für die Aufnahme«, sagte die Produzentin.

Am Rande der Bühne hob Jonna Osterman ihre Kamera und stellte sich in den richtigen Winkel, um für die Zeitung ein paar gute Bilder zu schießen.

Ein Studiomitarbeiter zeigte den Damen aus Skillinge, dass sie auf den kleinen Kreuzen stehen sollten, die auf den Boden geklebt waren. Anna stellte sich auf die andere Seite des Stehtisches, auf dem das Zinnkästchen thronte.

»Die Kameras laufen, es geht los«, sagte die Produzentin. »Bitte, Anna.«

Anna fuhr sich diskret mit der Zunge über die Zähne, um eventuelle Spuren von Lippenstift zu beseitigen, richtete den Rücken auf und schenkte den beiden Damen ihr strahlendstes Lächeln.

»Was für eine fantastische Schatulle Sie da mitgebracht haben.«

»Danke«, sagte eine der Damen, die bereits vergessen hatte, dass sie nicht direkt in die Kamera schauen sollte.

»Was wissen Sie darüber?«

»Nicht viel. Sie stand in unserem Elternhaus. Unser Vater kaufte sie irgendwann in den Vierzigerjahren. Ich vermute, sie ist aus Zinn?«

»Ganz richtig, Zinn und Bronze«, bestätigte Anna und erzählte, dass das Kästchen aufgrund der Figuren auf dem Deckel die Bezeichnung Pferdebezwinger trug. Es war Anfang der Dreißigerjahre in Ystad hergestellt worden, und der Entwurf stammte von einem Künstler aus Lund namens Oscar Antonsson.

»Damit kommen wir zum Wichtigsten«, fuhr sie lächelnd fort. »Dem Wert. Was schätzen Sie selbst?«

Die eine Dame schüttelte verlegen den Kopf.

»Keine Ahnung. Vielleicht fünftausend?«

»Nein, diese Schatulle ist deutlich mehr wert. Auf einer Auktion würde sie ganze …«

Das Publikum wartete gespannt, aber Anna zögerte die Auflösung noch einen Moment hinaus. Sie begegnete Anderklews Blick in der Menge. Jonna Osterman hob die Kamera und knipste schnell ein paar Bilder. Die Damen aus Skillinge sahen erwartungsvoll und zugleich verschreckt aus.

»… dreißigtausend Kronen einbringen!«, sagte Anna.

Ein Raunen ging durch das Publikum.

»Das gibt es ja nicht«, sagte eine der beiden Frauen. »Damit hätten wir nie gerechnet.«

Anna schaute wieder verstohlen zu Anderklew, der seinen Daumen in die Höhe hielt.

»Dann danke ich Ihnen, dass Sie mit dieser schönen Schatulle hierhergekommen sind.«

Sie beendete ihren Beitrag.

»Danke«, sagte die Produzentin. »Gut gemacht, alle! Dann bereiten wir uns für den nächsten Beitrag vor.«

Anna verließ das Podium und wurde von Christina und Poppe in Empfang genommen.

»Du warst richtig gut!«

»Danke, ich war ein bisschen nervös, aber ansonsten hat es sich ganz okay angefühlt.«

»Jetzt ist Fabbe dran«, sagte Poppe aufgeregt.

Zwei Mitarbeiter trugen ein Gemälde herein, das sie auf eine Staffelei stellten. Der Besitzer, ein Mann mit Spitzbart und gezwirbeltem Schnauzer, nahm auf der kleinen Bühne Platz.

Die Kameraleute setzten wieder ihre Kopfhörer auf.

»Gut. Fabbe, bist du bereit?«, erkundigte sich die Produzentin.

Anderklew stieg selbstsicher auf das Podium, und wieder ging ein Raunen durch das Publikum. Er gab dem Besitzer des Gemäldes die Hand, während die Tontechniker die Mikrofone anschlossen.

»Dann legen wir los«, sagte Anderklew und rückte seine Brille zurecht.

Aber gerade als die Produzentin ein Zeichen machen wollte, dass sie bereit für die Aufnahme waren, wurde sie von einer autoritären Stimme unterbrochen.

Vinston lief mit erhobenem Arm zwischen den Menschen hindurch.

»Polizei«, sagte er. »Wir müssen die Aufnahme leider einen Moment unterbrechen.«

53

Vinston ging entschlossenen Schrittes durch den Saal. Unmittelbar hinter ihm folgte Esping. Aller Blicke richteten sich auf sie.

»Was zum Henker?«, zischte Poppe, aber Christina zog ihn am Ärmel.

Durch die Terrassentüren kamen nun auch Svensk und Öhlander aus dem Garten und mit ihnen Lindeman, Sussi, Pia, Jimmy und China-Gert. Dahinter L-G und Renata.

Sie alle versammelten sich in einem Halbkreis um das Podium, auf dem Anderklew stand. Vinston ging zu ihm hinauf und stellte sich neben ihn.

»Leider muss ich für eine Weile übernehmen, Fabian. Du kannst dich dort zu den anderen stellen.«

Er deutete auf Christina, Poppe und Anna.

Anderklew sah verwirrt aus, protestierte jedoch nicht.

Inzwischen war es im Saal ganz still geworden. Vinston räusperte sich.

»Ich bin Kriminalkommissar Peter Vinston, und dort steht meine Kollegin Tove Esping von der Polizei Simrishamn.«

Er zeigte auf Esping, die ihre Rolle gut spielte und streng dreinblickte.

»Manche von Ihnen fragen sich bestimmt, worum es hier geht.«

»Allerdings«, brummte Lindeman. »Ich habe meinen Platz in der Schlange verloren.«

»Wir sind hier, um ein Rätsel zu lösen«, fuhr Vinston fort.

»Aber wir sind doch mitten in einer Fernsehaufnahme«, wandte Poppe verzweifelt ein. »Lieber Peter, kann das nicht bis später warten?«

Vinston ließ den Blick über die Reihen gleiten. Seltsamerweise merkte er, dass sein Puls ruhiger wurde, die Nervosität, die er soeben noch verspürt hatte, war wie weggeblasen.

»Leider nicht«, sagte er kurz. »Was wir aufklären müssen, ist eine furchtbare Geschichte. Es geht um Betrug, Untreue, Diebstahl, Hehlerei, Körperverletzung – aber vor allem um Mord.«

Die Leute im Saal begannen sofort zu tuscheln. Esping hob den Arm, um sie zum Schweigen zu bringen, bevor Vinston weitersprach.

»Genauer gesagt, geht es um die Morde an Lennart ›Nalle‹ Persson und Daniel ›Danne Dietrich‹ Pedersen.«

Renata Jönsson-Kaminsky trat einen Schritt vor.

»Ich bin ganz und gar dagegen, dass wir das vor so vielen Menschen klären«, sagte sie. »Als Leiterin der Vorermittlungen muss ich unbedingt vorher in Kenntnis gesetzt werden.«

»Wie schon gesagt, Renata, solltest du dich ein bisschen gedulden«, unterbrach L-G sie. »Peter und Tove wissen, was sie tun.«

Vinston begann, auf der kleinen Bühne auf und ab zu gehen.

»Um zu verstehen, wie alles zusammenhängt, müssen wir von Anfang an erzählen.«

Er wandte sich an China-Gert.

»Früh am Morgen des Antik- und Sammlermarkts in Degeberga macht Gert Zillén den Fund seines Lebens. Eine chinesische Keramikschale aus der Song-Dynastie. Aber bevor er das Geschäft abwickeln kann, taucht ein anderer Antiquitätenhändler auf und schnappt ihm die Schale vor der Nase weg.«

Unter China-Gerts Auge zuckte es ein paarmal, aber der kleine Mann sagte nichts.

»Lennart ›Nalle‹ Persson. Bekannt für seine rüpelhafte Art und seine Rücksichtslosigkeit im Geschäftsleben.«

Sussi schien protestieren zu wollen, aber Vinston hob warnend den Finger.

»Gert ist am Boden zerstört. Seit zwanzig Jahren hatte er davon geträumt, diese Schale zu finden. Sie ist sein heiliger Gral. Das Objekt, das seine Sammlung zu einer Sensation gemacht hätte und ihn selbst weltberühmt unter den Kennern chinesischen Porzellans.«

Gert sah aus, als würde er bei diesen Worten wachsen.

»Alldem setzte Nalle ein Ende«, fuhr Vinston fort. »Nachdem sich die erste Verzweiflung gelegt hatte, beschloss Gert Zillén, die Schale von Nalle zurückzukaufen. Er fuhr mit dem Bus nach Hause in seine Wohnung in Ystad, kratzte alles Bargeld zusammen, das er hatte, sowie einige wertvolle Sammlerstücke, die er gegen die Schale eintauschen wollte. Dann fuhr er mit seinem abgemeldeten, aber geliebten Wagen zurück nach Degeberga.«

Vinston blieb in der Mitte des Podiums stehen. Aus den Augenwinkeln sah er Amanda und Felicia aus der Küche in den Saal schlüpfen. Sie stellten sich an die Wand.

»In der Zwischenzeit hatte Nalle auf dem Markt mit der Schale angegeben«, sagte Vinston. »Er weiß nicht, wie viel sie wert ist, ist aber überzeugt davon, einen tollen Fund gemacht zu haben. Deshalb zeigt er sie unter anderem seinem Erzfeind Mats Lindeman.«

Vinston zeigte auf den großen, bärtigen Mann.

»Das war typisch Nalle«, polterte Lindeman. »Dauernd musste er sich aufspielen. Ich hatte keine Ahnung, was die Schale wert war.«

»Ruhe!«, befahl Esping scharf, woraufhin er sofort still wurde.

»Nalle hat auch dir die Schale gezeigt, Fabian Anderklew.«

Vinston deutete auf den Antiquitätenexperten und erhielt ein Nicken zur Antwort.

»Du hast ihm fünfunddreißigtausend Kronen dafür geboten, und ihr kamt ins Geschäft. Aber im Laufe des Tages stieg in Nalle der Verdacht auf, dass die Schale mehr wert sein könnte. Er zog sich aus der Vereinbarung mit Anderklew zurück, und als Zillén auftauchte und einen Tauschhandel vorschlug, lachte er ihm einfach ins Gesicht.«

China-Gert biss wütend die Zähne aufeinander.

»Den Rest kennen wir. Gert sieht rot, nachdem Nalle ihn nicht nur einmal, sondern zweimal gedemütigt hat. Während des Platzregens schleicht er sich zwischen die Zelte und ersticht Nalle durch die Zeltplane hindurch mit einem …«

Er wechselte einen kurzen Blick mit Esping.

»… Ehrendolch, einer militärischen Paradewaffe, und sucht den Leichnam dann nach der Schale ab.«

Das Publikum wirkte angewidert. Sussi schluchzte auf, während Gert es vermied, in ihre oder Jimmys Richtung zu schauen.

»Aber die Schale ist nicht da«, sagte Vinston. »Gert bekommt Panik, er fährt so schnell nach Hause, wie sein alter Wagen es zulässt. Dabei wird er geblitzt, wie meine Kollegin Esping so verdienstvoll herausgefunden hat.«

Esping richtete sich geschmeichelt auf und schaute zu L-G und Renata hinüber.

»Damit hätte die Ermittlung abgeschlossen sein können«, fuhr Vinston fort. »Aber leider ist dieser Fall bei Weitem nicht so einfach.«

Er fing wieder an, auf dem Podium hin und her zu gehen.

»Gert Zillén ist nicht Nalles Mörder. Er kommt nämlich zu spät, jemand anderes hat ihn bereits umgebracht. Jemand hat Nalle mit getrocknetem Fingerhut vergiftet, den er in ein Eis gemischt hat.«

Vinston unterbrach sich, um die Verdächtigen zu mustern.

Lindeman zupfte sich nervös am Bart. Jimmys Augen flackerten, und Pia massierte sich unbewusst das rechte Handgelenk. Anna Tyche schien dagegen seinen Blick zu suchen und wagte es sogar, ihn vorsichtig anzulächeln.

»Das wissen wir doch schon alles«, bemerkte Renata säuerlich. »Kommen Sie zur Sache, Vinston.«

»Wenn Sie ihn nicht unterbrechen, geht es schneller«, zischte Esping ihr zu.

Die Staatsanwältin starrte beleidigt zurück, befolgte dann jedoch den Rat.

»Nun gut«, fuhr Vinston fort. »Es zeigt sich, dass Nalle seine Frau Sussi mit Pia Larsson betrogen hat, in die er als Teenager schon verliebt gewesen war.«

Sussis Blick verdunkelte sich, Pia starrte vor sich hin und massierte weiterhin ihr Handgelenk.

»Es ist nicht das erste Mal, dass Nalle untreu ist, aber diesmal ist es anders. Nalle ist verliebt, und am Abend vor seinem Tod erklärt er seiner Frau, dass er die Scheidung will.«

»Das hat er nicht«, protestierte Sussi. »Ich hatte keine Ahnung.«

Vinston nahm keine Notiz von ihrem Einwand, merkte aber, dass Lindeman Schwierigkeiten hatte, sich zurückzuhalten.

»Sussi ist natürlich am Boden zerstört, und in ihrer Verzweiflung erzählt sie Mats Lindeman, was passiert ist.«

Lindeman starrte Vinston ausdruckslos an.

»Sussi und Lindeman waren in ihrer Jugend ein Paar, und Lindeman hat sie nie vergessen. Er reagiert mit Abscheu, als er erfährt, dass Nalle Sussi und Jimmy sitzen lassen will.«

»Mit Recht!«, stieß Lindeman hervor. »Ich habe Nalle gehasst, aber das heißt nicht, dass ich ihn umgebracht habe.«

»Sie und Nalle waren früher einmal beste Freunde«, sprach Vinston weiter. »Sie betrieben zusammen mit Ihrem Mentor, Melker Faltin, einen Auktionsring.«

Vinston zeigte auf China-Gert.

»Faltin war Experte für chinesisches Porzellan, so wie Gert Zillén. Sie hatten außerdem gemeinsam, dass Faltin auch ein Sammler von Rang war. Und er hatte eine Tochter.«

Anderklew, der sich neben Anna gestellt hatte, legte behutsam eine Hand auf ihre Schulter.

»Nämlich Anna Faltin. Oder Tyche, wie du seit der Scheidung deiner Eltern heißt.«

Die Blicke des Publikums richteten sich auf Anna.

»Was hat das damit zu tun? Daraus habe ich nie einen Hehl gemacht, im Gegenteil«, versuchte sie sich zu verteidigen.

Vinston holte sein Moleskine aus der Jackentasche. Er blätterte langsam zu einer bestimmten Seite vor.

»Anna Marie-Charlotte Faltin«, sagte er und schlug das Buch wieder zu. »Marie-Charlotte war dein Rufname, als du klein warst, aber auch den hast du nach der Scheidung geändert. Vielleicht, weil er dich zu sehr an deinen Vater erinnerte? Marie-Charlotte, oder Mia-Lotta für diejenigen, die gern Spitznamen verwenden.«

Vinston merkte, dass Annas Augen eiskalt wurden.

»Dein Vater hat dir nicht viel hinterlassen, aber eines hast du geerbt: seine Sammelleidenschaft. Du liebst schöne Sachen, und es fällt dir schwer, sie wieder herzugeben. Deswegen ist das Lager in deiner Boutique in Malmö übervoll, und die Geschäfte gehen schlecht. Deinem Mentor Fabian Anderklew zufolge ist das Allerwichtigste, was man als Antiquitätenhändler lernen muss … zu verkaufen.«

»Das geht dich nichts an«, zischte Anna.

»Doch, leider«, erwiderte Vinston. »Du hast Nalle Geld geschuldet. Er kannte dich schon als Kind unter dem Namen Mia-Lotta. Du verbirgst dich hinter den Initialen ML in seinem roten Notizbuch.«

Anderklew nahm vorsichtig die Hand von Annas Schulter.

»Für einen Antiquitätenhändler ist die größte Schwierigkeit, gute

Sachen zu vernünftigen Preisen zu finden«, führte Vinston weiter aus. »Aber da Nalle nach dem Tod von Melker Faltin ein schlechtes Gewissen hatte, überließ er Anna alle modernen Möbel, die ihm unterkamen, und gewährte ihr außerdem Kredit. Ein perfektes Geschäft – wenn Anna nur im selben Takt verkauft hätte, wie sie kaufte. Aber mit der Zeit schuldete sie Nalle ziemlich viel Geld.«

Esping trat vor und stellte sich neben Vinston. Sie hielt das Bild eines Kiefernholztisches in die Höhe und sah Renata vielsagend an.

»Dieser Tisch wurde vor zwei Wochen bei einem Einbruch in eine Villa gestohlen«, sagte sie. »Es war der letzte Einbruch einer Serie, die Österlen in den letzten drei Jahren heimgesucht hat. Und ich meine tatsächlich, dass es der *letzte* Einbruch war, denn die beiden Männer, die dafür zuständig waren, sind jetzt tot. Nalle war der Kopf, er ging in die Häuser und entschied, welche Objekte zu stehlen waren. Daniel Pedersen, bekannt auch als Danne Dietrich, führte die Einbrüche aus.«

Esping ließ das Bild sinken und sah Vinston an.

»Viele Hinweise haben uns zu dieser Schlussfolgerung geführt«, erklärte sie. »Unter anderem der hervorragende Geruchssinn meines Kollegen.«

Mats Lindeman flüsterte Sussi etwas ins Ohr.

»Aber dann mussten die Möbelstücke noch verkauft werden«, fuhr Esping fort. »Am besten weit weg vom ursprünglichen Besitzer, und von jemandem, der keine direkte Verbindung zu Nalle hatte.«

Renata Jönsson-Kaminsky war einige Schritte näher gekommen, sie schien gespannt auf die Fortsetzung zu warten.

Esping hielt ihr Handy hoch.

»Von den gestohlenen Stücken wurden mindestens fünfundzwanzig über die traditionsreiche Auktionsfirma *Sotheby's* in London verkauft, und gestern Abend erhielt ich die Information, von wem.«

Esping schaute verstohlen zu Renata, um sich zu vergewissern, dass sie die volle Aufmerksamkeit der Staatsanwältin genoss.

»Die Person, die die Möbelstücke dort einreichte, ist Anna Tyche.«

Ein Raunen ging durch die Menschenschar.

»Das stimmt nicht!«, rief Anna verzweifelt. »Das muss jemand in meinem Namen gemacht haben.«

Esping ermahnte zur Ruhe und hielt wieder das Bild des Tisches hoch.

»Der gestohlene Tisch wurde in den Dreißigerjahren von einem bekannten schwedischen Designer namens Axel Einar Hjorth entworfen. Er ist ungefähr hundertfünfzigtausend Kronen wert, und ich habe ihn heute Morgen bei einer Hausdurchsuchung in Anna Tyches Lager gefunden. Es ist uns außerdem gelungen, vom Tisch ein paar Fingerabdrücke zu nehmen, die zu dem inzwischen verstorbenen Daniel Pedersen, alias Danne Dietrich, gehören.«

Anderklew entfernte sich einen Schritt von Anna und sah sie schockiert an.

»Anna, sag, dass das nicht wahr ist!«, rief Christina.

Anna schlug sich die Hände vor das Gesicht.

»Ich hatte keine Wahl. Nalle hat mich gezwungen, weil ich ihm Geld schuldete«, schluchzte sie.

Vinston übernahm wieder das Kommando.

»Das ist bestimmt richtig«, sagte er. »Aber Hehlerei ist trotzdem ein Verbrechen. Und wir sind noch nicht fertig.«

Er wechselte einen raschen Blick mit der Staatsanwältin, die jetzt andächtig zuhörte.

»Als Anderklew dir überraschend anbot, Expertin in der *Antikrunde* zu werden, Anna, erhieltst du die Chance, auf die du gewartet hattest. Endlich würdest du ein paar Stufen in der Branche nach oben steigen können. Der Einzige, der dir im Weg stand, war Nalle. Wenn er tot wäre, wärst du sowohl deine Schulden los als auch den einzigen Mitwisser für deine Hehlerei.«

»Ich habe ihn nicht getötet«, schrie Anna. »Das müsst ihr mir glauben.«

Sie warf sich Christina an den Hals und wollte ihr Gesicht an deren Schulter begraben, aber Christina zog sich steif zurück.

Esping hielt zwei Dokumente in die Höhe.

»Das sind die toxikologischen Berichte«, erklärte sie. »Nalle und Danne Dietrich wurden beide mit der gleichen Substanz vergiftet – Digitalis –, die man aus der Blüte des Fingerhuts gewinnt.«

Vinston zeigte auf die Verdächtige.

»Eine Blume, die in Ihrem Garten wächst, oder nicht, Pia?«

Pia nickte erschrocken.

»Aber Digitalis ist eine traditionelle Heilpflanze und findet sich an allen möglichen Stellen.«

Vinston wandte sich Lindeman zu.

»Zum Beispiel als Inhalt einer alten Medizinflasche, wie sie auf Antikmärkten und Auktionen oft auftauchen.«

Lindeman schüttelte ungläubig den Kopf.

»Zum hundertsten Mal – ich habe Nalle gehasst, aber ihn nicht getötet.«

Vinston machte weiter, ohne auf die Erwiderung einzugehen.

»Alles hängt tatsächlich davon ab, woher das Gift kommt. Finden wir das Gift, finden wir den Mörder. Und welcher Ort eignet sich besser, um nach getrockneten Pflanzen zu suchen, als ein altes Herbarium? Das war zumindest das, was ich gestern glaubte.«

Er machte Esping ein Zeichen, die ihm Christinas Herbarium reichte.

Vinston blätterte die Seite siebenundvierzig auf.

»Hier haben wir den Übeltäter!« Er hielt dem Publikum die Seite hin. »Digitalis purpurea. Dieses Herbarium fand sich auf dem Markt, als Nalle getötet wurde, und daraus hat der Mörder das Gift entnommen.«

Die Zuschauer warteten mucksmäuschenstill auf die Fortsetzung.

»Einen Augenblick, Peter«, meldete sich Poppe zu Wort. »Das haben wir doch gestern schon durchgespielt. Wenn das Gift aus dem Herbarium stammen würde, müsste der Fingerhut darin fehlen.«

»Richtig«, bestätigte Vinston. »Und wie es den Anschein hat, tut er das nicht. Wenn es nicht ein paar clevere Katzen gäbe, hätte ich die Wahrheit auch nicht erkannt.«

Er machte eine Pause, holte tief Luft.

»Wie Sie wissen, sind nachts alle Katzen grau, genau wie alle Blumen ungefähr gleich aussehen für jemanden, der farbenblind ist, nicht wahr, Poppe?«

Vinston blätterte im Herbarium.

»Digitalis hat einen Doppelgänger namens Beinwell. Er trägt auch glockenförmige Blüten und sieht für jemanden, der sich nicht mit Botanik auskennt, fast gleich aus. Symphytum officinale, wie die

Pflanze auf Latein heißt, findet sich auf Seite vierzig. Oder besser gesagt – sie *müsste* sich dort finden.«

Er hielt das Blatt hoch. Die getrocknete Pflanze, die hier kleben müsste, fehlte. Nur Reste von Leim waren noch zu sehen.

»Der Täter verwendete Digitalis als Mordwaffe und tauschte dann die Seiten im Herbarium aus«, sagte Vinston. »Der unschuldige Beinwell musste die Rolle der Digitalis übernehmen, für den Fall, dass jemand den Verdacht schöpfen würde, dass das Gift aus Christinas Pflanzensammlung stammte. Und der Trick funktionierte. Ich bin gestern selbst darauf reingefallen, aber meine liebe Tochter – und eine Katze – haben mir geholfen, die Zusammenhänge zu verstehen. Genauer gesagt, waren es vier Katzen, die sich so ähnlich sahen, dass ich sie für ein und dasselbe Tier gehalten habe.«

Er zwinkerte Amanda zu, die sich stolz reckte.

»Aber ich war das nicht«, protestierte Anna. »Ich bin keine Mörderin!«

Vinston ging zum Stehtisch und schob das Zinnkästchen beiseite.

»Wir haben noch einen Gegenstand, der geschätzt werden muss. Einen sehr wichtigen, dessen Wert ziemlich ungewiss ist. Aber dafür brauchen wir die Hilfe eines richtigen Experten.«

Er stemmte die Hände in die Hüften.

»Zum Glück haben wir den bekanntesten des Landes bei uns, nämlich Fabian Anderklew.«

Vinston bedeutete dem Experten, auf die Bühne zu kommen.

»Du hast doch sicher nichts dagegen, mir zu helfen, die letzten Fragen zu klären, Fabian?«

Anderklew trat aus dem Publikum.

»Natürlich nicht«, versicherte er, kam zum Stehtisch und rückte seine Brille zurecht.

»Woran hast du gedacht, Peter?«

Vinston steckte die Hand in die Innentasche seines Jacketts, aus der er behutsam eine kleine, hellgrüne Schale mit einem Lotusblumenmuster zog, die er vor Anderklew auf den Tisch stellte.

»Ich dachte mir, du könntest den Wert dieser Schale hier schätzen.«

Wieder wurde es still im Saal.

Der Antiquitätenexperte wurde auf einmal weiß im Gesicht. Er zupfte an dem Schal, den er um den Hals trug, als bekäme er keine Luft mehr, und starrte die Schale an.

»Ah, da ist sie ja«, brachte er mit unsicherer Stimme hervor. »Ausgezeichnet.«

Mit zitternden Händen hob er die Schale hoch.

»Wie ich bereits gesagt hatte, ist dies eine chinesische Schale aus der Song-Dynastie. Eine einzigartige Handwerkskunst. Und der Wert der Schale ist …«

Er machte seine bekannte Kunstpause.

»… rund fünfzigtausend Kronen. Vielleicht sogar etwas mehr!«

Das Publikum applaudierte sporadisch, aber es war klar, dass alle auf Vinstons Fortsetzung warteten.

»Fünfzigtausend sagst du?«

Anderklew nickte, ohne den Blick von der Schale zu wenden.

Vinston wandte sich an den Mann mit Aktentasche, den Esping vorhin herbegleitet hatte und der jetzt unter den Zuschauern stand.

»Das ist Herr Olsson, der Leiter des Ostasiatischen Museums in Stockholm. Er kennt sich mit ebendieser Schale sehr gut aus.«

Vinston gab Olsson ein Zeichen.

»Was würden Sie sagen, was sie wert ist?«

Der Mann sprach mit knarrender Stimme.

»Die Schale ist von unermesslichem Wert«, erklärte er. »Aber *wenn* sie bei einer Auktion verkauft worden wäre, hätte sie fünf Millionen Kronen eingebracht. Vielleicht mehr.«

»Das habe ich doch gesagt«, rief China-Gert.

Vinston lächelte.

»Gert Zillén hat recht. Die Schale ist wirklich ein Fund, für den man sterben würde. Oder töten. Nicht wahr, Fabian?«

Die Blicke aller wanderten zu Fabian Anderklew, der die Schale immer noch nicht aus den Augen ließ.

»Derjenige, der Nalle getötet hat, war nämlich kein anderer als …«

Vinston machte eine Pause, um die Spannung in der gleichen Weise zu erhöhen, wie die Antiquitätenexperten es sonst bei der Show machten.

»… du!«

54

Aus dem Publikum ertönte ein Schrei, dann brach aufgeregtes Stimmengewirr aus.

Sussi schluchzte laut und wurde von Jimmy und Lindeman getröstet, während Osterman den Aufruhr fotografierte.

Vinston erhaschte einen Blick auf Poppe, der vollkommen verstört aussah, bevor Esping die Hände hob, um die Leute zur Ruhe zu ermahnen.

Fabian Anderklew stand noch wortlos auf dem Podium. Seine Augen waren auf die Schale geheftet, die er in den Händen hielt, und sein Kopf bewegte sich von einer Seite zur anderen, als könne er nicht glauben, was er da sah.

»Du hast deine Arbeitgeber jahrelang hintergangen«, sagte Vinston. »In deiner Anfangszeit hast du Leuten wie Melker Faltin Tipps gegeben, wie hoch die Vorabgebote waren, später hast du absichtlich Objekte geringer geschätzt und dann privat gekauft und verkauft. Du hast stets auf großem Fuß gelebt, hast kostspielige Angewohnheiten, die dein normales Monatsgehalt nicht abdeckt. Aber als Teilhaber am *Auktionshaus Malmö* und einer der bekanntesten Experten der Branche genießt du großes Ansehen, sowohl bei den Auktionshäusern als auch ihren Kunden. Also begannst du, dir Geld zu leihen, teils von Freunden, teils aber auch von Geldquellen, von denen du dich lieber ferngehalten hättest.«

Vinston versuchte, nicht in Poppes Richtung zu schauen.

Esping las etwas auf ihrem Handy und trat dann vor.

»Erst vorhin hat das *Auktionshaus Malmö* bestätigt, dass auf einem seiner Konten eine größere Summe fehlt. Die Transaktionen wurden von Fabian Anderklew durchgeführt.«

Vinston blickte sie anerkennend an und ging dann auf den Mörder zu.

»Du hattest sicher die Absicht, das Geld zurückzuzahlen, aber mehrere schlechte Geschäfte in Folge ließen die Schulden rasch wachsen. Als ein dänisches Unternehmen überraschend kundtat, dass es das Auktionshaus kaufen wolle, waren deine Aktien viele Millionen wert. Aber dir war klar, dass die Wirtschaftlichkeit der Firma genau unter die Lupe genommen werden würde. Das Loch auf dem besagten Konto musste gestopft werden – und zwar schnell. Wenn deine Unterschlagung bei der Revision aufgeflogen wäre, hättest du nicht nur deinen Anteil an der Firma verloren, sondern es hätte auch dein Ansehen und deine gesamte Karriere vernichtet. Vielleicht wärst du sogar im Gefängnis gelandet. Ein tiefer Fall. Vom beliebtesten Antiquitätenexperten Schwedens zu einem gewöhnlichen Verbrecher.«

Anderklew starrte immer noch auf die Schale, ohne etwas zu sagen.

»In deiner Panik hast du nach einem schnellen Geschäft gesucht«, fuhr Vinston fort. »Deshalb warst du auf dem Markt in Degeberga, du wolltest etwas finden, einen Strohhalm, der dich retten könnte. Und als Nalle, der Schuft von einem Möbelverkäufer, eine Schale von unschätzbarem Wert aus seiner Jacke zog und dich bat, sie zu schätzen, konntest du deinen Augen kaum trauen.«

Vinston nahm Anderklew die Schale aus der Hand und hielt sie vor ihn hin.

»Du hast sofort erkannt, dass die Schale wertvoll war. Sehr wertvoll. Und mit deinem ausgezeichneten Netz an Kontakten hattest du auch schon mehrere potenzielle Käufer. Nalle legte den Preis auf fünfunddreißigtausend Kronen fest. Ihr gabt euch die Hand darauf, und du machtest dich auf die Jagd nach Bargeld. Mit den Taschen voller geliehenem Geld eiltest du so schnell wie möglich zurück zu Nalles Stand, grüßtest Sussi höflich und gingst ins Wohnmobil. Da saß Nalle und trank mit einem Mann, den du nicht kanntest, Kaffee. Daniel Pedersen. Er erkannte allerdings dich, aber mehr dazu gleich.«

Vinston stellte die Schale auf dem Tisch ab.

»Du gabst Nalle das Geld in dem Glauben, gerettet zu sein, aber Nalle hatte seine Meinung geändert und wollte die Schale plötzlich nicht mehr verkaufen. Und das alles mit Danne Dietrich als Zuschauer. Zu diesem Zeitpunkt hatte Nalle die Schale allerdings gar nicht bei sich. Aber das konntest du nicht wissen.«

Vinston sah Esping an. Dann senkte er die Stimme und wandte sich wieder an Anderklew.

»Du warst außer dir vor Wut und Enttäuschung. In deiner Verzweiflung nahmst du dir vor, Nalle zu töten und die Schale zu stehlen. Also gingst du zu deinem Wagen zurück und schmiedetest einen Plan. Zuerst brauchtest du eine Verkleidung, was leichter war, als es klingt. Du brauchtest dich nur weniger auffallend zu kleiden und deine charakteristische Brille abzunehmen, genau wie Christina auf dem Weg zum Markt vorgeschlagen hatte.«

Vinston schaute zu seiner Ex-Frau, die widerwillig nickte.

»Im Kofferraum des Wagens wartete das Herbarium, das du und Anna schon gekauft hattet. Weil du Botanik studiert hast, kanntest du Digitalis und seine Wirkung auf einen Herzpatienten wie Nalle. Du trenntest das getrocknete Exemplar heraus und ersetztest die Seite zur Sicherheit durch die mit dem Beinwell. Dann zerbröseltest du das Gewächs und kauftest ein Eis von einer Sorte, die den Geschmack und die Textur der Digitalis übertünchen würde.«

Vinston griff sich theatralisch ans Kinn, als würde er nachdenken.

»Hmm, was könnte das wohl für eine Sorte gewesen sein?«

Er warf Amanda einen Blick zu, die sich die Hand vor den Mund hielt.

»Flieder-Basilikum vielleicht?«, schlug Vinston vor und erntete einen überraschten Blick von Anderklew.

»Dann gingst du schnell zurück zu Nalles Wohnmobil, diesmal durch die Hintertür, und genau wie du vermutet hattest, konnte er dem leckeren Eis nicht widerstehen. Vielleicht tatest du so, als wolltest du einen zweiten Versuch starten, die Schale zu kaufen, oder du ersannst eine andere Ausrede für deinen Besuch. Das Wichtigste war, dass Nalle das Gift zu sich nahm. Dein Plan war, zurückzukommen, sobald das Gift gewirkt hätte, und ihm die Schale aus der Jackentasche zu stehlen, wo du sie noch immer vermutetest.«

Vinston legte eine kurze Pause ein, aber Anderklew machte noch keine Anstalten zu reden.

»Ein Plan, der perfekt funktioniert hätte …«, sprach Vinston weiter, »wenn es nicht noch eine zweite Person gegeben hätte, die Mord im Sinn hatte.«

China-Gert hob die Hand.

»Was ich zutiefst bereue«, sagte er. »Wirklich zutiefst!«

Vinston zog eine Augenbraue hoch.

»Sie müssen sich ein bisschen beeilen«, flüsterte Esping. »Wir haben dem Produzenten versprochen, dass es nur zehn Minuten dauern würde.«

Vinston beachtete ihren Einwand nicht.

»Als du zum Verkaufsstand zurückkamst, Anderklew, herrschte Chaos. Nalle war nicht wie von dir erhofft im Wohnmobil geblieben, sondern saß tot in einem Zelt voller Menschen, zudem mit einem Ehrendolch im Rücken. In Panik hast du den Markt verlassen. Und mit der Schale verschwand deine ganze Hoffnung.«

Sussi schluchzte wieder laut.

»Später am Abend traf ich dich in einer Ecke des Schlosses, wo du dein Schicksal beweintest. Kurz darauf klingelte dein Handy. Es war Danne Dietrich, den du im Wohnmobil getroffen hattest. Nachdem Danne erfahren hatte, dass Nalle tot war, wurde ihm klar, dass seine größte Einnahmequelle weggebrochen war – aber vielleicht könnte er ein letztes Mal abkassieren. Er bietet dir an, die Schale aus Nalles Nachlass zu stehlen, und zwar für die fünfunddreißigtausend, die du Nalle in seinem Beisein angeboten hattest.«

Sussi weinte immer noch, weshalb Jimmy ihr ein Taschentuch reichte, in das sie sich laut schnäuzte.

»Du nimmst das Angebot an, und Danne, der glaubt, Nalle hätte die Schale nur irgendwo im Zelt abgestellt, bricht im Lastwagen ein, als dieser auf Rasks Hof steht. Aber er findet keine Schale, und bei unserem Eintreffen bemerkt Jimmy den Einbruch.«

Vinston zeigt auf Jimmy, der fast unmerklich nickt.

»Als Danne später in der Zeitung liest, dass wir Gert gefasst haben, vermutet er, dass sich die Schale in dessen Wohnung befindet. Also geht er am Abend hin, nur um von einem soeben freigelassenen Gert überrascht zu werden. Das Ganze hätte fast sehr unschön geendet.«

Gert nickte ernst und fasste sich an den Kopf.

»Der Grund, warum Danne die Schale nicht findet, ist, dass Nalle sie Pia gegeben hat. Als kleines Verlobungsgeschenk, oder auch nur, um sie sicher zu verwahren.«

Sussi und Jimmy starrten Pia böse an, die ihrerseits lieber zu Boden blickte.

»Pia, die keine Ahnung vom Wert der Schale hatte, stellte sie mit einem Blüten-Potpourri gefüllt in ihr Bad.«

Im Publikum wurde gekichert, während Anderklew mit dem Finger den Rand der Schale entlangfuhr. Vinston hob die Stimme.

»Schließlich stahl Danne die Schale aus Pias Haus. Aber wie findet er dorthin? Und warum wartet er bis eine Woche nach Nalles Tod? Der Einzige, der außer Nalle von Pia wusste, war Jimmy.«

»Ich habe damit nichts zu tun«, sagte Jimmy bestimmt.

»Es schmerzt mich, es zugeben zu müssen, aber das Ganze war mein Fehler«, fuhr Vinston fort. »Bei einem Frühstück hier im Schlossgarten hängte ich meine Jacke über eine Stuhllehne. Anderklew entwendete daraus mein Notizbuch, mein geliebtes Moleskine, und in diesem Buch fand er Pias Namen und Adresse. Daraufhin gab er Danne den Tipp ... der die Schale schließlich stehlen konnte. Wenige Minuten, bevor Esping und ich eintrafen.«

»Aber warum wurde Danne Pedersen getötet?«, fragte Osterman, die fotografierte und sich zwischendurch Notizen machte.

»Weil er mehr Geld wollte, richtig?«

Vinston wandte sich wieder Anderklew zu. Der Antiquitätenexperte schien noch immer nicht ganz zu begreifen, was gerade passierte.

Vinston nickte Esping zu.

»Anderklew war aufgefallen, dass er und Danne das gleiche Laster teilten«, erklärte Esping in ähnlich dramatischem Tonfall wie Vinston.

»Sie konsumierten beide Snus. Vor ihrem Treffen hatte Anderklew eine Dose Snus gekauft und die oberen Päckchen mit Digitalis gewürzt, falls Danne irgendwelche Probleme machen würde. Als dies der Fall war, bot Anderklew Danne Snus an, danach brauchte er ihm nur zu folgen und zu warten, bis das Gift wirkte. Danne verlor das Bewusstsein, Anderklew nahm ihm die Schale ab und rollte ihn samt Auto in den Fluss. End of Story.«

Esping und Vinston tauschten zufriedene Blicke.

Anderklew schüttelte den Kopf.

»Wie habt ihr sie gefunden?«, fragte er, immer noch vollkommen auf die Schale fokussiert. »Ich habe sie am Dienstagmorgen nach Singapur geschickt. Woher wusstet ihr davon? Der Käufer war sehr diskret.«

»Das wussten wir nicht«, erwiderte Vinston mit einem schiefen Grinsen. »Jedenfalls bis jetzt nicht. Das hier ist nämlich nicht deine Schale, sondern ihr Zwilling, den Direktor Olsson freundlicherweise aus dem Ostasiatischen Museum in Stockholm mitgebracht hat. Aber danke, dass du uns das letzte Puzzleteil lieferst. Das können wir wohl auch als Geständnis ansehen.«

Anderklew keuchte auf und stellte die Schale ab. Plötzlich schien er zu begreifen, was soeben vor sich ging.

Auf Espings Zeichen hin betraten Svensk und Öhlander das Podium und stellten sich rechts und links neben Anderklew.

»Du hast es selbst am besten formuliert, Fabbe«, lächelte Vinston. »Wenn es um Antiquitäten geht, sieht man, was man sehen will.«

Die beiden uniformierten Polizisten fassten Anderklew an den Armen und führten ihn entschlossen zum Ausgang. Bevor die Tür hinter ihnen zuschlug, gab der Antiquitätenexperte einen Laut von sich, eine Mischung aus Schrei und Schluchzen.

Im Saal entstand eine kurze Stille, doch dann begann das Publikum zu applaudieren.

EPILOG

EINIGE TAGE SPÄTER

Die Sonne ging gerade unter und färbte den Himmel über Österlen allmählich rosa, dann feurig gelb. Vinston hob seine Reisetasche in den Kofferraum des Saabs und schlug die Klappe mit einem Knall zu.

»So!«, sagte er zu Christina und Amanda, die neben dem Torbogen der Bäckastuga standen.

»Willst du wirklich nicht bis morgen früh warten?«, fragte Christina sicher zum dritten Mal.

»Keine Sorge, ich fahre gern, wenn es dunkel ist«, erwiderte Vinston ebenso zum wiederholten Male.

Dabei war das im Grunde eine glatte Lüge. Obwohl er so viele Wochen in Österlen zugebracht hatte, hatte er ihren letzten gemeinsamen Tag so lange wie möglich genießen wollen. Sie hatten bei Sandhammar am Strand gepicknickt und bei *Frusen Glädje* Eis gegessen.

Aber jetzt war es an der Zeit, dass er zurück nach Stockholm fuhr.

»Fahr vorsichtig, Papa«, ermahnte ihn Amanda.

Sie hielt Pluto im Arm. Zumindest glaubte Vinston, dass es Pluto war, aber nach den Erkenntnissen der letzten Tage war er sich nicht mehr so sicher.

Er schaute auf die Uhr.

»Esping hat geschrieben, sie seien unterwegs«, brummte er.

Im selben Moment war ein Auto zu hören, das sich näherte. L-Gs Dienstwagen kam in hoher Geschwindigkeit und mit blinkendem Blaulicht auf sie zu.

»Oh, nein!«, rief Christina aus. »Sag nicht, dass schon wieder etwas passiert ist.«

Der Wagen machte eine Vollbremsung, Kies flog, dann schlug L-G die Beifahrertür auf.

»Peter, Gott sei Dank. Wir hatten befürchtet, du seiest schon weg.«

»Mein Fehler«, rief Esping, aus dem Auto steigend. »Wir wollten uns eigentlich richtig verabschieden, aber mit Sussi und Jimmy Persson hat es länger gedauert. Jetzt haben sie auf jeden Fall endlich die Schale zurückbekommen.«

»Was wollen sie damit machen?«, fragte Christina neugierig.

Esping lächelte.

»Das ist tatsächlich eine schöne Nachricht. Sie haben entschieden, sie dem Ostasiatischen Museum zu schenken, wo sie auch hingehört. Direktor Olsson plant offenbar eine große Ausstellung, in der die beiden Zwillingsschalen die Hauptattraktion sein werden. Jimmy hat sogar zugesagt, bei der Eröffnung das Band durchzuschneiden. Er ist wirklich aus Nalles Schatten getreten.«

»Das klingt toll«, sagte Amanda.

»Und es wird noch besser«, prahlte L-G. »Erzähl den Rest, Tove!«

»Mats Lindeman war da«, berichtete Esping. »Er hatte eine Gitarre dabei, wobei sie in seinen riesigen Pranken eher wie eine Ukulele wirkte. Lindeman ist ein richtig guter Sänger. Als ich ging, saßen er und Jimmy draußen im Garten und haben gemeinsam Lieder von Edvard Persson gesungen.«

»Wie schön«, sagte Christina. »Wer hätte das gedacht?«

Esping blickte spitzbübisch drein.

»Vor einiger Zeit hat Sussi erzählt, dass Jimmy eines der größten Kinder war, die je in Ystad zur Welt kamen. Wollt ihr raten, welcher Säugling vor ihm den Rekord hielt?«

Vinston grinste.

»Könnte das möglicherweise Mats Lindeman gewesen sein?«

»Gut geraten, Vinston! Sie sollten Polizist werden«, lachte Esping. »Ich vermute, dass Mats Lindeman und Jimmy mehr gemeinsam haben als die Größe und die Musikalität. Lindeman und Sussi waren immerhin nicht lange vor Jimmys Geburt noch ein Paar.«

Es herrschte einen Moment lang Schweigen, während alle Espings Theorie sacken ließen.

»Was für eine Story«, meinte Amanda schließlich. »Über diesen Fall sollte man einen Podcast machen.«

L-G breitete die Arme aus.

»Tja«, räusperte er sich. »Im Namen der Polizei von Simrishamn möchte ich dir meinen Dank aussprechen, Peter. Du warst uns bei zwei komplizierten Mordfällen diesen Sommer eine enorme Hilfe und hinterlässt eine große Lücke.«

»Dessen bin ich mir nicht so sicher«, unterbrach Vinston ihn. »Ich meine, du hast eine der schlauesten Ermittlerinnen des Landes in deinem Revier. Esping schafft es auch allein.«

»Äh.« Esping errötete. Ausnahmsweise schien sie nicht zu wissen, was sie erwidern sollte.

»Wir haben ein Abschiedsgeschenk für dich.« L-G reichte Vinston ein flaches Päckchen. »Von Tove und mir.«

Das Paket enthielt ein Paar mit Leder versehene Autohandschuhe, was bei den Umstehenden eine Lachsalve hervorrief. Vinston streifte sie über, dann öffnete und schloss er die Fäuste ein paarmal, um das Leder an den Handrücken zu dehnen.

»Genau ins Schwarze, Papa!«, stellte Amanda fest.

Esping und L-G sahen sich zufrieden an.

»Wir haben auch noch ein Geschenk«, sagte Christina und überreichte ein weiteres Paket, das größer und schwerer war.

»Es ist auch von Poppe …«

»Wie geht es ihm?«, erkundigte sich L-G. »Ist er sehr mitgenommen?«

»Er muss noch ein paar Tage seine Wunden lecken, danach werde ich ihn im Garten arbeiten lassen«, antwortete Christina. »Nichts heilt ein gebrochenes Herz so gut wie ehrliche, körperliche Arbeit. Und wo wir von gebrochenen Herzen sprechen …« Sie schaute verstohlen zu Vinston. »Wie ist es der armen Anna ergangen?«

»Den Umständen entsprechend ganz gut«, erwiderte L-G. »Anna hat ihren Anteil an den Diebstählen gestanden und eine Liste angefertigt, was wann gestohlen wurde. Alles deutet darauf hin, dass sie sich gezwungen sah mitzumachen, was das Gericht hoffentlich berücksichtigen wird.«

»Schön«, sagte Christina erleichtert. »Ich werde sie anrufen, wenn sich alles ein bisschen beruhigt hat.«

Vinston holte tief Luft. Das Geißblatt duftete abends besonders stark. Er hatte seit den Ereignissen auf Gärsnäs nicht mit Anna gesprochen und würde es wohl auch nicht mehr. Sie war trotz allem eine Verbrecherin.

Er schüttelte den Gedanken ab und öffnete vorsichtig das raschelnde Geschenkpapier. Das Paket enthielt eine hässliche, grob gehauene Holzfigur, die zwei kopulierende Kühe darstellte.

»Die Kuhhochzeit«, stellte er grinsend fest.

»Poppes Idee«, nickte Christina. »Du musst versprechen, sie aufzustellen.«

»Okay«, sagte Vinston. »Aber ich bin mir nicht ganz sicher, ob das ein Geschenk ist oder eine Strafe.«

»Sowohl als auch«, sagten Christina und Amanda gleichzeitig, woraufhin wieder alle anfingen zu lachen.

»So, jetzt müssen wir Peter aber fahren lassen«, erklärte Christina bestimmt. »Sonst ist er erst morgen früh in Stockholm.«

Amanda trat vor und umarmte ihren Vater lang und fest, sodass Vinston einen Kloß im Hals bekam.

»Ich rufe dich morgen Abend an und dann jeden Abend«, sagte er, seiner Tochter über den Rücken streichend.

»Nur Psychopathen rufen an, Papa. Schreib eine SMS oder benutze Facetime.«

Vinston konnte sich kaum trennen, musste nun aber wirklich fahren.

Zum Schluss verabschiedete er sich von Esping.

»Also«, sagte sie und streckte ihm die Hand entgegen. »Vielen Dank noch mal, Peter Vinston.«

»Ich danke, Tove.«

Vinston ergriff ihre Hand, entschied sich dann aber anders und nahm sie spontan in den Arm. Esping versteifte sich überrascht, aber nach einem kurzen Moment umarmte sie ihn ebenfalls.

»Vielleicht rufe ich mal an«, sagte sie verlegen, nachdem sie sich losgelassen hatten. »Wenn ich zu irgendwas eine Frage habe, oder so?«

»Du kannst mich jederzeit anrufen, Tove«, murmelte Vinston, der vor lauter Rührung zum Du überging. »Tschüss!«

Er hob die Hand und blickte noch einmal alle an, bevor er die Wagentür öffnete und in seinen treuen Saab stieg. Aus reiner Gewohnheit steckte er sein Handy in die Halterung an der Armatur.

Das Navigationssystem war genauso überfordert wie bei seiner

Ankunft vor einigen Wochen, als Vinston zum ersten Mal den Weg zur Bäckastuga gesucht hatte. Aber heute brauchte er es nicht. Inzwischen kannte er Österlen wie seine Westentasche, kannte alle Schotterwege und jede Abzweigung. Zumindest fühlte es sich so an.

Er legte den Rückwärtsgang ein, winkte ein letztes Mal durch das geöffnete Seitenfenster und fuhr dann langsam davon, den Blick auf den Rückspiegel geheftet.

Da standen sie alle neben dem Tor zur Bäckastuga und winkten ihm.

Amanda, Christina, L-G und Esping.

Hoch über ihnen segelten am rosa Abendhimmel zwei Milane.

Ich werde sie vermissen, dachte Vinston.

Mit dem Rücken seines neuen Autohandschuhs wischte er sich eine kleine Träne weg und fuhr geradewegs in den farbenprächtigen Sonnenuntergang.